Elisabeth Herrmann
Düstersee

Kriminalroman

GOLDMANN

Originalausgabe

Sollte diese Publikation Links auf Webseiten Dritter enthalten, so übernehmen wir für deren Inhalte keine Haftung, da wir uns diese nicht zu eigen machen, sondern lediglich auf deren Stand zum Zeitpunkt der Erstveröffentlichung verweisen.

Penguin Random House Verlagsgruppe FSC® N001967

1. Auflage
Taschenbuchausgabe August 2022
Copyright © der Originalausgabe 2022
by Wilhelm Goldmann Verlag, München,
in der Penguin Random House Verlagsgruppe GmbH,
Neumarkter Straße 28, 81673 München
Umschlaggestaltung: UNO Werbeagentur, München
Umschlagmotiv: Hayden Verry/Arcangel; FinePic®, München
Redaktion: Regina Carstensen
CN · Herstellung: ik
Satz: GGP Media GmbH, Pößneck
Druck und Einband: GGP Media GmbH, Pößneck
Printed in Germany
ISBN 978-3-442-49282-4

www.goldmann-verlag.de

Für Shirin

Prolog

Bianca sah sich ängstlich um. »Chris? Wo bist du?«

Es knackte und raschelte im Unterholz. Vom nahen Seeufer wehte ein kalter Wind, der sie frösteln ließ. Eben noch war er direkt hinter ihr gewesen, nun sah es so aus, als ob Bäume und Gebüsch einen dunklen Wall bildeten, der niemanden mehr durchließ.

»Chris!«

Sie hätten nicht herkommen dürfen.

Das Haus wollte das nicht. Es wirkte abweisend mit seinen vernagelten Fensterhöhlen, dem blatternarbigen Putz und den Löchern im Dach. Obwohl immer noch etwas Stolzes, Majestätisches von ihm ausging, wie es da auf seiner Anhöhe stand. In der Umarmung des Waldes, den lange niemand mehr im Zaum gehalten hatte und der näher und näher herankroch.

Alt war es, sehr alt. Mit einer Terrasse zum See, die vom Unkraut überwuchert war, der geschwungenen Steintreppe und dem Paradebalkon, wie gemacht dazu, in früheren Zeiten den an- und abreisenden Gästen huldvoll zuzuwinken. Eine schlafende Schönheit, die das Alter und den Verfall wegträumte und nicht mitbekam, dass es an allen Ecken und Enden bröckelte. Sie liebte es, und sie fürchtete es.

Das Brechen der trockenen Sommerzweige ließ Bianca zusammenfahren. Ein Schatten löste sich vom dunklen Dickicht, und sie atmete auf.

»Chris! Du darfst mich nicht so erschrecken!«

Der junge Mann ging auf sie zu, nahm sie in die Arme und küsste sie. Bianca fühlte, wie Nervosität und schlechtes Gewissen explosionsartig auf ihre Sehnsucht trafen. Sie durften nicht hier sein, es war verboten. Und was sie jetzt vorhatten – auch. Genau das versetzte sie in eine fiebrige Stimmung.

Erhitzt löste sie sich von ihm und trat einen Schritt zurück. Er hielt ihre Hände fest. »Tut mir leid. Ich musste pinkeln.«

Männer. Sie unterdrückte einen Seufzer.

»Es ist unheimlich hier. Schau mal.«

Sie wies auf den blassroten Mond, der nebelverhangen am Nachthimmel stand. Chris nickte und wollte sie wieder an sich ziehen. »Der Blutmond.«

»Wir sollten reingehen.«

»Reingehen?«, wiederholte Bianca bestürzt.

Er grinste. »Was denn sonst? Ist geil da drinnen.«

Sie hatte gedacht, sie würden es sich in dem halb verfallenen Bootshaus gemütlich machen. Oder auf der ungemähten Wiese unter den Bäumen am Ufer, wo nichts mehr daran erinnerte, dass alles einmal ein Park gewesen sein musste. Vom Reingehen war nie die Rede gewesen. Sie hatte eine Decke dabei, eine Flasche Wein und drei Kondome. Ihr war klar, dass es heute Nacht so weit war.

»Komm schon.«

Er zog sie mit sich, heraus aus dem Gebüsch, das noch etwas Sichtschutz geboten hatte. Sie sah sich hastig um. Vielleicht kam gerade jetzt oben auf der Straße jemand vorbei und beobachtete sie? An der Biegung war der Blick auf das Grundstück fast frei und fiel ungehindert bis ans Ufer des Düstersees. Aber Chris schien sich darum keine Sorgen zu machen. Er lief über das riesige Grundstück, umrundete ausufernde Büsche und zerbröckelnde Mauerreste, bis er die Terrasse erreichte, wo sie vor Blicken von der Straße geschützt waren. Dort küsste er sie wieder, gierig und schnell, und seine Hände ließen keine Zweifel daran, was er vorhatte.

Er war nicht der Schönste. Aber er war kräftig und hatte Erfahrung. Es ging nicht um Liebe, sondern darum, etwas hinter sich zu bringen. Sie war einundzwanzig, und es war Zeit. Nicht der beste aller Gründe, und deshalb war sie auch nicht so sehr bei der Sache wie er.

»Da ist jemand«, stieß sie hervor.

Chris, der ihr das T-Shirt hochgeschoben hatte und sich bereits dem Verschluss ihres Büstenhalters widmete, hielt inne.

»Wo?«

»Ich weiß nicht.«

Vielleicht war das doch keine so gute Idee gewesen. Aber wo sollte man hingehen, wenn man kein eigenes Auto besaß und irgendwann einmal, als Bianca kein Kind mehr war, der Schlüssel zu ihrem Zimmer *verschwunden* war? Egal wen sie mit nach Hause brachte, ob Schulfreundinnen oder die ersten, zaghaften Flirts – irgendwann stand ihre Mutter im Zimmer und fragte scheinheilig, ob jemand Kaffee und Apfelkuchen haben wolle.

Sie zog das T-Shirt herunter und trat an die steinerne Brüstung der Terrasse. In ihrer Erinnerung war der See immer düster gewesen, dunkel und kalt.

»Vielleicht schwimmt noch einer?«

»Bei diesem Wetter?«

Anfang September. Der Sommer öffnete bereits dem Herbst die Tür, und auf dem Wasser schwebten zarte Nebelschleier. Chris wandte sich mit einem Seufzen den Brettern zu, mit denen die Terrassentür verrammelt war. Vermutlich aus Schutz vor Vandalismus. Dabei war Vernachlässigung doch genauso zerstörerisch. Ein Schandfleck war dieses Haus. Und sie fürchtete sich vor ihm.

»Chris …«

Mit bloßen Händen hob er eine der Querlatten aus der Verankerung. Es gelang ihm so mühelos, als wäre er schon des Öfteren auf diesem Weg hineingekommen.

»Lass uns gehen.«

»Warum?« Er warf die Latte auf den Boden und widmete sich der nächsten.

»Chris! Was machst du denn da? Wenn das einer hört!«

»Wer denn?«, lachte er.

Das Mondlicht tauchte den See, seine dunklen, bewaldeten Ufer und das verfallene Bootshaus in ein gespenstisches Licht. Schilf wisperte, und irgendwo weit weg schlug ein Hund an, der sich aber gleich wieder beruhigte. Chris hatte recht. Hier war niemand. Warum ängstigte sie sich dann so?

Die zweite Latte fiel. Damit waren die hochkant aufgestellten Bretter frei, die den Zugang von der Terrasse ins Haus versperrten. Er hob das erste heraus, hatte aber dieses Mal die Geistesgegenwart, es auf den Boden zu legen statt zu werfen.

Der Spalt war breit genug, um ins Innere zu gelangen. Sie hörte, wie er eine rostige Türklinke drückte, und dann den wehen Ton von lange nicht geölten Zargen.

»Bitte einzutreten.«

Er machte ihr Platz. Mit klopfendem Herzen kam sie zu ihm und sah noch einmal über die Schulter zurück.

»Willste Wurzeln schlagen?«

Sie schüttelte den Kopf und zwängte sich durch den Spalt. Die ganze Situation war bei weitem nicht so romantisch, wie sie sie sich ausgemalt hatte. Auch wenn der alte Kasten leer stand, sie begingen gerade einen Einbruch. Dazu wurde sie das Gefühl nicht los, dass sie jemand beobachtete.

Chris befand sich nun ebenfalls in dem stockdunklen, muffigen Raum. Er schloss die Tür, und sie sah die Hand nicht mehr vor Augen. Als jemand sie am Arm berührte, schrie sie panisch auf.

»O Mann«, knurrte er. »Jetzt werd nicht hysterisch!«

»Wie kannst du mich dauernd so erschrecken? Macht dir das Spaß?«

Sein Handy leuchtete auf. Das blaue Licht hielt er erst auf sie gerichtet, dann leuchtete er einmal rundherum.

Verdreckter Steinboden, blätternder Putz. Vielleicht ein Gartenzimmer, mit dieser hohen Tür zur Terrasse. Bretter, Müll, huschende Schatten.

»Sind hier Ratten?«

»Keine Ahnung.«

»Sorry.« Sie wandte sich zum Gehen. »Das war keine gute Idee.«

Schon hatte er sie am Arm gepackt. »Jetzt warte doch mal. Wir gehen nach oben. Da ist es heller und nicht so feucht.«

Ohne auf ihr Widerstreben zu achten, nahm er sie im Schlepptau aus dem Raum mit, hinaus in eine große Eingangshalle. Das Wenige, was Bianca erkennen konnte, waren das blinde Schachbrettmuster der Fliesen, eine hölzerne Wandvertäfelung und Tapetenbahnen, die sich von der Wand lösten. Nichts war mehr übrig geblieben von denen, die hier Hof gehalten hatten. Eine breite Steintreppe, flankiert von einem kunstvoll geschnitzten Holzgeländer, war wie gemacht für einen theatralischen Auftritt. Aber ihre Schuhe knirschten auf den Stufen, überall Steinstaub und Verfall.

Sie war froh um seine Hand, die sie hielt. Er zog sie die Treppe hinauf auf eine Galerie, von der links und rechts ein breiter Flur führte.

Er wandte sich nach links. Wieder leuchtete er über die Wände. Sie waren hüfthoch mit Holz vertäfelt und darüber vor langer Zeit einmal mit einer Streifentapete beklebt worden. Jetzt war sie fleckig und zum Teil abgerissen. Bianca stolperte, denn auf dem Boden lag noch ein löchriger Läufer über dem welligen Parkett. Wahrscheinlich war das Dach undicht.

»Hier.«

Er stoppte vor einer Tür. Tiefe Risse durchfurchten das Blatt, aber man ahnte noch, wie sorgfältig es einmal gearbeitet worden war. Er öffnete, ging über den knarrenden Holzboden voran und hielt ihr die Tür auf.

»Na, was sagst du?«

Auf dem Boden lag eine stockfleckige Matratze. Halb abgebrannte Kerzen steckten auf leeren Weinflaschen. Er legte das Handy ab, suchte nach seinem Feuerzeug und zündete sie an.

Es roch schimmelig und feucht. Bianca trat an das verrammelte Fenster, aber es ließ sich nicht öffnen, zudem war es auch noch von außen vernagelt.

»Vergiss es.« Eine der leeren Flaschen fiel um und rollte über den Boden. »Alles dichtgemacht. Komm her.«

Sie drehte sich um. Auf dieser Matratze sollten sie ... zusammen sein?

»Du bist öfter hier.«

Chris steckte das Feuerzeug wieder weg und schaltete das Handy aus. Der Schein der Kerze verbreitete ein warmes, weiches Licht. Immerhin. »Ich brauch auch mal meine Ruhe.«

»Allein?«

Er trat auf sie zu und nahm sie in die Arme. Sein Mund suchte ihre Lippen. Den Impuls, sich wegzudrehen, unterdrückte sie. Genau deshalb hatte sie sich in dieser Nacht mit ihm getroffen. Nun waren sie schon so weit gegangen, da konnte sie keinen Rückzieher mehr machen.

Beinahe übergangslos setzte er das, was er für Verführung hielt, fort. Seine Hände fuhren unter ihr T-Shirt und ertasteten nicht gerade sensibel ihre Brüste.

»Ich hab Wein mitgebracht.«

Bianca wand sich aus seinem Griff und warf ihre Tasche auf die Matratze. Als Erstes holte sie die Decke hervor und breitete sie aus. Auf keinen Fall wollte sie mit dem dreckigen Stoff in Berührung kommen oder mit irgendetwas, das darauf übrig geblieben war. Dann reichte sie ihm die Flasche. Er schraubte den Drehverschluss auf und genehmigte sich einen tiefen Schluck. Nachdem er ihr den Wein zurückgegeben hatte, ließ er sich auf die Matratze fallen.

Sie trank und überlegte, ob es sich dafür lohnte. Chris war im Dorf bekannt dafür, nichts anbrennen zu lassen. Sie wollte, wenn es so weit war, jemanden haben, der wusste, was er tat. Langsam aber beschlichen sie Zweifel. In einer feuchten Ruine auf einer Matratze? Hätten sie das im Wald nicht schöner haben können?

Bianca setzte sich neben ihn. »Seit wann machst du das? Hier einsteigen, meine ich.«

Er ließ sich die Flasche reichen. »Hat sich so angeboten. Vor ein paar Monaten. Ist doch cool, oder?«

Er trank und wies mit der Flasche auf Wände und Decke. Der Stuck war immer noch wunderschön: Blütenranken, in den Ecken Medaillons. Wahrscheinlich war dies einmal das Zimmer der Besitzer gewesen oder das für eines ihrer Kinder.

Die beiden bodentiefen Fenster wiesen, wenn sie sich nicht irrte, direkt hinaus auf den See. Sie waren mit zweiflügeligen Läden verschlossen, durch die kein Licht nach innen drang, und von außen mit Holzlatten gesichert. An der rechten Seite des Raums befand sich ein Kamin, völlig verrußt und verdreckt. Sie wollte nicht so genau hinsehen, aber sie hatte das Gefühl, dass dort mehrere Vogelskelette vor sich hin moderten.

Chris stellte die Flasche ab und zog sie an sich. Er öffnete den Knopf ihrer Jeans und dann den Reißverschluss.

»Warte.«

Die Jeans war eng. Sie stand auf und streifte sie sich ab. Wieder angelte sie nach der Flasche und trank, als ob sie sie in einem Zug leeren wollte. Sie reichte sie an ihn weiter und legte sich neben ihn. Jetzt wollte sie es nur hinter sich bringen.

Sein Atem roch nach Wein und Zigaretten. Er war gröber, als sie erwartet hatte. Die Liebkosungen eher einstudiert als echt, aber immerhin zielführend. Sie hoffte, die halbe Flasche Wein würde dafür sorgen, dass sie endlich in Stimmung kam.

»Stopp.«

Er hatte schon die Hose offen.

»Ich hab was gehört.«

»Was?«

»Irgendwas. Ein Geräusch. So ein Klopfen.«

Er hob den Kopf und lauschte. Nichts war zu hören außer dem Rauschen des Windes durch die Baumwipfel. Und ein Knarren.

»Da!«, flüsterte sie.

Er stützte sich auf dem Oberarm ab und schüttelte den Kopf. »Das ist das Holz. Das arbeitet.«

Er küsste sie hastig und in der Hoffnung, endlich zum Zug zu kommen. Aber jetzt war sie sich sicher.

»Riechst du das nicht?«

»Ich riech nichts. Außer dir.« Seine Hand fuhr völlig unerwartet zwischen ihre Beine. »Vielleicht isses das?«

Bianca wusste: Das wurde nichts mehr mit der Stimmung. Wütend schob sie ihn weg.

»Geh runter und schau nach.«

»Was?«

»Ich will, dass du nachsiehst, ob da unten jemand ist!«

»Spinnst du jetzt?«

Er wollte wieder nach ihr greifen, aber der Vorteil der Matratze war, dass sie sich von ihr auf den Boden rollen konnte. In Sekundenbruchteilen war sie auf den Beinen und suchte ihre Jeans.

»Wenn du nicht gehst, gehe ich.«

Der Geruch wurde stärker, schärfer. Sie schnupperte. »Irgendwas stimmt hier nicht.«

Mit einem aufgebrachten Stöhnen schlug er mit der flachen Hand neben sich. »Alles, was nicht stimmt, bist du! Ich war hier schon, hier ist keiner!«

Sie zog die Hose hoch, schloss Reißverschluss und Knopf und schlüpfte in ihre Schuhe. Die Decke würde sie abschreiben. Hauptsache, raus hier. Es war *spooky*, und dieses Gefühl, nicht allein zu sein, verstärkte sich mit jedem Atemzug.

»Ich will nur nachsehen.«

»Aber beeil dich!«, schallte es hinter ihr her. »Sonst fang ich ohne dich an.«

Schon im Flur stutzte sie. Benzin, schoss es ihr durch den Kopf. Es riecht nach Benzin. Sie erreichte die Galerie.

»Chris? Kommst du mal?«

Von unten drang ein schwacher Lichtschein herauf. Keine Taschenlampe, kein Handy. Es war offenes Feuer. »Chris!«

Er trat in den Flur, barfuß, die Hose auf halb acht. »Was ist denn los?« Seine ärgerliche Stimme verriet, dass er sich den Verlauf des Abends anders vorgestellt hatte.

Sie ging zum Geländer und sah hinunter in die Eingangshalle. »Irgendwo da unten brennt es! Und es stinkt so fürchterlich!«

Er näherte sich ihr, und kaum hatte er begriffen, raste er an ihr vorbei die Treppe hinunter. Ohne sich umzusehen, nahm er den Weg zum Gartenzimmer.

»Warte!«

Sie rutschte auf den staubigen Stufen aus und konnte sich gerade noch fangen. Unten angekommen, erkannte sie, dass das Feuer bereits an der Holzvertäfelung der Eingangshalle leckte. Der Gestank war unerträglich. Qualm stieg hoch und verätzte ihr die Kehle. Mit tränenden Augen wandte sie sich nach links. Raus hier, schoss es ihr durch den Kopf. Nichts wie raus.

Aber am Eingang zum Gartenzimmer stieß sie mit Chris zusammen. Panik verzerrte sein Gesicht. »Es ist zu!«

»Was?«

»Jemand hat von außen alles dichtgemacht.«

»Das kann nicht sein!« Sie schob ihn zur Seite und rannte auf den rettenden Ausgang zu. Die Tür stand zwar weit offen, aber die Bretter dahinter bildeten eine fast geschlossene Fläche. Sie hämmerte dagegen, nichts rührte sich. Jemand musste die Querlatten wieder vorgelegt haben. Ihr Herz raste wie verrückt.

»Hilfe!«, schrie sie und hieb mit bloßen Fäusten auf das Holz. Hinter ihr hörte sie Chris husten und wie wild gegen irgendwelche Fensterbarrikaden schlagen. Sie waren gefangen. Ihr Verstand weigerte sich zu glauben, was gerade geschah.

»Hilfe!«

Auf Schulterhöhe befand sich ein Astloch. Sie bückte sich panisch und spähte hindurch. Die Terrasse war leer, weiter unten ruhte der See.

»Um Gottes willen! Helft uns! Helft uns doch!«

Entsetzt drehte sie sich um. »Gibt es noch einen anderen Weg? Im Keller? Hinten? Irgendwo?«

Chris warf die Tür zur Eingangshalle zu. Er hustete und ging keuchend in die Knie. »Alles dicht. Wir kommen hier nicht raus.«

»Nein. Nein!« Sie trat gegen die Bretter. Sie versuchte in ihrer Panik, die Tür aus den Angeln zu heben, um sie gegen das Hindernis zu werfen, aber sie hatte keine Chance. Ohne Werkzeug, nur mit bloßen Händen, gab es kein Entrinnen. Sie schob ihr T-Shirt hoch und hielt es sich vor die Nase. Dann beugte sie sich wieder zu dem Astloch.

»Hilfe!«, brüllte sie erneut und hämmerte mit der freien Hand gegen das Holz.

Und da sah sie ihn. Einen Schatten am Rande des Waldes, fast verschmolzen mit der Dunkelheit um ihn herum.

»Da ist jemand!«

Chris kam mühsam auf die Beine und taumelte zu ihr.

»Da draußen. – Hilfe! Retten Sie uns!«

Der Schatten löste sich aus dem Schwarz und trat langsam, zögernd auf die Wiese. Chris stieß sie unsanft weg. »Hol uns hier raus! Sofort!«

Er beugte sich zu dem Astloch und spähte hinaus.

»Komm her, du Arschloch!«

Es war, als hätte sie in eine Steckdose gegriffen. Flatternder

Puls, zitternde Knie. Sie sehnte sich nach frischer Luft und presste das T-Shirt noch fester unter die Nase.

Chris richtete sich wieder auf.

»Da ist niemand.«

»Quatsch. Ich hab ihn doch gesehen«, hustete sie. Fast mit Gewalt musste sie ihn von dem Guckloch wegschieben. Sie sah hinaus, und dann war es, als ob sie den Boden unter den Füßen verlieren würde, und eine Welle unendlicher Verzweiflung erfasste sie.

Der Wald stand still. Der See schimmerte dunkel. Der Schatten war verschwunden.

Chris wimmerte. »Was machen wir denn jetzt?«

Wie sie ihn verachtete. Ihn und ihre eigene Dummheit. Sie hätte auf ihr Gefühl hören sollen.

»Wir steigen aufs Dach. Vielleicht sind da ein paar Ziegel lose, und wir schaffen es an die Luft. Hier unten ersticken wir.« Durch die Ritzen unter der Tür zur Eingangshalle kroch fetter schwarzer Rauch. »Drück dir dein T-Shirt vors Gesicht. Wir müssen rennen. Egal was passiert, wir müssen da durch. Verstanden?«

Er nickte. Hastig zog er sein T-Shirt aus, knüllte es zusammen und hielt es sich vor Mund und Nase. Als Bianca die Tür erreicht hatte und öffnete, schlug ihr das Inferno entgegen.

»Los!«, schrie sie.

Chris stieß sie zur Seite und sprintete Richtung Treppe. Nach wenigen Metern war er von schwarzem Rauch verschluckt. Sie atmete noch einmal durch den Stoff ein, hielt die Luft an und rannte mitten hinein in einen tödlichen schwarzen Nebel. Es polterte und krachte um sie herum. Die Flammen züngelten gerade an der holzvertäfelten Decke und fraßen sich, durch den Luftzug aus dem Terrassenzimmer entfacht, unersättlich weiter.

Bianca erreichte die Stufen. Auf halber Treppe knickte sie um. Der Schmerz raste durch ihren Körper wie ein Fanal. Keuchend kroch sie vorwärts. Sie spürte, wie sie ihre Kräfte verließen. Die Flammen erreichten das Holzgeländer und würden in wenigen Augenblicken die Treppe verschlingen, um sich auf die Galerie und das Obergeschoss zu stürzen. Sie konnte nichts mehr erkennen. Der Rauch stach wie Messer in ihre Augen und verätzte ihre Kehle. Die Luft wurde knapp, und sie wusste, wenn sie jetzt tief einatmete, wäre es vorbei.

Mama, schluchzte sie. Mama, hilf mir!

Sie dachte an die versteinerten Körper von Pompeji und Herculaneum. Wie man sie finden würde, zusammenkrümmt, die Arme schützend um den Kopf gelegt. Sie dachte daran, wie sie aufgebrochen war, mit klopfendem Herzen und drei Kondomen, und sie hasste Chris, der ihr das angetan hatte und sie hier unten im Stich ließ, hasste ihn so sehr, dass es kein anderes Gefühl mehr gab, das sie ins Jenseits hinübertragen würde.

Hände packten sie und zogen sie hinunter. Ihr Kopf schlug auf die Stufen, als sie mit letzter Kraft das T-Shirt vors Gesicht presste. Sie wollte schreien, aber der Rauch schnürte ihr die Kehle ab. Jemand riss sie an den Armen hoch und legte sie sich über die Schulter. Mehr geschleift als getragen ahnte sie, dass es zurück zur Terrasse ging. Das Feuer streifte sie mit seinem glühenden Atem. Chris, dachte sie, und der Hass, den sie eben noch gespürt hatte, wandelte sich schlagartig in überwältigende Liebe. Chris …

Sie wurde herabgelassen und durch einen engen Spalt nach draußen geschoben. Keuchend, hustend und spuckend wand sie sich auf den kalten Steinen und fühlte sich wie ein Auswurf der Hölle. Jemand beugte sich über sie. Die Haut versengt, rußgeschwärzt, ein Haupt voll Blut und Wunden. Der Anblick war entsetzlich, aber es war nicht Chris. Sie hatte dieses Wesen noch nie in ihrem Leben gesehen.

»Da ... da drinnen ist noch jemand«, keuchte sie.

Das Ungeheuer nickte und verschwand aus ihrem Blickfeld. Sie kroch auf allen vieren über die Terrasse und erbrach sich in einer Ecke, wo sie anschließend zitternd und kaum noch Herrin ihrer Sinne liegen blieb.

Die Zeit verging.

Das Feuer fraß das Haus.

Das Ungeheuer kam nicht mehr zurück, und Chris auch nicht.

Zehn Jahre später

1

»*Always look on the bright side of life ...*«

Steinhoff hob sein leeres Glas und deutete damit auf die andere Seite des Sees. Sonnenstrahlen vergoldeten das Ufer. Das Strandbad hatte noch geöffnet. Samstag, früher Abend, Sommerwochenende. Lachen, Rufe und Schreie drangen hinüber zu uns, die wir im Schatten auf der Terrasse standen.

»Sonnenwalde.« Er griff nach dem Rosé, der in einem Weinkühler auf dem Buffet stand. Leise Jazzmusik perlte aus unsichtbaren Lautsprechern. Es roch nach Holzkohle und Chanel N° 5. Die Gäste flanierten an Blumenbeeten vorbei hinunter ans Ufer oder saßen auf der Terrasse. Obwohl es ein heißer Tag gewesen war und die Wärme immer noch in der Luft lag, wurde es auf der schattigen Seite des Sees schnell kühl.

»Und Düsterwalde.« Steinhoff schenkte sich nach und spähte in der Schar seiner Gäste nach lohnenswerteren Objekten. Er war einen halben Kopf größer als ich, zehn Jahre älter, wirkte aber wesentlich fitter. Ein Alphatier mit eisgrauen Haarstoppeln, Dreitagebart und einem Gesicht, dem man die Vorbestimmung seit Kindheitstagen ansah: Du wirst Großes erreichen, wenn du nur genug Willige um dich scharst, an die du die Aufgaben weiterreichen kannst. »Das ist das Dorf, durch das Sie gekommen sind.«

Ich nickte. Mit diesem Namen war einfach alles gesagt. Von der Hauptstraße führte am Ortsende eine Abzweigung in einen dichten Forst, sodass man aus dem Hellen direkt hinein ins Dunkle fuhr. Tannen, Eichen, Unterholz. Eine Biegung, ein Wegweiser: »Akademie am Düstersee«, am Ende einer schmalen Zufahrt ein großes schmiedeeisernes Tor, das sich wie von Geisterhand öffnete und die Einfahrt in Steinhoffs Privatpark freigab. Das halbe Seeufer gehörte ihm. Leider ab mittags im Schatten. Wenn es in seiner Macht gewesen wäre, hätte er ohne zu zögern den Lauf der Sonne verändert. Der Grimm in seiner Herrschermiene verriet, dass er sich immer noch nicht damit abgefunden hatte.

Ich sah mich nach Marie-Luise um, die kurz im Haus verschwunden war. »Sehr nett.«

Der Duft vom Grill wurde konkret.

Steinhoff nickte einer gertenschlanken, extravagant wirkenden Dame zu, die schon die ganze Zeit auf eine Gesprächspause gewartet hatte, in die sie hineingrätschen konnte. Ermuntert durch seine Aufmerksamkeit, trat sie noch einen Schritt näher und harrte darauf, dass er das Wort ergriff.

»Darf ich vorstellen? Felicitas von Boden. Ihr gehört eine Galerie in Berlin, und sie eröffnet im Dorf eine Dependance.«

»Ah«, sagte ich überrascht und ergriff ihre Hand. Düsterwalde hatte beim Durchfahren nicht den Eindruck erweckt, es bräuchte dringend Kunst. Die Infrastruktur verlangte eher nach einem Supermarkt oder einer Kneipe, am besten beides. Aber was wusste ich, welche Sehnsüchte sich hinter den Fenstern Marke VEB Bauelemente verbargen?

Felicitas von Boden war es offenbar gewohnt, Pionierarbeit auf dem mageren uckermärkischen Boden zu leisten, und lächelte mich mit blutrot geschminkten Lippen an. Von ihren Ohren baumelten abstrakt und gefährlich aussehende scharfkantige Gehänge, die ihre asketischen Züge und die schmale

Nase betonten. Wasserblaue Augen, die mich musterten und als uninteressant, weil Kulturbanause, aussortierten. Ein bleiches Gesicht, vollendet von einem winzigen Kinn, die blonden, zum akkuraten Bob geschnittenen Haare von ersten grauen Strähnen durchzogen. Als sie sich an Steinhoff wandte, wurde ihr Tiefkühlblick immerhin um einige Grad wärmer.

»Ich hatte Sie eigentlich zu meiner Vernissage in Berlin erwartet. Landscapes Uckermark. Kompositionen von Luft und unendlicher Weite. Die Authentizität, von der Natur inszeniert, inhaliert und …«

»Sorry.«

Steinhoff fiel ihr mitten ins Wort, schob sie zur Seite und gesellte sich zu einer Dreiergruppe von Neuankömmlingen, die in der Terrassentür stand und darauf wartete, begrüßt zu werden.

Felicitas wandte sich an mich.

»Am Montag eröffne ich die Dependance mit einer Apero-Vernissage. Oben, an der Hauptstraße, direkt hinter der Kirche. Sie kommen doch auch? Es wird …« Sie drehte sich noch einmal nach Steinhoffs breitem Rücken um. »Spektakulär. Ganz und gar außergewöhnlich.«

In den nächsten zwei Wochen wollte ich eigentlich nur Urlaub machen und die Kompositionen von Luft und unendlicher Weite nicht an irgendwelchen Wänden bestaunen. Aber sie tat mir leid, so unhöflich unterbrochen worden zu sein.

»Bin ich denn eingeladen?«

»Professor Steinhoffs Gäste sind jederzeit willkommen. Ich würde ja gerne selber an seiner Sommerakademie teilnehmen, aber leider habe ich so gar keine Zeit. Es tut sich so viel in der Uckermark, finden Sie nicht auch? Ausstellungen, offene Gärten, Atelierbesuche, und dann diese Highlights, wie sie nur

Menschen von seinem Schlag zustande bringen.« Sehnsuchtsvoller Blick auf Steinhoffs Ansicht von hinten. Es sah nicht danach aus, dass er in den nächsten zwei Stunden zu uns zurückkehren würde.

Ich war eher durch Zufall an diesen Ort geraten. Ich wollte raus aus der Stadt, und Steinhoffs frisch saniertes Bootshaus stand leer. Am Rande des Jahrestreffens der Anwaltskammer nebenbei erwähnt, gegen Mitternacht zum Plan gereift und irgendwann nach zwei Uhr morgens, kurz vor dem Besiegeln der Blutsbrüderschaft, beschlossen. Er war auf dem Weg nach ganz oben. Allianzen schmieden und Verbündete suchen machten einen großen Teil seines Charmes aus. Er wollte Präsident der Berliner Anwaltskammer werden und sich von da aus in die Bundesebene sprengen. Ich war gegen seine Avancen bisher immun gewesen, denn in meinen Augen war er jemand, der seine persönlichen Ziele über die Verantwortung stellte, die so eine Position mit sich brachte. Aber irgendwann nach dem dritten, vierten, fünften Cognac hatte er mich. Er war brillant, ein begnadeter Demagoge mit genau der Prise Besonnenheit, die ihn zu einem ebenbürtigen Sparringspartner machte. Wir redeten uns die Köpfe heiß, er, indem er gnadenlos die Schwächen des Staats angriff, ich, indem ich die Stärken verteidigte. Wir schieden singend und als beste Freunde.

Wahrscheinlich rechneten wir beide nicht damit, uns am nächsten Morgen noch daran zu erinnern. Aber ein paar Wochen später rief er an und erneuerte sein Angebot. Von Geld wollte er nichts hören. *Manus manum lavat**, sagte er nur. Ich hatte nach diesem zweiten Angebot nicht weiter darauf ge-

---

* Lat.: Eine Hand wäscht die andere

drungen, und so war ich glücklicher Gewinner von zwei Wochen Uckermark. Am sagenumwobenen, romantischen Düstersee, nicht weit von dem gleichnamigen Dorf, ohne Metzger oder Laden, aber bald mit Galerie.

Allerdings hatte Steinhoff mit keinem Wort erwähnt, dass der idyllische Park samt hochherrschaftlicher Villa für eine Woche von sinnsuchenden Hobbyphilosophen okkupiert sein könnte.

»Hat die Ausstellung auch einen Titel?«, fragte ich höflich.

Felicitas von Boden hob ihr halb volles Weinglas und leerte es in einem Zug.

»Ja. ›Todesreigen‹.«

»Oh.«

»Ein junges, hoffnungsvolles Nachwuchstalent, das sich mit der Transformation des Lebens in jenseitige Zustände beschäftigt.«

»Interessant.«

»Dies wird meine Außenstelle für junge Avantgarde.«

»In Düstersee.«

»Ja«, sagte sie knapp und sah sich nach erfolgversprechenderen Kontakten um.

»Ich bin leider nicht bei der Tagung dabei«, sagte ich. Dabei wies ich mit dem Weinglas zu meinem Ferienhaus, das, versteckt von Rabatten und liebevoll gehegten Sträuchern, weiter unten, direkt am Ufer des Sees, lag. »Ich mache Urlaub. Professor Steinhoff war so nett, mich für zwei Wochen einzuladen.«

»Dann gehören Sie nicht dazu?« Ihre sorgsam aufgemalten Augenbrauen hoben sich leicht.

»Nein«, erwiderte ich lächelnd. »Ich denke, wir werden uns gegenseitig nicht stören.« Zwischen Villa und altem Bootshaus lagen mindestens zweihundert Meter abschüssiges Gelände,

Buchsbaumlabyrinthe und lauschige Lauben. »Ich bin eigentlich nur hier, weil es so gut wie unmöglich ist, in diesem Sommer irgendwo Urlaub zu machen. Da kam …«

Felicitas ließ mich grußlos stehen.

»… das Angebot …«

Sie ging auf ein verhärmt wirkendes Ehepaar zu, das sich strategisch günstig in der Nähe des Grills positioniert hatte.

»Pech bei den Frauen, Glück mit den Ferien.«

Marie-Luise war aus dem Nichts aufgetaucht. Mit einem Grinsen hob sie eine Flasche Rosé, die sie von der Bar geklaut hatte, und verließ die Terrasse über ein paar Steinstufen. Von dort gingen sorgfältig geharkte Kieswege in verschiedene Richtungen. Einer schlängelte sich unter Weinlaubgängen zum Wald, der andere hinunter zum See, der ganz rechts zum Bootshaus. Davon zweigten weitere Pfade ab, führten zu Bänken unter Rosenbüschen oder kleinen Springbrunnen, gekrönt von pausbäckigen Engeln auf Zehenspitzen. Wir setzten uns auf eine Steinbank in Rufnähe, aber weit genug entfernt, um ungestört reden zu können.

»Unter Urlaub in der Uckermark hatte ich mir etwas anderes vorgestellt.«

Sie trug ein leichtes Sommerkleid mit einem unverschämt tiefen Ausschnitt. Ihre roten Haare hatte sie hochgesteckt, sodass ich von der Seite nicht nur ihr Profil, sondern auch ihren Marmorstatuenhals bewundern konnte.

»Was denn?«, fragte ich zurück.

Die Blicke der Männer auf sie waren mir nicht entgangen. Nach all den Jahren, die wir uns kannten, störte es mich immer noch. Wie oft hatten wir uns aus den Augen verloren, wiedergefunden, völlig verkracht, versöhnt und stillschweigend festgestellt, dass wir unverrückbar Teil des Lebens des anderen geworden waren. Mehr als Freunde und Familie, Lebenspartner vielleicht, wenn dieser Begriff nicht gleichzeitig etwas beschrieben hätte, zu dem es dann doch nicht gereicht hatte. An diesem sommerwarmen Abend, den dunkelglühenden Himmel über uns und den Geruch von Wasser, Blüten und Gras in der Nase, bedauerte ich das.

»Auf keinen Fall so etwas Großkotziges.« Sie schenkte uns ein und stellte die Flasche zu ihren Füßen ab. Dann glitt ihr Blick über die beleuchtete Fassade mit ihren Schmuckelementen, Vorsprüngen und den klassizistischen Säulen, die den Zugang zur Terrasse umrahmten. »Ich frage mich, woher er das Geld hat. Der Kasten muss doch Millionen gekostet haben.«

»Vielleicht hat er geerbt? Oder seine Frau?«

Regina Steinhoff wurde erst am nächsten Tag erwartet. Sie entsprach allen Erwartungen, die man an die Gattin des zukünftigen Präsidenten der Berliner Anwaltskammer stellen konnte: dezent gut aussehend, geschmackvoll gekleidet, gewandt im Small Talk. Die durchschnittlichen zehn bis fünfzehn Jahre jünger als ihr Mann, Studium an der Londoner St Mary's University und der Pariser Sorbonne, ein paar Jahre in mittlerer Leitungsebene bei internationalen Konzernen, und bevor sich überhaupt die Frage nach Karriere stellte, ab ins Private, um den Nachwuchs zu hegen. Sie hatten zwei Töchter, wenn mich mein Gedächtnis nicht im Stich ließ.

Marie-Luise zuckte mit den Schultern und sah sehnsuchtsvoll über den See nach Sonnenwalde, das gerade in den letzten goldglühenden Sonnenstrahlen badete.

»Und dann feiert er noch diese rauschenden Sommerfeste. Die halbe Anwaltskammer ist hier. Hast du Schlevogt gesehen?« Der amtierende Präsident der Kammer, ein barocker, immer leicht schnaufender Mittsechziger. Natürlich war er mir aufgefallen, und ich war, so schnell es ging, hinter einem Rhododendron in Deckung gegangen. Immerhin steckte ihm bereits ein unsichtbares Messer im Rücken, und ich wollte nicht, dass er vermutete, ich würde zu Brutus' Handlangern gehören. »Bis zur Wahl im Herbst werden sie sich verbal die Köpfe einschlagen. Aber vorher wird noch zusammen gefeiert. Seit wann bist du denn dazu eingeladen? Ich dachte, du hängst nur deine Beine in den See.«

Ich trank meinen Wein – hervorragend – und versuchte, dabei ein ebenso ratloses wie unschuldiges Gesicht aufzusetzen. »Keine Ahnung.«

»Glaube ich dir nicht. Steinhoff tut nichts ohne Gegenleistung. Bist du Referent in seiner Akademie?«

»Nein.«

Sie sah auf ihre Armbanduhr. »Ich muss bald los.«

»Danke fürs Fahren.«

Wir stießen an. Dann schob sie die Flasche mit ihrem Fuß einen Millimeter in meine Richtung. »Damit du heute Abend nicht auf dem Trockenen sitzt. Hast du das Programm gelesen?«

Steinhoffs Privatvorträge interessierten mich nicht. Ich wollte schwimmen, lesen und Boot fahren. Wie die beiden jungen Frauen, die gerade in die Mitte des Sees ruderten, der bereits tief im Schatten lag. Und sie vielleicht kennenlernen, die zwei hübschen Damen, deren Lachen bis zu uns herüberklang.

»Veranstaltet vom Institut für Staatsemanzipation.« Sie rieb sich mit dem Zeigefinger über den Nasenrücken. »Mich würde schon interessieren, was die hier ausbrüten. Hört sich jedenfalls nicht sehr verfassungskonform an.«

»Das tust du nach dem dritten Glas Wein auch nicht.«

»Das ist was anderes.«

»Warum ist das bei dir was anderes? Nur weil du links bist?«

Sie stellte ihr Glas auf der Steinbank ab. »Ich habe nicht vor, diesen Staat ersatzlos zu streichen.«

»Steinhoff auch nicht.« Ich fühlte mich nicht wohl, mich zum Verteidiger dieses Mannes zu machen. In diesem Moment wäre ich vielleicht sogar mit ihr zurück in die Stadt gefahren, aber ich hatte meine Berliner Wohnung für zwei Wochen über Airbnb vermietet und heute Morgen die Schlüssel übergeben. »Er hat mir das Bootshaus angeboten, weil es leer steht. Wo ist das Problem?«

»Hast du ihm was bezahlt?«

»Nein«, gab ich widerwillig zu. »Es ist ein Gefallen unter Kollegen.«

»Und welchen Gefallen erweist du ihm dafür?«

Ein Königreich für einen reitenden Boten, der in diesem Moment »Krieg mit Dänemark!« oder ähnlich Hilfreiches ausgestoßen hätte. Da keiner auftauchte, konnte ich nur mit den Schultern zucken.

»Es hat sich so ergeben. Neulich. Eine Schnapsidee. Aber dann ...«

Ich hielt ihrem prüfenden Blick stand.

»Also nichts weiter?«

»Nichts weiter«, bekräftigte ich. »Das habe ich dir doch schon erklärt.«

Sie nickte. Aber es war keine Zustimmung. »Er ist ein Menschenfänger, das weißt du. Pass nur auf, dass er dich mit dem kleinen Gefallen nicht unter Druck setzt.«

»Inwiefern?«

Sie schwieg.

»Inwiefern sollte Steinhoff mich unter Druck setzen?«

Keine Antwort.

»Weil ich in seinem Bootshaus bin?«

Sie stand auf und reichte mir ihr Glas. »Lass dich einfach nicht von ihm einwickeln. Schönen Urlaub.«

Und schon wandte sie sich ab und ging davon. Ich stellte die Gläser ab und wollte ihr folgen.

»Marie-Luise! Warte!«

Nach ein paar Schritten blieb ich stehen. Ich hätte sie sowieso nicht eingeholt. Die Gäste standen Schlange am Grill, Steinhoffs dröhnende Stimme drang durch die Geräuschkulisse bis zu mir hinunter. Nachzügler und Spaziergänger, die noch am Ufer und im Park gewesen waren, trudelten ein und wurden von ihm begrüßt. Felicitas, die gestresste Galeristin, stand an der Brüstung der Terrasse, eine hoch aufgerichtete, reglose Gestalt. Sie hatte Marie-Luises Abgang bemerkt, aber nichts verriet, was sie dachte.

Von hier unten sah es schön aus. Lichter, Lachen, leise Musik. Ich hätte hinaufgehen und ein paar wichtige Kontakte machen können, aber mir fehlte der Elan. Es schien, als hätte sich ein Grauschleier über das Bild gelegt, als ob die Freude und Lebenslust dort oben mit einem Mal einen anderen, dunkleren Ton bekommen hatten.

Vielleicht lag es nur an der Dämmerung und dem Park, der sich an seinen Rändern übergangslos dem Wald öffnete. An den schattigen Wipfeln, die wie Scherenschnitte vor dem ausglühenden Abendhimmel standen; dem kühlen Wind vom See, der einen nach diesem heißen Tag frösteln ließ. An etwas, das nicht stimmte an diesem Bild. Eine winzige Irritation, die Marie-Luises Bemerkungen in mir ausgelöst hatten. An all den Menschen dort, deren Verbindung zu Steinhoff klar war, nur meine nicht. Mit diesem Aufenthalt war eine verwischte, kaum wahrnehmbare Linie übertreten worden. Sie hatte recht: Irgendwann würde er einen Gefallen von mir fordern. Es gab nichts geschenkt im Leben, schon gar nicht von einem Mann wie Steinhoff.

Ich würde mit Marie-Luise zurückfahren.

Aber oben am Haupteingang angekommen, wo die Autos standen, war sie schon weg. Nur etwas Dieselgestank lag noch in der Luft. Mein Koffer stand in der Eingangshalle, zusammen mit einem Dutzend weiterer Gepäckstücke, die darauf warteten, von ihren Besitzern in die Zimmer gebracht zu werden.

Die Holzvertäfelung und die kassettierte Decke sahen neu aus. Eine gewaltige, geschwungene Treppe führte ins Obergeschoss. Das ganze Haus wirkte luftig und, unter Bewahrung der Architektur, dem Zeitgeist angepasst. Moderne Kunstwerke zierten die Wände und die Nischen. Indirekte Beleuchtung verbreitete ein warmes Licht. Ich wandte mich nach rechts und gelangte in einen als Bibliothek eingerichteten Raum, von dem aus eine zweiflügelige Glastür mit Stahlrahmen direkt auf die Terrasse führte.

Überall waren kleine, intime Sitzgruppen arrangiert, in denen drei oder vier Personen zusammensitzen konnten. Einige waren besetzt, und die Gäste sahen bei meinem Eintreten kurz hoch und erwiderten meinen Gruß mit einem freundlichen Nicken. Sie sahen nicht so aus, als ob sie daran dachten, an diesem Abend noch nach Berlin zurückzukehren.

Ich ging zurück in die Empfangshalle und war nicht mehr allein. Dort, am Fuß der Treppe, stand eine seltsame Frau und spähte hinauf ins erste Obergeschoss. Ihr Mut, sich mit diesem bodenlangen, schwingenden Hippiekleid und dem zerknautschten Anglerhut unter die Gäste zu mischen, nötigte mir Respekt ab.

»Guten Abend.«

Erschrocken drehte sie sich um. Sie mochte Mitte vierzig, Anfang fünfzig sein, mit Sommersprossen in einem breiten, kindlich wirkenden Gesicht und zerzaustem, schulterlangem Haar in fahlem Braun. Beim Näherkommen fiel mir auf, dass ihre Kleidung etwas zerschlissen wirkte und sie den Eindruck machte, damit auch gerne in freier Natur zu übernachten. Sie hielt einen mehrfach gefalteten Zettel in der Hand.

»Guten Abend.« Sie trat einen Schritt von der Treppe zurück.

»Herr Steinhoff ist draußen auf der Terrasse«, sagte ich. Vielleicht suchte sie jemanden oder gehörte zum Catering.

Die Sommersprossen tanzten ein kleines Lächeln. »Oh. Ich bin gar nicht hier. Ich meine, ich bin hier, aber ich gehöre nicht dazu.«

Sofort hatten wir etwas gemeinsam. Die etwas zerrupfte Waldfee, oder was immer sie sein mochte, ging zu der Treppe und ließ sich auf den ersten Stufen nieder. Ihre Bewegungen waren fließend, fast tänzerisch.

»Die Villa stand lange leer, wussten Sie das? Ich wollte nur mal schauen, wie es jetzt hier aussieht.«

Ich blieb unschlüssig vor meinem Koffer stehen, nicht wissend, ob die Art, wie sie sich jetzt die Haare zurückstrich, einladend oder eher gedankenverloren war.

»Vor ewigen Zeiten war sie mal ein Herrenhaus, dann im Krieg ein Lazarett, danach ein Kinderheim. Und dann ist sie abgebrannt.« Sie wartete, als ob sie sich von mir eine Erinnerung erhoffte. Als die nicht erfolgte, sagte sie: »Ich bin Sanja. Man nennt mich auch die Verrückte. Und Sie?«

»Vernau. Joachim Vernau. Ich mache hier ein paar Tage Urlaub. Im Bootshaus.«

»Dann wohnen Sie nicht in der Villa Floßhilde?«

»Floßhilde?«, fragte ich irritiert und kam näher.

»So hieß das Haus früher einmal. Nach einer der drei Rheintöchter.« Mich traf ein amüsierter Blick aus braunen, kajalumrandeten Augen.

»Dann stammen Sie aus der Gegend?«

»Ich bin hier geboren und aufgewachsen.«

»Woher hat der Düstersee seinen Namen?«, wollte ich wissen.

Die Antwort war ein leises Lachen. »Woher wohl? Das war mal ein Moorsee, bevor die Gegend trockengelegt und das Dorf gebaut wurde. Zwei Kilometer weiter liegt der Klare See, der sieht ganz anders aus.«

Ich nickte und hatte schon die Frage auf den Lippen, ob sie ihn mir vielleicht bei einer Wanderung mit romantischem Picknick zeigen würde, da fuhr sie fort: »Das sagen die einen.«

»Und die anderen?« Ich setzte mich neben sie. Sie duftete nach Wald, Wiesen, Lagerfeuer und einem Hauch Zitronenmelisse. Als sie sich vorbeugte, berührte sie mich fast mit der Krempe ihres Anglerhuts. »Die sagen, weil so viel in ihm versenkt worden ist.«

»Was?« Ich musste ziemlich begriffsstutzig wirken.

»Viel Dunkles. Niemand will in die Tiefe, um nachzusehen. Was einmal im Düstersee verschwindet, kommt nie wieder hoch.«

Ihre Stimme war fast zum Flüstern geworden. Sie wartete, ob ich verstand, was sie meinte, und als das nicht der Fall war, kehrte sie in ihre ursprüngliche Körperhaltung zurück und fächelte sich mit dem Papier, das sie in ihrer Hand hielt, etwas Luft zu.

»Die Sagen und Legenden der Uckermark«, scherzte ich.

»Man kann es natürlich auch als Hirngespinst abtun«, sagte sie kühl. »Wo finde ich Herrn Steinhoff?«

»Vermutlich hinterm Haus auf der Terrasse am See. Was ist das?«

Ich wies auf den Zettel in ihrer Hand.

»Nichts«, sagte sie schnell. »Etwas Persönliches. Passend zu diesem Abend und der Geschichte des Hauses.«

»Ich bringe Sie zu ihm.«

Sanja überlegte, dachte nach, wog die verschiedenen Optionen gegeneinander ab und erhob sich schließlich mit einem Nicken.

»Wohnen Sie im Dorf?«, fragte ich auf dem Weg zur Terrasse.

»Ja. Ich arbeite dort auch.«

»Was machen Sie denn?«

»Ich bin energetische Heilerin. Ich lehre, wie Sie Ihre Dämonen füttern.«

Sie blieb an der Tür nach draußen stehen und wartete auf meine Reaktion.

In meiner Praxis als Anwalt bleibt nichts Menschliches fremd. Jeder Mandant hat das Recht, ernst genommen zu werden. Vor einigen Jahren war eine Frau bei mir aufgetaucht, die bei ihrem Vermieter einen besseren Schallschutz durchsetzen wollte, weil sich auf dem Balkon die Geister der Verstorbenen jede Nacht lauthals stritten. Man braucht Fingerspitzengefühl, in solchen Fällen zu raten, es vielleicht mit einem Therapeuten zu versuchen. Sanja hingegen wirkte durchaus diesseitig. Aber man kann sich in Menschen täuschen.

»Meine Dämonen?«

Jemand hatte die Gartenfackeln angezündet. Ein Paar kam

uns entgegen, offenbar weinselig genug, um im Haus nach einem diskreten Platz zu suchen.

»Ängste, Süchte, Sorgen, negative Gefühle – ich arbeite viel mit Identifikation und Visualisierung.«

Wir machten dem Paar Platz, das leise kichernd Richtung Empfangshalle wankte.

»Und es gibt so viele Dämonen in der Uckermark, dass es sich lohnt?«

»Sie würden staunen. Was machen Sie denn?«

Ich ließ ihr den Vortritt. Auf der Terrasse hatte sich mittlerweile die entspannte Stimmung ergeben, wie sie nach der Fütterung der Raubtiere herrschte. Aber es gab noch Grillwürstchen.

»Ich bin Anwalt in Berlin. Wollen Sie eins?«

Sanja rümpfte die Nase. »Ich bin vegan.«

Ich hatte nichts anderes erwartet. Aber mein Magen knurrte. Obwohl es hier offenbar üblich war, seine Gesprächspartner grußlos stehenzulassen, setzte ich zu einer kurzen Verabschiedung an, wurde aber rüde unterbrochen.

»Wie kommen Sie hier rein?« Steinhoff tauchte aus der Menge direkt vor uns auf. »Weg hier, sofort. Bevor ich Sie wegen Hausfriedensbruch anzeige!«

Ein paar der Leute, die in direkter Nähe standen, drehten sich irritiert um. Der Rest bekam nichts mit.

»Die Dame wollte nur einen Blick aufs Haus werfen«, sagte ich.

»O ja, die Nummer kenne ich, und sie zieht nicht bei mir.« Der Gastgeber streifte mich mit einem wütenden Blick, bevor er sich wieder an Sanja wandte. »Ihr könnt den ganzen See haben, jedes einzelne Schilfrohr! Aber Ihr habt nichts auf meinem Grund und Boden zu suchen! Verschwindet!«

»Vielleicht sollten Sie einmal einen Blick hierauf werfen.«

Sie faltete das Papier auseinander und hielt es Steinhoff unter die Nase. Ich konnte nicht erkennen, was sich darauf befand, aber er nahm es in die Hand, knüllte es zusammen und warf es in die Terrassenbepflanzung.

»Raus hier.«

»Wir wollen mehr als den See. Wir wollen Gerechtigkeit. Es wird Zeit, dass alle Welt erfährt, was damals wirklich hier passiert ist!«

Steinhoff drehte sich suchend um. Niemand tauchte auf.

»Wössner!«

Der Mann hinterm Grill legte die Zange ab, wischte sich mit den Händen über die Schürze und kam zu uns.

»Kurti!« Sanja musterte ihn von oben bis unten. »Ist es so eng bei dir, dass du hier arbeiten musst?«

Kurti war groß, schlank, weißhaarig und bestimmt zehn Jahre älter als Steinhoff, also nicht meine erste Wahl, wenn es um die Sicherheit auf diesem Gelände ging.

»Sanja«, begann er, wurde aber sofort von Steinhoff unterbrochen.

»Schaffen Sie mir diese Frau aus den Augen!«

»Aber …«

»Sofort! Ehe ich mich vergesse!«

Mittlerweile hatten fast alle, die sich in Hörweite befanden, ihre Gespräche unterbrochen, um kein Wort des Eklats zu verpassen.

Sanja lächelte. Sie war vom Dämonenfüttern wohl schlimmere Situationen gewohnt. »Sie sind ein Mörder, Steinhoff.«

Es war, als würde die ganze Partygesellschaft den Atem anhalten.

»Was?«, fragte er gefährlich leise.

»Ein Mörder.«

Ich stellte mich zwischen die beiden. »Sanja, es ist wirklich besser, wenn Sie jetzt gehen.«

Steinhoffs Pranke schob mich zur Seite. »Das bin ich nicht. Aber ich werde zu einem, wenn Sie sich nicht sofort verpissen!«

Es war das erste Mal, dass ich Steinhoff erlebte, wie er kurz davor war, die Beherrschung zu verlieren.

»Nehmt euren Hokuspokus und lasst euch nie wieder blicken! Ihr habt Hausverbot, alle! Niemand betritt mein Eigentum ohne mein Einverständnis!«

»Herr Steinhoff!«, sagte ich laut. »Bitte! Die Dame wollte sowieso gerade gehen.«

»Die *Dame* ...« Es hätte nicht viel gefehlt und er hätte vor ihr ausgespuckt. »Die Dame macht, dass sie verschwindet. Wössner!«

Kurti ließ fast die Grillzange fallen.

»Schaff sie hier weg! Und such das Grundstück ab, ob sie nicht wieder jemanden eingeschleust hat, der sich an Bäume kettet oder meine Ruderboote versenkt. Das seid ihr nämlich: Terroristen! Grün angemalte Ökoterroristen!«

Wenn energetisches Heilen einem solch eine Ruhe verlieh, wie Sanja sie bei diesen Anfeindungen ausstrahlte, wollte ich mindestens drei Sitzungen. Steinhoffs Tirade perlte an ihr ab, und immer noch nistete ein kleines Lächeln in ihren Mundwinkeln. Sie drehte sich zu mir um.

»Danke. Ich finde allein hinaus.«

Damit schwamm sie über die Terrasse davon. Ich kann es nicht anders beschreiben: Dieses Schwebende, als gäbe es keine Schwerkraft, als flösse statt Blut Quecksilber durch ihre Adern, ließ sie im dichtesten Gedränge den Weg finden, ohne auch nur eine Person zu berühren.

Ich sah zu Steinhoff und erschrak. In seinen Augen stand der blanke Hass.

»Sie ist doch harmlos«, sagte ich.

»Harmlos? Diese Irre? Sie kennen sie nicht. Es fing an mit Ausräuchern und Geisterbeschwörungen, mit irgendeinem schamanistischen Unsinn, den sich nur Leute ausdenken, die zu viel Zeit haben. Und jetzt kommt sie mit irgendwelchem Gekritzel und …« Steinhoff brach ab und atmete tief durch. »Es ist heute Abend ein offenes Haus, da kann wohl jeder hereinspazieren. Machen Sie sich keine Sorgen. Wenn die Party vorbei ist, ist alles wieder dicht. Dann sind wir hier sicherer als in Fort Knox.«

»Sie hat Sie einen Mörder genannt.«

»Weil ich Bäume gerodet habe und dabei vielleicht auf einen doppelschwanzigen Schnarchkackler getreten bin.«

Er lachte, aber der Ton hatte eine minimale Dissonanz. Er merkte es, schlug mir auf die Schulter und tauchte ohne ein Wort des Abschieds in der Menge unter. Ich drängelte mich zum Grill und holte mir das letzte Würstchen.

Sicherer als Fort Knox. Niemand kam herein. Aber auch keiner heraus.

2

Nach Sanjas Rauswurf war ich zurück in die Eingangshalle gekehrt und hatte meinen Koffer geholt. Ich trug ihn hinunter zum Bootshaus, öffnete die Tür mit einer Zahlenkombination, die mir Steinhoff zuvor aufs Handy geschickt hatte, und richtete mich ein.

Aus dem alten Schuppen war ein äußerst modernes, kleines Gästehaus mit zwei Zimmern entstanden. Das vordere hatte er mit Küchenzeile, Frühstücksecke und Couchgarnitur sowie einer bodentiefen Glastür ausgestattet, die auf den Anleger führte. Keramikvasen von Hedwig Bollhagen lenkten den Blick auf ein Sideboard, es gab Leinenvorhänge, eine Stereoanlage und einen Flachbildmonitor. Der dunkle Teppich harmonierte mit den neu ausgelegten gekalkten Holzböden. Für kalte Nächte wartete ein Gaskamin auf seinen Einsatz. Alles wirkte neu und unbenutzt, soweit ich das beurteilen konnte. Im zweiten, zum nahen Wald ausgerichteten Zimmer standen ein Bett und ein Schrank, schlichtes Massivholz, Eiche hell. Frotteemantel, Hausschuhe und Handtücher lagen im Bad. Der Blick aus dem Fenster führte in grüne Finsternis.

Im Kühlschrank wartete eine Flasche Riesling. Ich öffnete sie, goss mir ein Glas ein und schnupperte – ebenfalls hervorragend. Damit trat ich hinaus auf den Anleger, aber erst, nachdem ich den Mechanismus der Fensterverriegelung durchschaut und sicherheitshalber mein Handy mit dem Code eingesteckt hatte.

Zwei Loungechairs und ein kleiner, quadratischer Tisch befanden sich dort. Unter dem Bootssteg schwappten die Wellen ans Ufer. Ringsum wuchs Röhricht, das den Blick zur Villa Floßhilde verbarg. Ich war mir sicher, irgendwo im Sideboard eine Furtwängler-Aufnahme des *Rings* zu finden.

Der Gartensessel, auf den ich mich setzte, kehrte dem Haus den Rücken zu. Musikfetzen und leises Gelächter wurden vom Wind ans Ufer getragen. Sonst war es still, bis auf das leise Schmatzen und Gurgeln der Wellen und den verschlafenen Gesang der letzten Vögel, ab und zu gekontert durch das Rufen eines Waldkäuzchens. Ich trank einen Schluck, lehnte mich zurück und vermisste Marie-Luise.

So lange, bis Stimmen sich näherten und mich aus meinen Betrachtungen hochschreckten. Die eine weiblich und flehend, die andere ärgerlich und männlich.

»Aber du kannst mich nicht einfach hängen lassen!«

Felicitas von Boden.

»Blödsinn.« Steinhoff, angetrunken. »Komm mir jetzt nicht so! Ein Deal ist ein Deal. Ein Wort ist ein Wort.«

»Das reicht nicht! Schon lange nicht mehr!«

»Dann halte dich an unsere Vereinbarung.«

»Aber ich bin ruiniert, wenn ich das mache!«

»Du hast dich selber ruiniert, vergiss das nicht.«

Als heimlicher Lauscher konnte ich nichts tun, um die Peinlichkeit der Situation nicht noch dadurch zu steigern, indem ich mich bemerkbar machte. Also rührte ich mich einfach nicht und hoffte, die beiden blieben so mit sich selbst beschäftigt, dass sie den Zeugen ihrer Auseinandersetzung nicht bemerkten.

Felicitas setzte zu einer Erwiderung an, aber Steinhoff hob die Hand, als ob er sie schlagen wollte. Sie schreckte zurück, es blieb bei der drohenden Geste.

»Es ist Schluss. Hörst du? Ende. Ich hab es satt. Wenn du denkst, das geht ewig so weiter ...«

»Da irrst du dich aber«, erwiderte sie. »Vergiss nicht, was ich gegen dich in der Hand habe.«

»Nichts hast du. Du tust mir leid. Das ist alles. Du tust mir leid.«

Er wankte los, genau in meine Richtung, und brach sich Bahn durch Büsche und Rabatten, begleitet von ärgerlichem Grunzen und brechenden Zweigen. Seine massige Gestalt schälte sich aus dem Kirschlorbeer und erreichte schnaufend die zwei Treppenstufen zum Bootshaus.

Er schwankte, hatte also ordentlich einen sitzen. Als er mich auf dem Steg entdeckte, stieß er ein befriedigtes Schnaufen aus und wankte auf mich zu.

»Joe«, sagte er. Im nüchternen Zustand war ich Herr Vernau. »Du bist noch wach. Ich muss mit dir reden.«

Ich spähte in die Richtung, aus der er gekommen war. Felicitas war verschwunden. Er erklomm die Distanz zwischen Ufer und Steg und zog einen der Sessel so herum, dass wir uns gegenübersaßen. Dann ließ er sich fallen, atmete schwer und stierte nach unten, dort, wo das Wasser leise an die Pfähle klatschte. Zusammengesackt saß er da, denn die Sessel waren mehr nach Design denn Bequemlichkeit ausgesucht worden. Der untere Knopf seines Hemds hatte sich geöffnet, und ein Stück bleicher Bauch schimmerte in der Dunkelheit.

Mir schwante Böses. Vielleicht würde das jetzt jeden Abend auf mich warten: ein betrunkener Steinhoff, der hinüber zum Bootshaus ging und *reden* wollte.

Trotzdem fragte ich: »Ein Glas Wein?«

Er nickte und fuhr sich durch die derangierte Frisur. Ich ging ins Haus und kam mit einem weiteren Glas zurück, goss aber nur zwei Fingerbreit ein. Er nahm es an und leerte es in einem Zug. Dann sagte er unvermittelt: »Der Schlevogt muss weg.«

Das trieb ihn also um: der amtierende Kammerpräsident. Ich nickte verstehend. Schlevogt war ein Mann der Kompromisse, dem es immer gelungen war, die Kammer nach außen hin geschlossen zu vertreten. Für jemanden wie Steinhoff, der Diskussionen um Gender, Diversity und Frauenquote als neumodisches Gedöns abtat, ein feuerrotes Tuch.

»Du musst mir helfen.«

»Soll ich ihn um die Ecke bringen?«

Er sah mich aus trüben Augen an. »Kannst du das denn?«

Für einen Moment hatte ich das Gefühl, dass er meinen Scherz ernst nahm.

»Ich bin in dieser Hinsicht gerade ausgebucht«, erwiderte ich mit einem Grinsen, das der Situation die dringend benötigte Leichtigkeit geben sollte. »Aber im Herbst sind ja Wahlen.«

»Genau!«, trompetete er. »Deshalb muss ich mit dir reden. Du weißt, wem du deine Stimme gibst.«

Das wusste ich nicht, aber Steinhoff wäre es ganz bestimmt nicht. Deshalb schwieg ich, trank einen Schluck Riesling und drehte das Glas in meinen Händen.

»Also.« Er rückte auf die Vorderkante des Sessels, nah genug, um mir seine Hand aufs Knie zu legen. »Du bist doch mit den ganzen Linken so eng, mit der Hoffmann und so.«

Die Hoffmann und so waren Marie-Luise und ein Dutzend junge, aufstrebende Anwältinnen und Anwälte, für die seine

Ära in die Steinzeit gehörte. Ich hielt mich aus diesen Ränkeschmieden heraus. Es war wichtig, in der Kammer ab und zu Präsenz zu zeigen, aber in das Gerangel um Posten und Funktionen mischte ich mich nicht ein. Marie-Luise übrigens auch nicht.

»Frau Hoffmann ist eine Freundin«, erwiderte ich, um ihm gleich jeden Wind aus den Segeln zu nehmen. Aber er schürzte nur die Lippen, zog die Hand weg und lehnte sich zurück. Eben noch sturzbetrunken, kehrte er nun die Restbestände seines Kalküls zusammen.

»Genau die meine ich. Die stehen alle in den Startlöchern, wie die Hyänen. Wenn die ans Ruder kommen, dann Gute Nacht. Das müssen wir verhindern, auf jeden Fall.«

Dieses *wir* gefiel mir nicht. Es war exakt das, vor dem Marie-Luise mich gewarnt hatte: zwei Wochen Steinhoffs zweifelhafte Nähe und staatsemanzipatorische Zündeleien. Ich unterdrückte einen Seufzer.

»Also, Junge. Eine ganze Menge Leute sind auf unserer Seite. Wenn wir Berlin haben, ist es nicht mehr weit bis zur Bundeskammer. Und von da zum Verfassungsgericht. Jeder anständige Patriot sieht doch, dass dieses Land vor die Hunde geht. Die Linke hat uns voll im Griff. Medien, Politik, Verwaltung und Justiz.«

Ich hob die freie Hand. »Ich bin eigentlich hier, um Urlaub zu machen. Wenn Sie etwas anderes von meinem Aufenthalt erwarten, muss ich Sie enttäuschen.«

Er kniff die Augen leicht zusammen, um seinem getrübten Blick mehr Schärfe zu verleihen. »Was sollte ich denn von dir erwarten?«

»Dass ich Ihnen im Herbst meine Stimme gebe?« Ich siezte ihn deutlich, aber entweder merkte er das nicht mehr, oder ab einem gewissen Grad von Intimität und Trunkenheit duzte er alle.

Er lehnte sich abermals zurück und sah hinauf in den unfassbar schönen Sternenhimmel. Dann kam er mit einem Ruck wieder vor. »Ich setze auf Überzeugung, nicht auf Korruption. Wenn ich dich für jemanden gehalten hätte, der sich kaufen lässt, würde ich dir ganz andere Dinge anbieten.«

Ich fragte mich, was er Felicitas angeboten hatte und ob er ahnte, dass ich Zeuge ihrer Auseinandersetzung geworden war. Vielleicht tat er das, denn nach kurzem Nachdenken sagte er: »Ich kann das ganz gut unterscheiden.«

»Wer sich kaufen lässt und wer nicht?«, fragte ich.

Er nickte. »Das sind Leute, die nützlich sind. Aber ich verachte sie. Weißt du das? Ich verachte sie. Vor allem, wenn sie nicht zufrieden sind mit dem, was man ihnen bietet, und sie mehr wollen. Mehr und mehr und mehr … Du denkst, das ist eine Sache der Großstadt? Nein. Das gibt es überall. Und hier sind sie am schlimmsten.«

Er stierte auf die dunkle Wasseroberfläche.

»Das halbe Dorf gehört mittlerweile mir. Damals, als ihnen das Wasser bis zum Hals stand, habe ich ihnen geholfen. Und jetzt? Ist alles nicht mehr wahr.«

Langsam schüttelte er den Kopf.

»Das halbe Dorf«, sagte ich höflich. »Das ist eine ganze Menge für einen Mann.«

Aber er achtete gar nicht auf meinen Einwurf. Wer weiß, wo er mit seinen Gedanken war, er riss sich jedenfalls mit einem beherzten Klopfen auf die Schenkel aus ihnen heraus.

»Komm morgen zu meinem Vortrag. Vielleicht öffnet er dir die Augen. Überzeugung ist immer noch der bessere Weg.«

»Als?«

Er stand ächzend und schwankend auf. Noch bevor ich auf die Beine kam, um ihm zu helfen, hatte er sich schon wieder gefangen. Wie nicht anders zu erwarten, stolperte er grußlos in die Nacht.

Das halbe Dorf. Und die Anwaltskammer in Berlin dazu. Steinhoff machte sich die Menschen untertan und verstand nicht, warum nicht alle es liebten, beherrscht zu werden.

Es war still geworden in seinem großen Haus. Die Gäste waren gegangen oder hatten sich in ihre Zimmer zurückgezogen. Ich war zu faul, um auf die Uhr zu sehen, aber ich schätzte, dass Mitternacht noch nicht lange vorüber war. Etwas an meiner harschen Ablehnung störte mich. Er hatte ehrlich geklungen, nicht wie jemand, der mich tatsächlich für käuflich hielt. Ich ging ins Haus und holte mein Handy. Nach dem vierten Klingeln nahm jemand meinen Anruf an.

»Hallo?«, fragte ich. »Herr Steinhoff?«

Es raschelte und rauschte, als ob er sein Gerät wieder in die Jackentasche stecken würde, dann wurde die Verbindung beendet. Wahrscheinlich war es besser so. Entschuldigungen nach Mitternacht behielten selten ihre Gültigkeit bis zum Morgengrauen.

Aber das Gespräch mit ihm ging mir nicht mehr aus dem Kopf. Steinhoff hatte vor, den langen Marsch durch die Institutionen anzutreten. Ganz im Sinne von Rudi Dutschke und Mao Tse-tung, allerdings mit entgegengesetzter Zielrichtung. Ich würde mir seinen Vortrag nicht anhören. Seine Überheblichkeit, die Welt in Blinde und Sehende einzuteilen, hatte mir schon genug die Augen geöffnet. Ich fragte mich, warum Sanja ihn einen Mörder genannt hatte. Aber bevor ich mich wieder ärgern konnte, dass ich ihn nicht danach gefragt hatte, wurde ich abgelenkt.

Ein leises, unterdrücktes Kichern war von der Mitte des Sees zu hören.

Ich stand auf, das Glas in der Hand, und lief bis zum Ende des Bootsstegs. Die Straßenlampen und Lichter vom gegenüberliegenden Nordufer schimmerten durch den sanften Nebel, der von der Wasseroberfläche aufstieg. Vielleicht waren noch ein paar Leute in Sonnenwalde schwimmen gegangen? Das Kichern kam näher. Ich drehte mich um und sah, dass ein Boot weitab vom Ufer trieb. Jemand musste Laternen auf ihm angezündet haben, die den kleinen Nachen beleuchteten – und die zwei nackten Körper, die sich eindeutig in großer Freude miteinander beschäftigten. Ich wollte mich gerade abwenden, als die oben sitzende Gestalt mich bemerkte und sich zu mir umdrehte. Es war eine junge Frau mit kurzen dunklen Haaren und einer sportlichen Figur. Ich wusste nicht, was ich machen sollte, und hob das Glas zu einem kurzen Gruß. Die Person unter ihr schob sie zur Seite und richtete sich interessiert auf. Es war ebenfalls ein nacktes junges Mädchen mit schulterlangen, helleren Haaren. Mehr konnte und wollte ich nicht erkennen. Ich drehte mich um, und das amüsierte Lachen der beiden folgte mir bis ins Haus und, wenn ich ehrlich sein soll, auch noch bis in den Schlaf.

3

Es war ein luzider Traum. Einer, bei dem man weiß, dass man eigentlich nur aufwachen muss, und die Welt ist wieder in Ordnung.

War sie aber nicht.

Jemand schlich ums Haus.

Für ein paar gesegnete Momente lang verwob sich das Knacken und Rascheln der Zweige mit dem Kichern von jungen Frauen, dem Plätschern des Wassers beim sanften Anlegen eines Boots und dem klagenden Ruf eines Nachtvogels. Ich wusste nicht, wo genau ich mich in diesem Kaleidoskop befand. Saß ich im Boot und sah die Nixen des Sees tief unten im Wasser, die mich hinablocken wollten? War ich am Ufer und hatte mich verirrt in Düsterwalde, das kein Dorf mehr war, sondern ein finsterer Märchenhain, wo unter den gewaltigen Wurzeln der Bäume geheime Zugänge verborgen lagen, durch die man ins finstere Herz des Waldes gelangte?

Ich schreckte hoch. Vor dem Fenster, das ich für die Nacht geöffnet hatte, bauschte sich der leichte Vorhang im Wind. Zog ein Unwetter auf? Ich schlug die Decke zurück und hielt inne. Etwas trat heraus aus dem Hintergrundrauschen, das nicht hineinpasste. Der Rhythmus vorsichtiger Schritte, die sich näherten.

Es war dunkel im Zimmer, nur das matte Licht das Nachthimmels drang herein und ließ mich die Konturen der wenigen Möbel erkennen. Ich stand auf und schlich barfuß zum Fenster.

Die Schritte waren verklungen. Ich schob den Vorhang zur Seite, beugte mich heraus – und starrte einer Fratze ins Gesicht, die mir das Blut in den Adern stocken ließ. Wulstige Narben, ein feuerrotes Geäst auf blasser Haut, war es kaum noch als menschlich zu erkennen. Ein Auge fehlte, das andere war fast verschwunden. Es war ein Mann, groß und kräftig, und er sah aus, als hätte er Jahre auf dem Grund des Sees gelegen. Ein Untoter. Ein Zombie. Klatschnass und schlammverschmiert, vor Schreck keuchend, denn er schien genauso erschrocken wie ich. Das gab mir den Mut, ihn anzubrüllen.

»Wer sind Sie? Was machen Sie hier?«

Er drehte ab und rannte in den Wald. Ich schlüpfte in meine Schuhe, schnappte mir den nächsten Kerzenleuchter und rannte hinaus. Der Wassergeist war verschwunden.

»Hallo?«, rief ich ihm hinterher. Er sollte wissen, dass ich mich nicht vor ihm fürchtete. Aber schon nach ein paar Metern hinein in den Wald stieß ich an einen Zaun. Zwecklos, ihn weiter zu verfolgen.

»Hallo!«

Ich lauschte meinem Atem. Von diesem Wald ging etwas Unheimliches aus. Als würde er mit einem Mal tief Luft holen, bevor er sich um mich schloss. Geräusche und der schwere Geruch ließen ihn wie eine feindliche, unbekannte Welt erscheinen, in die man zu dieser Uhrzeit besser nicht seinen Fuß setzte.

Ich kehrte zum Bootshaus zurück. Der Mond war von Wolken verdeckt, doch ab und zu schimmerte er durch die grausilbernen Gebilde, und das Licht verlieh der Landschaft eine zeitlose Starre.

Ein Vogel schrie, und es klang wie der Klageruf eines trauernden Menschen. Als wäre etwas geschehen, das keiner verstand, denn wir hörten und sahen nur, was wir hören und sehen wollten. Der Wald, der See und die Villa aber schienen zu träumen von längst vergessenen Geheimnissen und ächzten im Schlaf unter der Last der Erinnerungen.

Ich schüttelte den Kopf über mich, achtete aber nach dem Betreten des Bootshauses darauf, dass alle Türen verschlossen waren, und stellte das Schlafzimmerfenster auf Kipp. Noch einmal lauschte ich hinaus, aber die Welt um mich herum atmete wieder in ihrem gewohnten Takt.

Am Morgen wurde ich durch den Gesang der Vögel geweckt. Besser gesagt, durch den Krach, den sie veranstalteten. Die Luft war feucht und kühl, sie roch nach Erde. Es war Sonntag, und normalerweise hätten mich keine zehn Pferde aus dem Bett bekommen. Aber diese unverhofften zwei Wochen wollte ich anders verbringen. Disziplinierter. Wacher.

Ich schlüpfte in meine Sportsachen, die ich mir am Abend zuvor schon herausgelegt hatte, um gar nicht erst in Versuchung zu geraten, den Tag ohne eine Runde um den See zu beginnen. Es war kurz vor sechs, als ich aus dem Bootshaus trat und mich gleich nach rechts wandte, um nicht als Erstes durch den Park der Villa zu laufen.

Aber ich kam nicht weit. Nach ein paar hundert Metern war Schluss. Ein Tor versperrte den schmalen, fast völlig zugewucherten Weg. Hier schloss sich ein hoher Maschendrahtzaun an beide Seiten an, bekränzt mit Stacheldraht. Er führte in den Wald hinein und markierte die Grenze von Steinhoffs Land. Besser bewacht als Fort Knox ... Ich spähte nach Kameras, konnte aber keine entdecken. Das Gefühl, beobachtet zu werden, blieb.

Enttäuscht blieb ich stehen und kickte ein paar Steinchen

ins Wasser. Vermutlich war es das, was das Dorf gegen den neuen Großgrundbesitzer aufgebracht hatte. Der Uferweg müsste für alle frei zugänglich sein, aber immer mehr Neu-Anrainer drängten auf Privatisierung ihres Seezugangs, was bei den Alteingesessenen auf wenig Gegenliebe stieß.

Missmutig, als hätte mir Steinhoff persönlich einen Pflock vor die Füße gerammt, kehrte ich um und machte mich in die andere Richtung auf den Weg. Der Uferpfad schlängelte sich vorbei an Röhricht, Trauerweiden und Gebüsch. Und an einer uralten Holzbank, auf der jemand saß, der genauso früh die Ruhe genießen wollte wie ich.

Es war Steinhoff, aber er trug immer noch denselben Anzug. Etwas an diesem Bild, wie er so in sich zusammengesunken verweilte, stimmte nicht. Ich verlangsamte meine Schritte, und noch bevor ich bei ihm war, wusste ich, er war tot.

»Herr Steinhoff?«

Mein Puls hämmerte. Die Bank war von der Villa aus nicht zu sehen, zu abschüssig verlief das Gelände, und zu viele Bäume, Sträucher und Rosenbögen verstellten den Blick.

Er reagierte nicht.

»Herr Professor?« Ich stand direkt vor ihm. Dann ging ich in die Knie, um in sein graues Gesicht zu blicken. Die drahtigen Haare fielen ihm in die Stirn. Immerhin waren die Augen geschlossen, und über sein hartes Gesicht hatte der Tod mit sanfter Hand gestrichen und eine tiefe Ruhe hinterlassen. Ich griff nach seinem Handgelenk – es war eiskalt und steif. Langsam erhob ich mich wieder und sah mich um.

Etwas weiter, ein paar Meter in Richtung Sonnenwalde, lag ein schmales Holzboot am Ufer. Vielleicht war es das, das die beiden Mädchen in der Nacht benutzt hatten. Hatten sie Steinhoff nicht gesehen? Wie lange saß er schon hier? Die Totenstarre war ausgeprägt. Ich rechnete acht Stunden zurück und schlussfolgerte, dass es unmittelbar nach seinem Besuch bei mir geschehen sein musste.

Ich lief zurück ins Bootshaus und setzte einen Notruf ab. Dann wählte ich Steinhoffs Nummer in der Hoffnung, dass er nachts noch einmal in die Villa zurückgekehrt war und sein Handy dort gelassen hatte, damit jetzt jemand an den Apparat gehen konnte. Als die Mailbox ansprang und ich seine Stimme hörte, beendete ich die Verbindung. Dann kehrte ich zu ihm zurück. Mein Anruf nach Mitternacht kam mir in den Sinn. Vielleicht hatte er mit letzter Kraft versucht, ihn anzunehmen? Der Gedanke hinterließ ein Gefühl von Trostlosigkeit und Versagen. Ich hätte ihm nachgehen sollen, statt ihn anzurufen. Den unguten Ton zwischen uns besänftigen. Selten rächt sich Unentschlossenheit so sehr wie in solchen Momenten. Ich blieb bei ihm, bis ich Rufe hörte.

»Hier!« Zwei Sanitäter bahnten sich ihren Weg durchs Unterholz, begleitet von einigen Leuten, die ich am gestrigen Abend schon gesehen hatte.

»Um Himmels willen!« Felicitas von Boden, ein papierdünner Schatten ihrer selbst, nachdem ich sie am Abend zuvor in Samt, Seide und Kriegsbemalung erlebt hatte, schlug sich die Hand vor den Mund. Sie stellte sich neben mich und starrte fassungslos auf den toten Steinhoff, der gerade in die stabile Seitenlage gebracht wurde. Sie trug einen Pyjama und einen Morgenmantel, beides aus dünner Seide, aber ihr Frösteln und Zittern war eher darauf zurückzuführen, dass dieser Anblick ihr schwer zu schaffen machte.

Ihr war das Ehepaar gefolgt, das in meiner Erinnerung den halben Grill leer gegessen hatte und nun aussah, als würde es das bitter bereuen.

»Was ist denn passiert?«, fragte der Mann, ein draller Endfünfziger, ebenfalls im Pyjama, während seine Frau zumindest eine Hose und ein T-Shirt übergestreift hatte. »Gestern war er doch noch ganz munter! Und Montag wollten wir zusammen … Herrgott! Was ist passiert?«

Er sah mich so wütend an, als müsste ich ihm sofort eine Antwort liefern.

Ich fuhr mir durch die Haare. Mein Herzschlag hatte sich halbwegs normalisiert, aber der plötzliche Tod dieses Menschen brachte auch mich aus dem Tritt. »Ich weiß es nicht. Ich habe ihn nur gefunden.«

»Und da war nichts mehr zu machen? Gar nichts?«

Mit ausgebreiteten Händen drängte ich die Schaulustigen etwas zurück. »Lassen Sie uns ins Haus gehen. Hier können wir nichts mehr tun.«

In der Villa hatten sich Steinhoffs Gäste, die bereits wach waren, im Gartenzimmer versammelt. Durch die Glastür fiel der Blick auf die Terrasse und den See. Ab und zu leuchteten die orangefarbenen Jacken der Sanitäter durch das Grün. Während die Rückkehrer mit Fragen bombardiert wurden, hielt ich mich im Hintergrund. Mehr als die Tatsache, dass Steinhoff nicht mehr unter uns weilte, war im Moment nicht bekannt. Felicitas hatte hyperventilierend in einem Sessel Platz genommen, der Ehemann im Schlafanzug beschrieb immer wieder die Auffindesituation, mal als majestätisch entrückt, mal als in Frieden dahingegangen.

Irgendwann tauchte eine Hausangestellte auf, eine vernünftig wirkende Frau Anfang vierzig mit strohigem Haar und kräftigen Waden, die Simone hieß und nach Kaffee- und Teewünschen fragte. Auch sie war schockiert, aber ihr Pragmatismus trug viel zur Beruhigung bei. Weitere Hausgäste trudelten ein, mehr oder weniger aus dem Schlaf gerissen, und jeder erzählte jedem seine Stille-Post-Version der Ereignisse.

Dann wurde es still. Alle sahen zur Tür.

Dort stand Regina Steinhoff, die Ehefrau, oder besser, pietätvoller: Witwe des Professors. Gerade eingetroffen, trug sie einen leichten Staubmantel zu flachen Loafern und hatte einen Seidenschal um die Haare gebunden, den sie mit einer müden Bewegung abstreifte. In meiner Erinnerung war sie eine gut aussehende Frau gewesen, aber der Schrecken über das, was sie gerade erfahren haben musste, ließ sie um Jahre gealtert wirken.

»Christian?«, sagte sie nur. »Draußen, der Krankenwagen ... ich habe jemanden gefragt, aber – ist es wirklich Christian?«

Es klang so zerbrechlich, dass ich sofort aufgesprungen wäre und sie zum nächsten freien Platz geleitet hätte, wenn nicht sämtliche Anwesende dieselbe Idee gehabt hätten. Simone wurde nach Wasser in die Küche gescheucht, Felicitas nahm Regina den Mantel ab, der Schlafanzugträger nötigte sie in den nächsten Sessel, jemand schob ihr einen Schemel unter die Füße. Sie nahm das gar nicht wahr und stellte nur eine Frage, so leise, dass ich sie nicht verstehen konnte. Erst als alle sich nach mir umdrehten und der Herr im Pyjama sie wiederholte, begriff ich, dass ich gemeint war.

»Ich habe ihn gefunden. Vernau. Joachim Vernau. Ich bin ein Kollege Ihres Mannes aus Berlin.«

»Wo? Wo genau?«

»Unten am See. Er saß auf einer Bank.«

»Ich muss zu ihm.«

Sie hatte hellbraune Augen und schulterlanges dunkelblondes Haar. Alles an ihr wirkte sauber, teuer und kontrolliert.

Nur der Ausdruck in ihren Augen nicht. Der war pure Verzweiflung.

»Bitte warten Sie noch damit«, sagte ich. »Man wird Sie sofort verständigen, wenn Sie zu ihm können.«

»Und ... wie? Ich meine, wie kann jemand sitzen und ... sterben?«

Ich stand auf und wollte zu ihr gehen, blieb dann aber in der Mitte des Raums stehen. Es war, als hätte die Trauer einen unsichtbaren Kreis um sie gezogen, den ich nicht überschreiten wollte.

»Er sah friedlich aus«, sagte ich. »So, als ob er im Reinen mit sich selbst gegangen wäre. Vielleicht war es ein Herzinfarkt oder etwas, das ihn überraschte.«

»Er hatte Asthma. Wo war denn sein Spray? Hatte er das nicht bei sich?«

»Das weiß ich nicht.« Alle im Raum hingen an meinen Lippen, um keine noch so kleine Information zu verpassen. »Ich habe nur seinen Puls gefühlt, aber natürlich nicht in seine Taschen gesehen. Es war zu spät. Sogar für mich als Laien war das erkennbar. Mein Beileid, Frau Steinhoff.«

»Aber *warum* hat er dort unten gesessen?« Sie sah in die Runde. »Ganz allein? Das ist nicht seine Art. Gab es einen Streit? Eine Dissonanz? Ist er jemandem zu nahe getreten?«

Alle beeilten sich, das genaue Gegenteil zu versichern. Steinhoff war der perfekte Gastgeber gewesen, charmant, um aller Wohlergehen besorgt.

»Sanja war da.«

Sofort herrschte Stille. Alle sahen zu Felicitas. »Eine Frau aus dem Dorf, die ohne Erlaubnis hier eingedrungen ist. Das hat ihn wohl ziemlich aufgebracht. Sie waren doch dabei, Herr Vernau!«

»Ja«, sagte ich. »Aber …«

»Ihr Mann hat sie hinausgebeten«, ergänzte sie. Ganz die kultivierte Botin, die dem Adressaten überließ, was er mit dieser Information anfangen sollte. »Und er war sehr aufgebracht.«

Regina sah mich fragend an. »Aufgebracht?«

»Sie ist ohne Erlaubnis hier aufgetaucht«, antwortete ich. »Das Tor stand offen.«

»Sie wollen damit sagen, mein Mann war unvorsichtig?«

Ich sehnte mich nach einem Kaffee und einem herzhaften Frühstück. Und danach, mir so schnell wie möglich ein Taxi zum nächsten Bahnhof zu rufen und diesen Ort zu verlassen. Aber ich verstand, dass Regina Antworten brauchte, die ihr, zumindest zu diesem Zeitpunkt, keiner geben konnte. »Ich will damit gar nichts sagen. Er hat sie des Hauses verwiesen, und sie ist gegangen.«

Das war nur die halbe Wahrheit. Aber ich wollte dieser Frau am Rande eines Nervenzusammenbruchs nicht auch noch zumuten, dass jemand Steinhoff am Vorabend seines Todes einen Mörder genannt hatte. Leider war Felicitas von Boden anderer Ansicht.

»Wenn Herr Vernau das so sieht … in meinen Augen war es eine Auseinandersetzung. Sehr unschön.«

Zustimmendes Gemurmel aus den Ecken, wo weitere Zeugen des Vorfalls saßen.

»Sie ist wie eine Furie auf ihn los und hat ihm vorgeworfen, jemanden umgebracht zu haben.«

Reginas Hand fuhr an ihre Kehle. »Was?«, fragte sie entsetzt. »Christian?«

Es war Felicitas' großer Moment. Alle Augen waren auf sie gerichtet, und sie war sich dessen mehr als bewusst.

»Mörder hat sie ihn genannt. Mehr als einmal. Und es ist wohl schon öfter vorgekommen, dass sie sich Einlass verschafft hat. Sie ist eine militante Naturschützerin und ein Feind jeden Fortschritts.«

»Sie kennen sie?«, fragte Regina.

Felicitas zog die Augenbrauen zusammen. »Jeder kennt sie. Es kann in Düsterwalde keiner mehr in Frieden leben. Überall, wo sie auftaucht, sät sie Streit und Missgunst. Am liebsten würde sie uns alle in die Steinzeit beamen. Jemand sollte ihr endlich mal das Handwerk legen! Für mich jedenfalls ist es klar, dass es einen Zusammenhang mit ihrem Auftauchen und dem Tod …«

»Es reicht«, ging ich dazwischen. »Ich hatte einen anderen Eindruck von ihr. Aber all das sind reine Spekulationen, und dafür ist jetzt nicht der richtige Zeitpunkt.«

»Jedenfalls«, fuhr Felicitas fort, nur unwesentlich aus dem Takt gebracht, »es hörte sich auch danach an, als wäre sie nicht alleine gekommen.«

»Wer?«, fragte Regina. »Haben diese Leute auch einen Namen?«

»Keine Ahnung.« Mit einem schnellen Griff checkte sie, ob sie den oberen Knopf ihres Pyjamas geschlossen hatte. »Es kann kaum jemand von hier gewesen sein, denn wir alle sind für das, was Professor Steinhoff für dieses Dorf getan hat, unendlich dankbar.«

Ich hätte sie gerne daran erinnert, dass sich das bei ihrem nächtlichen Streit mit ihm ganz anders angehört hatte. Ihre Selbstzufriedenheit und die gehässige Art, wie sie über Sanja gesprochen hatte, warfen kein gutes Licht auf sie. Aber es waren zu viele Leute im Raum, die begierig darauf waren, jedes aufgeschnappte Wort zu einem Brandbeschleuniger für das

Herdfeuer der Gerüchteküche umzumünzen. Stattdessen nahm ich mir einen Becher mit lauwarmem Tee. Eine Kräutermischung, vermutlich mit Baldrian.

»Und dann?«, fragte Regina. »Was passierte nach dem Vorfall mit dieser … Sanja?«

»Dann ging das Fest bis in die Nacht, und es war unvergleichlich. Welch ein schöner Abend!« Felicitas' blassblaue Augen wurden feucht. »Er wollte noch zu meiner Galerieeröffnung kommen. Er hatte fest zugesagt. Und nun … wir werden ihn so vermissen. So ein wunderbarer Mann!«

Sie schluchzte auf. Aber Regina ließ sich, was Trauer anbetraf, nicht so leicht die Butter vom Brot nehmen. Ihr Blick auf die Galeristin sprach Bände. Niemand hatte offensichtlicher zu leiden als die Witwe.

Nun robbte sich der Mann im Schlafanzug an sie heran.

»Frau Steinhoff, ich weiß, es ist jetzt vielleicht nicht der richtige Moment, aber Ihr Gatte und ich haben am Montag einen Notartermin.«

Sie starrte ihn verständnislos an, als hätte er ihr gerade eröffnet, dass er mit ihrem Mann einen Ehevertrag aushandeln wollte.

»Ja?«

»Er darf nicht noch einmal verschoben werden! Verstehen Sie mich nicht falsch – mein tief empfundenes, herzliches Beileid. Aber was machen wir denn jetzt?«

»Herr Berger, er wird wohl kaum noch daran teilnehmen können«, sagte sie eisig. »Wenn Sie mich entschuldigen würden?«

»Ja. Natürlich. Selbstverständlich.« Der Pyjamamann gesellte sich zurück zu seiner Gattin. Beide begannen zu tuscheln und sahen mehr erbost als erschüttert aus.

Regina wandte sich wieder an mich.

»Was hat ihn umgebracht?«

Ich stellte die Tasse zurück. Was Simone den Gästen anbot, kam ebenfalls einem Rauswurf gleich, nur wesentlich subtiler.

»Ich weiß es nicht. Aber Sie werden sehr bald eine Antwort bekommen und können dann auch zu ihm«, sagte ich. »Der Arzt wird gleich fertig sein, danach wissen Sie mehr. Ich denke, Sie werden das Gespräch mit ihm unter vier Augen führen wollen.«

Regina nickte dankbar. »Meine Töchter sollten mit dabei sein. Sie sind doch schon da?«

Simone war gerade zurückgekommen, mit einem Glas Wasser auf einem kleinen Tablett. Sie hielt es Regina entgegen, die es erst gar nicht bemerkte und schließlich mit einem flüchtigen Kopfschütteln ablehnte.

»Gestern Abend sind sie eingetroffen«, sagte die Perle. »Soll ich sie rufen?«

»Nein, danke.« Die Witwe stand auf und verabschiedete sich mit einem Blick in die Runde. »Sie werden verstehen, ich möchte jetzt allein sein.«

Es erhob sich allgemeines, zustimmendes Gemurmel. Sie ging mit kerzengeradem Rücken davon, von hinten sah es aus, als wäre sie ferngesteuert. Wir hatten uns nie näher kennengelernt, aber sie tat mir unendlich leid.

Kaum hatte sie den Raum verlassen, stürzten sich alle, die im Lauf der Ereignisse daran gedacht hatten, auf ihre Handys und verstreuten sich im und um das Haus. Die Nachricht musste verbreitet werden.

»Frau Steinhoff?«

Ich sprintete ihr hinterher und holte sie kurz vor der Treppe ein.

»Ja?«

»Heute Nacht war jemand am Bootshaus.«

Irritiert blieb sie stehen. Ihr Blick huschte nach oben zur Galerie und kehrte sofort wieder zu mir zurück.

»Wer denn?«

»Das weiß ich nicht.« Im Nachhinein erschien es mir absurd, von einem Wassergeist zu sprechen. Oder einem Mann, der mit entsetzlichen Entstellungen im Gesicht schlammverschmiert und tropfnass durch die heimischen Wälder pirschte, um Urlauber zu verschrecken. »Er kam jedenfalls ziemlich nahe heran.«

»Sind Sie sicher?«

»Ich bilde mir das nicht ein.«

»Wie sah er aus?«

»Erschreckend.«

»Ach, ja.« Sie nickte erleichtert. »Das sind die Jungen aus dem Dorf, die sich hier gern herumtreiben. Sogar wenn wir Selbstschussanlagen anbringen würden, fänden sie noch einen Weg auf unseren Grund und Boden. Machen Sie sich nichts daraus. Ich werde Herrn Leibwitz bitten, sich den Zaun genauer anzusehen. Da macht sich immer mal wieder jemand zu schaffen.«

Sie wollte gehen, überlegte es sich aber nach einem Blick auf mein Gesicht anders.

»Ja?«

»Sind Sie sicher, dass es nur ein Scherz ist? Der Mann sah ziemlich furchteinflößend aus.«

»Das genau ist ja ihre Absicht.« Ein dünnes Lächeln stahl sich in ihre Mundwinkel. »Furcht einflößen. Aber das wird ihnen nicht gelingen. Furcht haben nur die Schwachen.«

Ich trug noch meine Sportklamotten und dachte, dass es jetzt wirklich an der Zeit wäre, Düstersee endgültig zu verlassen. Bevor ich mich von ihr verabschieden konnte, wandte sie sich ab und begab sich zur Treppe.

Ich ging in die andere Richtung. Durch die Eingangshalle auf dem Weg nach draußen hörte ich hastige Schritte auf der Galerie und sah noch einmal zurück. Regina war noch nicht ganz oben angekommen, als zwei junge Frauen sich auf sie stürzten, sie in den Arm nahmen und weiter die Stufen hinaufgeleiteten. Eine drehte den Kopf und sah hinunter zu mir. Sie hatte kurze dunkle Haare und die Figur einer Leistungssportlerin, sie trug Turnschuhe und enge Laufkleidung. Ihre Schwester, genau das Gegenteil in ihrem weißgelb geblümten Kleid und einer fast ätherischen Romantik, beachtete mich nicht.

Ich versuchte, mir nicht anmerken zu lassen, wie sehr mich der Anblick der beiden schockiert hatte. Ich hatte die verspielten Wassernixen wiedererkannt, die sich nachts auf dem See miteinander vergnügt hatten. Und es waren Schwestern.

4

In Berlin empfing mich drückende Hitze. Kaum hatte ich den Bahnhof verlassen, sehnte ich mich zurück in die schattigen Wälder und an die Ufer der dunklen Wasser vom Düstersee. Die Sonne stach durch eine diesige Schwüle, und nach ein paar Schritten klebte mir das Hemd am Körper. Selten war der Gedanke an eine Dusche und einen kalten Drink verlockender. Dem australischen Backpacker-Paar, dem ich die Wohnung untervermietet hatte, würde ich entgegenkommen. Halb Berlin stand in diesem Lockdown-Sommer leer, niemand konnte vermieten, da es keine Touristen gab. Die beiden würden sofort etwas Neues finden.

Aber kaum hatte ich die Tür geöffnet, änderte sich die Lage schlagartig. Im Flur kam mir mit fragendem Gesicht eine junge Frau entgegen, die ich noch nie in meinem Leben gesehen hatte. In der Wohnküche drängelte sich ein knappes Dutzend weiterer Gäste, unter denen ich schließlich auch Shelly entdeckte. Ihr und ihrem Mann hatte ich die Wohnung unter der Auflage, auf Parkett, Teppiche und weitere empfindliche Einrichtungsgegenstände zu achten, zur pfleglichen Nutzung überlassen. Nun lagen überall Schlafsäcke herum, Kleiderhaufen, Pizzaschachteln und weitere verräterische Indizien, die zeigten, dass man es hier vor oder nach einem gemeinschaftlichen Sleep-in ordentlich hatte krachen lassen.

»Joe?« Sie sah mich an, als hätte sie eine Erscheinung.

Ich rollte meinen Koffer an die Wand, damit er einem jungen Mann in T-Shirt und Unterhose nicht im Weg stand, der auf schnellstem Weg die Gästetoilette aufsuchen musste.

Der Rest des Überfallkommandos brach Gespräche und Tätigkeiten wie die Ermordung meiner Espressomaschine ab und wandte sich mir, dem Eindringling, mit erwachendem Interesse zu.

»Shelly? Was …« Ich sah mich um. Es sah aus, als wären die Hunnen eingefallen. Australische Hunnen. Falls es so etwas gab. »Was ist das?«

»Das sind meine Freunde. *Friends.*«

Ihr Deutsch war entzückend, aber das erreichte meine Synapsen nicht.

»Wie viele?«

Ich zählte acht. Mit der Frau im Flur und dem Mann, der in der Gästetoilette beunruhigende Geräusche von sich gab, zehn. Mit Shelly elf. Über meine Nachbarn machte ich mir wenig Gedanken. Auch nicht über den Kuppeleiparagrafen, sie sahen alle volljährig aus, wenn auch nur knapp.

»War das eine Party?«

Party verstanden alle. Sie lachten, grinsten sich vielsagend an, und sie hatten die gesamte Sympathie meines Herzens. Aber nicht in meiner Wohnung.

»Wann sind sie weg?«

Das Lachen brach ab. Shelly, ein schmales Persönchen mit wilden blonden Locken und surfergebräuntem Gesicht, rang verlegen die Hände.

»Morgen?«, brachte sie heraus. »Übermorgen? *Next week?*«

Die Wohnungstür wurde aufgeschlossen. Mit einem erfrischenden »Hello!« enterte Marc die Wohnung, Shellys Lebensgefährte und somit der zweite Verantwortliche für dieses

Chaos. Er trug zwei Sixpack Bier und blieb überrascht stehen, als er mich sah. Die anderen begriffen, dass das wohl eine Sache zwischen mir, ihm und Shelly war, und begrüßten ihn mit etwas dezenteren Rufen. Das Bier wurde ihm aus den Händen gerissen, die Dosen noch im Stehen geöffnet und im Wohnzimmer und auf dem Balkon geleert.

»Joe«, begann er und strich sich verlegen mit der rechten Hand über den linken Oberarm. Er war einen Kopf größer als ich und wahrscheinlich der Typ, der abends zehn Surfbretter auf einmal zurück in den Unterstand brachte. Er trug ein buntes Stirnband und abgeschnittene Shorts. Aber wir waren nicht am Strand von Whitehaven Beach, sondern in Berlin, West-Berlin. Wilmersdorf. Nicht nur bekannt für seine Witwen, sondern auch für den betulichen Retro-Lebensstil. Lifestyle und Hipness allenfalls in homöopathischen Dosen. »*Why are you here?*«

Warum ich hier war? »Weil das meine Wohnung ist«, erwiderte ich eisig.

Shelly suchte Schutz an Marcs breiter Brust. »Wir haben sie für zwei Wochen gemietet.«

»Pläne ändern sich.«

»*No. No no no.*« Marc hob den rechten Zeigefinger. »*No new plan.* Wir haben Vertrag.«

»Für euch beide«, erwiderte ich und fühlte, wie der Spießer-Hulk in mir die Herrschaft übernahm. Ich hasste mich dafür, aber ich wollte duschen, auspacken und endlich einen anständigen Kaffee trinken, wenn meine Maschine nicht längst geschrottet war. »Für zwei. Nicht für ein Dutzend *friends*. Das geht nicht. Das ist nicht erlaubt.«

»Aber wir sind die Mieter!«

»Nein«, hörte ich mich keifen. »Das bin ich. Hört zu. Ihr

verabschiedet eure Freunde, macht alles sauber, und dann wird das alles kein Nachspiel haben.«

Ja, auch ich war einmal jung gewesen. Ja, auch ich hätte mit Wollust Kartoffelchips über die schwarze Kandinsky-Couchgarnitur gestreut und in den Hochflorteppich getreten. Ja, in Zeiten meiner Adoleszenz hätte ich mir nur Gedanken darüber gemacht, wie ich Shelly aus den Armen von Marc eisen könnte, aber nicht über so nebensächliche Dinge wie Hygiene auf Gästetoiletten oder volle Aschenbecher auf dem Balkon. Ich hatte vergessen, dass uns mindestens eine Generation trennte. Oder verdrängt, weil ich selber cool sein wollte mit diesem Couchsurfer-Gefühl, das alles so unangestrengt und easy machte. Aber damit war Schluss, weil mir ein plötzlicher Todesfall einen Strich durch die Rechnung gemacht hatte. Wenn mein Urlaub ins Wasser fiel, dann bitte auch der von Shelly, Marc und ihren Surfer-Freunden. Was wollten die eigentlich in Berlin?

»Das geht nicht«, piepste Shelly. »Wir haben sie eingeladen.«

»Ihr habt was?«

Marc schob seine Liebste zur Seite, um hinter die Kücheninsel zu treten und den Kühlschrank zu öffnen. Er holte eine halb volle Flasche Orangensaft heraus und setzte sie an. Aus dem Gäste-Klo taumelte der junge Mann, wischte sich über den Mund und lief, sich an der Flurwand abstützend, direkt auf mein Schlafzimmer zu. Seine Finger hinterließen feuchte Spuren auf dem glatten Putz.

»Nein!«, rief ich.

Ich riss die Tür vor ihm auf.

Vielleicht hätte ich anklopfen sollen. Noch bevor der ungebetene Gast hinter mir einen Blick auf die beiden Fremden in *meinem* Bett werfen konnte, hatte ich sie schon wieder geschlossen.

Als ich mich zu den Veranstaltern dieser Orgie umwandte, sah ich gerade noch, wie Marc und Shelly sich einen vielsagenden Blick zuwarfen. Sie hätten es auch laut sagen können: Wann zischt dieser Typ endlich wieder ab? Shelly gelang es, sofort einen Ausdruck unendlichen Bedauerns hervorzuzaubern.

»Das sind Freunde aus Adelaide. Wir haben sie eingeladen. Ich verspreche, wenn du zurückkommst, ist alles wieder *shiny and new*.«

Das war in dreizehn Tagen. So lange konnte ich unmöglich unter den S-Bahn-Brücken schlafen.

»Nein.«

Marc stellte die fast leere Flasche zurück. »Joe, wir haben *your apartment* für zwei Wochen.«

»Aber nicht, damit ihr es an ein Dutzend Freunde weitervermietet!«

Er zuckte nur mit den Schultern. Shelly war wesentlich kooperativer.

»Bitte. In *some days* sie wieder weg. Ich kann sie nicht auf der Straße setzen!«

»Und ich?«

»Du hast *holidays*! Niemand hat geahnt, dass du einen Tag später *back again*! Du hast *money* für Miete bekommen, und du hast gesagt, *feel like home*. Sie können nicht zurück, genau wie wir. Sie waren in ganz Europa, *and they are ... stranded*?«

»Gestrandet?«

Es war wohl an der Zeit, mit der australischen Regierung ein paar Worte zu reden. Dieses Jahr brachte uns alle an unsere Grenzen, auch geografisch.

»Okay«, presste ich zwischen zusammengebissenen Zähnen heraus. »Ihr habt drei Tage.«

Marie-Luise. Oder meine Mutter. Irgendeine Lösung würde sich finden lassen.

»*Oh no*«, schaltete sich Marc wieder ein, der fast sekündlich unsympathischer wurde. »*Two weeks.*«

So lange würden sie wahrscheinlich auch brauchen, meine Bude wieder in den vorherigen Stand zu versetzen. Ich griff nach meinem Koffer und fühlte mich wie der schlimmste Miethai Berlins.

»Die Kaution ist futsch, wenn das hier nicht aussieht wie bei der Übergabe. Habt ihr das verstanden?«

Marc antwortete gar nicht mehr. Er begann, wie wild am Trägersieb meiner Espressomaschine zu rütteln. Shelly griff mich sanft am Arm und führte mich zur Tür, wie man das wohl mit überspannten Erbtanten machte, die einen beim Kiffen erwischt hatten.

»*Don't worry. Everything will be fine.*«

»Und die Wäsche ist gewaschen und das Bett neu bezogen.«

»*Of course.*«

»Und das Geschirr gespült! Und die Gläser, ich habe eine exakte Ordnung: die großen hinten, die kleinen vorne im Schrank.«

»Okay.«

»Und der Staubfangbehälter des Saugers muss regelmäßig geleert werden!«

Shelly öffnete die Wohnungstür. »Was ist eine Staubfangbehälter?«, fragte sie und schob mich in den Hausflur.

»Das ist …«

Sie schloss die Tür.

Noch im Lift nach unten rief ich Marie-Luise an. Sie ging nicht an ihr Handy, also nahm ich mir ein Taxi und ließ mich in den Wedding kutschieren. Die Eingangstür des Mietshauses, in dem sie gerade wohnte, schloss nie richtig. Fünf Stockwerke später stand ich, nach Atem ringend und kurz vor dem physischen Zusammenbruch, in ihrem Flur.

»Joe«, sagte sie und zog das T-Shirt über die Unterhose. Mehr trug sie nicht, war ja heiß genug in diesen Tagen. »Es ist Sonntag. Warum hast du nicht angerufen?«

»Du gehst nicht ran«, japste ich und schob mich an ihr vorbei Richtung Küche.

Mit einem misstrauischen Blick auf meinen Koffer folgte sie mir. »Ich habe dich gestern am Düstersee abgeliefert. Ich hätte ja nicht gedacht, dass dich vierundzwanzig Stunden in Steinhoffs Nähe schon in die Flucht treiben.«

»Er ist tot«, sagte ich und goss mir ein Glas Leitungswasser ein. »Ich habe ihn heute früh am Ufer des Sees gefunden.«

»Tot?« Sie kam näher und vergaß, den Saum festzuhalten, was mir einen Blick auf ihre außerordentlich hübschen Oberschenkel gewährt hätte, wenn ich hinsehen würde.

»Herzinfarkt.« Ich stürzte das Wasser hinunter. »Oder ein Schlaganfall. Anaphylaktischer Schock. Zuckerkoma. Eine Thrombose. Asthma. Er hatte Asthma.«

»O mein Gott.« Sie setzte sich auf einen Küchenstuhl. Dafür, dass es früher Nachmittag war, sah sie aus, als wäre sie gerade aus dem Bett gestiegen. »Die arme Frau.«

»Regina ist heute Morgen in Düsterwalde eingetroffen, seine beiden Töchter wohl schon in der vergangenen Nacht.«

Das Bild der beiden, nackt im Boot auf dem See, flackerte vor meinem geistigen Auge auf und wurde sofort in die Abteilung *Vergessen, bitte* geschoben.

»Ich will heute Morgen joggen gehen, komme an einer Bank am Ufer vorbei – und da sitzt er.« Auf einmal fühlte ich mich unendlich müde. »Noch im selben Anzug, mit dem er in der Nacht bei mir war.«

»Er war bei dir?«

»Ja.«

Ich stellte das Glas ab, stützte mich mit beiden Händen auf die Arbeitsplatte und versuchte, den Ärger mit Shelly zu verdrängen. »Kurz nach Mitternacht. Die Party war vorbei, und er wollte mit mir reden.«

»Worüber?«

»Keine Ahnung. Ich sollte seinen Vortrag anhören, den er heute gehalten hätte. Er wollte mich näher kennenlernen.«

»Hm.« Sie verschränkte die Arme über der Brust. »Warum?«

»Warum nicht?«, erwiderte ich leicht gereizt und wandte mich ihr zu. »Vielleicht war ihm das alles zu viel, die ganzen Leute da oben in der Villa. Alle sehr speziell auf ihre Weise.«

Ich dachte an Sanja und wie sehr sich Steinhoff durch ihre Anwesenheit provoziert gefühlt hatte. An Felicitas von Boden, die in dieser Woche ausgerechnet im Dorf Düsterwalde eine Galerie eröffnen wollte. An all die anderen mit der Erwartung, wissender abzureisen, als sie gekommen waren. Und ich dachte an meine Schreckensbegegnung in der Nacht, die wohl zum Teil eines perfiden Plans gehörte, die Steinhoffs vom Düstersee zu vertreiben.

»Tot …«, sagte sie leise. Neuschnee auf der Erinnerung an einen Mann, dessen Absichten und Energien mir lange nicht klargeworden waren. Marie-Luise hatte ihn viel früher durchschaut.

Sie bot mir mit einer Handbewegung an, mich ihr gegenüber zu setzen. »Ich fand ihn früher beeindruckend. Er war immer ein Rechter, aber er sprühte vor Intellekt, und man konnte seinen eigenen Verstand an seinem schärfen. Aber dann ... hat er den Turbo eingelegt.«

»Wie meinst du das?«

»Er wurde ätzend. Kalt. Rücksichtslos. Vielleicht war er das früher auch schon, aber mit einem Mal kam etwas in ihm zum Vorschein, das er bis zu diesem Zeitpunkt vielleicht auch nur ganz gut im Zaum gehalten hat. Er wurde rechthaberisch, herablassend. Und er wurde leer.«

»Leer?«, fragte ich, erstaunt, wie viele Gedanken sie sich um Steinhoff gemacht hatte.

Sie strich sich durch die wild durcheinanderfallenden Locken. »Ich kann es nicht anders beschreiben. Er wurde immer radikaler in seinen Ansichten und ließ sich durch nichts davon abbringen, im Recht zu sein. Er hat viele Weggefährten vor den Kopf gestoßen. Ob er Freunde hatte, weiß ich nicht. Hat er dich um deine Stimme für die Kammerwahl gebeten?«

»Nein. Nicht direkt. Das wäre ihm zu plump gewesen. Aber er wollte Schlevogt verhindern.«

Steinhoff im Loungesessel auf dem Bootssteg. Müde, erschöpft. Und trotzdem getrieben von einer Mission, die so gar nicht danach aussah, als hätte er vorgehabt, langsam etwas kürzerzutreten.

»Und dich.«

Marie-Luise riss die Augen auf. »Mich?«

»Er wollte nicht, dass du und deine Hausmacht die Zukunft der Kammer bestimmen.«

Sie hob irritiert die Augenbrauen, als würde sie zum ersten Mal von dieser Ungeheuerlichkeit hören. »Ich?«

»Nach Berlin wollte er die Bundeskammer, und von dort aus Einfluss aufs Verfassungsgericht nehmen. Er erzählte etwas von Patriotismus und dass Medien, Politik, Verwaltung und Justiz von den Linken gekapert wären. Es hat sich angehört wie ein Plan.«

»Staatsemanzipation. So nennen sie es, freundlich umschrieben.«

Ich schüttelte den Kopf. »Steinhoff war rechts. Aber immer noch auf dem Boden des Grundgesetzes.«

»Wer weiß, wie lange ...« Sie brach ab. »Müßig, sich darüber den Kopf zu zerbrechen. Es tut mir leid, das zu hören. Vor allem für seine Frau und seine beiden Töchter.«

Wir schwiegen und dachten an einen Mann, der aus dem Vollen geschöpft hatte und mitten aus dem Leben gerissen worden war. Schließlich fragte sie: »Ist schon etwas bekannt über die Beerdigung oder eine Trauerfeier?«

»Zu früh. Es muss unmittelbar nach seinem Besuch bei mir passiert sein.«

»Hat ihn das aufgeregt?«

»Nein. Nein, ich glaube nicht. Er hatte vorher noch einen Streit gehabt, mit einer Galeristin. Jetzt, wo ich darüber nachdenke, habe ich ihn mehr streitend als feiernd in Erinnerung ...«

Ich verlor den Faden, wusste nicht mehr, was ich über ihn hatte sagen wollen. Mein Anruf um Mitternacht war mir wieder eingefallen. Steinhoff hatte abgenommen und dann aufgelegt. Vielleicht hatte ich ihn beim Sterben unterbrochen. Vielleicht war auch er dem Wassergeist begegnet. Zwei verstörende Gedanken, die ich nicht weiter vertiefen wollte.

Marie-Luise stand auf und holte sich einen Becher Joghurt aus dem Kühlschrank. Im Bad zog jemand die Toilettenspülung.

»Du hast Besuch?«, fragte ich. »Sag das doch.«

Sie griff nach einem Löffel, setzte sich wieder und bekleckerte sich beim Abziehen des Aludeckels. »Was hast du vor? Warum besuchst du mich mit einem Koffer?«

Wasser rauschte. Marie-Luises Gast stand jetzt statt mir unter der Dusche.

»Weil meine Wohnung zum Asyl für ein Dutzend Australier geworden ist, die wegen des Lockdowns nicht zurückkönnen und sie sie nicht vor Ablauf der vereinbarten Frist verlassen werden.«

»Oh. Du bist mal wieder obdachlos.« Der erste Löffel verschwand in ihrem Mund.

»Gewissermaßen.«

Wenn man Marie-Luise zur Freundin hat, ist man eigentlich versorgt. In jeder Hinsicht. Sie ist der treueste, ehrlichste, loyalste Mensch, den ich kenne. Wir sehen uns ziemlich häufig. Nicht nur während der Arbeit – sie ist Anwältin für Familien- und Mietrecht –, sondern auch privat. Es war völlig normal, dass ich in dieser Situation bei ihr auftauchte. Nicht normal war, dass ich außer ihr kaum private Kontakte pflegte. Ich kümmerte mich um meine Mutter und deren Lebensgefährtin, hatte einen anstrengenden Job, ging mehrmals die Woche mit Marie-Luise etwas trinken, hatte ab und zu eine Lebensabschnittsgefährtin – und vermisste eigentlich nichts. Aber dann gab es diese Situationen, und es fehlte einfach an einer Alternative zu ihr.

»Ich bin ausgebucht, sorry.« Sie löffelte in ihrem Becher und wartete darauf, dass ich fragte, wer mir den Platz in ihrer Wohnung streitig machte. »Was ist mit einem Hotel?«

»Alle geschlossen oder nur für Geschäftsreisende.«

Sie nickte verstehend. Es war ein harter Sommer, in jeder Beziehung.

»Ich hab dich gewarnt. Tu es nicht.«

Fünfhundert Euro haben oder nicht haben. Obwohl es geschäftlich ganz gut lief, schlummerte in mir immer noch der Geizkragen, der aus jeder Situation seinen Vorteil schöpfen wollte. Einer meiner unsympathischen Züge. Aber verständlich, redete ich mir ein, wenn man mein Auf und Ab der letzten zwanzig Jahre betrachtete. Und wer sollte auch damit rechnen, dass mein großzügiger Gastgeber auf einer Bank am Seeufer das Zeitliche segnen würde?

Ich stand auf. »Kein Problem. Ich finde schon was.«

Damit verließ ich die Küche und rannte im Flur in einen nackten Karsten Vaasenburg, der sich gerade noch das Duschtusch vors Gemächt halten konnte.

»Herr Vernau?« Er war genauso überrascht wie ich, aber ich angezogen eindeutig im Vorteil.

»Herr Kriminalhauptkommissar«, erwiderte ich mit nicht geringer Genugtuung, ihn tropfend und unbekleidet vor mir stehen zu haben. Durchtrainiert, fast hager, nur minimal kleiner als ich, aber mit wesentlich breiteren Schultern. Neu war mir, dass er am ganzen Körper so viele Sommersprossen hatte, die mir in seinem kantigen Gesicht bisher kaum aufgefallen waren.

»Ihr kennt euch ja«, sagte Marie-Luise, die zu uns schlenderte und dabei die Reste aus ihrem Joghurtbecher kratzte.

Und ob wir uns kannten. Leidens- und Weggefährten über eine lange Strecke von Fällen, die uns mehr als einmal fast den Kopf gekostet hätten. Ich wusste, dass etwas zwischen den beiden am Laufen war. Aber so deutlich hätte man mir es an diesem Tag nicht zeigen müssen.

»Darf ich?«

Ich drängte mich an ihm vorbei ins Bad. Einfach nur kaltes

Wasser über Hände und Nacken. Als ich wieder hochkam, sah ich seinen Ehering auf der Ablage über dem Becken liegen.

Ich verließ die Wohnung mit einem Gruß Richtung Schlafzimmer, in das die beiden sich zurückgezogen hatten. Und in dem Gefühl, um etwas betrogen worden zu sein, das ich nie besessen hatte.

5

Meine Mutter empfing mich mit der milden Freude, die man verlorenen Söhnen auf der Durchreise entgegenbringt. Auch sie bemerkte den Koffer, sagte aber nichts. Erstaunlicherweise war sie allein. Ingeborg Huth, ihre Mitbewohnerin, Lebensgefährtin, ehemalige Putzfrau, kratzbürstige Nebenbuhlerin um die Gunst der Frau, die mich geboren hatte, war auf Verwandtenbesuch. Und George Whithers, Eigentümer des Industrielofts in bester Mitte-Lage, weltberühmter Komponist zeitgenössischer Musik, Vermieter, Hahn im Korb, hatte sich noch vor dem letzten Lockdown auf die Kanarischen Inseln zur Förderung seines kreativen Schaffensprozesses zurückgezogen.

»La Palma«, erklärte meine Mutter und holte zwei Stück tiefgefrorenen Apfelkuchen aus dem Eisfach, um sie in die Mikrowelle zu schieben. »Er probt dort für ein Konzert im Alfredo Kraus Auditorium, und sie haben ihm dafür eine Wohnung am Strand gegeben. Drei Zimmer. Wofür braucht ein einzelner Mensch drei Zimmer?«

Für eine Begleitung vielleicht?, lag es mir auf der Zunge. Für ein Dutzend australische Surferinnen? Aber ich wollte die Falten, die Gram und Eifersucht gruben, nicht noch vertiefen. Mutter sah angespannt aus, als ob etwas nicht in Ordnung wäre, sie aber nicht wagte, daran zu rühren.

Whithers befand sich auf dem Höhepunkt seines Ruhms. Er verhielt sich seinen beiden Untermieterinnen gegenüber mehr als großzügig, aber die Metamorphose zu einer Vertiefung der Beziehungen, ob zu einer der Damen oder gleich beiden zusammen, hatte er nie offiziell eingeleitet. Jedenfalls: Meine Mutter und ich saßen zum ersten Mal seit langer Zeit wieder einmal zu zweit zusammen. Es fühlte sich vertraut und fremd zugleich an, als hätten die letzten zehn Jahre weiße Flecken in unseren Erinnerungen hinterlassen, die zu füllen nicht einfach war.

»Wolltest du nicht in Urlaub?«

Sie holte Teller aus dem Geschirrschrank und deckte den Tisch. Ich war mir nicht sicher, wie viel von dem, was mir gerade passiert war, zwischen Apfelkuchen und der Frage nach einem Übernachtungsplatz passen würde. »Ja, das wollte ich. Aber nun ist etwas dazwischengekommen.«

Mein Handy klingelte, eine unbekannte Nummer mit Brandenburger Vorwahl. Vielleicht hatte ich etwas im Bootshaus vergessen. Mit einem entschuldigenden Blick zu meiner Mutter nahm ich den Anruf an.

»Ja?«

»Wenzel, Revierpolizei Templin«, meldete sich die helle Stimme einer Frau. »Mit wem spreche ich?«

»Vernau, Joachim Vernau. Ich bin Rechtsanwalt und wohne in Berlin.« Nie Schlitten fahren mit unteren Dienstgraden. Angaben zur Person ohne Wenn und Aber. Mehr nicht, jetzt war sie an der Reihe.

»Sie haben heute um 0:05 Uhr, also kurz nach Mitternacht, einen Herrn Professor Steinhoff angerufen.«

»Ja?«, antwortete ich mit einem überdeutlichen Fragezeichen.

»Herr Steinhoff wurde von Ihnen heute Morgen leblos aufgefunden.«

»Ja?« Drei Fragezeichen.

»Wir brauchen noch einige Angaben. Wann können Sie denn in Templin sein?«

Das hörte sich harmlos an, war es aber nicht. An einem Sonntag wird man nicht einfach so ins Revier bestellt.

»Geht das nicht auch telefonisch?«

»Leider nein.«

»Handeln Sie im Auftrag der Staatsanwaltschaft?«

Dieses wichtige Detail unterscheidet die Freiwilligkeit, harmlos, von der Pflicht zur Zeugenaussage, nicht mehr harmlos. Aber Frau Wenzel kannte ihre Rechte ebenfalls.

»Den könnten wir im Handumdrehen bekommen. Sagen wir um sechzehn Uhr auf dem Revier? Friedrich-Engels-Straße 16.«

»Stimmt etwas nicht mit dem Tod von Professor Steinhoff?«

»Das ist nur ganz normale Routine.«

Das »Pling« der Mikrowelle erlöste meine Mutter aus ihrer Starre, mit der sie dem Gespräch gelauscht hatte.

»Ich bin schon wieder in Berlin. Bis zu Ihnen brauche ich von hier aus mindestens drei Stunden. Und das am Wochenende.«

Ein Seufzen. Dann folgte ein Geräusch, das entsteht, wenn das Mikrofon zugehalten wird. Offenbar beriet sich die Revierpolizistin mit jemandem und erhielt eine kurze und knappe Antwort.

»Morgen um acht Uhr geht auch.«

»Aber wie soll ich in dieser Herrgottsfrühe zu Ihnen kommen?«

Sie hatte schon vor dem Ende meiner Frage aufgelegt. Brandenburg, Flächenland. Mit der Regional- und der S-Bahn, nicht zu vergessen das Taxi, auf das ich fast eine Stunde in Düsterwalde gewartet hatte, war der halbe Tag draufgegangen.

Verärgert steckte ich mein Handy weg. Fuhr am Montag überhaupt so früh ein Zug, damit man um acht in der Schorfheide sein konnte?

»Tot?«, fragte meine Mutter entsetzt. »Wer ist tot?«

»Steinhoff. Ein Kollege. Anwalt wie ich, aber mit ausgedehnten Latifundien in der Uckermark.«

»Und wieso ruft dich dann die Polizei an?«

Sie holte den Kuchen aus der Mikrowelle und stellte ihn auf den Tisch.

»Ich war der letzte Anrufer auf seinem Handy. Jetzt wollen sie eine Zeugenaussage von mir. Montagfrüh um acht, unglaublich.«

Ich hieb in den Kuchen, führte die erste Gabel zum Mund und verbrannte mir gleich die Zunge. Die Mikrowelle ist eines der hinterhältigsten und heimtückischsten Haushaltsgeräte.

»Dann hast du also nichts damit zu tun?« Das deutliche Misstrauen in ihrer Frage hatte seinen Grund. Wann immer meine Mutter mitbekam, dass die Polizei etwas von mir wollte, wurde es unangenehm.

»Natürlich nicht.« Ich stürzte ein halbes Glas Wasser hinunter. »Aber ich muss mit ihnen reden.«

Musste ich nicht. Jedenfalls nicht sofort und ohne Rechtsbeistand. Aber zum einen war ich Anwalt, zum anderen hatte die Erfahrung gezeigt, dass Kooperation der schnellste Weg war, um von irgendwelchen Listen gestrichen zu werden. Auch Revierpolizisten konnten einem das Leben schwer machen.

»Dann fährst du eben hin und bleibst noch ein paar Tage. Rund um Templin ist es doch wunderschön. Ingeborgs Familie kommt aus der Gegend, wusstest du das?«

»Nein.« Mit dem nächsten Bissen war ich vorsichtiger.

»Ihre Nichte hat da ein Haus. Sehr hübsch, mit einem Bauerngarten und vielen Tieren. Und stell dir vor, alle paar Wochen steht ein Berliner in ihrem Garten und will es ihr abkaufen. Die sind völlig verrückt nach heruntergekommenen Höfen und Ställen. Und allem anderen, was noch zu kriegen ist. Die Preise sind gewaltig gestiegen. Ingeborg sagt, an schönen Wochenenden parken sie die ganzen Straßen zu und laufen einfach querfeldein, ohne Rücksicht auf Zäune oder Privateigentum. Wer noch drei Klumpen Lehm zusammenpanschen kann, eröffnet ein Keramikatelier. Oder verkauft Schafseife. Die Städter nehmen alles, einfach alles. Hauptsache, es ist authentisch.«

Mutter schüttelte amüsiert den Kopf. Sie stammt aus der Generation, die den Kurfürstendamm von Trümmern geräumt hat. Alles an ihr ist authentisch. Mit Schafseife und uckermärkischer Töpferware kann man bei ihr keinen Blumentopf gewinnen, außer er käme von Hedwig Bollhagen.

»Schmeckt es denn?«

»Ja«, murmelte ich, weil ich mich im Geiste schon wieder dieselbe Strecke hinaus aus Berlin zuckeln sah, auf der ich hineingekommen war. Acht Uhr. Dafür musste ich um vier die Stadt verlassen. Was bildete sich diese Frau Wenzel ein?

Vielleicht würde mir Marie-Luise den Wagen leihen. Ich steckte das Handy in die Jackentasche. Das Handy mit dem Zugangscode zum Bootshaus ... Niemand hatte etwas von meiner Abreise mitbekommen. Bis jetzt war ich immer noch Gast des Professors. Ich würde quasi einen seiner letzten Wünsche erfüllen, wenn ich noch einmal zurück an den Düstersee ...

»Ich kann dir noch Sahne schlagen«, bot meine Mutter an, der mein Ja wohl zu wenig enthusiastisch gewesen war. »So aufgewärmt schmeckt er nie wie frisch aus dem Ofen.«

»Er ist wunderbar.« Der Apfelkuchen meiner Mutter ist in jedem Zustand ein Genuss.

Die letzten Reste waren nur lauwarm. Ich schlang sie viel zu schnell hinunter und tupfte mir noch im Aufstehen den Mund mit einer Papierserviette ab.

»Ich muss los.«

Entgeistert starrte sie mich an. »Du bist doch eben erst gekommen! Wo willst du denn hin?«

»In die Uckermark«, sagte ich und drückte ihr noch einen Kuss auf die Wange. Es klang wie *Zurück in die Zukunft*, ein bisschen nach Murmeltiertag und Déjà-vu, vor allem aber nach Ruhe und Abgeschiedenheit, stillem Rückzug und innerem Frieden.

Ich Idiot.

6

»Moni?«

Sorgfältig stellte sie das nasse Glas zum Abtropfen in das Gestell und trocknete sich dann die Hände am Geschirrtuch ab. »Ja?«

Herfried saß im Rollstuhl am Fenster. Dort hatte er die Dorfstraße im Blick, die Lebensader Düsterwaldes, die in letzter Zeit ziemlich pulsierte. Gerade rumpelte ein Mercedes mit Berliner Kennzeichen und einem exorbitanten Campinganhänger über das Kopfsteinpflaster. Das Gefährt schaukelte bedenklich.

»Der will zum See.«

Ein Fremder hätte ihn nicht mehr verstanden. Aber Monika hörte aus den verschliffenen Vokalen heraus, was er gemeint haben könnte.

Sie kam zu ihm und legte die Hand auf seine Schulter. »Nach Sonnenwalde? Nö, glaub ich nicht. Wo soll der da stehen? Der will weiter zum Hopfenhof, die vermieten Stellplätze.«

Natürlich nur unter der Hand, das wusste jeder. Es war ein zweischneidiges Schwert, das rasant steigende Interesse an den entlegensten Winkeln dieses dünn besiedelten Landes. Lange Zeit war die Karawane der Sinn- und Häusersuchenden in weiter Ferne vorübergezogen. Zum Stechlin, ins romantische Rheinsberg oder nach Chorin und Wandlitz. Nun waren die letzten Vierseithöfe und märkischen Scheunen verkauft. Halbwegs hübsche alte Gebäude erzielten auf dem leergefegten Markt astronomische Summen. Fachwerk, Strohdächer, Ziegelwände, Bruchbuden – Hauptsache: *authentisch*. Das war das neue Zauberwort. Gabi, die Verrückte, die beim Bäcker hinterm Tresen stand, hatte neulich erzählt, ein junges Paar aus Berlin-Mitte hätte gefragt, ob die Mettbrötchen *authentisch* wären. Gabis prustendes Lachen zumindest war es.

»Möchtest du noch einen Tee?«, fragte sie.

Herfried nickte, und sie kehrte zurück in die enge Küche und schenkte ihm einen Becher aus der Thermoskanne ein. Das Fenster zur Straße stand offen, deshalb hörte sie Sanjas Fahrrad schon, noch bevor ein lang gezogenes Quietschen verriet, dass es angehalten wurde.

»Wisst ihr schon das Neuste?«, rief sie etwas außer Atem.

Langsam kehrte Monika mit dem Teebecher zurück.

Als Sanja noch Susanne hieß, war sie ein zurückhaltendes, schüchternes Mädchen gewesen. In der polytechnischen Oberschule, der POS, hatten sie nebeneinandergesessen, und es entstand eine Schulfreundschaft, die nach Susannes Wechsel an die EOS* in Templin zu einer nostalgischen Erinnerung verblasste.

Monika war in Düsterwalde geblieben. Sie kümmerte sich um die Eltern und deren Erwartungen, machte eine Lehre zur Facharbeiterin für Geflügelhaltung, verliebte sich in Herfried, den Tankwart an der Minol oben an der Kreuzung, mit seinem Motorroller und den alten Rostlauben und der schicken Haartolle, die damals schon reichte, um rebellisch zu wirken. Sie wurde wohlkalkuliert schwanger und heiratete mit neunzehn. Sie war der festen Überzeugung, dass sie alles richtig machte.

---

* Erweiterte Oberschule

Da studierte Susanne schon längst an der Wilhelm-Pieck-Universität in Rostock, aber nicht für lange. Nach dem dritten Semester war Schluss. Nicht dass sie irgendwie politisch aufgefallen wäre. Sie war kein Feind des Marxismus-Leninismus, gegen den hatte keiner was, der einigermaßen in Frieden leben wollte. Sie wollte aussteigen, eine Landkommune gründen, aber Kommunen waren im Land des Kommunismus zu viel des Guten. Sie ging nach Berlin, und man verlor sich aus den Augen. Wie das mit vielen geschah in den Siebziger- und Achtzigerjahren, als Lebenswege und Ideologien auseinanderdrifteten und die Ahnung von Freiheit die einen in fiebrige Erwartung, die anderen in Bestürzung versetzte. Monika war der festen Überzeugung, dass Susanne alles falsch machte.

Dann kam der August 1989.* Österreich und Ungarn öffneten für wenige Stunden den Eisernen Vorhang, und das Westfernsehen brachte Bilder von ausgelassenen jungen Menschen, die sich, an den Händen haltend und weinend vor Glück, zu Fuß auf den Weg in den Westen machten.

Sie, Moni, hatte ihre Hand in Herfrieds Arm gekrallt und »Nein!« geschrien.

»Nein! Schau doch! Das ist Susanne!«

»Nich möglich.«

»Doch! Sieh sie dir an! Die da in dem hellen Kleid!«

An der Seite eines bärtigen Holzfällers, wahrscheinlich einer aus Berlin, wo sie Ende der Achtziger aussahen, als müssten sie mit Lassos Unter den Linden entlangreiten und Bisons jagen.

Herfried war damals noch gesund gewesen, aber nicht unbedingt agiler. Ein schwerfälliger Mann war er geworden, untersetzt, aber immer noch mit diesem spitzbübischen Lächeln in

---

* »Pan-europäisches Picknick«

den Mundwinkeln, das einen leichter ertragen ließ, was danach kam. Die Wiedervereinigung. Die Landflucht. Das Laden- und Fabriksterben. Eines Tages wurde die Tankstelle aufgegeben, und sie standen zum ersten Mal vor einem Haus in Templin, auf dem »Bundesanstalt für Arbeit« stand.

Aber davon wussten sie noch nichts, als die Frau im hellen Kleid den Kameraleuten des Westfernsehens etwas zugerufen hatte und davongehüpft war in die Freiheit. Moni erinnerte sich noch genau an das Gefühl, das sie bei diesem Anblick gehabt hatte. Es war wie ... Verrat. Im Stich lassen. Den ausgestreckten Mittelfinger zeigen. Es war: Für mich gibt es eine Zukunft. Für euch nur die Arbeit und das Dorf, das ihr nie mehr verlassen werdet.

Es war zum ersten Mal das Gefühl, dass andere alles richtig machten und sie, Moni, zurückblieb.

Und wieder gingen Jahre ins Land. Das schmerzhafte, in allen Fugen ächzende Zusammenwachsen forderte seinen Tribut. Jeder, der irgendwo noch eine Chance sah, verließ Düsterwalde. Das Dorf verlor fast die Hälfte seiner Einwohner. Die Schule schloss. Die Bahnlinie wurde eingestellt, schließlich fuhr nur noch zweimal am Tag ein Bus. Der Konsum sperrte zu. Der Bäcker gab auf. Die großen Hallen der LPGs verrotteten. Häuser standen leer. Die alte Villa am See, früher noch ein Kindergarten, sank in einen Dornröschenschlaf.

Geh nicht dahin ...

Aber Chris blieb. Ganz der Vater. Diese Grübchen, dieses Lächeln ... ihr Sohn hatte einen Schlag bei den Mädchen gehabt. Ja, vielleicht hatte ihm der Ehrgeiz gefehlt, woanders sein Glück zu suchen. Aber er war ein guter Junge gewesen, das Herz am rechten Fleck. Konnte nie Nein sagen. Auch nicht in jener Nacht, in der diese Schlampe auf ihn gewartet hatte ...

Einmal, viel später, Monate danach, war Bianca aufgetaucht. Das Mädchen, das ihren wunderbaren Sohn in dieses Haus und einen schrecklichen Tod gelockt hatte. Sie wollte reden. Als ob Reden jemals geholfen hätte. Moni hatte ihr die Tür vor der Nase zugeknallt. Sollte sie an ihrer Schuld verrecken.

Und dann, eines Tages, war Susanne wieder da. Sie nannte sich jetzt Sanja und redete von Bewusstsein und Herzatmung, von Hierwelt und Anderswelt und vom Raum aller Welten und Schoßraumheilung und Krafttieren und davon, die Hüterin der Erde zu sein und nicht die Herrin.

Moni, die froh war, wenn sie Herrin ihres Abwaschs blieb, hatte sich das eine Weile angehört und Susanne – Entschuldigung!, Sanja – irgendwann weiträumig gemieden. Sie hatte genug zu verkraften, das Leben schien ihr eine Ohrfeige nach der anderen zu versetzen. Arbeitslosigkeit. Der Verlust ihres Sohnes. Jahre, um darüber hinwegzukommen – sie hatten es nie richtig geschafft. Dann, gerade mal mit Ach und Krach aus den Schulden raus und wieder in Lohn und Brot, diese rätselhafte Schwäche in Herfrieds Beinen. Ist nichts. Hab mir einen Nerv eingeklemmt. Nu hör doch mal auf. Arztbesuche, Physio. Nerv nich! Jeht doch allet ... Irgendwann die Diagnose. Herfried hatte danach drei Wochen geschwiegen.

Alles hatten sie ihnen genommen. Die Arbeit. Das Kind. Und nun auch noch die Hoffnung auf ein bisschen Ruhe am Ende, wenn man sich zurücklehnte und darüber nachdachte, wie schnell doch alles gegangen war und ob es sich gelohnt hatte.

Bei Sanjas Rückkehr waren sie beide Anfang fünfzig gewesen. Damals bekam man die leerstehenden Häuser noch nachgeworfen. Aber Sanja zog es zurück in ihr Elternhaus, draußen am Ende der Wilhelm-Pieck. Eine Ruine, winzig, feucht, verwahrlost. Mutter und Vater, schon längst geschieden, hatten jeder für sich irgendwo ein neues Leben angefangen und bis zu ihrem Tod keinen Fuß mehr ins Dorf gesetzt.

Sanja fegte die Hütte aus und begann mit atlantischer Kristallheilung und Führungen zu diversen Schöpfungsebenen. An späten Sommerabenden, wenn die Sonne schräg stand und ein dunstiges Zwielicht den Wald erfüllte, begegnete man das eine oder andere Mal traumwandlerisch umherstreifenden Gestalten am verwilderten Seeufer, die dort die Dependance des Sonnentempels von Atlantis suchten. Sie sahen glücklich aus, und wenn sie das Licht vielleicht nicht fanden, so erfüllte sie doch die Suche danach.

Sanja veranstaltete Neumondwanderungen, bei denen die Sternenenergie in die Parallelwelten der Erde und die Bewusstseinsebenen strömen sollte. Es gab Seminare zur Blume des Lebens, zu Yin & Yang, den acht Grenzen in Beziehungen, zur Heiligen Geometrie, zu Zwillingsflammen und zu Seelenverträgen. Sie bot Rückführungen in frühere Leben und zum Heilungscode der Plejader, sie leitete Workshops über die Smaragdtafeln von Thoth dem Atlanter und Wochenendseminare, in denen das Erd-Kundalini und das weibliche Licht erweckt wurden. Sie ließ nichts aus, was bei Amazon auf der Bestenliste der Parawissenschaften stand, und wer ihr vorwarf, den sinnsuchenden Seelen mit spirituellem Hokuspokus das Geld aus den Taschen zu ziehen, wurde von ihr als niedrigschwingend bezeichnet – offenbar die schlimmste aller Beleidigungen, die Wissende den Unwissenden entgegenschleudern konnten.

Es ging das Gerücht, dass im Frühjahr der »tantrische Kristallweg« – eine Art Nacktwandern im Morgengrauen – auch von zwei Männern aus Düstersee begangen worden war. Bis heute hatte man nicht herausgefunden, wer. Herfried auf keinen Fall. Wenn der erst mal aus dem Rollstuhl ins Bett verfrachtet worden war, kam er ohne ihre Hilfe nicht mehr hoch. Aber zu all dem Fremden, Seltsamen, Suchenden, das Sanja mitgebracht hatte, gesellte sich seitdem eine Mischung aus Neugier, Misstrauen und Abwehr. Wer waren die Abtrünnigen aus den eigenen Reihen? Verdächtigungen machten die Runde, offen fragen wollte keiner. Man wurde auch nicht gerne mit ihr zusammen gesehen. Wer weiß, mit welchen Energien sie einen insgeheim bombardierte und was sie mit den Schwingungen anstellte.

Sanja sah zu ihr zum Fenster hinauf.

»Was denn?«, fragte Moni und spähte die Dorfstraße hinunter. Der schaukelnde Campingwagen saß oben an der Kreuzung fest. Vielleicht gab es Umsatz für Gabi, die in der Bäckerei mittlerweile auch Mango-Lassi und selbst gestampfte Müsliriegel verkaufte.

»Steinhoff ist tot. Sie haben ihn am See gefunden, und die Kripo ist auch schon da. Überall Polizei.«

Herfried hob sein fragendes Gesicht zu ihr.

»Steinhoff?« Sie spürte ihr Herz hart gegen die Rippen hämmern.

Sanja nickte. Ihre langen Haare hatte sie zu einem nachlässigen Zopf geflochten. Einzelne Strähnen hatten sich gelöst und umspielten ihr herzförmiges, immer noch jugendlich wirkendes Gesicht.

»Es muss heute Nacht passiert sein, auf der Bank unten am Wasser. Auf unserer Bank«, setzte sie vielsagend hinzu.

Dort, wo sich alle nach der Schule getroffen hatten. Zum Trinken, Knutschen, Eisessen, was man eben so machte auf dem Dorf in einer DDR-Jugend, die so weit zurücklag, dass Moni sich kaum noch daran erinnerte.

»Na ja, jetzt isses ja seine Bank«, brummte sie und setzte Herfried die Tasse an die Lippen. Die Hälfte ging daneben, aber immerhin fand ein kleiner Schluck seinen Weg. Liebevoll tupfte sie ihm das Kinn mit dem Geschirrtuch ab, das sie stets mit sich trug, wenn sie zu ihm ging. Auf dem Couchtisch lagen die nächsten Anträge für die Kranken- und Pflegekasse. Sie schob das Ausfüllen wieder und wieder vor sich her. Er wollte nicht ins Heim, aber so konnte das nicht weitergehen. Nächste Woche feierten sie dreißigsten Hochzeitstag. In guten wie in schlechten Zeiten. Für sie war das mehr als ein Spruch, es war ein Schwur, der nicht gebrochen werden durfte. Der Zwiespalt zwischen dem, was nun nötig war, und dem, was geschähe, wenn sie es nicht täte, zerriss sie fast.

»War«, setzte Sanja hinzu. »Es *war* seine Bank.«

Moni versuchte, sich nichts anmerken zu lassen, aber das war schwerer als gedacht.

Sanja trug eines dieser luftigen, geknöpften Baumwollkleider und, wie Moni bestürzt feststellte, keinen BH darunter. So lief man doch nicht herum! In Berlin vielleicht. Ihretwegen auch gerne in den Marinas und Feriensiedlungen an der uckermärkischen Seenplatte. Dort konnte sie so herumstolzieren, dieses in die Jahre gekommene Landmädchen. Am besten noch mit einem Gänseblümchenkranz im Haar. Aber in einem Dorf wie Düsterwalde ging das einfach nicht.

»Kann ich kurz reinkommen?«

Ohne eine Antwort abzuwarten, stellte Sanja ihr Hollandrad an der Hauswand ab und kam ins Haus. Moni hatte gerade noch Zeit, Herfrieds Rollstuhl umzudrehen.

»Ich will nicht, dass sie wieder ihr Zeug hier verteilt«, zischte sie.

Sie hatten die Diagnose ALS vor drei Jahren erhalten und

gemeinsam die einzelnen Stadien von Erbitterung bis Resignation durchschritten. Erstaunlicherweise erwiesen sich Unglück und Trauer für ihre Ehe als wirksame Kräfte. Sie schmiedeten sie noch mehr zusammen. Die gemeinsame Zeit wurde knapp, das ließ sie kostbarer erscheinen, als sie vielleicht war. Man hielt sich nicht mehr mit Streitereien auf. Deshalb hoffte sie, Sanja würde nicht wieder ihre Kraftsteine oder bei Vollmond gesammelte Kräutersträuße im Haus verstecken. Herfried war das egal. Als sie herausgefunden hatte, dass er Sanja zweihundertachtzig Euro für ein Heilöl gezahlt hatte, das angeblich Auszüge aus Erdkräutern enthielt – was für Kräuter sollte es denn sonst noch geben? Himmelskräuter? Wolkenkräuter? –, hatte Moni einen Tobsuchtsanfall bekommen. Und ihn tausendfach bereut. Es war das letzte Mal gewesen, dass sie ausgerastet war. Wenn er daran glaubte? Wenn es half?

Aber es half nicht. Die Schluckbeschwerden wurden schlimmer. Manchmal hatte sie Albträume, in denen sie unaufhaltsam in ein schwarzes Nichts gezogen wurde. Die Todesangst war real, das Grauen hielt sie noch beim Erwachen fest und nistete sich in ihr ein. Das Leben, schon immer ein schwacher Abklatsch dessen, was sie sich einst vorgestellt hatte, war schal geworden, kalkig, durchzogen von feinsten Rissen. Sie wussten beide, was auf sie zukam. Sie wünschte sich, der Arzt wäre gnädiger gewesen.

Sanja betrat den Raum und ging direkt auf Herfried zu.

»Seid gesegnet mit den Gaben des Ostens, Westens, Südens ...«

»Dir auch einen guten Tag«, wurde sie sofort von Moni unterbrochen. Es klang harsch, perlte aber an Sanja ab wie Morgentau an Moos. In einer Unbefangenheit, die an ein spielendes Kind erinnerte, beugte sich die ungebetene Besucherin zu Herfried herab, nahm ihn in den Arm, drückte ihn an die Brust und hauchte schließlich einen Kuss auf seine gelichtete Stirn. Herfried lächelte dümmlich und warf dann einen unsicheren Blick auf seine Ehefrau. Moni nahm den Teebecher, um Sanjas nächstem Angriff zu entgehen, der direkt gegen sie gerichtet war: die schwesterlich-sinnliche Umarmung, bei der sie sich an sie schmiegte wie eine rollige Katze.

»Wie geht es euch?«

»Wie soll es gehen?«, antwortete Moni unwirsch und fühlte sich in Anwesenheit dieser erleuchteten, ätherischen Gestalt wie ein Sumpfotter. »Es wird nicht besser. Er verschluckt sich immer öfter. Der Arzt hat mir beigebracht, was ich tun muss, wenn es wieder passiert.«

Die Bitterkeit war nicht mehr zu überhören. Sanja nannte sich Heilerin. Aber sie hatte keine Ahnung, was diese Krankheit wirklich bedeutete. Wenn die Muskeln nicht mehr arbeiteten, wenn erst das Sprechen, dann das Kauen, dann das Schlucken nicht mehr möglich waren. An mehr wagte sie nicht zu denken. Und dann kamen diese Leute und erzählten was von den Heilkräften der Steine und dass man in gewisser Weise selber schuld war, wenn einen diese Krankheit erwischte.

Sie hatte lange nicht gewusst, wie wütend sie werden konnte. Wie böse. Auf all diese Leute, die nie für etwas die Verantwortung übernommen hatten. Und Steinhoff war der Schlimmste gewesen. Direkt danach kam Sanja. Und dann Bianca. Die Reihenfolge wechselte stündlich.

»Das tut mir leid«, flötete Sanja. »Wirklich. Ich sammle Kräuter für einen Tee. Der wird dir guttun, Herfried.«

Er versuchte die Hand zu heben, aber es gelang nur eine schwache Bewegung. Sanja beugte sich über ihn und streichelte ihm die Wange. Sein Blick glitt in ihren Ausschnitt. Machte sie das absichtlich?

Moni ging in die Küche und versuchte, ihrem Ärger Herrin zu werden. All der Schmerz und das Elend der letzten Jahre waren vielleicht leichter zu ertragen, wenn nicht diese negativen Gefühle so dominant geworden wären. Sie vergällten alles. Beziehungen, Alltag, sogar die letzten Wochen und Tage mit ihrem Mann. Aber sie konnte nichts gegen sie tun. Einmal hatte sie sich getraut und ihrem Arzt andeutungsweise davon erzählt. Wenn plötzlich Schluss wäre. Irgendwas Schnelles, Schmerzloses, ohne Leiden. Der hatte ihr eine Psychologin in Templin empfohlen und Johanniskrautkapseln aufgeschrieben. Sie hatte sich geschämt. Nicht deshalb, daran gedacht zu haben, sondern dafür, dass sie so blöd gewesen war, Hilfe zu erwarten.

Sanja folgte ihr in die Küche. Hellstgrau, Ratiomat 85-08 mit Kunststofffurnier – für die Echtholzvariante Erika, die in die BRD geliefert worden war, hatten die Devisen und die Beziehungen nicht gereicht. Und nach der Wende … Küchen kosteten mehr als Kleinwagen. Und waren doch nicht viel mehr als foliertes Sperrholz. Die alte machte es ja auch noch eine Weile. Überstrichen, zerkratzt, marode, mit verblichenen Aufklebern auf den Fliesen und dem Sammelsurium jahrzehntelanger Behelfsmäßigkeit in allen Ecken. Die Weile dauerte jetzt über dreißig Jahre. Sie spürte Sanjas Blicke, die über die Einrichtung streifen, als wäre sie in einem Heimatmuseum in der Abteilung »Leben des Proletariats im 20. Jahrhundert« gelandet.

»Heute ist wieder Blutmond«, sagte sie.

Moni warf das Geschirrtuch auf die hoffnungslos überladene Arbeitsfläche und kippte den Tee in den Ausguss. Irgendwann musste sie mit dem Kuchenbacken anfangen. Ihr war nicht klar, wie man einen dreißigsten Hochzeitstag mit einem

Todkranken feierte, aber sie wollte gewappnet sein. Vielleicht kam der Bürgermeister. Vielleicht schauten die Nachbarn vorbei. Vielleicht ... ihre Hand verkrampfte sich um den Henkel der Kanne. Vielleicht tauchten Leibwitz oder Bianca auf. Jedes Mal, wenn sie an die beiden dachte, schoss ein heißer Strahl aus Wut und Schmerz durch ihr Innerstes, und sie bereute, dass sie damals keine der alten Russenknarren irgendwo gebunkert hatte.

»Wie in jener Nacht vor zehn Jahren.« Sanja kam näher, und ihre Stimme wurde leiser. »Als alles geschah.«

Um nicht zu antworten, ließ Moni Wasser ins Becken laufen. Aber Sanja trat noch näher und stellte sich direkt neben sie, so nah, dass ihr ihr Körpergeruch in die Nase stieg: Hölzer, Farn, schwer duftende Blumen. Sie roch gesund, nach Feld, Wald und Wiese. Nicht nach Desinfektionsmittel, Kotze und anderen Dingen, die Herfrieds Krankheit mit sich brachte.

Sanjas Hand fuhr vor und drehte das Wasser ab.

»Er ist tot.«

»Ja und?«

»Ist das nicht seltsam?« Die Heilerin flüsterte fast. Monis Härchen auf den Armen stellten sich auf. »Er ist tot. Das löst doch eine Menge Probleme.«

Sie musste alle ihre Kraft zusammennehmen, um so unbefangen wie möglich zu klingen. Sie hätte diese Frau niemals hereinlassen dürfen. Sie machte die Menschen verrückt. »Deine vielleicht. Meine nie.«

Sanjas Hand legte sich auf ihren Arm. Die Berührung war beinahe unerträglich, aber Moni zwang sich, sie über sich ergehen zu lassen.

»Aber das stimmt nicht. Ich fühle es. Etwas ist aufgebrochen dadurch. Es hat die ganze Aura zerstört. Das Böse ist wieder da, und es kriecht aus dem Wasser, kommt auf uns zu. Ich will dir helfen. Das musst du doch wissen!«

»Sanja?«

Monika entwand sich dem Griff und nahm ein Geschirrtuch vom Haken. »Könnte es sein, dass *du* Hilfe brauchst?«

Sanjas Blick, fast schon erwartungsfroh angesichts der Apokalypse aus dem See, vertiefte sich.

»Nein. O nein. Es kommt wieder. Was vor zehn Jahren geschehen ist, holt uns alle wieder ein. Auch dich. Es ist schon da. Es hat schon seine Hand nach dir ausgestreckt.«

»Nach mir?«, fragte Moni und spürte, wie sich ihr Herzschlag beschleunigte. Diese Hexe hatte etwas an sich, das einem Angst einjagen konnte. Und sie kam noch näher. Sie umklammerte den Griff des Messers so fest, dass ihre Fingerknöchel weiß hervorstachen. Wie sie diese Frau hasste, die noch nie echten Schmerz gespürt hatte.

»Wir alle müssen gemeinsam die Kraft des Ortes wiederherstellen.«

Monika konnte sich nicht erinnern, dass Düsterwalde jemals an einem Strang gezogen hätte. Schon gar nicht, wenn es darum ging, irgendwelche Schwingungen wieder ins Lot zu bringen. Sie steckte das Messer zurück in den Block.

»Nur zu«, sagte sie knapp. »Was hast du vor? Räucherwerk abbrennen? Bei Blutmond nackt um den See wandern? Was willst du eigentlich?«

»Ich weiß, was am See passiert ist.«

»Woher?«

»Ich war dabei.«

Monika wollte etwas erwidern. Doch da klang Herfrieds Stimme aus dem Wohnzimmer.

»Moni?«

»Was du nicht sagst«, blaffte sie unwirsch und wollte die Küche verlassen. Aber Sanja stand im Weg, und für einen Moment sah es so aus, als ob sie keinen Platz machen würde. Moni blieb stehen und wartete. Schließlich drehte Sanja sich um und entfernte sich mit leichten Schritten. Vom Wohnzimmer her hörte sie sie sagen: »Tschüss, Herfried. Ich komme dieser Tage mit dem Tee vorbei und bringe noch was von dem Öl, das dir so gutgetan hat.«

Er grunzte etwas, aus dem man mit viel gutem Willen ein Danke heraushören konnte. Monika kehrte zurück zur Spüle und stützte sich mit beiden Händen ab. Von der Straße kamen durch das geöffnete Wohnzimmerfenster noch ein leises Scheppern und der helle Glockenton einer kaputten Fahrradklingel, dann war sie weg. Endlich.

»Moni?«

»Ja!« Sie schrie beinahe. Bevor sie zu ihm ging, atmete sie tief durch.

Er durfte nichts merken.

Niemand durfte etwas merken.

Zumindest so lange, wie das Drama unter diesem Dach noch andauerte.

Danach war es egal.

Alles egal.

7

Steinhoffs Weinglas stand noch auf dem Loungetisch. Ich schüttete die Neige ins Wasser und trug es ins Haus.

Niemand war zwischenzeitlich hier gewesen. Die fleißige Simone hatte wahrscheinlich wichtigere Dinge zu tun, als die Betten im Bootshaus zu beziehen. Ich würde, wenn ich meine Sachen wieder ausgepackt hatte, hoch zur Villa gehen und Regina einen Kondolenzbesuch machen. Sie sollte wissen, dass ich noch – beziehungsweise schon wieder – in der Nähe war.

Das Glas spülte ich ab und stellte es zurück an seinen Platz. Das nächtliche Gespräch mit Steinhoff auf dem Bootssteg kam mir abermals in den Sinn. Es hatte einen seltsamen, diffusen Nachklang in mir hinterlassen. Natürlich hatte es meinen Stolz genährt, dass ein Mann wie er mich *kennenlernen* wollte. Er war eine tragende Säule der Berliner Gesellschaft gewesen und hätte, wenn ich seine Worte richtig interpretierte, den Aufstieg zur überregionalen Bedeutung mühelos geschafft. Aber genau dieser Stolz in mir wehrte sich dagegen, von diesem Mann als wichtig genug erachtet zu werden, dass er um eine Unterstützung warb. Er wäre über Leichen gegangen. Über die von Schlevogt, über die von Marie-Luise. Auch über meine, darüber durfte ich mir keine Illusionen machen.

So interessant es war, Menschen wie ihn und ihre kompromisslosen Ambitionen zu beobachten, hatte meine Gesprächsbereitschaft eher auf reiner Neugierde beruht als dem Wunsch, sich ihm zu nähern. Und dem Zugang zu diesem himmlischen Ort, dem auch der Tod nichts von seinem Zauber nehmen konnte. Allenfalls fügte er eine Nuance Melancholie und Vergänglichkeit hinzu. Ich war am frühen Abend angekommen, doch lange nach Sonnenuntergang war es noch hell genug, um den Weg hinauf zur Villa zu finden. Der Himmel leuchtete in dunklem Violett, und es stand in Kürze das seltene Schauspiel eines Blutmonds bevor, sofern die Wolkendecke sich nicht schließen würde.

Das Phänomen war seit Tagen Aufmacher der Boulevardzeitungen, die das sinkende Schiff der analogen Berichterstattung wohl als Letzte verlassen würden. Am Bahnhof Ostkreuz in Berlin waren mir die Zeilen bereits ins Auge gesprungen, beim Umsteigen in Templin ebenso. Von dort waren es nur noch zwanzig Minuten mit dem Bus nach Sonnenwalde, ans helle, vom Abendsonnenschein vergoldete Nordufer, trocken und warm. Das Lachen und die fröhlichen Schreie vom Strandbad begleiteten mich noch bis zum Waldweg zum Düstersee, bevor ich in die schweren Schatten der Erlen und Buchen trat. Frisch war es, eine Wohltat nach der stickigen Stadt und der überhitzten Regionalbahn. Und kühl genug, dass der Luftzug im Nacken mich frösteln ließ. Dann wurde der Weg durch einen hohen Stacheldrahtzaun versperrt. Es gab keine Möglichkeit weiterzukommen. Es sei denn, man wäre geschwommen.

Privatbesitz. Betreten verboten.

Ich musste umkehren oder mich mitsamt meinem Koffer durchs Dickicht schlagen, an den gesicherten Außengrenzen von Steinhoffs Park entlang, bis ich viel weiter oben irgendwo den Zugang zu seinem Grundstück finden würde. Während sich die Brennnesseln um meine nackten Knöchel schlangen und ich mich durch Gebüsch und Wald an den Aufstieg machte, konnte ich Sanja immer besser verstehen. Es hatte zu Steinhoff gepasst, seine Besitzansprüche durchzusetzen. Erstaunlich war, dass sich ihm offenbar niemand entgegengestellt hatte, nur eine Heilerin, die die Kräfte des Sees wieder entfesseln wollte.

Als ich endlich den Haupteingang erreichte, stand das Tor offen. Ich war froh, niemandem zu begegnen, so durchgeschwitzt, wie ich war. Kaum im Bootshaus angelangt, duschte ich eiskalt, zog mich an und warf mir für meinen Kondolenzbesuch ein leichtes Sakko über. Den Weg am See, vor der Absperrung Teil des öffentlichen Wanderpfads, mied ich, um nicht an Steinhoffs Bank vorbeizumüssen. Nachtviolen und Jasmin blühten, Geißblatt und Levkojen verströmten einen leisen, unaufdringlichen Duft, so zart komponiert, dass der Gärtner nicht nur höchstes Lob für seine üppigen Arrangements verdiente, sondern auch für diese Zusammenstellung verschiedener Gerüche, in die sich, je näher man dem Haus kam, auch noch die erdige Frische von Farnen, Wein und Efeu mischte.

Er stand, halb verborgen von einer Ligusterhecke, und beobachtete mich.

Ein kräftiger Mann mit Schirmmütze und grüner Latzhose, den Rechen in den Händen, mit dem er das wenige Laub zusammenkehrte, das im Laufe des Tages herabgefallen war. Ich nickte ihm zu, er nickte zurück. Mehr hatten wir uns nicht zu sagen.

Die Villa Floßhilde war hell erleuchtet. Obwohl die zweiflügelige Haupteingangstür verschlossen war, wirkte das Haus nicht abweisend. Bodentiefe Fenster mit schmalen, französisch anmutenden Flügeln hauchten der wuchtigen Fassade Leichtigkeit ein. Der Kies in der Auffahrt schimmerte hell und war frisch geharkt, die Buchsbäume, die die Eingangstreppe flankierten, hatten einen akkuraten, geraden Schnitt bekommen. Nichts war dem Zufall überlassen worden, alles wirkte, als hätte man dem Bauherrn erst gestern die Schlüssel überreicht.

Die Klingel suchte ich vergeblich. Dafür entdeckte ich eine Kamera im zurückgesetzten Torbogen. Weitere Exemplare dürften auf dem gesamten Grundstück verteilt sein und sich auch an dem großen Eingangstor befinden, aber sie waren hervorragend getarnt.

Simone öffnete, noch bevor ich klopfe konnte. Natürlich erinnerte sie sich nicht mehr an mich, nickte aber sofort, als ich mich als Steinhoffs Gast im Bootshaus vorstellte und bat, mit Regina sprechen zu dürfen.

Sie hielt die Tür auf und ließ mich eintreten. »Ich sehe nach, ob Frau Professor Sie empfangen kann. Wenn Sie einen Augenblick warten möchten?«

»Natürlich.«

Die Tür wurde hinter mir geschlossen, und Simone lief auf leisen Gummisohlen die Treppe zur Galerie hinauf. Ich hatte zum ersten Mal Zeit und Muße, mich umzusehen.

Steinhoff musste verdammt viel Geld gehabt haben. Oder seine Frau, was bei diesen Ehepaaren aufs Gleiche hinauslief. Sie heirateten, mehrten Besitz und Nachkommenschaft. Scheidung war keine Option. Allein der Streit um dieses Haus hätte viele arm gemacht.

Die Böden waren mit dunkel schimmernden Steinfliesen belegt. Fränkischer Blauschiefer, eines der teuersten Materialien, zudem perfekt verfugt. Mein Freund Sebastian Marquardt hatte sich einmal mit dem Gedanken befasst, seine Küche damit zu pflastern. Das war noch lange vor seinen finanziellen Problemen gewesen, die mit einer simplen Steuerhinterziehung begonnen und sich zu einer veritablen Schwarzgeldwäsche entwickelt hatten. Aus der Malaise hatten ihn nur ein umfangreiches Geständnis und die vollste Kooperation mit der Staatsanwaltschaft befreit. Die Bewährungsstrafe war ihm egal, aber an dem Ausschluss aus der Anwaltskammer und dem Entzug seiner Lizenz hatte er bis heute zu knabbern. Kurz: Sogar zu seinen längst vergangenen besten Zeiten, finanziell gesehen, hatte er sich schließlich für die einfachere Marmorvariante entschieden.

Der Stein gab die nötige Schwere, die der hohe Raum brauchte. Ein fast mittelalterlich anmutendes Kreuzrippengewölbe überspannte die Halle, die sonst wie eine Kathedrale gewirkt hätte. Bodenstrahler tauchten die Wände in ein freundliches, warmes Licht und betonten die Erker, Pfeiler und Vorsprünge. In den Gefachen hingen ausgesucht schöne zeitgenössische Bilder. Zwei Bronzeskulpturen, hagere, in die Höhe geschossene Frauen, erinnerten frappant an Alberto Giacomettis Stil und bewachten still und würdevoll den Eingang. Ich trat näher, um eine Signatur zu entdecken. Vielleicht stammten sie auch aus dem legendären Stuttgarter Fälscher-Fundus, der vor ein paar Jahren aufgeflogen war. Der Hauptangeklagte hatte eine Haftstrafe von neun Jahren antreten müssen, was in Juristenkreisen scharf debattiert worden war. Neun Jahre, um die Welt mit Giacomettis Schönheit zu fluten, auch wenn sie gefälscht war? Um gierigen Kunstsammlern, die auf das Schnäppchen ihres Lebens jieperten, ihren größten Wunsch zu erfüllen? Neun Jahre, die kaum ein Vergewaltiger, Antisemit, Rechtsextremer, Kinderschänder bekam?

»Sie sind echt.«

Ertappt drehte ich mich zu Regina um, die auf ebenso leisen Sohlen wie ihre Angestellte aus dem Nichts aufgetaucht war. Sie trug Schwarz, wie nicht anders zu erwarten, aber das Schwarz von Jil Sander oder Gucci, oder etwas Ähnliches dieser Preisklasse. Ein exzellent geschnittener, leichter Hosenanzug mit einer schlichten Seidenbluse, an den Füßen Mokassins aus italienischer Manufaktur. Aber es half nichts: Sie hatte rote Augen, tiefe Falten im Gesicht und einen eiskalten Händedruck.

»Christian hat sie in Mailand gekauft, Ende der Achtzigerjahre. Auf unserer Hochzeitsreise.«

»Ich wollte nicht ...«

Ein schmales Lächeln hob kaum die Mundwinkel, als sie meine Hand losließ. »Jeder fragt sich das. Zwei echte Giacomettis. Für die Versicherungssumme könnten wir uns jedes Jahr einen Nolde leisten.«

Sie zog das Jackett enger um die Schultern. »Ich denke immer noch im *Wir*. Das wird sich auch nicht ändern.«

»Das sollte es auch nicht.«

Ich hatte mich wie ein Trottel verhalten, als ich auf der Suche nach der Signatur gebückt und mit vorgereckter Nase erwischt worden war. Das erste Interesse in einem Trauerhaus sollte eigentlich anderen Dingen gelten. Regina überraschte mich. Vielleicht lag es an ihrer Freundlichkeit, mit der sie meinen Fauxpas überspielte und mich damit noch mehr beschämte. Vielleicht aber auch daran, dass sie die Situation anders annahm, als ich es erwartet hatte. Sie war gefasst. Wehmütig, schockiert, traurig, aber gefasst.

»Kommen Sie mit ins Gartenzimmer, dort können wir etwas trinken.«

Sie ging voran in den Raum, in dem sich am Morgen die geschockte Gästeschar versammelt hatte. Alles, was daran erinnerte, war verschwunden. Auch die Gäste.

»Sind alle abgereist?«, fragte ich.

»Nein. Die nervigen Bergers sind noch da, aber sie haben schon gepackt. Und diese Galeristin, Frau von Boden. Dabei könnte sie genauso gut in ihrer Galerie im Dorf wohnen, aber sie wollte seine Nähe spüren und seinen Geist atmen, wie auch immer sie das meinte. Sagt man das einer Ehefrau?«

Ein kurzer, forschender Blick in meine Augen, was ich von dieser befremdlichen Anwandlung hielt. Sie steuerte auf die Mitte des Raums zu. »Da ich ja so grausam bin und ihn nicht drei Tage in der Halle aufbahre. Das hat sie nicht gesagt, aber durchblicken lassen. – Simone?«

»Ja?«, hallte es von der Galerie.

»Wir brauchen Eis.«

»Sofort!«

Regina ließ sich auf der Couch nieder, ich nahm in einem Sessel ihr gegenüber Platz.

»Ich möchte Ihnen mein herzliches Beileid aussprechen«, begann ich, doch sie winkte müde ab.

»Danke. Ich bekam heute schon genug davon. Das Telefon stand nicht mehr still. Kondolenz aus der ganzen Welt. Der Bürgermeister erschien. Handwerker, Dorfbewohner, und … sagen Sie, darf ich Sie etwas fragen?«

»Selbstverständlich.«

»Heute Morgen hat jemand erwähnt, dass mein Mann vor seinem Tod eine Auseinandersetzung mit einer Frau aus dem Dorf gehabt hat.«

Ich nickte.

»Natürlich suche ich nach Antworten. Christian war gesund, bis auf sein Asthma. Ein starker Mann. Deshalb glaube ich nicht, dass ein Streit ihn so aufgebracht hätte, dass er ...«

Simone trat ein. »Eiswürfel?«

»Ja, natürlich. Und zwei Whisky. Bitte.«

Die Hausangestellte nickte und verschwand ebenso lautlos, wie sie aufgetaucht war.

Regina legte die Handflächen aneinander und beugte sich etwas vor. »Ich möchte ihn obduzieren lassen.«

»Ihren Mann?«, fragte ich überrascht.

»Wen sonst. Es ist mir ein Rätsel. Das kam zu plötzlich. Es war ein natürlicher Tod, zumindest sah es so aus, als ich mich von ihm verabschieden durfte. Aber ich möchte trotzdem herausfinden, was ihn getötet hat.«

Ich sah zu der offenen Tür in Richtung Eingangshalle. Simone begab sich gerade vermutlich in Richtung Küchentrakt.

»Haben Sie dafür einen Grund?«

Sie schlug die Augen nieder und verknotete die Finger ineinander. Sie war nervös. »Reicht das denn nicht?«

»Was hat denn der Arzt gesagt?«

»Noch gar nichts. Herzversagen aufgrund seines erhöhten Risikos als Asthmatiker war sein Verdacht. Aber das reicht mir nicht.«

»Hat er sich vor Kurzem untersuchen lassen?«

Sie lehnte sich in die Polster zurück und sah über mich hinweg auf einen fernen Punkt an der gegenüberliegenden Wand. »Er war ein Mann. Männer werden nicht krank und gehen auch nicht zum Arzt. Und erst recht nicht zu Voruntersuchungen.«

»Sie wollen also eine klinische Autopsie.«

»Ja.«

»Bis jetzt wurde noch nichts dergleichen angeordnet?«

»Nicht dass ich wüsste.«

»Dann müssten Sie bereit sein, die Kosten zu tragen.«

Ein leichtes Kopfschütteln verriet, dass diese Sorge wohl ihre geringste war. »Bei wem beantrage ich so etwas?«

»Ich kann das gerne für Sie veranlassen. Wo befindet sich die Leiche Ihres Mannes?«

Sie atmete einen Hauch zu heftig ein. Ich hätte es anders ausdrücken sollen.

»In Templin, bei einem Bestatter. Trauer Wöllmeier, so heißt er, glaube ich. Morgen wird der Sarg nach Berlin überführt. Das übernimmt dann eine Firma unseres Vertrauens. Aber ich bitte Sie, das müssen Sie nicht tun.«

Simone kehrte mit einem Tablett zurück. Darauf standen zwei halb gefüllte Gläser und ein silberner Eiswürfelbehälter mit einer darübergelegten gestärkten Serviette. Bis sie die Drinks arrangiert hatte, herrschte Schweigen. Dann entfernte sie sich leise.

Regina reichte mir ein Glas.

»Ich wollte Ihnen eigentlich nur sagen, wie leid es mir tut«, begann ich. »Dazu war heute Morgen nicht die Zeit. Ich habe Ihren Mann persönlich nicht besonders gut gekannt, aber er war wohl ein beeindruckender Charakter.«

»Das war er.« Sie nickte. »Wollten Sie an der Akademie teilnehmen?«

»Nein. Staatsemanzipation, wie auch immer man sie interpretieren will, ist nicht meine Sache.«

Sie trank einen Schluck, ohne das Gesicht zu verziehen. »Er hätte Sie dazu gebracht, das anders zu sehen.«

»Glauben Sie?«

»Christian war ein Menschenfänger. Ein Charismatiker.

Ein Sonnenkönig. Früher hat er damit die außerparlamentarische Opposition begeistert. Heute ...« Sie ließ die Eiswürfel im Glas klingen. »... er hat sich sehr verändert.«

»Wann?«

Sie zuckte mit den Schultern. »Schon vor langer Zeit. Wenn Sie sich kaum kannten, wie kam es, dass er Ihnen das Bootshaus überlassen hat?«

Ich nahm einen Schluck. Im Gegensatz zu ihr war ich das harte Zeug nicht gewohnt und musste an mich halten, um nicht nach Luft zu schnappen.

»Ich bin ebenfalls Anwalt. Wenn er im Herbst gegen Schlevogt zur Wahl des Kammerpräsidenten angetreten wäre, hätte es eine Pattsituation geben können.«

»Er wollte Sie auf seine Seite ziehen. Sind Sie käuflich?«

Ich grinste sie über den Rand meines Glases hinweg an. »In manchen Zeiten sogar für eine warme Mahlzeit.«

Sie lächelte. Es war eher eine Anerkennung, das Eis brechen zu wollen, als echtes Amüsieren über meinen schwachen Witz. Sie war keine schöne Frau, im landläufigen Sinne. Ihr Gesicht, an das kein Chirurg je seine Hand gelegt hatte, war etwas zu grobknochig, der Mund zu schmal, die Wangen zu breit, um dem Schönheitsideal nicht mehr ganz junger, wohlhabender Ehefrauen zu entsprechen. Alles an ihr wirkte echt, auch der Reichtum, der sich in ihrer Kleidung und ihrem Schmuck spiegelte. Aber nichts war übertrieben. Ich wusste nicht, ob sie mir sympathisch war. Ihr musste es ähnlich gehen, denn der Blick aus ihren müden, rot geränderten Augen ruhte etwas länger auf mir, als ob sie ihren ersten Eindruck noch einmal überprüfen wollte.

»Es war ein Gefallen«, legte ich nach. »Ich hatte nicht das Gefühl, er würde es an eine Gegenleistung koppeln. Im Nachhinein bin ich mir aber nicht mehr sicher, ob er sich nicht doch etwas erhofft hatte.«

Das Gespräch auf dem Bootssteg erwähnte ich nicht. Sie trank ihr Glas leer und stellte es auf einem Beistelltisch ab.

»Ganz sicher hat er das. Christian war ein Stratege. Er plante langfristig. In seiner Gegenwart geschahen die erstaunlichsten Dinge. Menschen transformierten nach einiger Zeit, wurden anders, wenn er sie wahrnahm. Ich habe das oft beobachtet, diesen Einfluss, den er auf andere hatte. Sie glauben mir nicht?«

»Ich werde es nicht mehr erfahren.«

»Ja.« Sie fuhr sich über die Stirn. Für mich das Zeichen, aufzubrechen und sie in Ruhe zu lassen.

»Möchten Sie, dass ich abreise?«, fragte ich. Es kam mir nach diesem Gespräch nicht mehr richtig vor, zwei Wochen in unmittelbarer Nähe zu bleiben. Aber sie sah fast erschrocken hoch.

»Nein. Nein! Ich bitte Sie, das Bootshaus steht doch die meiste Zeit leer. Und, vielleicht, wenn Sie mir behilflich sein könnten wegen der Obduktion?«

»Gerne.« Ich wollte aufstehen, dann überlegte ich es mir anders.

»Ich habe morgen früh einen Termin bei der Polizei. Waren die Beamten schon hier?«

»Ja. Es ging darum, wann ich Christian zum letzten Mal gesehen habe. Das war am Mittwoch in Berlin. Er hatte viel mit den Vorbereitungen zu der Akademie zu tun, einige Gäste reisten auch schon früher an und wollten willkommen geheißen werden. Er war sehr genau in diesen Dingen. Außerdem hatte er noch einen Termin beim Notar vorbereitet, mit diesen grässlichen Bergers. Eine Beurkundung, glaube ich. Deshalb ist er früher als ich angereist. Was will die Polizei von Ihnen?«

Ich wusste nicht, wie ich es ihr sagen sollte. Schließlich entschied ich mich für die Wahrheit. »Es scheint noch einige Unklarheiten zu geben. Was bedeutet, dass es mit der Überführung Ihres Mannes nach Berlin vielleicht noch etwas dauern wird.«

Und dass die Frage nach einer Obduktion nicht mehr in den Händen der Witwe lag.

»Um wie viel Uhr?«

»Um acht, in Templin.«

»Sind Sie mit dem Auto hier?«

Die Frage musste ich verneinen.

»Dann bitte ich Herrn Leibwitz, Sie zu fahren. Mit dem Bus brauchen Sie eine Ewigkeit. Er ist der Mann von Simone. Die beiden kümmern sich um alles rund ums Haus, wobei *alles* ein variabler Begriff ist. Es wird hart für sie werden. Vielleicht kommen sie in Sonnenwalde unter, da suchen sie immer Saisonkräfte in der Gastronomie.«

»Das heißt, Sie verlassen den Düstersee?«

Ein schwaches Lächeln zuckte über ihr Gesicht. Als sie ihr Glas hob, klapperten leise die Eiswürfel. »Den Düstersee verlassen … machen Sie es nicht dramatischer, als es ist. Ich habe keinen Bezug zu der Gegend, anders als Christian. Er ist hier geboren.«

»In Düsterwalde?«, fragte ich überrascht. »Ich dachte, in Berlin.«

»Berlin hat er überall angegeben, wo er nicht direkt nach seiner Geburtsurkunde gefragt wurde. Nein, er ist, wenn wir poetisch bleiben wollen, ein Kind dieses dunklen Sees und des Waldes. Seine Eltern sind lange vor dem Mauerfall in den Westen gegangen. Allerdings nicht ganz reibungslos.«

Sie stand auf und ging an das Fenster, das den Blick hinaus auf die Terrasse bot. »Jemand aus dem Dorf hat sie denunziert. Sie kamen ins Gefängnis und Christian in ein Heim. Und nun raten Sie mal, wo wir hier sind.«

Ich sah Sanja auf der Treppe sitzen und erzählen, dass diese Villa mal ein Lazarett gewesen war und dann ein Kinderheim.

»Er war hier, in diesem Haus, untergebracht?«

»Untergebracht?« Sie drehte sich zu mir um. »Eingesperrt trifft es wohl eher. Misshandelt. Geschlagen. Vielleicht noch Schlimmeres, er hat nie viel davon erzählt. Das war Mitte der Sechziger. Da hat man bei Pädagogik an den Rohrstock gedacht. Für die Partei war er das Kind von Asozialen, von Volksschädlingen. Er hat es Düsterwalde nie vergeben.«

Sie kehrte an den Beistelltisch zurück und nahm ihr Glas wieder hoch.

»Simone?«, hallte es bis hinaus ins Treppenhaus. Zu mir gewandt sagte sie: »Ich habe es aufgegeben, ihnen irgendetwas beizubringen. Ich bin froh, wenn ich sie los bin.«

Simone kam angerannt. »Ja?«

Wortlos hielt Regina ihr das Glas entgegen. Die Frau machte auf dem Absatz kehrt. Mit hochgezogenen Augenbrauen sah ihre Chefin erst auf das Glas und dann auf mich, bevor sie es mit einem resignierten Seufzer wieder abstellte. »Wahrscheinlich wird es noch nicht mal für die Gastronomie reichen.«

Ich fand Simone ausgesprochen höflich und beflissen und diese Verachtung fehl am Platz. Vielleicht sah Regina mir das an, denn sie setzte sich wieder, schlug die Beine übereinander und schenkte mir erneut ein kühles Lächeln.

»Aber«, fragte ich, »warum kam er dann hierher zurück?«

»Er wollte dieses Haus, koste es, was es wolle. Ich habe ihn nie verstanden. Ein Ort voller Schmerz und Demütigung, eine traumatisierende Topografie. Aber er ließ sich nicht davon abbringen. Er wollte es bezwingen, ihm seinen Stempel aufdrücken. Vielleicht hat er sogar tief in sich drinnen gehofft, dass man ihn um Verzeihung bitten würde, wenn er an den See zurückkam. Aber das war natürlich nicht der Fall. Niemand wird gerne an seine Schande erinnert, nicht wahr? Schon gar nicht, wenn ein verstoßenes Kind zum Wohltäter wird und so etwas aus den Trümmern schöpft.« Sie ließ den Blick durch den Raum schweifen. Er traf auf moderne Kunst, alten Stuck und eine Inneneinrichtung, wie man sie auch in Moskau oder Singapur bei den oberen Zehntausend finden würde.

»Aber ...«

Simone kam herbeigeeilt, zwei weitere Kristallgläser auf einem Silbertablett und die Flasche gleich mit dazu.

»Stellen Sie es ab. Wir bedienen uns selbst.«

Die Frau deutete einen Knicks in Reginas Richtung an und warf mir einen unsicheren Blick zu.

»Danke«, sagte ich, und sie verließ hastig den Raum.

»Ja?«, forderte ich Regina zum Weiterreden auf. Es war interessant, diese Seite von Steinhoff zu entdecken. »Aber?«

Sie goss sich zwei Finger breit ein. »Ich habe es ihm nie ganz abgekauft. Dieses hehre ›Seht, ich bin zurückgekommen, schlagt mich doch einfach auch noch auf die zweite Wange‹ – so war er nicht. Selbst in seinen wildesten Zeiten nicht.«

»Wie war es dann?«

»Er wollte es ihnen zeigen. Was aus ihm geworden ist. Sie beschämen. Sie in seiner Hand halten und ihnen immer das Gefühl geben, er könnte sie jederzeit zerquetschen.«

Ich hatte den Verdacht, dass sie am Nachmittag bereits etwas getrunken haben musste. Anders konnte ich mir diese

Vertraulichkeit nicht erklären. Vielleicht brauchte sie jemanden zum Reden. Es passiert häufig, dass die Leute in mir offenbar jemanden sehen, dem sie schon von Berufs wegen all ihre hässlichen kleinen Geheimnisse anvertrauen konnten. Bei Regina Steinhoff kam es für mich unerwartet. Ich hätte sie für verschlossener gehalten.

»Er war eitel. Er wollte es ihnen zeigen. Was aus ihm geworden ist. Wobei er die finanzielle Seite der Rache mir überlassen hat. Hier steckt die Hälfte meines Erbes drin. Glücklicherweise sind die Preise in den letzten Jahren explodiert. Ich werde also ohne Verlust ausziehen.«

»Was genau meinen Sie damit: Er könnte sie jederzeit zerquetschen?«

Sie lehnte sich abermals zurück, das Glas in der Hand, und musterte mich aus schmalen Augen. Wahrscheinlich ging ihr gerade auf, dass sie für eine Witwe in diesem Stadium der Trauer nicht gerade gängige Klischees über den Verblichenen zum Besten gab.

»Er hat sie gekauft. Buchstäblich. Einen nach dem anderen. Über ihre Häuser. Damals bekam er sie noch für ein Taschengeld. Mit Wohnrecht für die Vorbesitzer, nach außen hin blieb alles beim Alten. Aber jederzeit kündbar. Ab und zu, wenn er einen schlechten Tag hatte, hat er einen auf die Straße gesetzt, nur so zum Spaß, und die Klitsche für ein Vermögen an Leute verkauft, die irgendeinem Fiebertraum vom Landleben nachhingen. Das war Christian. Das war seine kleine, schäbige Rache. Sich aufzuführen wie ein Landadeliger, am liebsten noch mit dem Recht auf die erste Nacht. Zuletzt hat er diese Ruine gekauft und daraus einen Palast gemacht. Zu seinen Sommerfesten hat er sie eingeladen, damit sie schauen konnten, was ihm gelungen war.«

»Nicht alle.«

»Nein.« Sie hob die Flasche in meine Richtung als Frage, ob sie mir nachschenken sollte. Ich lehnte mit einer knappen Handbewegung ab. »Es gibt hier auch Leute, die er nicht beeindrucken konnte. Die letzten Aufrechten für die einen. Absolute Lunatics für uns. Gewaltbereite See-Schamanen, die offenbar mit Wassergeistern kommunizieren. Und dann die Eltern von …«

Sie brach ab und sah auf ihre Armbanduhr. »Oh. Ich muss noch ein paar Telefonate machen. Wann kann ich eigentlich mit dem Totenschein rechnen?«

»Bald«, sagte ich, einigermaßen überrumpelt von diesem plötzlichen Themenwechsel. »Sobald man weiß, was die Todesursache war.«

Sie trank ihr Glas leer und stellte es auf das Tablett. Beim Aufstehen schwankte sie leicht.

Der Tod ist ein Schock. Vor allem, wenn er so plötzlich kommt wie Hagel bei Sonnenschein. Die einen fühlen maßlose Trauer, die anderen ohnmächtigen Zorn. Regina Steinhoff stand erst am Anfang, das alles zu begreifen. Sie war wütend auf ihren Mann, der sie ohne Abschied auf Nimmerwiedersehen verlassen hatte. Ich wünschte ihr, dass sie der Trauer eine Chance geben könnte. Erinnerungen sind wie heiße Lava, sie erstarren in der Form, in die sie bei ihrem Ausbruch gegossen wurden.

»Frühstücken Sie doch um sieben mit uns, dann lernen Sie auch meine Töchter kennen.«

»Gerne«, sagte ich etwas lahm und hoffte, die beiden jungen Damen hatten ebenso wenig wie ich Interesse daran, die kompromittierende Situation auf dem See zu erwähnen. Sie verabschiedete mich in einer abgeschwächten Steinhoff-Version, einem knappen Nicken, und ging, ohne sich noch einmal umzusehen, die Treppe hinauf.

Auf dem Weg zurück zum Bootshaus dachte ich darüber nach, warum diese Frau so die Fassung wahren konnte. Vielleicht lag es an der Erziehung oder an einer tiefen inneren Distanz zu ihrem Mann. Oder sie gehörte einfach zu den Menschen, die ihre Gefühle nicht jedem zeigten.

Gedankenverloren hatte ich den Spazierweg zum See hinunter genommen. Als die Bank auftauchte, verlangsamte ich meine Schritte, bis ich schließlich unmittelbar vor ihr stehen blieb.

Die Wellen klatschten leise ans Ufer, das Schilf wisperte, und im Unterholz raschelten ein paar aufgestörte Mäuse. Es war früher Abend. Der Mond, der am nächsten Abend sein spektakuläres blutrotes Schauspiel bieten würde, lag hinter einer Wolkendecke. Dennoch war es hell genug, auch ohne Licht den Weg zu finden.

Das Boot war verschwunden. Niemand hatte den Kies geharkt. Unter der Bank lagen noch die Verpackungen der Einweghandschuhe, die sich die Sanitäter übergestreift hatten. Ohne zu überlegen, setzte ich mich an die Stelle, an der Steinhoff gesessen hatte. Der Blick ging noch ein paar Meter über üppiges Grün zum See. Links und rechts davon ragten wieder Gebüsch und Bäume auf. Von dieser Bank konnte man die Lichter von Sonnenwalde sehen. Irgendjemand grillte. Es knackte im Gebüsch, und mit einem Mal wusste ich: Ich wurde beobachtet.

Ich wartete. Es verging eine halbe Ewigkeit, bis das Geräusch sich leise entfernte. Wer auch immer im Dunkeln auf der Lauer gelegen hatte, er hielt mich für taub und sich selbst für verdammt clever. Vielleicht war der Wassergeist zurückgekehrt?

Nach ein paar Minuten stand ich auf und schlenderte den Uferpfad entlang zurück zum Bootshaus. Es war dafür gebaut, alle Fenster und Türen sperrangelweit offen stehen zu lassen, damit die Nachtluft ungehindert durch die Räume strömen konnte.

Ich schloss sie alle ab.

8

Nach einem kargen Abendessen – ich hatte sämtliche Cantuccini-Kekse, die in einer Schale neben der Kaffeemaschine lagen, aufgegessen – und einem anschließenden komatösen Schlaf wurde ich von lauten Stimmen geweckt.

6.11 Uhr.

Jemand brüllte wie ein angeschossener Stier, eine Frauenstimme kreischte. Ich schlüpfte in meine Schuhe, streifte mir gerade noch mein Hemd über und stürzte hinaus. Die Auseinandersetzung fand am Zaun statt, und zwar an dem westlichen Zugang in der Nähe des Bootshauses. Davor, auf Steinhoffs Privatbesitz tobte Leibwitz, der Gärtner, Fahrer, Mann für alles. Dahinter, auf dem Wanderweg, einen Bolzenschneider in der Hand, Sanja.

»Ich ruf die Polizei, du Schlampe! Hör sofort damit auf!«

Leibwitz, ein kräftiger Mann mit breitem Nacken und Schultern, die schon von hinten sagten: »Halt dich lieber fern«, rüttelte an dem Tor, als wolle er es mit seinen bloßen Händen aus den Angeln heben, um es gegen diesen terroristischen Angriff zu verteidigen.

»Das ist unser See! Der gehört uns allen!«, keifte Sanja zurück und machte sich an den Ketten zu schaffen, die zusätzlich zum Schloss angebracht worden waren. Das Tor stammte noch aus den Fünfziger- oder Sechzigerjahren, eine schmalbrüstige Konstruktion mit rostigen Ausblühungen, und passte überhaupt nicht zur Villa. Wenn sie Glück hatte und die letzte Kette schaffte, konnte sie es mit einem Fußtritt öffnen.

»Das ist Privateigentum!« Leibwitz' Halsschlagader schwoll an. Er fuhr zu mir herum mit einem Blick, als ob er mir direkt an die Gurgel gehen wollte. »Hä?«

»Vernau, guten Morgen. Was geht hier vor?«

Sanja pustete sich eine Haarsträhne aus dem erhitzten Gesicht. Zu ihren Füßen lagen bereits zwei Ketten im Gras. »Ich hole uns nur zurück, was Steinhoff gestohlen hat. Uferwege sind nicht privat.«

»Und wie privat die sind!«, brüllte Leibwitz. »Aber du hast ja noch nie Dein und Mein unterscheiden können!«

Sanja ließ den Bolzenschneider sinken. »Du Arsch. Ich hab noch nie im Leben was geklaut!«

»Und wat is ditte?« Leibwitz tippte sich mit dem Zeigefinger an die Schläfe. »Du klaust den Leuten das Hirn mit deinem Hokuspokus und ziehst ihnen die Kohle aus der Tasche! Mach dich vom Acker!«

Mit einem diabolischen Grinsen drückte Sanja die Zange zusammen. Das Eisenglied zerbrach, und die Kette glitt wie eine erlegte Schlange zu den anderen auf den Boden. Woher sie die Kraft dazu hatte, war mir ein Rätsel.

»Wollen wir uns nicht erst einmal beruhigen?«, begann ich, aber Leibwitz umfasste die dünnen Eisenstäbe und presste sein Gesicht dagegen, als wollte er eine Knastrevolte anzetteln. Seine Hand fuhr vor und griff nach Sanja, die das natürlich vorhergesehen hatte und einen Schritt zurücktrat.

»Nimm deine Drecksgriffel weg«, sagte sie nur, ging in die Knie und machte sich an der letzten Kette zu schaffen.

Leibwitz bückte sich und versuchte, von der anderen Seite nach dem Bolzenschneider zu greifen.

»Ich sag's nur einmal!« Sanja hob drohend das Werkzeug. »Wenn dir deine Finger lieb sind, dann pass auf sie auf!«

Schnaufend kam der mächtige Mann wieder hoch. Ich war froh, dass sich das Tor noch zwischen ihnen befand, und wagte nicht daran zu denken, wovon ich Zeuge werden würde, wenn es aufging.

»Sanja.« Ich begab mich hinunter auf Augenhöhe zu ihr. Sie hatte Mühe, die Kette im richtigen Winkel zu erwischen. »Sie können das nicht mit Gewalt durchsetzen.«

»Und Steinhoff? Was hat er gemacht?« Sie ließ das schwere Gerät sinken und holte tief Luft. »Das war schon immer unser See. Unser Kraftort. *Hütet euch, dem Betrüger Glauben zu schenken; ihr seid verloren, wenn ihr vergesst, dass zwar die Früchte allen, aber die Erde niemandem gehört.*«

»Du nennst Professor Steinhoff einen Betrüger?« Leibwitz trat so nah hinter mich, dass seine Spucketröpfchen meinen Nacken benetzten. »Ausgerechnet du mit deinem Hokuspokus und Mondscheintänzen?«

»Das sagte Jean-Jacques Rousseau in seinem *Diskurs über die Ungleichheit.*« Sanja legte den Bolzenschneider weg und wischte sich im Aufstehen den Schweiß aus dem Gesicht. »Aber du hältst Rousseau ja für einen Moskauer Zuhälterring. Du bist so ein Idiot. Lässt dich aushalten wie ein Schoßhündchen. Na, welches Leckerli hat Steinhoff dir denn versprochen, damit du kuschst?«

Bei Leibwitz' Anblick befürchtete ich, in den kommenden Minuten den nächsten Toten am Düstersee zu haben. Er war dunkelrot angelaufen.

»Wenn ich dich erwische«, stieß er hervor. »Na los!« Er trat zurück. »Mach es auf! Damit ich dich zwischen die Finger kriege und dir zeige, was ich mit Leuten wie dir mache!«

»Keine Drohungen.« Ich kam hoch und stellte mich, zur Verstärkung des jämmerlichen Tors, zwischen die beiden. »Herr Leibwitz, ich muss Sie warnen.«

Er schob mich einfach zur Seite und trat noch mal an die dünnen Eisenstäbe. Dann musterte er Sanja von oben bis unten. Die parierte den Blick mit einem spöttischen Lächeln. Meine Güte, machte diese Frau Eindruck. Mit den wehenden Haaren, ihrem verwaschenen T-Shirt und den indischen Pumphosen, die auch schon bessere Tage gesehen hatten. Hoch aufgerichtet, stolz, unbeugsam. In diesem Moment verzieh ich ihr einiges, vor allem nach ihrem Rousseau-Zitat.

»Ick warne dir«, stieß Leibwitz schnaufend hervor. »Hör meine Worte. Einen Schritt auf dieses Gelände – und du kannst mit deinen Geistern übers Wasser tanzen.«

Damit wandte er sich ab und ließ mich sprachlos zurück. Kannte Leibwitz etwa Goethe? Er stapfte davon und hieb Blätter und Zweige in einer Wut aus dem Weg, dass sie geknickt wie nach dem Durchmarsch einer Dampfwalze zurückblieben.

»Sanja ...«

Sie war schon wieder am Arbeiten. Keuchend und stöhnend frickelte sie an der Kette herum, bis es »Pling« machte und der letzte gordische Knoten gelöst war.

»Das ist keine gute Idee. Es handelt sich um Privateigentum.«

Sie rüttelte an dem Tor. »Am besten gehen Sie ein paar Schritte zurück.«

»Sanja!«

Sie nahm Anlauf und trat gegen das Tor, das in seinen Angeln vor und zurück federte und dabei beängstigende Geräusche fabrizierte.

»Hören Sie auf!«

Noch ein Tritt. Ich machte, dass ich außer Reichweite kam, denn beim dritten Mal gab es einen metallischen Klang, und die Flügel sprangen auf. Sanja blieb dahinter stehen, schwer atmend, beide Hände in die Hüften gestützt und leicht vornübergebeugt, als würden sie nun die Kräfte verlassen. Sofort war ich bei ihr.

»Alles in Ordnung?«

»Ist gleich vorbei.«

Sie richtete sich auf und nahm den zugewucherten Weg hinter dem Tor ins Visier.

»Auf diesen Moment habe ich zehn Jahre gewartet. So lange war das Ufer schon gesperrt. Seit Steinhoff die Villa an sich gerissen hat. Es wird Zeit, den Ort von seinem Fluch zu befreien.«

Damit schritt sie durch das geborstene, schief in seinen Angeln hängende Tor auf den Uferweg. Nach ein paar Schritten blieb sie stehen.

»Mit Gewalt?«, fragte ich.

»Um Recht zu schaffen, müssen wir manchmal Unrechtes tun.«

»Und von wem ist das?«

»Von mir«, antwortete sie und ging mit einem Lächeln weiter.

Ich war mir nicht sicher, ob Leibwitz nach der Sprengung des Tors noch in der Stimmung war, mich nach Templin zu fahren. Vermutlich hatte er das Attentat bereits an Regina verpetzt, denn als ich kurz vor sieben, geduscht, rasiert und morgenfrisch, in die Villa Floßhilde kam, war weit und breit niemand zu sehen.

Mein »Hallo?« echote von der hohen Gewölbedecke zurück. Ich nickte den beiden Giacometti-Grazien zu und machte mich auf den Weg in den Küchentrakt. Meine Nase führte mich nach zwei Biegungen ganz in die Nähe von gebratenem Speck und frisch gebackenen Brötchen.

»Hallo?«, wiederholte ich.

Aus einer Tür am Ende des Flurs trat Simone, einen Bratenwender in der Hand.

»Ach, Sie sind es. Guten Morgen.«

»Guten Morgen«, antwortete ich und eilte auf sie zu, blieb aber in der Tür wie angewurzelt stehen.

Es war eine große Küche im Landhausstil, mit der unvermeidlichen Insel, für die bescheidenere Haushalte die halbe Wohnfläche opferten. Hier passte sie, aber dass zwei junge Mädchen an ihr beim Frühstück saßen, darauf war ich nicht gefasst. Obwohl Regina sie mir angekündigt hatte.

»Morgen«, sagte die eine, die Sportlerin, mit vollem Mund.

Die andere sah nur erstaunt von ihrem Müsli hoch. Steinhoffs Töchter. Das Wälsungenblut.

»Ich störe hoffentlich nicht?«

Aber die beiden waren zu gut erzogen, um mich aus der peinlichen Situation mit einem deutlichen »Klar, raus hier« zu erlösen. Die mit dem Müsli nahm ihre Schale und zog um die Ecke, die Sportlerin rückte auf und machte einen Hocker frei.

Ich stellte meine Aktentasche auf eine Anrichte, neben einer gigantischen Obstschale, die mit Holzfrüchten gefüllt war.

»Guten Morgen, Frau ...«

»Simone«, brummte die Perle. »Alle sagen Simone.«

Das Müslimädchen kicherte. Ich wandte mich den beiden zu.

»Ich bin Joachim Vernau. Ihr Vater war so freundlich, mir das Bootshaus für zwei Wochen zu überlassen. Ich hoffe, das stört Sie nicht.«

Ich hielt der Sportlerin die Hand entgegen. Fehler. Offenbar war sie Jugendmeisterin im Fingerhakeln. Bevor ich jaulend in die Knie ging, ließ sie mich los und sagte: »Ich bin Jasmin. Und das da ist meine Schwester Sophie.«

Sophie errötete und widmete sich dem Nachschaufeln ihres Frühstücks. Meine Hand berührte sie kaum.

»Sehr erfreut.« Ich nahm Platz.

Simone pfefferte einen Teller samt Besteck vor mich hin und wandte sich dann wieder dem Braten von Speck und dem Toasten von Brot zu.

Jasmin, die Sportlerin, die im Boot auf Sophie gesessen und ... nein, weg mit dem Gedanken. Jasmin mit den kurzen dunklen Haaren drehte sich auf ihrem Hocker zu mir um und musterte mich von oben bis unten. »Sie sind auch Anwalt?«

»Ja.«

»Kaffee oder Tee?«, fragte Simone.

»Kaffee. Mit Milch. Ohne Zucker.«

»Ich kenne Sie nicht.« Jasmin angelte nach einem silbernen Sahnekännchen und schob es zu mir hinüber. »Waren Sie ein neuer Jünger meines Vaters?«

Sophie hob den Kopf. »Jasmin!«

Die Rollen hatten sie exakt verteilt. Die eine die dominante, scharfzüngige, angstfreie Schwester. Die andere schon optisch eher die Verträumte, Romantische. Sophie hatte ihre langen Haare zu einem hohen Dutt gesteckt, von dem einzelne zarte Strähnen herausfielen und sich an ihren Schwanenhals schmiegten. Beide trugen Jeans und T-Shirts. Jasmin mit tiefem Ausschnitt, die Hose knalleng. Sophies altrosa Hemdchen war eher weiter geschnitten, die Jeans hatten strategisch platzierte Löcher und betonten einen gekonnten Stil von Laisser-faire. Die eine die Knallharte, die andere die Zurückhaltende. Ich traute beiden nicht.

»Mein Beileid zum Tod Ihres Vaters.«

»Danke«, antwortete Jasmin kühl.

Sophie schob die Müslischale weg. »Sorry, ich muss an die Arbeit.«

»Was auch immer sie Arbeit nennt.« Ihre Schwester schenkte ihr ein abschätziges Lächeln. »Sie glaubt, sie ist Künstlerin.«

»Ich glaube es nicht, ich bin es. Du solltest dich langsam an den Gedanken gewöhnen, dass ich etwas Sinnvolles mit meiner Zeit anfangen kann. – Entschuldigen Sie mich, Herr …?«

Sie schob sich an mir vorbei und verschwand im Flur. Simone schenkte mir Kaffee ein und streifte Jasmin mit einem zurechtweisenden Blick, der dem Mädchen nicht entging.

»Was ist?«, fauchte sie.

Die Hausangestellte wandte sich wortlos ab und werkelte weiter am Herd.

»Sophie malt. Sie malt von morgens bis abends. Aber ob sie eine Künstlerin ist? Wer entscheidet das? Sie selbst? Die Käufer? Die Zeit?«

Es war eine rhetorische Frage, auf die ich gar nicht erst eingehen wollte.

»Was machen Sie?«, fragte ich stattdessen.

»Ich studiere. Internationale Beziehungen. In London. Normalerweise, aber im Moment geht das nicht. Deshalb bin ich den Sommer über hier.«

»Interessant.« Ich konnte mir beim besten Willen nichts darunter vorstellen. »Was genau studiert man da?«

»Wirtschaft, politische Trends, Geschichte, Politik. Das Sprungbrett für eine internationale Karriere als Diplomatin zum Beispiel.«

Ich unterließ die Bemerkung, dass sie bei ihrem Ton wohl noch ein paar Semester brauchen würde.

»Es ist eine private Uni«, setzte sie hinzu.

Ich bekam Toast, Speck, Spiegeleier und Butter. Dann klingelte ein Handy, und Simone verließ den Raum. Wir waren allein.

»Es ist nicht so, wie es aussieht«, sagte Jasmin.

Ich biss in meinen Toast. Das enthob mich zumindest vorübergehend einer Antwort.

»Sie waren wohl ganz schön geschockt, was?«

»Hm.« Mehr war mit vollem Mund nicht zu erwarten.

»Mein Vater hat Sophie adoptiert. Sie lebte in einem Waisenhaus in Russland und war zwei Jahre alt, als sie zu uns kam. Er hat allen weisgemacht, damit eine gute Tat zu tun. In Wirklichkeit war es nichts anderes als ein Sozialexperiment. *Social facilitation*, wenn Ihnen das etwas sagt.«

Der Speck war großartig.

»Ein Phänomen, das zum ersten Mal Ende des 19. Jahrhunderts beobachtet wurde. Radrennfahrer waren schneller, wenn sie gegen echte Konkurrenten und nicht nur gegen die Uhr antraten. Etwas ganz Ähnliches gelang in den Sechzigerjahren mit dem Schaben-Experiment.«

Ich musste, auch mit vollem Mund, ein einziges Fragezeichen sein.

»Kakerlaken«, erklärte sie. »In einem Labyrinth. Sie finden schneller den Weg heraus, wenn sie von Artgenossen beobachtet werden. Das spornt sie an. Das lässt sie über sich hinauswachsen.«

Ich schluckte. »Und ... wie sollte das auf einen Menschen übertragbar sein?«

Jasmin schob ihren geleerten Frühstücksteller weg. »Dass man sich anstrengt, wenn man Konkurrenz hat.«

Ich nickte. Für diese Erkenntnis hätte ich keine Kakerlaken gebraucht.

»*Mere presence*, so wird diese Theorie genannt. Eine rein theoretische natürlich. Er wollte eigentlich heute darüber einen Vortrag halten. Nie hätte mein Vater Sophie als eine Kakerlake gesehen. So war er nicht. Sie kannten ihn ja. War er so?«

Ihre dunklen Augen suchten meinen Blick. In ihnen stand reines, unvoreingenommenes Interesse. Ich fragte mich, wofür Jasmin ihre Schwester hielt.

»Ich glaube nicht«, erwiderte ich. Warum wollten immer alle Leute von mir wissen, was für ein Mensch Steinhoff gewesen war? Und warum erfuhr ich schon in den ersten Minuten eines Kennenlernens so etwas? »Hat er mit Ihnen über seine Ansichten gesprochen?«

»Nein.«

»Wie kommen Sie dann darauf?«

Jasmin tupfte mit den Fingerspitzen ein paar Brotkrumen auf, die neben ihren Teller gefallen waren. »Weil es so gewesen sein könnte. Das Kakerlaken-Experiment war unsere Familie. Auch wenn er es nie offen gesagt hat.«

Hatte dieses Mädchen noch alle Tassen im Schrank? Auf den ersten Blick wirkte sie vernünftig. Aber sobald sie den Mund aufmachte, sprühten Gift und Galle heraus.

»Dann sind Sie also keine leiblichen Schwestern.« Ein Gespräch über Inzest war auch nicht gerade das entspannte Frühstücksthema, aber immer noch besser als familiäre Sozialexperimente.

»Hervorragend kombiniert. Wir sehen uns ja auch gar nicht ähnlich. Jetzt zumindest. Früher mussten wir die gleichen Kleider anziehen, hatten die gleiche Bettwäsche, die gleichen Frisuren … wir sind fast gleich alt. Können Sie sich vorstellen, wie das genervt hat?«

»O ja.« Ich sah auf die Uhr. Viertel vor acht. Ich hoffte, Leibwitz hatte sich zwischenzeitlich genug abgeregt, um sich hinters Steuer zu setzen.

»Was malt Ihre Schwester denn so?«

Mit einem bezaubernden Lächeln nahm Jasmin meine zweite Scheibe Toast und biss ein winziges Stück davon ab.

»Tote«, sagte sie. »Sie malt Tote.«

Regina blieb, bis ich das Haus verließ, verschwunden.

Leibwitz hatte einen Mercedes auf den Kiesweg rollen lassen und wienerte gerade nicht vorhandene Flecken von den Kotflügeln, als ich auftauchte. Ich hätte lieber den Ferrari gehabt, den ich durch das offene Garagentor im Inneren sehen konnte, aber ich war nicht in der Position, solche Extravaganzen zu fordern. Mit finsterem Blick unterbrach Leibwitz seine Tätigkeit, warf den Lappen in den Kofferraum und hielt sich nicht damit auf zu warten, bis ich mich angeschnallt hatte.

»Zu den Bullen?«, knurrte er, nachdem wir mit Verve die Ausfahrt genommen hatten, seine Augen im Rückspiegel zu kleinen Schlitzen verengt.

»Zur Revierpolizei Templin«, korrigierte ich ihn. »Friedrich-Engels-Straße.«

Er antwortete nicht. Die Niederlage am Tor schien ihm immer noch sehr zu schaffen zu machen.

Mir ging das Gespräch mit Jasmin nicht aus dem Kopf. Gut, sie und Sophie waren keine leiblichen Schwestern. Aber sie waren miteinander groß geworden. Steinhoff hatte sie zu einer Familie geschmiedet, wie auch immer er es angestellt haben mochte. Ein Kakerlaken-Experiment ... warum zum Teufel kam eine junge Frau auf so eine absurde Idee?

Und war sie vielleicht gar nicht so abwegig? Ich kannte Steinhoff kaum, aber ich befand mich dank seiner Einladung unversehens in einer Situation, die alle vermuten ließ, dass wir beste Freunde gewesen wären.

Ein Menschenfänger, so hatte Regina ihren Mann beschrieben. Ein Charismatiker. Ein Sonnenkönig. Einer, der die anderen transformierte, veränderte. Demütigte. Der vielleicht eine geheime Freude daran gefunden hatte zu beobachten, wie sie sich in seinen Netzen verfingen. Mit welchem Köder lockte er sie an? Mit zwei Wochen Urlaub im Bootshaus? Er hatte schon längst seine Leimrute in meine Richtung ausgeworfen. Es passte zu ihm, dass er nur an meiner Stimme und nicht an meiner Person interessiert gewesen war.

Ich überlegte, das Skript seines Vortrags zu lesen. Aus Neugier und als eine Art Referenz an diesen Mann, dem es mühelos gelungen war, die Menschen zu verführen. Zu was auch immer.

Leibwitz nahm eine Kurve und bremste so abrupt, dass ich fast vorne auf dem Beifahrersitz gelandet wäre. Wir hatten die Hauptstraße von Düsterwalde erreicht. Ein typisch märkisches Dorf mit niedrigen Siedlungsbauten. Hier war deutlich zu sehen, welches Haus in den letzten Jahren den Besitzer gewechselt hatte. Auch eine Art von Adoption: Man sucht sich ein graues, bröckelndes Gemäuer und putzt es nach Vorlage einschlägiger Wohn- und Gartenzeitschriften zu einem Landhausschätzchen heraus. Gut ein Drittel des Dorfs hatte es bereits erwischt. Die schiefen Staketenzäune waren prächtigen

Holzpalisaden gewichen, die Außenfassaden strahlten in Provence-Violett und Toskana-Ocker. Es grünte und blühte wie in englischen Landschaftsgärten, während nebenan verlassene Hühnerställe in sich zusammensanken und Unkraut sich an verrosteten Wäschestangen hochhangelte.

Eine Frau schob mit enervierender Langsamkeit einen Rollstuhl über die Straße und zeigte Leibwitz den ausgestreckten Mittelfinger.

»Du alte vertrocknete Sumpfkrähe«, murmelte mein Chauffeur, der viel zu schnell um die Ecke gebogen war und eine Vollbremsung hingelegt hatte.

»Das war knapp«, stellte ich fest.

Die Frau hatte Spaß daran, uns warten zu lassen. Sie schob einen Mann, der schwer behindert sein musste, denn er hing halb schief in dem Rollstuhl und schaffte es kaum, den Kopf zu heben.

»Wäre vielleicht ein Segen gewesen.«

»Bitte?«, fragte ich entsetzt.

»Schaun Sie sich das doch an. Der stirbt bei lebendigem Leib, und er weiß es auch noch. Der Herfried. Der hätte was anderes gewollt als so ein Ende.«

»Woher wollen Sie das wissen?«

Leibwitz drehte sich zu mir um. »Weil ick ihn kenne. Mein Leben lang. Wenn der hier auf den Tisch gehauen hat, is in Templin der Kirchturm umjefallen. Und jetze?«

Ein verächtlicher Blick auf das ungleiche Paar. Die Frau war mitten auf der Straße stehen geblieben und zündete sich eine Zigarette an. Dann arretierte sie den Rollstuhl, ließ ihren Mann buchstäblich hängen und kam zu uns. Mit einem unwilligen Brummen ließ Leibwitz die Scheibe herunterfahren.

»Wer is'n ditte?«, fragte sie und wies auf mich.

»Gast von Herrn Professor. Mach die Straße frei, Moni.«
»Du hast hier nichts zu melden. Lern erst mal fahren.«
»Lern du erst mal, deine Klappe im Zaum zu halten.«

Ich lehnte mich mit einem resignierten Seufzen zurück. Leibwitz hatte ganz klar ein Problem mit den Frauen vom Düstersee.

Moni zog an der Zigarette. Ihre Hand zitterte. Der Schreck musste ihr in alle Glieder gefahren sein. Sie wirkte wie vom Leben am Kragen gepackt und einmal kräftig durchgeschüttelt. Alte, viel zu warme Kleidung für so einen Tag. Der Rock hatte dunkle Flecken, die Schuhe sahen ausgetreten aus. Vielleicht war sie einmal ein hübsches Mädchen gewesen, aber nun, am Ende der Jugend und auf der Schwelle des Alters, durchzogen tiefe Sorgenfalten ihr Gesicht, und die kurzen struppigen Haare waren scheckig von erstem Grau. Sie wirkte verschreckt und misstrauisch. Aber mutig genug, diesem Deppen am Steuer die Stirn zu bieten.

»Ach ja?«, antwortete sie. »Sonst? Was sonst? Machste sonst mit mir das Gleiche wie mit deiner Frau?«

Leibwitz öffnete die Tür. So schnell wie noch nie in meinem Leben stand ich auf der Straße und stellte mich wieder zwischen ihn und sein potenzielles nächstes Opfer.

»Ruhe«, sagte ich bestimmt. »Wir steigen jetzt ein und warten, bis die Dame und ihr Mann die Straßenseite gewechselt haben.«

»Die *Dame*?«, spuckte Leibwitz aus.

Moni drehte sich um und schlenderte zurück zum Rollstuhl.

»Die Dame! Soll ick Ihnen mal sagen, watt die Dame is?«

»Nein«, erwiderte ich. »Ich will nach Templin. Und ich will irgendwann dort auch ankommen.«

Ihm lag auf der Zunge, mich zum Teufel zu schicken und sich einen amüsanteren Zeitvertreib zu suchen. Moni noch ein paar Beleidigungen an den Kopf zu werfen, zum Beispiel. Aber dann stieg er ein und warf die Tür hinter sich zu, dass das Chassis wackelte.

Die Frau hatte nun die andere Straßenseite erreicht und bugsierte den Rollstuhl den Bordstein hinauf. Leibwitz hupte ein paarmal und fuhr los, allerdings mit deutlich gedrosseltem Tempo.

Wir verließen das Dorf. Eine alte Bushaltestelle, schon lange nicht mehr genutzt, rottete vor sich hin. Noch ein, zwei Häuser, ein letzter Vorgarten, eine Biegung, die überwucherte Ruine einer alten Tankstelle – und am Straßenrand lag der blutüberströmte Körper von Sanja.

»Halt!«, schrie ich.

Leibwitz legte mit einem Fluch erneut eine Vollbremsung hin und setzte dann zurück. Fassungslos starrte ich aus dem Fenster. Sanjas Beine waren verdreht, und wie sie mit dem Kopf nach unten im Straßengraben lag, machte mir sofort klar, dass sie nicht mehr lebte.

Am schockierendsten aber war, dass jemand neben ihr stand und einen schweren Bolzenschneider in der Hand hielt. Es war eine Frau, und ich erkannte sie sofort. Neben Sanjas Leiche stand – Ingeborg Huth.

9

»Frau Huth?«

Vorsichtig nahm ich ihr den Bolzenschneider ab und legte ihn ins Gras. Die Lebensgefährtin meiner Mutter stand sichtlich unter Schock. Ich auch.

»Was machen Sie denn hier?«

Leibwitz, die Hände in den Hosentaschen, starrte auf Sanja. »Meine Scheiße!«

Hüthchen zitterte am ganzen Leib. Ihre barocke Gestalt, so breit wie hoch, war wie immer von einem zeltartigen Gewand verhüllt. Das füllige Gesicht unter dem Turban hatte alles Blut verloren und wirkte aschfahl.

»Ich hab sie so gefunden. Sie war weg, und da hab ich mir Sorgen gemacht.«

»Sanja?«

Hüthchen nickte. Dann schniefte sie und wischte sich Rotz und Tränen mit dem Handrücken weg. »Meine Nichte. Ich bin auf Besuch, aber irgendwas kam mir heute früh komisch vor. Sie war nicht da. Da wollte ich mal nach ihr sehen.«

Diese Frau in Düsterwalde. Es war nicht zu fassen. Und dann lief sie mir ausgerechnet hier über den Weg, einen blutigen Bolzenschneider in der Hand.

»Sie haben Sanja so vorgefunden?«

»Denken Sie, ich hätte ihr eins über den Schädel gegeben? Das Ding lag neben ihr.« Sie schluchzte auf.

Leibwitz kam zu uns. »Nu, Inge. Da is nüschte mehr zu machen.«

»Oh, Ingo!«

Und schon lag sie in seinen Armen. Der große, stiernackige Mann patschte seine Hände auf ihren Rücken und wiegte sie sanft hin und her. Inge. Ingo. Man kannte sich, offenbar von Kindesbeinen an.

Hüthchen war vor zehn Jahren ins Leben meiner Mutter getreten. Viel wusste ich nicht von ihr, sie war in jeder Hinsicht verschlossen wie eine Auster, bis auf eine Ausnahme: ihre Abneigung gegen mich. Für sie war ich verantwortlich für alles, was meine Mutter plagte: Geldsorgen, Verdauungsprobleme, Altersdepressionen.

Aber dass sich mit den beiden zwei so unterschiedliche Menschen gesucht und gefunden hatten, war offensichtlich. Lebensgefährtinnen. Leidensgenossinnen. Gespräche über Hüftprobleme und Inkontinenz. Es war gut, im Alter nicht allein zu sein.

Irgendwann hatte auch ich akzeptiert, dass diese brummige, garstige, nie um eine Beleidigung verlegene Seniorin Bestandteil meines Lebens geworden war. Ingeborg Huth, Ende siebzig, rüstig wie ein Frettchen und faul wie eine vollgefressene Katze in der Nachmittagssonne, hatte sich mit Ellenbogen und Chuzpe zwischen mich und meine Mutter gedrängt. Familiär gesehen waren wir zu dritt, ob ich wollte oder nicht.

Und jetzt lag sie in Ingo Leibwitz' Armen und heulte Rotz und Wasser. Erst langsam dämmerten mir die Zusammenhänge. Hüthchen kam »aus dem Osten«. Damit hatte ich Berlin assoziiert. Köpenick, Pankow oder Biesdorf. Aber nicht die Uckermark und erst recht nicht den Düstersee samt seiner dörflichen Umgebung.

Ich rief die Revierpolizei in Templin an und erklärte dem diensthabenden Wachtmeister, was geschehen war. Dann ging ich zu der Toten.

Es musste unmittelbar nach der Auseinandersetzung am Zaun passiert sein. Sanja auf dem Weg nach Hause, vermutlich über einen Waldweg, denn sonst hätte sie die Hauptstraße genommen und wäre wohl kaum mit einem Bolzenschneider über die Felder zurück zum Dorf spaziert.

Jemand musste sie von vorne erwischt haben. An ihrer Schläfe und auf der linken Wange trocknete Blut. Ich unterdrückte den Impuls, ihr die Augen zu schließen. Erst musste die Spurensicherung kommen, vorher war es am besten, nichts anzurühren. Dass sich mittlerweile neben meinen Fingerabdrücken auch noch die von Hüthchen und Leibwitz auf der offensichtlichen Tatwaffe befanden, machte deren Arbeit nicht gerade leichter.

Ich kehrte zu den beiden zurück. Hüthchen wurde von Leibwitz zum Wagen geführt, damit sie sich hinsetzen konnte.

»Wo wohnt ihr?«, fragte ich.

»Es ist das letzte Haus.« Leibwitz reichte ihr das Poliertuch, damit sie sich schnäuzen konnte. Ihre kleinen Augen schwammen in Tränen. Sie tat mir leid, und das spürte sie und ärgerte sich darüber.

»Was machen Sie eigentlich hier?«, raunzte sie mich an.

»Urlaub. Dachte ich zumindest. Soll ich meine Mutter anrufen?«

Hüthchen nickte widerwillig. Ich trat etwas zur Seite und bat Leibwitz, ein Warndreieck aufzustellen und darauf zu achten, dass weder auftauchende Passanten noch Fahrzeuge hier etwas zu suchen hatten. Meine Anweisungen nahm er widerspruchslos entgegen. Wir alle mussten die Nerven behalten.

Für ein Gerangel um Alphatierpositionen gab es keinen Raum.

Ich versuchte, meiner Mutter etwas von einem tragischen Unfall zu erzählen und dabei den Zufall zu betonen, der uns an diesem Straßengraben zusammengeführt hatte, aber sie war natürlich außer sich.

»Und Ingeborg hat sie gefunden? Um Himmels willen! Wie geht es ihr?«

Gut, wollte ich sagen. Aber ehrlicherweise hatte ich sie noch nie so geschockt erlebt. »Sie hält sich tapfer.«

»Ich komme. Sofort. Bis wohin fährt die Regionalbahn? Wo liegt dieses Düsterwalde?«

Ich versprach ihr, sie in Templin vom Bahnhof abzuholen. Dann kehrte ich zu Hüthchen zurück. Mittlerweile war das halbe Dorf auf den Beinen.

»Ich bin doch erst heute früh hier angekommen«, beteuerte Hüthchen, als ob Lautstärke mit Unschuld Hand in Hand ginge. »Und gleich ins Haus, und da war sie nicht! Ich wollte sie suchen, und dann ... dann ...«

Die Schaulustigen warteten sichtlich gespannt auf die Fortsetzung. Ich machte eine auffordernde Geste zu Hüthchen, um sie außer Hörweite zu bringen.

»Sie werden eine Aussage machen, Frau Huth«, sagte ich ein Stück weiter. »Brauchen Sie anwaltlichen Beistand? Ich kann Sie begleiten.«

»Nein«, wehrte sie ab. »Was soll ich denn erzählen? Ich bin raus aus dem Haus und ein paar Schritte auf die Straße, um nach ihr Ausschau zu halten. Dann hab ich mich umgedreht und wollte zurück. Und dann ...« Ihr Blick ging zu den Düsterwaldern, die immer mehr wurden. »Da lag dann was im Graben, das ...«

Sie schluchzte wieder auf. Leibwitz stellte sich mit verschränkten Armen hinter mich.

»Sie haben den Bolzenschneider aufgehoben.«

»Doch nur, um zu schauen, ob es ihrer war! Und genau in dem Moment sind Sie aufgetaucht. Ingo, was soll ich denn jetzt tun?«

Leibwitz zuckte grimmig mit den Schultern.

»Haben Sie jemanden gesehen? Kam Ihnen jemand entgegen?«

Hüthchen schluchzte auf. Ich ging zurück in Richtung der sanften Biegung, hinter der das Dorf lag. Langsam sickerte die Erkenntnis durch, dass ich meinen Urlaub vergessen konnte. Der zweite Todesfall innerhalb von zwei Tagen, dieses Mal mit äußerer Gewalteinwirkung. Hüthchen bei der Polizei. Meine Mutter unterwegs in die Uckermark. An Steinhoffs Autopsie führte kein Weg mehr vorbei, so nahe wie die Ereignisse beieinanderlagen und bei diesen offensichtlichen Berührungspunkten.

Nach einer knappen Viertelstunde, in der Leibwitz jeden Autofahrer, der es wagte, zu verlangsamen, allein mit seinem Anblick weitergescheucht hatte und ich die neugierigen Fußgänger im Zaum hielt, tauchte endlich das Blaulicht eines Krankenwagens auf, gefolgt von einem Polizeiwagen. Wir überließen den Tatort den Profis.

Eine Polizistin, dunkelblond, kräftig, mit frischen roten Wangen und einem durchsetzungsfähigen Gesichtsausdruck, kam auf mich zu und stellte sich als Polizeimeisterin Wenzel vor. Sie war vielleicht Ende zwanzig und strahlte die Robustheit einer Apfelbäuerin in Uniform aus.

»Herr Vernau? Wir haben miteinander telefoniert. Ich muss Sie bitten, mich jetzt aufs Revier zu begleiten.«

»Und was ist mit Frau Huth?«

Sie drehte sich zu der wichtigsten Zeugin um. »Ich habe schon mit ihr gesprochen. Sie muss nur noch später ihre Aussage unterzeichnen.«

Sanja wurde vorsichtig auf eine Trage gehoben und abtransportiert. Eine Frau in weißem Overall packte den Bolzenschneider ein.

»Einen Moment noch.«

Ich kehrte zurück zu dem Mercedes und Hüthchen, die immer noch mit dem Poliertuch rang.

»Frau Huth, ich fahre zur Polizei. Haben Sie ein Handy?«

»Natürlich.«

Ich unterdrückte einen Seufzer. »Würden Sie mir Ihre Nummer geben?«

»Warum?«

»Damit ich Sie informieren kann, falls es neue Erkenntnisse gibt.«

»Die weiß ich nicht auswendig.«

Ich ließ mir das Gerät geben, rief mich an und speicherte ihre Nummer. Mittlerweile hatte sich auch der Rest des Dorfs eingefunden. Autofahrer bahnten sich mühsam einen Weg durch mehrere Dutzend aufgeregt miteinander diskutierende Beobachter.

Nur Moni redete mit keinem. Sie stand hinter dem Rollstuhl und sah mir mit unbewegtem Gesicht zu, wie ich in den Polizeiwagen stieg. Herfried versuchte, den Kopf zu heben, aber sie achtete nicht auf ihn. Ihr Blick schien mich zu verfolgen, aber wahrscheinlich täuschte ich mich.

Das Polizeigebäude war ein schlichter zweistöckiger Riegel mit vergitterten Fenstern im Erdgeschoss. Über mehrere Stufen ging es direkt in die Wache, wo ich zunächst dazu verdonnert wurde, in einem Nebenzimmer Platz zu nehmen, bis man entschieden hatte, wie man mit mir weiter verfahren wollte.

Im Haus herrschte sonntägliche Ruhe. Mir war klar, dass unter der Woche mehr los sein musste und einer der Gründe, warum sie mich so lange warten ließen, darin lag, erst einmal einen zuständigen Beamten vom Frühstückstisch loszueisen.

Ich rief Marie-Luise an. Es war mir egal, dass sie verschlafen klang und wahrscheinlich Vaasenburg neben ihr lag, der das ganze Gespräch mit anhören würde. Sie war sofort hellwach. Ihr Entsetzen und ihre Sorge um mich taten mir gut. Erst jetzt realisierte ich, was eigentlich vorgefallen war: Eine Frau, die mir noch vor zwei Stunden quicklebendig und wütend gegenübergestanden hatte, war erschlagen worden. Ihre Kompromisslosigkeit hatte mir imponiert, ihre Ansichten zu Himmel und Erde waren mir eher amüsant erschienen.

»Soll ich kommen?«

»Nein, danke«, wehrte ich ab. Nach Mutter und Hüthchen konnte ich nicht auch noch Marie-Luise ertragen. »Ich bin in einer Stunde wieder raus.«

Aber das war zu optimistisch gedacht. Irgendwann brachte mir Frau Wenzel einen Becher Wasser und bat mich weiter um Geduld. Immerhin nahm sie schon einmal meine Personalien auf. Schließlich wurde ich von ihr aufgefordert, ihr zu folgen, und fand mich in einem kargen Büro am Ende des Flurs wieder.

Es dauerte eine weitere halbe Stunde, bis ein gesetzter Herr im fortgeschrittenen Alter eintrat und sich als Kriminalkommissar Horst Fichtner vorstellte.

»Bleiben Sie sitzen«, schnaufte er und krachte mir gegenüber auf den Bürostuhl. Er machte auf mich den Eindruck eines Rentners, den man aus dem Ruhestand unversehens herbeibefohlen hatte. Unter dem Arm trug er einen Notizblock und eine dünne Kriminalakte, in der sich noch nicht viel Beweismaterial befinden durfte.

»Haben Sie schon einen Kaffee bekommen?«

Es war kurz nach zehn. Ich verneinte, beharrte aber darauf, auch keinen zu wollen. Jetzt bloß keine weiteren Verzögerungen mehr.

»Nun denn.« Er klappte den Notizblock auf und widmete sich dann dem Computer. Nach diversen Fehlstarts und Falscheingaben des Passworts startete das Ding. Mit zusammengekniffenen Augen blickte er auf den Bildschirm und scrollte mit der Maus herum. Ein *Digital Native* war er nicht.

»Herr Vernau«, stellte er schließlich mit höchster Befriedigung fest. »Wohnhaft in Berlin. Was machen Sie denn in der Uckermark?«

»Ich wollte an der Sommerakademie von Herrn Professor Steinhoff teilnehmen«, log ich beherzt. Urlaub ging ja in diesen Zeiten offiziell nicht. »Der Herr, der am Düstersee überraschend verstorben ist.«

»Ja.« Fichtner nickte. »Da haben wir noch einige Fragen.«

»Zu Herrn Steinhoff oder zu …«

Ich wusste nicht, wie Sanja mit Nachnamen hieß. Vielleicht hatte sie geheiratet.

Er sah mich zum ersten Mal richtig an. »Frau Huth. Sanja Huth. Zu beiden. Erstaunlicherweise waren Sie ja jedes Mal in der Nähe des Auffindeorts.«

Da hatte er recht.

»Haben Sie dort etwas verändert?«

»Wo?«, fragte ich irritiert. »Ist das eine Vernehmung?«

Fichtner schenkte mir ein begütigendes Lächeln. Er musste meine Berufsbezeichnung gelesen haben, deshalb brauchte er mir auch nichts vorzumachen.

»Nein. Wir benötigen nur Ihre Zeugenaussage. Die hätten Sie heute Morgen um acht schon machen sollen. Aber da waren Sie ja bedauerlicherweise verhindert.«

Irgendetwas an Fichtners Tonfall störte mich. »Man kann sich den Zeitpunkt von Morden nicht aussuchen«, antwortete ich eisig.

»Also, dann fangen wir mal der Reihe nach an. Mit Herrn Steinhoff.«

Ich schilderte die Auffindesituation am gestrigen Morgen so objektiv es ging. Fichtner unterbrach mich nicht. Nur ab und zu, wenn er mit dem Tippen nicht schnell genug hinterherkam, bat er um eine kurze Pause. Erst als ich geendet hatte, fragte er noch einmal: »Und Sie haben nichts verändert?«

»Nein.«

»Nichts an sich genommen? Etwas gefunden, das Sie vielleicht gar nicht mit Herrn Steinhoffs Tod in Verbindung gebracht haben?«

»Nein. Was suchen Sie denn? Vielleicht kann ich Ihnen weiterhelfen, wenn Sie sich etwas präziser ausdrücken.«

Fichtner nickte, ganz der brave Cop, der sich gerne von seinen Mitbürgern korrigieren ließ. Mich täuschte er nicht. Er musste mindestens vierzig Dienstjahre hinter sich haben. Ein mit allen Wassern gewaschener Provinzbulle, vermutlich noch mit den Ehrenorden der Volkspolizei zu Hause im Nachttisch. Er tat so, als ob er seine Gedanken sammeln wollte. In Wirklichkeit ließ er mich nur ein wenig zappeln.

»Wir suchen Herrn Steinhoffs Asthmaspray. Er hatte es nicht bei sich, und es war auch weder im Haus noch in der unmittelbaren Umgebung der Bank zu finden. Wir müssen auf die Ergebnisse der Rechtsmedizin warten, aber ich könnte mir vorstellen, dass er bei einem akuten Anfall so in Panik geraten ist, dass das Herz aussetzte. Jedoch«, ich mochte es, wie er immer wieder altertümliche Ausdrücke einflocht, »würde ein Asthmatiker das Haus niemals ohne sein Spray verlassen.«

Er sah mich an, als ob ich ihm aus medizinischer Sicht beipflichten müsste. Mir war nicht klar, worauf er hinauswollte.

»Wahrscheinlich.«

»War Herr Steinhoff jemand, der des Öfteren mit kopflosen Handlungen auffiel?«

»Das weiß ich nicht. Nein, ich glaube nicht.«

»Ihr Gespräch am Abend, als Sie ihn zuletzt lebend gesehen haben. Wirkte er nervös? Anders als sonst?«

»Nein.«

»Gab es eine Auseinandersetzung? Wurden Sie tätlich?«

»Tätlich?« Ich wusste, was die Frage zu bedeuten hatte. Es musste Spuren eines gewaltsamen Kampfs an Steinhoffs Leiche gegeben haben, die man erst bei einer genaueren Untersuchung festgestellt hatte und die man zur Stunde noch analysierte. »Gibt es Anzeichen dafür, dass Herr Steinhoff eines nicht natürlichen Todes gestorben ist?«

Fichtner wartete auf die Antwort auf seine Frage. Er würde den Teufel tun und mir verraten, ob wir uns bereits mitten in einer Mordermittlung befanden.

»Nein«, sagte ich schließlich. »Wir haben uns noch nicht einmal berührt. Es gab mehrere verbale Auseinandersetzungen an diesem Abend, aber ...«

»Mit wem?«

»Mit einer Galeristin, Frau von Boden. Und mit Sanja Huth, dem zweiten Mordopfer. In beiden Fällen kann ich einen Angriff oder körperliche Gewalt ausschließen. Aber ich war nicht den ganzen Abend an seiner Seite.«

Er ließ das Wort »Mordopfer« ohne mit der Wimper zu zucken durchgehen und tippte etwas in den Computer. Das dauerte, und erst als er fertig war, wandte er sich wieder an mich.

»Um was ging es bei Ihrem Telefonat um Mitternacht?«

»Um gar nichts. Ich wollte ihn anrufen, er nahm nicht ab. Ich legte auf.«

Fichtner nickte, tippte, murmelte: »… legte auf.« Dann sah er abermals hoch.

»Und nun sagen Sie mir doch bitte, wie es heute Morgen zu Ihrer zeitlichen und räumlichen Nähe zum nächsten Todesfall kam, dem Auffinden der Leiche von Susanne Huth.«

»Susanne?«

»Manche kannten sie auch unter ihrem Künstlernamen Sanja.«

Nichts an Fichtners Tonfall ließ erkennen, was er von diesem Namenswechsel hielt. Ich fasste die Ereignisse kurz zusammen, aber als ich den Bolzenschneider beschrieb, stockte ich. Fichtner blickte mich interessiert an.

»Es gab heute am frühen Morgen einen Vorfall. Sanja, verzeihen Sie, Frau Susanne Huth hat den Uferweg am Düstersee geöffnet.«

»Geöffnet?«

»Nun, er war verschlossen. Von Herrn Steinhoff. Sanja … Frau Huth war der Meinung, der Weg sollte wieder der Allgemeinheit zugänglich gemacht werden. Herr Leibwitz kam hinzu, es gab eine verbale Auseinandersetzung.«

»Herr Leibwitz?«

»Der Fahrer, Gärtner, Hausmeister von Herrn Steinhoff. Er sollte mich eigentlich zu Ihnen nach Templin bringen. Das war zirka Viertel nach sechs. Eineinhalb Stunden später brachen wir auf. Auf dem Weg haben wir Frau Huth gefunden. Sie war tot. Definitiv.«

Fichtner lehnte sich zurück und machte eine Merkel-Raute. »Und daneben stand dann die Tante, Ingeborg Huth, mit der Tatwaffe?«

»Ich weiß nicht, ob es die Waffe war. Aber glauben Sie mir, ich kenne Frau Huth lange genug, um zu wissen, dass sie niemals ihre Nichte erschlagen würde.«

»Woher?«

Ich griff mir in den Kragen. Langsam wurden diese Verflechtungen sogar mir zu viel. »Frau Ingeborg Huth lebt mit meiner Mutter in einer Art Wohngemeinschaft. In Berlin.«

Er kam wieder vor und tippte etwas in seinen Computer. »Ich fasse zusammen. Sie sind Teilnehmer der Sommerakademie von Herrn Steinhoff und aus diesem Grund auch Gast seines Hauses.«

Ich nickte.

»Letzter Kontakt war am vergangenen Samstagabend ein Gespräch mit ihm, mitten in der Nacht. Er ging, Sie riefen an, er meldete sich nicht. Am nächsten Morgen fanden Sie ihn, tot.«

Ich nickte erneut.

»Der Sonntag vergeht bei Ihnen ohne weitere besondere Vorkommnisse. Heute, am Montagmorgen, ungefähr Viertel nach sechs, treffen Sie Frau Susanne Huth und Herrn Leibwitz. Es gibt einen Streit am Uferweg. Wo genau?«

»Am westlichen Eingang zum Grundstück der Villa.«

»Wie endete er?«

»Frau Huth öffnete das Tor. Herr Leibwitz protestierte, ging dann aber zurück zum Haus. Frau Huth in die andere Richtung.«

»Und Sie?«

»Ich habe gefrühstückt. Mit den beiden Töchtern von Herrn Steinhoff. Dann ging ich hinaus zu Herrn Leibwitz.«

Diese eine Stunde ohne Zeugen konnte Leibwitz in Bedrängnis bringen. Aber besser ihn als mich. Fichtner tippte, ich beobachtete durchs Fenster die Umtriebigkeiten mehrerer Spatzen, die sich eine Erle als Wohnsitz ausgesucht hatten.

»Wann fuhren Sie los?«

»Um halb acht.«

»Wir haben es gleich geschafft. Herr Vernau, ich muss Sie aber bitten, sich bis auf Weiteres zu unserer Verfügung zu halten. Sie als Anwalt wissen ja, wie der Hase läuft.«

Er druckte das Protokoll aus, gab es mir zum Durchlesen, und ich unterschrieb. Zehn Minuten später stand ich draußen auf der Straße. Ich hatte noch gut zwei Stunden Zeit, bis meine Mutter eintreffen würde. Ich vertrieb sie mir in einem Backshop in Bahnhofsnähe und einem Spaziergang durch die Innenstadt, bewunderte, was der Solidaritätszuschlag geschaffen hatte, verliebte mich an jeder Straßenecke in irgendein Detail an einer Fassade – ein außergewöhnlicher Stuck, ein malerischer Durchgang –, holte mir einen zweiten Kaffee und setzte mich irgendwann auf eine Bank am Bahnsteig. Endlich traf der Zug ein, und meine Mutter stieg aus.

»Joachim! Um Himmels willen!«

Die wenigen Mitreisenden, die ebenfalls den Zug verlassen hatten, drehten sich interessiert nach uns um.

Ich nahm sie in die Arme, ließ mir ihr Gepäck reichen, und gemeinsam machten wir uns mit dem Bus über die Dörfer auf den Weg nach Düsterwalde. Mir war nicht wohl bei dem Gedanken, Mutter hier zu wissen. Es hatte weniger damit zu tun, dass ein Urlaub mit ihr und Hüthchen in der Nähe nicht mehr diesen Namen verdiente. Es war eher ein diffuses Gefühl von Sorge, sie an einem Ort zu wissen, an dem zwei Menschen gewaltsam aus dem Leben geschieden waren. Und dass zumindest in einem Fall ihre Lebensgefährtin mit blutverschmiertem Bolzenschneider über eine Tote gebeugt überrascht worden war.

Mutter legte mir die Hand auf den Arm. »Gut, dass ich jetzt da bin.«

Das fand ich ganz und gar nicht.

10

Sanjas Haus war himmelblau gestrichen, und der Zustand von außen ließ vermuten, dass sie die letzten Restbestände Marolit Olympiablau über Jahre gehortet und verwendet hatte. Ein schiefer Staketenzaun, überwuchert von Liguster und Schlehe, grenzte das Grundstück zur Straße hin ab. In einem vor Jahrzehnten roh verputzten Schuppen rostete ein uralter Fiat vor sich hin. Sie musste ein gutes Händchen für Pflanzen gehabt haben, denn es grünte, kletterte, schlang und kroch über alles, was es gnädig zu verdecken galt: Holzstapel, Schuppenreste, Wellpappe, Regentonnen. Ein Pfad führte am Haus vorbei zum hinteren Teil des Grundstücks, das sich als erstaunlich groß erwies. Immerhin hatte sie es geschafft, gegen den wuchernden Würgegriff der Natur einen Teilsieg zu erringen: Es gab ein kreisrundes Stück Rasen, in dessen Mitte sich ein imposanter Feldsteinhaufen erhob. Ich vermutete, dass er aus spirituellen Gründen errichtet worden war.

Dort, im Hinterhof, war auch der Hauseingang. Eine niedrige Holztür, angenagt vom Zahn der Zeit. Sie führte in einen ebenerdigen Flur, der vor hundert Jahren einmal gefliest worden war. Anders als der Eindruck von außen vermuten ließ, waren die Decken hoch – ein Effekt, der durch aufgehängte Kräutersträuße allerdings wieder zunichtegemacht wurde, aus denen einem ständig etwas in den Nacken rieselte. Auf dem ausgetretenen Holzboden lagen Wollteppiche und, als besondere Stolperfallen, Lammfelle. Überall stand, knäulte, rottete irgendetwas vor sich hin. Angefangene Strickstrümpfe, halb gelesene Bücher, vertrocknete Topfpflanzen, indische Bodenkissen. Ein Wunder, dass Hüthchen es bis zum Sofa geschafft hatte, ohne sich ein Bein zu brechen.

»Hildegard!«

»Ingeborg!«

Ich konnte meine Mutter gerade noch auffangen, weil ihr Fuß sich in einer Hundeleine ohne Hund verheddert hatte. Dann lagen sich die beiden in den Armen und nahmen nebeneinander auf dem durchgesessenen Kanapee Platz.

»Wollt ihr einen Tee? Irgendwas zu trinken?«, fragte ich, nicht ahnend, in welche Schwierigkeiten mich ihr einstimmiges Ja stürzen würde.

Die Küche war der Zustand des Wohnzimmers hoch zehn. Ich fand einen Kessel und einen Elektroherd, bei dem nur noch zwei Platten funktionierten. Immerhin gab es fließendes Wasser. Auf das, was in der Spüle anfing zu leben, achtete ich lieber nicht. Tee war nirgends zu finden. Oder besser gesagt: Es gab ihn in Hülle und Fülle, aber für mich als Laien war nicht herauszufinden, was von den getrockneten Blättern Kamille und was Bilsenkraut war.

Ich fand, nachdem mir der Inhalt eines Hochschranks entgegenkam, ein halbes Glas mit steinhartem Instantkaffeepulver und beschloss zu improvisieren. Im Kühlschrank roch es streng. Ziegenmilch von kleegefütterten Tieren, Käse aus achtsamen Demeter-Molkereien. Dann halt schwarz.

Wenig später kehrte ich mit zwei Bechern zurück und brachte den beiden Damen auch noch ein Glas Wasser. Mittlerweile hatte Hüthchen meine Mutter auf den Stand der Dinge gebracht und schloss mit den Worten: »Und dann tauchte er auf.«

Ein unergründlicher Blick aus ihren harten Augen in meine Richtung.

»Gott sei Dank!«, stieß meine Mutter hervor. »Joachim ist ja Anwalt. Man hätte dich sonst noch wegen Mordverdacht verhaftet!«

»Jeder andere hätte das durchaus vermuten können«, gab ich freundlich zu bedenken. Sollte Hüthchen ruhig einmal Dankbarkeit für mich empfinden. »Das blutige Mordwerkzeug in der Hand, die tote Sanja im Straßengraben, das war ziemlich eindeutig.«

»Wie, eindeutig?«, fragte meine Mutter. »Du glaubst doch nicht, dass Ingeborg ihre eigene Nichte umbringen würde?«

Ich traute *Ingeborg* einiges zu, wenn es darum ging, Verwandtschaftsverhältnisse zu bereinigen. »Natürlich nicht. Warum sollte sie auch?«

»Ja, warum sollte ich?«, kam es keifend zurück. »Susanne ist die Tochter meiner verstorbenen Schwester Maria, Friede ihrer Asche. Das einzige leibliche Fleisch und Blut, das mir noch geblieben ist!«

Meine Mutter tätschelte mitfühlend Hüthchens Hand.

»Und sie hat unser Elternhaus übernommen und ein Paradies daraus gemacht. Sie hatte so viele Pläne! Therapiereiten und Kräuterwandern und all solche Sachen.«

»Sie sind hier groß geworden?«, fragte ich. Langsam wurde mir klar, warum Hüthchens Karriere als Hauswirtschafterin von Anfang an unter keinem guten Stern gestanden hatte. Es fiel mir schwer, sie mir als Kind vorzustellen. Wahrscheinlich war sie ein hartes kleines Biest gewesen, hatte Kirschen geklaut und Steine auf die Nachbarskinder geworfen.

»Ja«, schnaubte sie. »Damals hatten wir noch Hühner und Gänse und hintenraus ein Stück Land. Ich bin erst nach der Wende nach Berlin. Es gab ja nichts auf dem Land. Das war anders als heute. Hast du gesehen?« Sie wandte sich an meine Mutter. »Überall diese Künstler und Körpertherapeuten! Und oben an der Kirche soll eine Galerie aufmachen. In Düsterwalde!«

Zur Bestätigung nickte sie heftig. »Alles für diese neu Zugezogenen. Aber da können sie kommen mit ihren Autos und ihrem Geld soviel sie wollen. Sie werden nie dazugehören. Sie wollen ja kein Zuhause, sie wollen ein Haus, nur anders dekoriert. Susi hat dagegen gekämpft wie eine Löwin. Und das war ihr Ende.«

In Hüthchens Augen sammelten sich wieder Tränen. »Die Bank hat ihr den Hahn abgedreht. Sie hätte das Haus verkaufen müssen. Und die standen alle Schlange, bis in den Garten hinein. Wie die Heuschrecken. Immobilienmakler, Großfamilien mit SUVs. Kommen am Wochenende, parken alles zu und stiefeln ungefragt herein. Es ist wie damals.«

Sie zog die Nase hoch. »Nach der Wende.«

»Als ob es das zu DDR-Zeiten nicht auch gegeben hätte«, wagte ich einzuwenden.

Hüthchen beugte sich vor, das alte Sofa bog sich unter ihrem Gewicht fast bis zum Boden durch. »Der rote Adel? Die Braschs und Havemanns und Trothas? Von denen kann man halten, was man will, aber die haben was gegeben. Uns allen haben die was gegeben. Und ich rede nicht von Ziegenheumilchquark und Achtsamkeitspfaden.«

Mutter tätschelte ihr beruhigend die Hände.

»Aber Sanja hat mit ihrem Geschäftsmodell genau diese Leute angezogen«, sagte ich.

Hüthchen schüttelte den Kopf, als könne sie die Dummheit der Welt im Allgemeinen und die meine im Besonderen nicht fassen. »Sie ist auf einen Gaul aufgesprungen, und die Narren sind ihr singend gefolgt. Aber sie hat sich mit ihnen nicht gemein gemacht.«

»Sie glauben also, es war jemand, der nicht zum Dorf gehört?«

Ich hatte eine Menge Berufserfahrung gesammelt. Die meisten meiner Mandanten waren ehrlich zu mir gewesen. Egal was sie ausgefressen hatten, den eigenen Anwalt belog man nicht. Doch es gab auch Menschen, die sich fürs Lügen entschieden hatten. Damit ich ihre Unschuld glaubte oder sie in einem besseren Licht dastanden. Ich bin kein Psychologe und auch nicht darauf spezialisiert, die geheime Körpersprache zu entschlüsseln. Doch ich weiß, wann jemand sich verändert und aus Unbefangenheit Kalkül wird. Hüthchen ereiferte sich in meinen Augen einen Tick zu viel. Und sie mied meinen Blick.

»Ganz sicher. Keiner von hier. Dafür lege ich meine Hand ins Feuer.«

Mutter nickte, war aber als geborene Berlinerin vielleicht etwas skeptischer, was Morde in der Nachbarschaft betraf.

»Man kann nie in die Menschen hineinschauen«, sagte sie.

Hüthchen presste die Lippen zusammen und sah zu Boden. Dann zuckte sie mit einem leisen, verächtlichen Schnauben mit den Schultern.

»Das werden wir ja sehen. Ich bin mir sicher, die anderen denken genauso. Ich bin gespannt, wer überhaupt den Mumm hat und heute Abend aufkreuzt.«

Mit grimmiger Genugtuung, als sähe sie schon die leeren Ränge vor sich, griff sie nach ihrer Kaffeetasse.

»Heute Abend?«, fragte ich nach. »Was steht denn da an?«

»Eine Bürgerversammlung. Zumindest von denen, die noch dazugehören. Auf die Neuen kann man ja nicht zählen.«

Ich wusste nicht, ab wann man in Düsterwalde dazugehörte. Vermutlich nur, wenn man vor dem Gründungstag der DDR hier gewohnt hatte.

Mutter schenkte ihrer Lebensgefährtin einen besorgten Blick. »Du willst doch nicht etwa hingehen?«

»Natürlich gehe ich hin! Deshalb bin ich ja hergekommen! Sanja hat gegen den Ausverkauf von Düsterwalde gekämpft. Ihr Leben hat sie dafür gelassen! Sie hat mich gebeten, dabei zu sein, weil meine Stimme hier immer noch Gewicht hat.«

Jetzt sah sie mich wieder an.

»Natürlich hat sie das«, sagte Mutter besänftigend.

»Das Haus hier ist mittlerweile ein Vermögen wert. Ich werde Sanjas Vermächtnis selbstverständlich bewahren. Niemals lasse ich zu, dass es in die Hände von irgendwelchen Neureichen gerät!«

»Wer ...« Ich räusperte mich. »Wer erbt denn das Ganze?«

Kaum zu glauben, dass diese Klitsche so viel Begehren auslösen sollte.

»Ich«, sagte Frau Huth mit Grabesstimme. »Susanne war, wie ich schon sagte, das einzige Kind meiner Schwester, Gott hab sie selig.«

In das darauffolgende Schweigen hätte eigentlich die Frage grätschen müssen, ob Hüthchen nicht ebenfalls etwas für den Fortbestand der Linie getan hatte. Ich wusste nichts über ihr Vorleben. Sie hätte vierzehn Kinder haben können, drei Ehemänner oder -frauen, ein halbes Dorf an Enkeln. Da sie sich als Alleinerbin sah, erübrigte sich das Nachhaken.

»Jedenfalls«, sagte ich in die Pause hinein, »macht Sie das nicht weniger tatverdächtig.«

»Was?«, kam es von den beiden Damen wie aus einem Mund.

Ich wandte mich an meine Mutter. »Frau Huth wurde mit dem Tatwerkzeug in der Hand an der Leiche ihrer Nichte aufgefunden. Sie erbt dieses ... ähm ... Haus und ein ziemlich großes Grundstück in einer der begehrtesten Lagen der Uckermark. Es gibt Menschen, die morden für einen BVG-Fahrschein.«

Dafür vermutlich nicht, aber ich wollte den beiden den Ernst der Lage klarmachen. Hüthchen funkelte mich wütend an.

»Ich habe sie *gefunden*! Das ist ein Unterschied!«

»Nicht für den Haftrichter«, orakelte ich munter weiter. Um ehrlich zu sein: Es gefiel mir, sie in dieser Lage zu sehen und mich als Retter hinzustellen. Was ich mir davon versprach, war mir schleierhaft. Aber wenn sie mich anlog, konnte ich im Gegenzug ruhig etwas übertreiben. »Ich hatte heute ein Gespräch mit dem Revier in Templin. Ich glaube, sie vermuten einen Zusammenhang mit Steinhoffs Tod.«

»Noch ein Toter?«, fragte meine Mutter entsetzt.

Ich klärte sie in groben Zügen auf, was bei Hüthchen zu einem triumphierenden »Dann, Herr Vernau, sind Sie mindestens so verdächtig wie ich!« führte.

»Nein«, gab ich seufzend zurück. »Als ich Steinhoff fand, war er seit Stunden tot. Sie, Frau Huth, hatten ja noch Sanjas Blut an den Händen.«

Bestürzt sah Hüthchen an sich herab. Sie zwinkerte, und dann blinkte tatsächlich nochmals eine Träne in den Winkeln dieser kieselsteinharten Augen.

»Aber sie war schon tot. Ich hab das gesehen. Auf den ersten Blick. Es war furchtbar.«

Im selben Moment tat es mir leid, dass ich sie so drangsaliert hatte. Es war kindisch gewesen, und ich hätte mich dafür ohrfeigen können.

»Frau Huth, ich bin Anwalt. Ich habe Ihnen nur das Worst-Case-Szenario aufgezeigt. Niemand verdächtigt Sie im Moment. Und wenn, so unwahrscheinlich es auch sein mag, bin ich für Sie da.«

Mutter legte mir die Hand aufs Knie. »Danke.«

Sie sah Hüthchen auffordernd an.

»Danke«, quetschte die heraus.

Mutter schenkte uns beiden ein aufmunterndes Lächeln, aber es konnte die Sorge in ihren Augen nicht übertünchen. »Ich glaube, Ingeborg sollte sich jetzt erst einmal hinlegen. Und dann koche ich uns etwas Feines. Du kommst doch auch zum Essen?«

Hatte ich eine Wahl?

»Wann findet diese Veranstaltung statt?«, fragte ich.

Hüthchen ordnete den Faltenwurf ihres Irgendwas. »Um acht. Bei Kurti, der hat eine umgebaute Scheune.«

Wieder lag etwas Unausgesprochenes in der Luft.

»Kurti?«, fragte ich.

»Kurt Wössner. Der Bürgermeister.«

Steinhoffs Grillmeister, der *Verräter*. Zumindest hatte Sanja ihn so genannt.

»Nur ehrenamtlich«, brummte sie. »Ich muss mich wirklich mal hinlegen.«

Sie wuchtete sich hoch und ging in den Flur, von dem eine halsbrecherische Treppe hinauf auf einen hoffentlich ausgebauten Spitzboden führte. Mutter blieb ratlos sitzen. Wahrscheinlich hatte sie sich das Wiedersehen anders vorgestellt.

»Na«, begann sie und sah sich zum ersten Mal richtig um. »Dann ... werde ich mal. Was kochen, vielleicht.«

Gemeinsam gingen wir in die Küche.

»Oh, du meine Güte«, sagte sie leise. Über uns knarrten die Dachbalken, dann war es still. »Wie sieht es denn hier aus?«

Sie nahm eine verkrustete Stielkasserolle vom Herd und beäugte sie wie ein Tier, das sie jederzeit anspringen könnte. »Was hat Sanja da bloß zusammengerührt?«

»Salben vielleicht?«

Es war zu eng für uns zwei. Mutter spähte bereits nach Topfschwämmen und Spülmittel – Zeit, sich umgehend aus dem Staub zu machen.

»Melde dich, wenn du mich brauchst.« Ich hauchte einen Kuss auf ihre Wange. Ich wollte die beiden allein lassen. Sie hatten bestimmt eine Menge zu besprechen.

»Wir sehen uns heute Abend. Ich begleite euch zu der Versammlung.«

Sie stieß einen erleichterten Seufzer aus. »Das hatte ich gehofft. Ich mache mir Sorgen um sie. Zwei Tote! Und das in so einem kleinen Dorf! Dann essen wir vorher aber zusammen. Wo wohnst du eigentlich?«

»In einem Bootshaus unten am See.«

»Ah. Schön. Und …«

Noch bevor Besuchstermine angedacht wurden, war ich schon im Flur. Dort blieb ich stehen und atmete tief durch.

Sanja war ihrem Mörder direkt in die Arme gelaufen. Nicht im Traum dachte ich daran, dass Hüthchen etwas mit dieser Tat zu tun hatte. Aber was hatte diesen sinnlosen Tod ausgelöst? Und hing er wirklich mit dem von Steinhoff zusammen? Die Auseinandersetzung während der Grillparty, Sanjas Rauswurf. Die seltsame Stimmung unter den Gästen, angespannt, im Nachhinein betrachtet unheilvoll. Der Streit mit der Galeristin. Dann die Konfrontation mit Leibwitz heute Morgen, als

Sanja sich gewaltsam Zutritt zu Steinhoffs Grundstück verschafft hatte – und es dann gar nicht betrat. Es waren Akte, Demonstrationen, die zeigen sollten: Die Steinhoffs gehörten nicht hierher. Genauso wenig wie die anderen, die nach Düstersee gekommen waren und das Dorf und seine Strukturen veränderten. Und Hüthchens Beharren darauf, dass es ein Ortsfremder gewesen sein musste, obwohl sie tief in ihrem Innersten daran genauso zweifelte wie ich.

Wenn ich mich nicht sehr täuschte, hatte sie jemanden in Verdacht. Es wäre besser für sie und für alle in diesem Dorf, wenn sie reden würde.

»Kannst du mir meine Jacke bringen?«, kam es aus der Küche.

Ich ging zurück ins Wohnzimmer. Als ich Mutters Strickjacke von der Couch hochhob, segelte ein Papier auf den Boden. Es war zerknittert und mehrfach gefaltet gewesen und sah aus wie eine Kinderzeichnung. Ein stark vereinfachtes springendes Pferd. Ich legte das Bild zu den anderen Unterlagen auf den Tisch. Sanjas letzte Skizze fürs Therapiereiten, das diesem Dorf auch nicht mehr helfen würde.

11

Düsterwaldes Hauptstraße war benannt nach dem einzigen Präsidenten der DDR und ihrem Mitbegründer, Wilhelm Pieck. In der Mitte des Ortes stand eine kleine Feldsteinkirche, ein paar Stichwege führten hinaus ins Gelände, den Wald und die Sonnenblumenfelder. Kein Supermarkt, keine Kneipe, kein Restaurant. Aber eine Bäckerei, die gerade für die Mittagspause geschlossen wurde. Unter dem vorwurfsvollen Blick einer Verkäuferin mit granatapfelroten Haaren schlüpfte ich gerade noch hinein und versorgte mich mit einem belegten Brötchen und einem halben Liter Milch. Sieben Euro. Unter dem steinernen Blick der Dame hinterm Tresen zählte ich das Kleingeld ab. Leben in Düsterwalde war ganz schön teuer.

Zwei Minuten später stand ich wieder auf der Straße, in meinem Rücken das empörte Klimpern der Schlüssel, mit denen die Tür nun endgültig für die nächsten Stunden verschlossen wurde.

Es war still. Von ferne konnte man ein leises Brummen vernehmen, vielleicht Mähdrescher oder eine Autobahn. Ich lief zur Bushaltestelle gegenüber der Kirche, setzte mich auf eine Bank, stellte die Milch neben mich, packte das Brötchen aus – und fuhr zusammen. Glas klirrte. Wütende Schreie gellten über die leere Straße.

»Du Miststück! Ich bring dich um!«

»Hau ab! Verpiss dich! Lass dich hier nie mehr sehen!«

Begleitet wurde dieser Ausbruch von einem Krach, als ob jemand Nussbaumvitrinen aus dem ersten Stock auf die Straße schleudern würde. Es hörte sich so gefährlich an, dass ich aufsprang und nachsah, in welcher Ecke dieser Kampf tobte.

Hinter der Kirche stand ein niedriges Haus, das vielleicht einmal ein Laden gewesen war. Zumindest verrieten das die beiden großen Fenster links und rechts des Eingangs. An der Fassade über der geöffneten Tür hing ein Schild mit grauen, dezenten Lettern: »Galerie Felicitas von Boden«. Nobel sah es aus, gediegen und kultiviert.

»Du miese Fotze!«, gellte es aus dem Inneren.

Wieder ging Glas zu Bruch. Ich sah mich um. Die Straße war leer wie zu High Noon in Dodge City. Langsam, das angebissene belegte Brötchen in der Hand, näherte ich mich dem Gebäude.

In diesem Moment knallte mir ein Bilderrahmen vor die Füße. Das Glas zersprang in tausend Scherben.

»Hier!«, schrie eine Frauenstimme. »Kannst du alles mitnehmen! Und wag es ja nicht, noch mal hier vorbeizukommen!«

Sophie Steinhoff, in Tränen aufgelöst, stürzte aus dem Haus und ging vor dem zerstörten Kunstwerk in die Knie. Hinter ihr tauchte Felicitas auf. Von ihrer distinguierten Noblesse war nichts mehr übrig geblieben. Mit wutverzerrtem Gesicht warf sie ein weiteres Bild auf die Straße. Dann sah sie mich, erstarrte, und wischte sich mit hektischen Bewegungen übers Haar und ihr Kostüm.

»Herr Vernau?«

Sophie sah hoch. Ihr Hände bluteten. Offenbar hatte sie sich an einer Scherbe geschnitten.

»Ich störe hoffentlich nicht?«, war alles, was ich zu dieser Szene sagen konnte. Felicitas zog eine Grimasse, die sich wohl in Richtung Lächeln entwickeln sollte.

»Nein. Nein! Ich hänge gerade um.«

Sophie rappelte sich hoch und wischte sich die Tränen ab, wobei sie das Blut im ganzen Gesicht verteilte. Ich reichte ihr die Serviette von meinem Brötchen.

»Sie schmeißt mich raus. Das sollte meine erste Ausstellung werden. Alle wollten kommen! Und jetzt schmeißt sie mich raus! Warum? Was hab ich dir getan?«

Sie konnte sich nur mühsam zurückhalten, nicht direkt auf die Galeristin loszugehen.

Felicitas machte einen Schritt aus der Tür und schob mit der Schuhspitze den zerschmetterten Rahmen zur Seite. »Eher bleiben die Wände leer, als dass ich diesen Mist zeige. Ende der Diskussion.« Sie wandte sich an mich. »Herr Vernau, es tut mir leid, dass Sie Zeuge dieser Szene geworden sind. Ich versuche seit Stunden, diesem Kind beizubringen, dass die Ausstellung nicht stattfinden wird. Ich lasse mich nicht bedrohen.«

»Ich habe niemanden bedroht!« Sophie hob die Hand an den Mund und saugte die Wunde aus. »Wir hatten das vereinbart!«

»Die Vereinbarung ist obsolet.«

»Nein! Sie gilt! Herr Vernau, Sie sind doch Anwalt!«

Immer wenn Sätze mit dieser Einleitung beginnen, ist Vorsicht geboten. Ich biss in mein Brötchen – Kochschinken, Käse, Mayonnaise, um nicht antworten zu müssen.

»Ein Vertrag gilt doch, selbst wenn es nichts Schriftliches gibt. Felicitas hat versprochen, mit meinen Bildern die Galerie zu eröffnen. Sie kann nicht einfach einen Rückzieher machen!«

»Und ob ich das kann!«, war vom Hauseingang zu hören. »Wir leben in einem freien Land. Ich entscheide immer noch selbst, wen ich hier reinlasse und wen nicht.«

Sophies wunderschöne blassblaue Augen wurden schmal. »Kommt drauf an, wem das hier alles gehört.«

»Du kannst mir nicht drohen«, gab Felicitas ungerührt zurück. »Sieh es als einen Akt der Pietät. Dein Vater ist noch nicht mal unter der Erde.«

Sie verschwand im Inneren des Hauses.

»Kann ich sie verklagen?«

Ich zuckte mit den Schultern. »Wenn es Zeugen gibt? Wenn nicht, steht Aussage gegen Aussage.«

Vorsichtig wendete Sophie das Bild, das auf dem Pflaster gelandet war. Es war das in Pastellkreide gemalte Porträt einer schlafenden Frau. Mir fiel Jasmins Bemerkung ein: *Sie malt Tote.*

Ich trat näher, um es mir genauer zu betrachten. Dem Bild fehlte Tiefe. Die Proportionen stimmten nicht. Vielleicht hätten eine Universität oder Akademie etwas verbessern können, aber der erste Eindruck war, dass jemand mit diesem Bild Begabung behauptete und nicht besaß. Der zweite allerdings ließ Leidenschaft und Emotionen erkennen. Beide nicht kanalisiert, aber Sophie war, anders als ihr Äußeres vermuten ließ, kein Mädchen für Aquarelle. Auch in Jeans und derben Doc Martens war sie weiblich, duftend, etwas verströmend, das Männer und Frauen gleichermaßen verwirren konnte. Ihre Werke allerdings sprangen dem Betrachter ins Gesicht.

»Wer ist das?«, fragte ich, um nicht in die Verlegenheit zu geraten, nach meiner Meinung gefragt zu werden.

»Tante Lieselotte. Die älteste Schwester meines Vaters. Gefällt es Ihnen?«

»Schläft sie?«

Ein sinistres Lächeln zuckte um Sophies Mund. »Das liegt im Auge des Betrachters. Wollen Sie es kaufen? Neuntausend Euro. Ich kann aber noch runtergehen. Das ist der Galeriepreis. Von dem gehen vierzig Prozent Provision ab.«

»Vierzig Prozent?«

Sie stellte das Bild vorsichtig am Türrahmen ab. Einige Scherben hingen noch im Rahmen.

»Na ja, jetzt nicht mehr.« Ein böser Blick ins Innere des Hauses. Leere weiße Räume. Ein paar weitere Bilder lehnten noch an den Wänden. »Sie hat es meinem Vater in die Hand versprochen. Er gibt ihr die Kohle für die Galerie, sie stellt mich aus. Aber da sieht man ja, was Absprachen noch gelten. Kann ich sie anzeigen?«

Ich biss erneut in mein Brötchen.

»Sie ist eine gierige Abzockerin. Das macht sie auch in Berlin mit *ihren* Künstlern. Sie behandelt sie wie Leibeigene. Ich weiß genau, was sie vorhat. Lauter renovierte Häuser mit leeren Wänden. Da hängt man sich doch gerne ein Werk aus der Uckermark an die Wand. Diese kitschigen Landschaftsgemälde, die nichts mit Kunst zu tun haben. Aber dafür sind sie *authentisch. – Fuck you!*«, schrie sie Richtung Hausinneres. »Das bin ich viel mehr!«

Müsste ich wählen, wäre mir eine Endzeitmoränenlandschaft über dem Kanapee jedenfalls lieber als die verblichene Tante Lieselotte. Vielleicht merkte Sophie, dass ich nicht gerade dafür brannte, das Mandat für eine abgewiesene Künstlerin zu übernehmen, deren Ausstellung Teil eines Deals mit einem Toten war.

»Jedenfalls ist das letzte Wort noch nicht gesprochen. Die wird mich noch kennenlernen.« Alles Sanfte und Liebliche, das dieses Mädchen zu umfließen schien, war verschwunden. »Ihren Laden wird sie jedenfalls nicht eröffnen. Nicht ohne meine Bilder!«

Sie ging an mir vorbei zu einem Kastenwagen, der am Straßenrand geparkt war. Ich wickelte den Rest des Brötchens in die Tüte, dann folgte ich ihr.

»Wie meinen Sie das?«

»So wie ich es sage.« Sie öffnete die Ladentür und unterdrückte einen kleinen schmerzhaften Schrei. Sie musste gegen ihre Verletzung gestoßen sein. »Die wird mit ihrer Galerie keinen Fuß hier auf den Boden bekommen. Das schwöre ich.«

»Und wie wollen Sie das anstellen?«

»Mir wird schon was einfallen.«

Sie wollte zurück zu ihren Bildern, aber ich stellte mich ihr in den Weg.

»Ich wäre mit solchen Drohungen sehr, sehr vorsichtig. Frau von Boden hat tatsächlich von ihrem Hausrecht Gebrauch gemacht. Wenn es keine schriftliche Vereinbarung gibt ...«

»... gibt es auch kein Geld«, beendete Sophie meinen Satz. »Sie kann einpacken, sie ist nämlich pleite. Keine Ahnung, warum mein Vater ihr überhaupt die Kohle geben wollte und ihr auch noch das Haus überlassen hat. Für nichts, für lau! Sie zahlt noch nicht mal Miete!«

»Das ist nicht wahr!«, keifte es aus den Innenräumen. Felicitas erschien wieder in der offenen Tür. »Ich warne dich, weiter Lügen über mich und deinen Vater zu verbreiten!«

»Hat er dich gefickt? Echt?« Sophie wandte sich an mich. »Das meine ich nicht im körperlichen Sinn.« Und wieder zu Felicitas: »Ich werde das checken, alles. Ich mach dich fertig!«

»Halt!«, griff ich ein. »Stopp. Keine weiteren Drohungen mehr. Beruhigen Sie sich erst einmal. Vielleicht war das ja alles eine Vereinbarung unter Freunden?«

»Freunde? Dass ich nicht lache. Sie kannten meinen Vater nicht.«

Ich trat zur Seite, um Sophie durchzulassen. »Doch. Ich kannte ihn. Vielleicht nicht so gut wie Sie, aber gut genug, um zu wissen, dass er für alles seine Gründe hatte.«

Sophie blies sich ein paar federzarte Haarsträhnen aus dem Gesicht und las die nächsten Bilder vom Trottoir auf. Vorsichtig zupfte sie die Reste der Scherben aus den Rahmen und ließ sie klirrend auf den Boden fallen. Dann verfrachtete sie die Überreste in den Wagen. Eine Radfahrerin kam vorbei, verlangsamte, trat aber, als sie Sophie erkannte, umso heftiger in die Pedale.

»Schönen guten Tag, Frau Hentschel!«

Es war die rothaarige Bäckereifachverkäuferin. Sie drehte sich noch nicht einmal um.

»Absolute Fotze. Alle haben sie an meinem Vater verdient. Und jetzt, wo er tot ist ...«

Sie pfefferte das Bild auf die Ladefläche. Es zeigte einen fast mumifizierten Leichnam. Die Tüte mit dem Brötchenrest steckte ich in die Jackentasche.

»Kann ich helfen?«

»Nein!«, fauchte sie. »Verklagen Sie die Kuh! Das wäre Hilfe!«

Wieder das Geräusch, als wäre eine Vitrine aus dem dritten Stock geflogen. Felicitas hatte weitere Bilder auf die Straße geworfen.

»Wag es!«

»Du bist tot!«

Beide Frauen sahen aus, als würden sie in der nächsten Sekunde aufeinander losgehen. Die Drohungen nahmen ein Ausmaß an, dass ich einfach dazwischenging und Felicitas zurück in ihre Galerie schob. Dann griff ich die letzten Bilder – siamesische Zwillinge in einem Glas mit Formaldehyd und eine sezierte Katze – und gab sie Sophie direkt in die Hand.

»Sie fahren jetzt«, sagte ich bestimmt.

»Ich bring sie um!«

Sie wollte an mir vorbei, aber ich hielt die Tür zu. Langsam war Schluss mit lustig.

»Sie verschwinden, und zwar sofort! Wir können später in Ruhe reden. Aber jetzt akzeptieren Sie, dass Sie erst mal nicht über diese Schwelle kommen!«

Sophie atmete schwer. Sie überlegte, gelangte aber zu dem Schluss, dass im Moment das Ende der Fahnenstange erreicht war, und marschierte zurück zu ihrem Auto. Ich wartete, bis sie eingestiegen war. Dann trat ich ins Haus und schloss die Tür hinter mir. Die Galerie war leer. Aber im hinteren Teil des Raums gab es noch einen Ausgang. Er führte durch einen schmalen, gefliesten Flur an zwei Türen vorbei direkt in den rückwärtigen Garten. Dort stand Felicitas und zündete sich gerade eine Zigarette an.

»Diese verwöhnten Bälger.« Es gelang nicht beim ersten Mal. Sie schüttelte das Feuerzeug und versuchte es erneut. »Können kein Nein ertragen. Alle müssen immer nach ihren Nasen tanzen.«

Ich nahm ihr das Feuerzeug ab. Die Flamme kam beim ersten Versuch. Sie beugte sich über sie und zündete ihre Zigarette an. Den Rauch atmete sie tief ein und entließ ihn anschließend aus dem leicht geöffneten, blutrot geschminkten Mund.

»Haben Sie die Bilder gesehen? Sie verwechselt schlechten Geschmack mit Kreativität. Außerdem ist sie handwerklich eine Katastrophe. Vermutlich hat sie nie auch nur eine Stunde akademischen Unterricht gehabt.«

»Warum haben Sie dann eingewilligt, sie auszustellen?«

Sie spielte nervös mit ihrer Zigarette. »Sie hat es Ihnen doch gesagt. Weil ihr Vater mich bezahlt hätte.«

»Bezahlt? Dafür, dass Sie die Bilder seiner Tochter zeigen?«

»Ja.«

Sie schnippte die Asche in einen sehr geschmackvoll bepflanzten Terrakottakübel. Der Hof war neu gepflastert worden. Skulpturen, Sträucher, Bänke und Gehölze zeugten von einem Händchen fürs Dekorative. Die Sanierung musste ein Vermögen gekostet haben.

»Und warum wollen Sie das jetzt nicht mehr?«

»Sie haben den Schrott doch gesehen.«

»Ja. Aber Qualität war wohl nicht Bestandteil der Vereinbarung.«

Sie hob in leiser Anerkennung die Augenbrauen. »Stimmt. Ich habe es mir anders überlegt.«

»Vorgestern Abend?«

Wieder ein hastiger Zug.

»Sie hatten eine Auseinandersetzung mit Herrn Steinhoff. Ich war in der Nähe und habe einen Teil mitgehört, unfreiwillig.«

Sie zwinkerte nervös, als wäre ihr Rauch in die Augen gekommen.

»Ach, Auseinandersetzung würde ich das nicht nennen. Sophie hat mir die Bilder gebracht, und ich habe auf den ersten Blick gesehen, dass ich mir mit ihnen den Ruf ruiniere. Das habe ich Herrn Professor Steinhoff gesagt. Er war nicht erfreut.«

»Was hatten Sie gegen ihn in der Hand?«

»Wie bitte?«

»Offenbar hat er Ihnen die Galerie umsonst überlassen. Warum? Haben Sie ihn erpresst? Womit?«

Ihr Lachen klang falsch, fast metallisch. »Fragen Sie doch viel lieber, womit er mich erpresst hat, das Gekritzel seiner Tochter auszustellen!«

»Womit?«

»Geld«, antwortete sie und zog an der Zigarette. »Geld. Ich wollte hier was aufbauen, bevor der Zug abgefahren ist. Also habe ich ihn um ein Darlehen gebeten. Das hat er mir unter der Bedingung gewährt, mit Sophies Bildern die Galerie zu eröffnen.«

»Und Sie haben sich darauf eingelassen.«

»Hatte ich eine Wahl? Aber jetzt ist er tot. Kein Geld, keine Ausstellung.«

»Und nun?«, fragte ich.

Sie drehte sich um und sah die Backsteinfassade hoch. Auch das kleine Haus war mit immensem Aufwand renoviert worden.

»Die Galerie war eine Schnapsidee.«

Sie ging zwei Stufen hinunter zu einer Teakholzbank und nahm Platz.

»Ich bin hier groß geworden. Da gab es noch die Konservenfabrik und die LPGs. Ich wollte immer weg. Nicht unbedingt in den Westen, Ungarn hätte auch gereicht. Der Plattensee. Waren Sie mal da?«

»Nein.«

Ich setzte mich auf die Treppenstufen. Die Sonne schien, und das Summen nektartrunkener Bienen mischte sich mit dem fernen Rauschen. Es roch nach Staub und Heuernte.

»Ich auch nicht.« Ihr Lächeln entspannte das harte Gesicht. Ein letzter Zug, dann angelte sie nach einer Tonschale und drückte die Zigarette aus. »Als die Mauer fiel, gab es andere Ziele. Ich wollte was erreichen und bin nach Berlin. So kam das.«

»Und dieses Haus gehört Ihnen?«

Sie zuckte mit den Schultern. »Nein. Hier kriegen Sie doch nichts mehr. Professor Steinhoff hat es vor etlichen Jahren gekauft. Er hat sich eine Menge unter den Nagel gerissen zu einer Zeit, in der man ihm die Häuser nachgeworfen hat. Wer damals den richtigen Riecher hatte, braucht sich heute keine Sorgen mehr zu machen. Vielleicht ist das das ganze Geheimnis: zurückkommen, wenn alle anderen gehen. Gegen den Strom schwimmen. In dieser Hinsicht war er sportlich.«

Sie blickte ein wenig traumverloren auf die Kübelhortensien. Ich kaufte ihr diese philosophischen Anwandlungen nicht ab. Sie war eine mit allen Wassern gewaschene Geschäftsfrau. Steinhoff ein ebenso gewiefter Anwalt. Keiner von den beiden fädelte einen Deal ein, ohne sich etwas davon zu versprechen. Er hatte ihr das Haus überlassen und sogar für eine Ausstellung seiner Tochter bezahlt. Irgendetwas musste er dafür erhalten haben. Etwas, das nichts damit zu tun hatte, seiner Tochter den Weg in eine künstlerische Zukunft zu ebnen.

»Wie sah der Deal aus?«, fragte ich.

Sie sah mich an, als ob sie mich mit diesem Blick aufspießen wollte wie einen toten Schmetterling.

»Ich glaube, es ist besser, wenn Sie jetzt gehen.«

»Ich unterliege der Schweigepflicht. Aber es sind zwei Morde geschehen. Und eine Person, die mir nahesteht«, mit der ich natürlich meine Mutter meinte, »ist davon mittelbar betroffen. Wenn Sie also irgendetwas zur Aufklärung beizutragen haben, sollten Sie nicht damit hinter dem Berg halten.«

»Ich weiß nicht, wovon Sie reden.«

»Mit Steinhoffs Tod wurde Ihnen der Geldhahn zugedreht. Soll ich dem Finanzamt mal einen Tipp geben?«

Ihr Mund wurde zu einem dünnen Strich.

»Was war es? Reden Sie mit mir. Das ist besser als mit der Staatsanwaltschaft.«

Ich bluffte. Aber ihr ganzes Verhalten zeigte mir, dass ich ins Schwarze getroffen hatte. Sie ballte die rechte Hand zur Faust und umfasste sie mit der linken. Ihre Knöchel traten weiß hervor, sie stand unter einer immensen Anspannung.

»Sie wissen gar nichts. Gehen Sie, sonst rufe ich die Polizei!«

Ich stand auf. »Eine Galerie, keine schlechte Idee, um Schwarzgeld zu waschen. Da zahlt ja immer jemand in bar. Steinhoff auch?«

»Hören Sie …« Sie erhob sich hastig und trat auf mich zu. »Da bilden Sie sich etwas ein. Herr Steinhoff und ich, wir sind alte Freunde. Er hat mir in einer schweren Zeit geholfen, mehr war das nicht.«

»Wie schwer war diese Zeit denn?«

Sie seufzte. »Das bleibt aber unter uns.«

Ich schwieg.

»Ich bin finanziell nicht so gut aufgestellt. Wenn jetzt noch das Finanzamt kommt, kann ich dichtmachen. Und das kann ich mir nicht erlauben. Auf gar keinen Fall.«

Sie schob sich an mir vorbei und wollte wieder zurück ins Haus.

»Er ist tot. Man hat ihn qualvoll ersticken lassen. Und Sanja wurde mit einem Bolzenschneider erschlagen. Hat das etwas mit Ihrem Deal zu tun?«

Sie drehte sich zu mir um. Jetzt ähnelte ihr Lächeln wieder dem Zähneblecken eines Hais. »Nein. Sie finden den Weg alleine?«

Als ich wieder auf der Straße stand, waren Sophie und der Kastenwagen verschwunden. Nur das Glas knirschte noch unter meinen Sohlen, als ich mich zurück auf den Weg an den Düstersee aufmachte und mir erst unterwegs einfiel, dass die Milch in der Sonne stehen geblieben war.

12

Sie zählte bis hundert. Dann noch einmal. Erst als sie fertig war, konnte sie sicher sein, dass dieser Berliner Anwalt das Weite gesucht hatte. Mit zitternden Händen suchte sie in ihrer Tasche nach dem Schlüsselbund und verließ, vorsichtig nach links und rechts spähend, das Haus. Sie schloss ab, obwohl sich drinnen nichts mehr befand, was einen Diebstahl lohnte.

Dann drehte sie sich um – und wäre fast mit einer Radfahrerin kollidiert.

»Vorsicht!«, brüllte die Frau. Sie hatte kurzgeschnittene, rot gefärbte Haare mit schwarzen Spitzen. Irgendwie kam sie ihr bekannt vor. »Keene Oojen im Kopp?«

»Das ist ein Bürgersteig!«, fauchte Felicitas.

»Nee, nee. Dit is'n Radweg.«

Die Frau stieg ab und beäugte die leere Galerie. »Watt wird'n ditte? Ausstellung ›Die große Leere‹?«

Felicitas erkannte dieses abfällige Grinsen. Beim Bäcker kosteten die Brötchen doppelt so viel, wenn Ortsfremde sie kauften. Es war genau diese Miene, mit der das Geld eingestrichen und in die Kasse geworfen wurde.

»Interessieren Sie sich denn für Kunst?«, fragte sie zurück.

»Kunst.« Die Brötchenfrau schüttelte den Kopf und stieg wieder auf. Ein leises Zischen war zu hören. »Hier liejen ja überall Scherben! Kehren Se den Mist gefälligst weg! Jetzt hab ick 'nen Platten!«

»Oh, das tut mir aber leid«, antwortete Felicitas scheinheilig und ging auf und davon. Hinter ihr hörte sie wütendes Zetern, aber das interessierte sie nicht mehr. Als sie ihren Wagen erreichte und endlich auf dem Fahrersitz saß, sah sie im Rückspiegel, dass die Irre endlich abdrehte und ihr Rad die Straße hinunterschob. Man musste ihr aus dem Weg gehen.

Sie atmete tief durch und war sofort wieder in Gedanken bei dem Gespräch im Hinterhof. Hatte dieser Anwalt Beweise oder nur einen verdammt guten Riecher? Sie ging noch einmal jeden Satz, jede Frage, jede Antwort im Geiste durch, soweit sie sich daran erinnerte. Er musste geblufft haben. Er wusste nichts, gar nichts.

Andererseits ... irgendetwas hatte er mit der Huth zu tun, dieser grauenvollen Tante von Sanja. Vielleicht war ihr etwas zu Ohren gekommen. Gerüchte, Mutmaßungen, und die verbreiteten sich in diesem Kaff schneller als der Buchsbaumzünsler. Und dann, ausgeschmückt, hier noch ein Schnörkel, da noch eine Verdächtigung, landeten sie im Fokus eines überambitionierten, aber unterbeschäftigten Anwalts, der nichts anderes zu tun hatte, als seine Nase in fremde Angelegenheiten zu stecken.

Sie drückte den Startknopf. Das Zittern blieb, geschürt von Wut und Angst. Sie musste eine Lösung finden, und zwar so schnell wie möglich. Aber ihr Hirn war blockiert.

Womit haben Sie ihn erpresst?

Woher zum Teufel wusste er das? Sie setzte den Blinker und sah noch einmal prüfend in den Rückspiegel. Die Frau mit den Feuermelderhaaren war verschwunden. Langsam rollte sie die Straße hinunter und traute sich erst hinter dem Ortsschild von Düsterwalde, Gas zu geben.

Eine Viertelstunde später bog sie von der Hauptstraße, die in die Altstadt von Templin führte, links ab in Richtung Lübbesee. Zwischen Neubauten, Hotels und Bäumen tauchte immer wieder die spiegelnde Wasseroberfläche auf. Ferienhaussiedlungen, Strandbars, das Museum für historische Landwirtschaftsgeräte. Dann abermals nach links. Ein dichter grüner Hain, umschlossen von einem hohen Eisenzaun. Die Straße wurde schmal und endete vor einem hohen Tor.

Sie hielt an und wartete. Die Kameras hatten sie schon längst erfasst. Nun wurde nur noch das Nummernschild ihres Wagens geprüft, um sicherzugehen, dass sie zu den Auserwählten gehörte, denen Zugang gewährt wurde.

Die Flügel des Tors öffneten sich lautlos. Unter den Reifen knirschte der Kies, als sie anfuhr und dem Weg folgte, der eine elegante Biegung nach rechts machte. Dahinter, geschützt vor den Blicken derer, die nicht durch dieses Tor kamen, lag ein riesiger Park. Bänke unter blühenden Büschen bildeten kleine Inseln, Spaziergänger schlenderten alleine oder in Gruppen über die hellen Wege. Auf den ersten Blick eine herrschaftliche Idylle, aber beim zweiten ahnte man, dass eine Winzigkeit verrückt war. Ein Hauch Abweichung von dem, was man für normal erachtete. Die Menschen in diesem Bild bewegten sich anders: vorsichtiger die einen, ungelenk die anderen. Sie wurden begleitet oder beobachtet von anderen Menschen, die einheitliche Kleidung trugen. Weites Oberteil, lange Hosen, weiße Laufschuhe.

Felicitas hielt auf ein schlossähnliches Gebäude zu, das leicht erhöht im hinteren Teil des Landschaftsparks thronte. Die streng gegliederte Fassade mit den vielen Fenstern wurde von zwei Türmen bewacht, die mehr zur Dekoration als einer Verteidigung gedient haben mochten. Aber es strahlte steinernen Frieden aus und die Gewissheit, hinter diesen Mauern Schutz zu finden.

Sie fuhr durch ein weiteres Tor, beeindruckend hoch, und stellte ihren Wagen im Innenhof ab. Dann stieg sie aus und wollte über den geharkten Kies zurück in den Park. Noch bevor sie das steinerne Tor erreichte, trat ein hagerer Mann aus dem Seitenflügel heraus und ging auf sie zu. Auch das noch. Sie hatte gehofft, wenigstens ein paar Minuten zu haben, bevor die Hyänen die Witterung aufnahmen.

»Frau von Boden!«

Er streckte die Hand aus. Dünn wie eine Weidengerte, Tweed von Kopf bis Fuß, getrimmte Resthaarbestände über der hohen Stirn, die ein schmales Gesicht mit leicht herablassenden Zügen krönte. Er trug eine randlose Brille, durch die sie ein stechender Blick traf, den auch sein Willkommenslächeln nicht mildern konnte.

»Herr Reinicke.« Sie nahm die Hand und ließ sie nach einem kurzen Druck wieder los. »Ich bin ehrlich gesagt auf dem Sprung nach Berlin und wollte nur kurz vorbeischauen.«

»Dann habe ich ja Glück, Sie persönlich zu treffen. Gerade wollte ich Ihnen schreiben. Aber von Angesicht zu Angesicht ist das natürlich viel angenehmer. Gehen wir doch gleich in mein Büro.«

Er wartete, sie blieb unschlüssig stehen.

»Bitte.«

Mit einem unwilligen Gesichtsausdruck folgte sie ihm hinein in das kühle Haus. Durch die Flure zog ein zarter Duft nach Königsberger Klopsen. Ihr Magen zog sich zusammen. Vielleicht konnte sie ja nach dem Gespräch …

»Bitte sehr.«

Reinicke öffnete eine schwere, reich geschnitzte Holztür und ließ sie in ein Vorzimmer eintreten. Hinter dem Mahagonischreibtisch saß Frau Schöller, Reinickes Sekretärin. Ein

Fossil, weit über das Renteneintrittsalter hinaus, das wohl noch mit reitenden Boten und Bekanntmachungen an der Dorflinde groß geworden war. Hoch aufgetürmte weiße Haare, stets mit einem malerisch drapierten Schal um die Schultern, klimpernde Ketten um den Schildkrötenhals und Brillengläser so dick wie Flaschenböden.

»Frau von Boden!«

Behände stand sie auf, griff nach ihrem Stock und kam ihr zwei wackelige Schritte entgegen. Wieder ein Händedruck.

»Das ist aber schön, dass Sie bei uns hereinschauen. Wir hatten Ihnen ja schon mehrmals geschrieben.«

»Ist gut«, unterbrach sie ihr Chef. Solche Gespräche führte man nicht im Vorzimmer. »Kaffee?«

Allein der Gedanke, wie lange Frau Schöller brauchen würde, das feine KPM auf dem Tablett zu arrangieren, machte Felicitas nervös. Sie wollte es hinter sich bringen.

»Nein danke. Ich habe nicht viel Zeit.«

Reinicke ging voran in sein Büro. Er hatte ein Faible für alles Viktorianische. Die braune Holzvertäfelung und die dunkelgrün gestrichenen Wände wirkten äußerst britisch. Ebenso die Chesterfield-Garnitur, zu der er sie mit einer Handbewegung bat. Deckenhohe Bücherregale erinnerten an ein Streben nach Gelehrsamkeit, dem die antiquarischen Lexika und Nachschlagewerke schon lange nicht mehr dienten. Das leise Ticken einer Standuhr vermischte sich mit Vogelgezwitscher und dem Rauschen der Blätter von draußen. Es war kühl im Raum. Das bleiverglaste Fenster stand offen.

»Nun denn.« Er wartete, bis sie Platz genommen hatte, und ließ sich dann ebenfalls nieder. »Es ist etwas heikel, wie Sie wissen. Aber wir müssen darüber reden.«

»Ja.«

Besser, sie brachte es mit Anstand hinter sich.

»Die Zahlungen wurden von Ihnen schon seit Monaten ausgesetzt. Natürlich haben wir zunächst darauf verzichtet, von unserem außergewöhnlichen Kündigungsrecht Gebrauch zu machen. Es geht ja nicht um eine Mietwohnung oder die Leasingraten für ein Auto. Nein. Es geht um einen Menschen.«

Er sah sie bekümmert an. Irrtum, dachte sie. Es geht um Geld. Um nichts anderes.

»Nun ist der Punkt erreicht, an dem wir Konsequenzen nicht länger aufschieben können. Ihre Verbindlichkeiten bei uns belaufen sich mittlerweile auf zwölftausendvierhundert Euro. Jeden Monat kommen dreitausendeinhundert hinzu. Liebe Frau von Boden. Wann zahlen Sie?«

Sie holte tief Luft. »Zunächst möchte ich mich bei Ihnen für Ihre Geduld bedanken. Ich gehe gerade durch eine schwere Zeit. Meine Galerie in Berlin hat starke Umsatzeinbußen zu verzeichnen.«

Reinicke nickte verständnisvoll. Konnte er sich schenken.

»Zudem musste ich die Pläne, eine Dependance in Düsterwalde aufzumachen, durch den plötzlichen Tod des stillen Teilhabers auf Eis legen.«

»Mein Mitgefühl, werte Frau von Boden. Um wen handelte es sich denn?«

»Um Herrn Professor Steinhoff.«

Reinickes Verblüffung dauerte nur den Bruchteil einer Sekunde, dann hatte er sich wieder in der Gewalt.

»Ein Freund von Ihnen?«

»Eher ein Geschäftspartner. Trotzdem trifft mich sein Ableben natürlich. Nicht nur, was unsere gemeinsamen Pläne betrifft.«

»Ich verstehe. Ich verstehe vollkommen.«

»Wenn Sie vielleicht noch einen Aufschub gewähren könnten?«

Er legte die Handflächen wie zum Gebet zusammen und hob sie danach vor seinen Mund. So saß er da, Sinnbild des Denkers. Menschenfreund. Immer um Lösungen bemüht. Natürlich nur um solche, bei denen er nicht draufzahlen musste.

»Ich fürchte, das könnte schwierig werden.«

»Aber nicht unmöglich? Es geht nur um ein paar Wochen. Sie kennen mich seit Jahren. Seit zehn Jahren, um genau zu sein. Ich bin immer meinen Verpflichtungen nachgekommen.«

Egal, was es mich gekostet hat. Wie viel hat sich in all der Zeit angesammelt? Über dreihunderttausend Euro. Da kann er jetzt ruhig mal die Füße stillhalten.

»Präzisieren Sie doch bitte die Zeitspanne, werte Frau von Boden. Ein paar Wochen – meinen Sie damit einen Monat?«

»Drei«, sagte sie schnell. »Drei Monate.«

Er wiegte sein Haupt und nahm die Hände herunter. »Ich kann versuchen, die Zahlungsaufforderungen über die nächsten vier Wochen auszusetzen. Aber das bedeutet, dass Ihr Sohn nach Ablauf dieser Frist unser Haus verlassen muss. Ist Ihnen das klar?«

Er hatte es noch nie ausgesprochen, und sie – sie hatte es bis jetzt in dieser Klarheit nicht an sich herangelassen.

»Aber das ist sein Zuhause«, sagte sie. Die Stimme, mit der sie sprach, war ihr fremd. So kannte sie sich nicht. Die Rolle der Bittstellerin war ihr nicht auf den Leib geschrieben. »Wo soll er denn dann hin?«

»Es gibt hervorragende staatliche Einrichtungen, leider mit immensen Wartezeiten. Auch bei diesen müssen Sie zuzahlen, aber natürlich nicht in einer Höhe wie der unseren. Das ist eben der Unterschied, wie Sie gerade zu Recht bemerkt haben. Wir sind ein Zuhause, keine Aufbewahrungsanstalt. Die Fortschritte Ihres Sohnes über die Jahre hinweg sind bemerkenswert. Wir alle kennen und lieben ihn, auch, dass er so besonders ist.«

Besonders. Sie nickte. Bitterkeit stieg in ihr hoch.

»Bedenken Sie, mit welchen Schwierigkeiten er in einer neuen Umgebung zu kämpfen hätte. Ganz zu schweigen von …«

Von? Ja, wovon? Sprich es doch aus, du Ungeheuer.

»… von den Vorurteilen, mit denen Menschen wie Andreas bei anderen zu kämpfen haben, die sich erst einmal an seine äußere Erscheinung gewöhnen müssten.«

»Das ist mir klar«, erwiderte sie.

»Wobei ich nichts gegen die staatlichen Einrichtungen sagen möchte«, setzte Reinicke hinzu. Der Ton, in dem er das sagte, wies eher auf das genaue Gegenteil. »Man gibt sich dort auch sehr viel Mühe. Aber allein die Anzahl der Pfleger, die Art der Unterbringung, und nicht zuletzt die pädagogischen Anstrengungen lassen sich natürlich nicht vergleichen. Bevor Sie also so einen Schritt in Erwägung ziehen, bedenken Sie, welche Folgen das für Ihren Sohn haben könnte.«

»Drei Monate?«

»Vier Wochen. Mein letztes Wort.«

Mehr war nicht herauszuholen. Felicitas stand auf. Das Gespräch war schlimmer verlaufen, als sie befürchtet hatte. Viel schlimmer. Trotzdem reichte sie ihm an der Tür die Hand und verabschiedete sich freundlich von Frau Schöller.

Reinicke verschwand fast sofort wieder in seinem Büro.

»Es tut mir sehr leid«, sagte die Sekretärin. »Steht es so misslich?«

»Aber nein.« Felicitas hatte schon fast ihre alte Stimme wieder. »Nur ein vorübergehender Engpass. Wo ist Andreas gerade?«

Frau Schöller sah zu ihrem Fenster, das sie vermutlich wegen der Zugluft geschlossen hielt. »Ich nehme an, er ist im Park. Wenn Sie möchten, können Sie ihn gerne zum Essen begleiten.«

»Danke. Bis zum nächsten Mal, Frau Schöller.«

Sie nickte der alten Dame zu und verließ das Haus so schnell es ging. Auf dem Weg in den Park versuchte sie, ihre letzten verbliebenen Möglichkeiten zusammenzufassen.

Vier Wochen. Mehr hatte sie nicht herausschlagen können. Vier Wochen, um fünfzehntausend Euro aufzutreiben und Andis Zukunft zu sichern. Sie musste zu anderen Mitteln greifen. Sie war viel zu genügsam gewesen. Hatte sich viel zu schnell abspeisen lassen. Jetzt war die Zeit gekommen, stärkere Geschütze aufzufahren. Es widerstrebte einem kultivierten Geist wie dem ihren zutiefst, aber sie musste wohl oder übel zu den harten Bandagen greifen.

Entschlossen straffte sie die Schultern und ging über die Rasenfläche auf eine Tischgruppe unter Bäumen zu, an der einige Menschen saßen und malten.

»Andi!«

Der Mann hob den Kopf. Sie hatte sich an den Anblick gewöhnt, aber sie wusste, welche Reaktionen dieses Antlitz hervorrufen konnte. Sein Gesicht war eine entstellte Fratze, der Nase, Lippen und ein Auge fehlten. Ein wulstiges Geflecht von weißen und roten Narben zog sich über die Haut. Der Mund war ein dunkles Loch, aus dem Speichel hinuntertropfte und auf dem T-Shirt feuchte Flecken hinterließ.

Jedes Mal zog sich ihr Herz bei diesem Äußeren zusammen, und jedes Mal wurde das Entsetzen von der Wiedersehensfreude übertrumpft.

Er gab sich große Mühe, die beiden Silben fehlerfrei auszusprechen.

»Mama.«

Sie setzte sich neben ihn und beobachtete, wie er mit seiner zur Klaue verkrümmten Hand den Pinsel hielt.

»Was malst du?«

Schwarze Striche, vielleicht sollten es Besen werden. Seltsame Besen. Er versuchte, etwas zu artikulieren. Noch nicht einmal ihr gelang es, in den Lauten zusammenhängende Wörter zu erkennen. Er wollte ihr erklären, was das werden sollte, aber er scheiterte. Wie immer.

»Besen?«

Kopfschütteln. Vielleicht ein Besen mit vier Beinen? Jetzt holte er neue Farbe aus dem kleinen Töpfchen und setzte mit Schwung eine Art Halbkreis daran. Ein Schwanz? Ein Schweif? Ein Besen mit einem Schweif?

»Ein Tier?«

Nicken. Vor ihren Augen entwickelte sich die Skizze zu …

»Ein Pferd? Du malst ein Pferd? Einen Rappen. Das ist schön.«

Lisa, die Pflegerin, die die Malgruppe beaufsichtigte, kam zu ihnen. Sie war Anfang dreißig, kräftig und vom Typ her eher eine bäuerliche Natur. Ihr Lächeln war anerkennend.

»Das malt er nur noch, tagaus, tagein.«

»Waren Sie mit ihm reiten?«

Therapiereiten wurde angeboten, doch Felicitas hatte auf das Zusatzangebot für hundertzwanzig Euro die Stunde verzichtet.

»Nein. Vielleicht hat er bei unserem letzten Ausflug nach Templin irgendwo Pferde auf der Weide gesehen.«

Andi wollte etwas sagen, aber sie verstand ihn nicht. Keiner verstand ihn. Resigniert wechselte er den Pinsel und begann, der Zeichnung mit wütenden Strichen rote und orange Farbe hinzuzufügen.

»Frau von Boden …« Lisa zog sich einen Stuhl heran und setzte sich links neben sie. Weit genug von Andi entfernt, dass er nichts aufschnappen konnte. »Hat man Sie schon auf Andi angesprochen?«

Felicitas vereiste. Wenn ihre finanziellen Probleme nun auch noch bei den Pflegern kursierten, war es mit Reinickes Diskretion nicht weit her.

»Was meinen Sie?«

»Er fängt wieder an mit dem Schlafwandeln. Er ist seit ein paar Tagen auch sehr aggressiv. Wir können uns keinen Reim darauf machen. Es ist, als wäre er um Jahre zurückgeworfen.«

Felicitas beobachtete ihren Sohn. Das Papier zerriss beinahe unter seinen groben Pinselstrichen.

»Das ist nur eine Phase. Er hat gute und schlechte Tage. Das wissen Sie doch.«

Lisa nickte. »Ich wollte Ihnen nur sagen, dass wir vielleicht noch einmal eine ärztliche Untersuchung in Betracht ziehen sollten. Er geht die anderen Mitbewohner ziemlich hart an, das ist auf Dauer nicht gut.«

Felicitas presste die Lippen zusammen. Andi wirkte auf sie nicht aggressiv. Er bekam einfach seine Zeichnung nicht hin.

Schließlich sagte sie: »Ich verstehe natürlich, dass Sie im Interesse Ihrer Patienten handeln. Aber ich glaube nicht, dass wir im Moment an seinen Medikamenten drehen sollten, falls Sie das meinen.«

»Selbstverständlich nicht, Frau von Boden. Es steht mir ja auch nicht an, darüber zu urteilen. Aber wir müssen ihn ständig beruhigen, und das geht manchmal nicht allein mit gutem Zureden. Deshalb wollte ich ja wissen, ob in letzter Zeit etwas vorgefallen ist, das ihn vielleicht schockiert oder verängstigt hat.«

Unser Sponsor ist tot, ein Anwalt hat mich auf dem Kieker, meine neue Galerie ist Geschichte. Ich brauche Geld. Viel Geld. Sofort.

»Nein«, antwortete sie. »Nicht dass ich wüsste.«

»Und er verschwindet auch wieder.«

»Was?«

Andi sah hoch. Blutrote Farbe tropfte von seinem Pinsel auf das Bild. Felicitas senkte die Stimme. »Sie sollten das unterbinden! Wie kann das sein, in so einer Einrichtung mit diesen Sicherheitsvorkehrungen? Haben Sie das gemeldet?«

»Das ist ein riesiges Areal. Es reicht bis hinunter zum See. Und Andi kann schwimmen.«

»Sie wollen mir doch nicht etwa sagen, dass mein Sohn vor Ihren Augen das Heim verlässt? Schwimmend? Das ist ... mir fehlen die Worte!«

Wenn ihn jemand da draußen zu Gesicht bekam ... wenn er den Weg nicht mehr zurückfand ... wenn er verzweifelte und nicht mehr ein noch aus wusste ...

»Das Ufer ist abgesperrt. Aber jemand hat in den letzten Tagen die Kette mit einem Bolzenschneider durchtrennt. Wir haben es sofort repariert, es kommt also nicht mehr vor.«

»So.« Felicitas musste tief durchatmen. Da zahlte man eine Unsumme, um seinen Sohn vor der Welt da draußen zu bewahren, und dann ließ man ihn einfach unbeaufsichtigt darin herumspazieren. »Da muss ich ja dankbar sein. Sind Sie sich darüber im Klaren, was alles hätte passieren können?«

»Es ist ja nichts passiert. Er kam zurück, klitschnass, und hat sich so ins Bett gelegt.«

»Wann war das?«

»Vor zwei Tagen.«

»Das darf nie wieder passieren!«

»Selbstverständlich. Allerdings ist er unruhig, und er ist ein kräftiger Mann. Wenn wir ihn nicht unter Kontrolle halten können ...«

»Kontrollieren Sie lieber die Schlösser. Dann geschieht so etwas auch nicht mehr.«

Lisa nickte. Sie war eine Frau, die Konflikte ansprach, statt die anderen ins offene Messer rennen zu lassen. Sie müsste das zu schätzen wissen, aber nun türmte sich ein weiteres Problem auf den Berg, den sie irgendwie abtragen musste.

»Das werden wir tun«, sagte die Pflegerin. »Ich habe noch keinen Vorgang daraus gemacht, aber sollte sich sein Zustand nicht bessern, müssen wir noch einmal reden und einen Arzt hinzuziehen.«

Lisa stand auf und kümmerte sich um eine Frau, die mit den Buntstiften nicht zurechtkam. Andi schob ihr das nasse, vor Farbe triefende Bild zu.

»Oh«, sagte sie überrascht, und das Herz blieb ihr beinahe stehen. Um das Pferd herum schlugen lodernde Flammen empor. Er hatte Feuer gemalt. Ein brennendes Pferd in einer glühenden Hölle.

»Das ist ... schön«, rang sie sich ab. »Wirklich schön.«

Sie nahm seine zur Klaue verkrümmte, farbnasse Hand in ihre. So saßen sie eine Weile schweigend nebeneinander, bis sein Atem sich wieder beruhigte. Schließlich sagte sie:

»Ich glaube, es gibt heute Königsberger Klopse. Wollen wir reingehen?«

Er nickte. Sie faltete das Bild zusammen und steckte es in ihre Handtasche. Gemeinsam begaben sie sich in die große steinerne Trutzburg, deren Mauern an allen Ecken brüchig geworden waren.

Feuer. Andi hatte Feuer gemalt. Etwas war geschehen mit ihm, und das Grauen war zurück.

13

Es gab eine kalte Platte. Nicht dass ich enttäuscht gewesen wäre, aber meine Mutter ist eine leidenschaftliche und zupackende Köchin, sodass ich andere Erwartungen gehegt hatte, als ich nach einem stillen Nachmittag am See zurück ins Dorf lief und Sanjas Haus betrat.

Mit schuldbewusstem Gesicht reichte sie mir ein Glas mit sauren Gurken.

»Kannst du das aufmachen? – Das ist alles, was man im Dorf noch bekommt. Beim Bäcker, bei dieser seltsamen Frau mit den roten Haaren.«

Abgepackte Leberwurst, Butter, Ziegenquark, natürlich handgeschöpft, ein paar Scheiben Käse.

»Und es kostet ein Vermögen. Der nächste Supermarkt ist in Templin. Wenn ich das gewusst hätte, ich hätte doch was mitgebracht!«

Das Brot sah ganz anständig aus. Da die Küche mit dem kleinen Tisch für drei Personen zu eng war, gingen wir ins Wohnzimmer. Hier war zumindest die Couchgarnitur samt Tisch etwas leer geräumt, sodass man sich ohne Gefahr setzen konnte. Hüthchen brachte schnaufend drei Teller und Besteck.

»Geht es Ihnen besser?«, fragte ich.

Sie brummte etwas, das sowohl Ja als auch Nein heißen konnte, doch genauso gut Rutsch mir den Buckel hinunter, und ging zurück in die Küche.

Mutter erschien mit einer Karaffe Wasser und drei Gläsern, die halbwegs sauber aussahen.

»Morgen müssen wir in Templin einkaufen.«

Sie setzte sich und versuchte, die Plastikverpackung des Bio-Käses zu öffnen.

»Wie lange wollt ihr denn bleiben?« Ich beugte mich vor. »An eurer Stelle würde ich zurück nach Berlin fahren. Wenn die Polizei noch etwas von Frau Huth will, kann sie sich dort mit ihr in Verbindung setzen. Sie ist Zeugin, keine Verdächtige.«

»Natürlich ist sie das nicht!« Mutter senkte die Stimme und äugte vorsichtig in die Richtung der Verschwundenen. »Aber das ist Ingeborgs Elternhaus. Sanja hat es ein bisschen, na ja, vielleicht etwas vernachlässigt. Aber wenn man mal mit dem Wischer durch ist ...«

»Ja?«, fragte ich argwöhnisch.

»Dann könnte man es vielleicht als Ferienhaus vermieten.« Sie hob den Blick zu der Decke. Spinnweben hingen zwischen den Balken, und Generationen von Kettenrauchern hatten dem groben Putz einen ungesund wirkenden gelblichen Farbton verliehen. Ein Wischer würde nicht viel helfen.

Sie stand auf und wollte schon wieder hinaus, aber ich umfasste ihr zartes Handgelenk und zog sie zu mir hinunter. Mit einem ratlosen Blick zur Küche setzte sie sich wieder.

»Ihr dürft nicht darüber reden«, sagte ich leise.

»Über was?«

»Was ihr mit dem Haus alles anstellen könnt. Wenn es wirklich eine halbe Million wert ist ...«

Ihre Hand legte sich erschrocken vor den Mund.

»... dann ist das ein Motiv. Tut mir leid. Ich kenne euch und weiß, dass ihr nie so etwas im Sinn gehabt hättet.«

Das galt für meine Mutter. Für Hüthchen würde ich nicht die Hand ins Feuer legen. Aber ein Mord an der eigenen Nichte kam sogar mir etwas weit hergeholt vor. Trotzdem fuhr ich fort, beide in einen Topf zu werfen, damit meine Mutter vielleicht etwas mehr Kooperation bei ihrer Lebensgefährtin erwirken konnte.

»Aber ein Haftrichter sieht das vielleicht anders. Deshalb wäre mein Rat an euch, bevor ihr euch hier häuslich einrichtet, sofort zurück nach Berlin zu gehen.«

Mutter nickte und sah sehr besorgt aus. So dramatisch war die Lage zwar noch lange nicht, aber ehrlich gesagt hatte ich keine Lust, den Rest meines Urlaubs unter den Fittichen dieser beiden Damen zu verbringen. Ich belegte mein Brot mit der halben Packung Käse und verleibte es mir ein.

»Sie will aber auf diese Versammlung.«

»Warum ist die so wichtig?«, fragte ich zwischen zwei Bissen.

Nun ein vorsichtiger Blick in Richtung Küche. »Ich weiß es nicht genau. Es sollen wohl neue Baugrundstücke ausgewiesen werden, und das wollen die Alteingesessenen nicht. Treibende Kraft war der Besitzer von der Villa am See. Aber der ist ja jetzt tot. Ist das auch wieder schlecht für sie? Du bist doch ihr Anwalt.«

Ich wartete mit der Antwort, bis ich sprechen konnte.

»Ich bin gar nichts. Ich bin privat hier. Wenn Frau Huth einen Vertreter oder eine Vertreterin haben möchte, sollte sie sich darum kümmern.«

»Soll sie?«

»Besser wär's. Aber das ist allein ihre Entscheidung.«

Ich biss erneut ab. Hüthchen kehrte zurück, und gemeinsam beendeten wir die karge Mahlzeit und machten uns dann auf den Weg zu Kurt Wössners umgebauter Scheune.

Auf der Dorfstraße war schon einiges los. Paare, Familien und Einzelpersonen verließen ihr trautes Heim und gingen alle in eine Richtung: zum Ortsausgang Richtung Düstersee. Es war ein im Großen und Ganzen schweigender Marsch, nur unterbrochen von einigen Grußworten untereinander. Hätten die Menschen Fackeln getragen, wäre die Szenerie noch unheimlicher, als sie es schon war. Irgendwann waren die einzigen Geräusche die der Schritte über dem Grund und ab und zu das Quietschen einer Gartentür, wenn sich weitere Dorfbewohner anschlossen.

»Hallo, Inge«, kam eine Stimme von links – die rothaarige Bäckereiverkäuferin. »Mein herzliches Beileid.«

»Danke«, erwiderte Hüthchen mit rostiger Stimme.

»Wen haste denn mitjebracht?«

»'ne Freundin und ihr Sohn. Er ist Anwalt. – Das ist die Gabi«, sagte sie zu meiner Mutter. »Gabi Hentschel, die macht die Bäckerei.«

»Anwalt, nä?«

Die Frau musterte mich im Licht der Straßenlaternen. Trotz Hochsommer lag Düsterwalde im Schatten. Die Sonne verbarg sich hinter hohen Baumwipfeln und hatte sowieso gerade vor unterzugehen.

»Anwalt, ja«, erwiderte ich.

Ich sah ihr an, dass sie unter ihrem roten Haarschopf gerade Gedanken aus dem Nebel schöpfte, die etwas mit einem kaputten Fahrradschlauch, Glasscherben auf dem Pflaster und einer Schadensersatzklage zu tun hatten.

»Strafrecht«, sagte ich schnell. »Mörder, Räuber, Fahrerflucht.«

»Ah.« Die Nebel verflüchtigten sich. »Keine Sachbeschädigung?«

»Keine Sachbeschädigung.«

»Braucht Inge denn einen Anwalt?«

Inge, der es schon immer gegen den Strich gegangen war, wenn über ihren Kopf hinweg über sie gesprochen wurde – was angesichts ihrer Körpergröße ein leichtes Unterfangen war –, *Inge* fauchte: »Nein! Was denkt ihr denn alle? Bloß, weil ich sie gefunden habe?«

»Mit dem Bolzenschneider«, fuhr Frau Hentschel ungerührt fort. »In deinen bluttriefenden Händen.«

»Entschuldigen Sie bitte«, schaltete sich meine Mutter empört ein. »Niemand steht hier unter Mordverdacht!«

»Sie müssen es ja wissen. Ich sag nur, was man sagt.«

»Und wer sagt das?«

»Alle. Alle, die dabei gewesen sind. Ich auch. Ich hab dich da gesehen, so.« Frau Hentschel holte aus, als wolle sie mit bloßen Händen den nächsten Baum fällen. »Über der toten Sanja.«

Hüthchen zupfte am Ausschnitt ihres Kaftans, als wäre ihr plötzlich zu warm. »Wenn ich alles erzählen würde, was ich hier gesehen habe, bliebe kein Stein auf dem anderen. Also scher dich um deinen eigenen Dreck.«

Frau Hentschel lag eine Erwiderung auf der Zunge, aber ein Blick in Hüthchens Augen ließ sie gar nicht erst zu Wort kommen. Sie legte einen Zahn zu und verließ uns.

»Das ist eine Unverschämtheit!« Meiner Mutter ließ das keine Ruhe. »Dieser ganze Klatsch und Tratsch. Kann man denn gar nichts dagegen tun?«

Es war kein guter Zeitpunkt, darauf hinzuweisen, dass Hüthchen tatsächlich mit einem Bolzenschneider in ihren *bluttriefenden Händen* neben ihrer toten Nichte gestanden hatte. In Anbetracht dessen bewegte sich der Klatsch und Tratsch in erstaunlich korrekten Bahnen.

»Lasst sie reden«, sagte ich nur. »Die Polizei wird den Mörder finden. Oder die Mörderin. Jedenfalls die Person, die das angerichtet hat. Macht euch keine ...«

Ich wurde von hinten angerempelt und hätte auf dem unebenen Boden fast das Gleichgewicht verloren.

»'tschuldigung.«

Es war Leibwitz. Zusammen mit Simone, seiner Frau. Er nickte mir um Verzeihung bittend zu und sagte dann: »Inge, wie geht's?«

Hüthchen so plötzlich im Mittelpunkt des Interesses, schnaufte verächtlich.

»Wie soll es mir gehen?«

»Haste den Schock denn verkraftet? Mein Beileid zu deinem Verlust.«

»Mein Beileid«, schob Simone hastig nach. »Auch ich möchte dir von Herzen ...«

»Ach, halt doch den Mund!« Hüthchen blieb stehen. Sie funkelte die beiden wütend an. »Was soll das jetzt? Ihr habt sie alle für bekloppt gehalten! Hinter ihrem Rücken getuschelt und geredet! Dabei hat sie das alles nur für euch getan!«

Simones Gesicht, das im Halbschatten etwas Wieselhaftes bekam, zerfloss fast in Erstaunen. »Was? Was hat sie denn getan?«

»Sich mit Steinhoff angelegt! Während ihr nach vorne buckelt und hintenherum meckert. Aber keiner von euch hatte den Mumm, was gegen diesen feinen Professor zu unternehmen, der euch alle gekauft hat. Nur Sanja ...« Hüthchen rang nach Fassung, und das berührte mich wirklich. »... und die hat es mit ihrem Leben bezahlt.«

Leibwitz blieb stehen und kehrte die drei Schritte zurück, die er bereits vorausgegangen war. »Gibst du uns etwa die Schuld an ihrem Tod?«

»Wenn es nur mehr gewesen wären, die mal den Mund aufgemacht hätten!«

»Dann? Was wäre dann? Wären dann auch mehr umgebracht worden? Du spinnst doch, Inge. Du hockst die meiste Zeit in Berlin und hast keine Ahnung, was hier vorgeht!«

Er kam noch näher. Hüthchen, bis eben gebeugt von Kummer, richtete sich zur vollen Größe ihrer einhundertvierundfünfzig Zentimeter auf.

»Hüte dich, Ingo. Ich weiß es genau. Unter uns ist ein Mörder.«

Offenbar hatte sie vergessen, dass ich direkt hinter ihr stand. Unwillkürlich wechselte ich einen schnellen Blick mit meiner Mutter, aber ihr fiel vor lauter Sorge gar nicht auf, wie Hüthchen sich in Widersprüchen verhedderte. Mir gegenüber hatte sie ja steif und fest behauptet, keiner aus dem Dorf wäre zu dieser Tat fähig gewesen.

Leibwitz' Augen verengten sich. »Und warum schaust du mich dabei an? Wenn du was zu sagen hast, sag es.«

Mehrere Passanten bahnten sich ihren Weg um uns herum, die Ohren wie Satellitenschüsseln in unsere Richtung ausgefahren.

»Niemand sagt irgendetwas«, schaltete ich mich ein, bevor es zu einer ähnlichen Szene kam wie am Nachmittag vor der verhinderten Galerie. »Die Ermittlungen laufen. Punkt.«

Leibwitz maß mich von oben bis unten mit Blicken.

»Was hat die Polizei gesagt?«

»Nichts, was nicht alle hier wüssten«, antwortete ich. »Wir waren dabei, als Sanja gefunden wurde. Frau Huth steht immer noch unter Schock.«

»Ich stehe nicht unter Schock! Aber die ...«, sie wies mit ausgestrecktem Zeigefinger auf die Leute, die vor und neben uns gingen, »die sollen endlich mit ihren Lügen aufhören!«

»Na, na, na«, ließ sich Leibwitz im Ton eines Dorfschullehrers vernehmen. »Jetzt is aber mal gut. Und was die Heimlichtuereien angeht, liebe Inge, bist du uns ja um Jahre voraus. Muss ich noch mehr sagen?«

Hüthchens sowieso nicht gerade lieblichen Gesichtszüge vereisten. Ich wechselte einen beunruhigten Blick mit meiner Mutter und fragte:

»Können Sie das etwas näher ausführen?«

»Nein«, sagte Leibwitz, schnappte seine Holde und drängelte sich an denen, die vor uns gingen, vorbei. »Ich weiß, wann Schluss ist. Du hoffentlich auch, Inge.«

»Frau Huth?«, fragte ich.

Keine Antwort. Aber sie keuchte. Ob aus Wut oder vor Anstrengung, ihren barocken Körper im Marschschritt über die Dorfstraße in die Suburbs von Düsterwalde zu wuchten, war nicht klar erkennbar.

»Ingeborg?«, fragte meine Mutter.

Ein böses Brummen.

»Was hat er gemeint?«

Das Brummen wurde zum Knurren.

»Wieso behauptet er, du hättest Heimlichkeiten? Wovon redet er?«

»Weiß ich doch nicht!« Hüthchen schaltete von Verteidigung auf Angriff. »Könnt ihr das jetzt mal sein lassen? Wenigstens so lange, bis Sanja unter der Erde ist?«

Das saß. Meine Mutter schlug beschämt die Augen nieder. Ich hätte Hüthchen am liebsten vor die kurzen Schienbeine getreten. Das ganze Dorf erging sich in Andeutungen, die meine Mutter schwer beunruhigten. Und statt die verschiedenen

Metaebenen der dörflichen Kommunikation zu erklären, schaltete Hüthchen jetzt auf stur.

»Frau Huth«, begann ich im strengsten Anwaltston. Aber noch nicht einmal damit kam ich zu ihr durch.

»Damit meine ich auch Sie«, keifte sie mich an.

»Sie legen also nicht mehr die Hand dafür ins Feuer, dass es keiner von hier war?«

»Das hab ich nie gesagt.«

»Moment. Heute Morgen noch ...«

»Was schert mich mein Geschwätz von heute Morgen?«

Mutter blieb vor Schreck stehen. »Inge! Was ist denn los mit dir?«

»Nichts! Ich will mich nur nicht ständig verhören lassen!«

Den Rest des Weges legten wir schweigend zurück, bis wir zu einem malerischen Bauernhof kamen, für den manche Städter durchaus bereit gewesen wären, mehrfach zu morden. Das zweiflügelige Gartentor stand weit offen. Über einen Kiesweg, vorbei an betörend duftenden Rosen und kraftstrotzendem Kirschlorbeer, ging es zu einer großen, liebevoll restaurierten Scheune, die auch als Veranstaltungsraum genutzt wurde. Vor der hinteren Wand war ein schmales Podest aus Holz aufgebaut, links und rechts von dunklen Vorhängen umrahmt: eine Bühne. Rund fünfzig Stühle standen vor ihr aufgereiht, die meisten waren schon besetzt. Um die übrig gebliebenen entbrannte ein erbitterter Streit, bis zwei junge Männer noch einmal einen Stapel hereinbrachten. Mutter, Hüthchen und ich setzten uns in die letzte Reihe, mit dem Rücken fast an der Wand.

Die Düsterwalder begrüßten sich gegenseitig, winkten, plauderten mit den Sitznachbarn. Grüppchen bildeten sich, und ich konnte zum ersten Mal einen Blick auf die »Zugereisten« werfen. Im Gegensatz zu den Einheimischen, die kamen, wie sie waren, hatten sie sich in Leinenanzüge und bunte Sommerkleider geworfen. Wie nicht anders zu erwarten, blieben auch sie unter sich, grüßten aber freundlich in die anderen Runden.

Hüthchen, zur Rechten von Mutter, sah zu Boden. Erst als es still wurde, hob sie den Kopf.

Ein stattlicher Mann betrat die Bühne, ein Mikrofon in der Hand. Er klopfte an den Windschutz, und das Geräusch zerfetzte uns fast das Trommelfell. Unter Beleidigungen und wütendem Zischen wurde so lange an dem Lautsprecher herumgefrickelt, bis es uns nicht mehr von den Stühlen blies.

»Sehr verehrte Damen und Herren, Neuzugänge und Alteingesessene, ich begrüße Sie zur außerordentlichen Bürgerversammlung.«

Der Mann sah in die Runde, als ob er jemanden suchen würde. Als er die betreffende Person nicht fand, fuhr er fort: »Die tragischen Umstände der letzten Tage erfordern es, dass wir uns als Dorfgemeinschaft einig sind, wie es bei uns weitergehen soll.«

14

»Ist er das?«, fragte ich leise meine Mutter.

Die gab die Frage weiter an Hüthchen. Die Antwort war ein knappes Nicken.

Kurt Wössner, Steinhoffs Grillmeister von der Gartenparty, war also auch der ehrenamtliche Bürgermeister des Dorfs. Jetzt hatte ich Zeit, ihn mir genauer anzusehen. Er war bestimmt eins achtzig groß, von kräftiger Statur und mit fülligen, drahtig abstehenden schlohweißen Haaren. Sie umrahmten ein gut geschnittenes Gesicht, dem das Alter wohlgesinnt war. Er musste Mitte siebzig sein, aber er wirkte wie ein Mann, der sein Leben lang körperlich gearbeitet hatte und weiterhin von dieser Kraft zehrte. Seine Stimme war ein klarer Bass, volltönend genug, um auch ohne Mikrofon bis in die letzte Reihe zu reichen.

»Wir alle stehen noch unter dem Eindruck der schrecklichen Ereignisse. Der Tod von Professor Steinhoff hat uns bis ins Mark getroffen. Der von Sanja Huth, die so grausam aus der Mitte unserer Gemeinschaft gerissen wurde, natürlich auch. Ich bitte um eine Schweigeminute.«

Er senkte den Kopf. Im Raum wurde es still. Zumindest so lange, bis die Ersten anfingen zu husten und mit den Füßen zu scharren. Wössner wartete noch etwas ab, sah dann hoch und sprach weiter.

»Wir alle stehen fassungslos vor diesen Verlusten. Da unsere

Kirche leider nur alle vier Wochen einen Gottesdienst anbietet, werden wir beim nächsten unserer hochgeschätzten Sanja und Professor Steinhoffs gedenken. Es ist deshalb eine Ehre und eine äußerst großzügige Geste, dass Frau Regina Steinhoff trotz ihres Schmerzes heute Abend ein paar Worte zu uns sprechen wird.«

Ein Raunen hob an. Ungläubiges Murmeln, empörtes Tuscheln. Ich reckte den Hals, aber ich konnte nicht erkennen, wer in den ersten Reihen saß. Die Überraschung war Wössner gelungen. Keiner hatte damit gerechnet, die Witwe des Professors so schnell in der Öffentlichkeit zu sehen.

»Das Herz von Düsterwalde war immer die Villa. Wir möchten sie gerne in die offenen Arme unserer Dorfgemeinschaft zurückholen. Wir alle wissen, dass das Haus eine wechselvolle Geschichte hinter sich hat. Es war immer ein Teil von uns.«

Das Haus ja. Die Besitzer nicht. Ich hatte das ungute Gefühl, dass nach Wössners warmen Worten Reginas Rede eher eiswürfelkalt sein würde. Ich beugte mich über meine Mutter hinweg zu Hüthchen, der Dolmetscherin in Düsterwaldisch. »Was sind das für Pläne?«

»Sanja wollte dort immer eine Begegnungsstätte schaffen. Für alle, nicht nur für Neureiche und Akademiker.«

Jemand aus der Reihe vor uns drehte sich um und zischte. Es war Frau Hentschel. Ich nickte ihr beruhigend zu, aber wir hatten nichts Entscheidendes verpasst. Wössner erklärte etwas weitschweifiger als Hüthchen die Geschichte des Hauses, nicht ohne zu betonen, welch großherziger Gönner Steinhoff gewesen war. Was nicht bei allen auf Zustimmung traf. Immer wieder kam es zu Zwischenrufen.

»Hör doch auf!«

»Glaubt doch kein Mensch!«

»Du verkaufst uns noch alle!«

Im weit geöffneten Scheunentor erschienen zwei Nachzügler, die eine leichte Unruhe auslösten. Es waren Moni und Herfried, denen ich heute Morgen mit Leibwitz begegnet war. Sie versuchte, den Rollstuhl ihres Mannes über die Schwelle zu bugsieren. Niemand half. Ich sprang auf und ging zu ihr.

»Danke«, flüsterte sie.

Sie musste gerade geraucht haben. Herfried, den Kopf zur Seite geneigt, reagierte nicht. Sie steuerte auf unsere Plätze in der letzten Reihe zu und setzte sich auf meinen, nachdem sie den Rollstuhl neben sich arretiert hatte. Für mich eine gute Gelegenheit, an der Wand stehen zu bleiben und dann unauffällig nach vorne zu gelangen, um einen Blick auf Frau Steinhoff zu werfen.

Sie saß, immer noch ganz in Couture-Schwarz, hoch aufgerichtet zwischen ihren beiden Töchtern. Sophie wandte kurz den Kopf in meine Richtung, gab aber mit keinem Wimpernschlag zu erkennen, dass wir uns heute bereits zum dritten Mal begegneten. Sie trug keinen Verband, also war der Schnitt an ihrer Hand wohl eher ein Kratzer gewesen.

Felicitas von Boden hatte ihren Platz zwei Reihen hinter ihr. Sie machte einen zerstreuten Eindruck, als ob sie gar nicht zuhören würde, was ich ihr bei Wössners ausschweifender Rede auch nicht verdenken konnte.

Erstaunlicherweise war ebenso das Ehepaar Berger erschienen. Vielleicht hatten die beiden noch immer nicht genug von Steinhoffs astraler Anwesenheit geatmet und sich in der Nähe ein Zimmer genommen. Berger tat so, als würde er mich nicht kennen, während seine Frau mir ein zerstreutes Nicken schickte.

Leibwitz saß mit seiner Simone auch relativ weit vorne. Die Arme über dem Bauch verschränkt, seine ganze Haltung Ausdruck äußersten Missmuts, hielt er sich zumindest bei den Zwischenkommentaren zurück. Vermutlich, weil seine Chefin in Rufweite saß.

Plötzlich war es so still, dass man die buchstäbliche Stecknadel in der Scheune hätte fallen hören. Wössner trat vom Mikrofon zurück, alle reckten die Hälse.

Regina Steinhoff verließ ihren Platz und stieg zwei Stufen hinauf auf die provisorische Bühne. Jemand schaltete einen Scheinwerfer an. Sie hob, geblendet, die Hand über die Augen. Der Scheinwerfer erlosch.

»Ich möchte Sie nicht lange auf die Folter spannen«, sagte sie mit klarer Stimme. »Die verschiedenen Konzepte, wie Sie gedenken, unser Privateigentum zu nutzen, sind uns hinreichend bekannt. Es verging ja keine Woche, in der wir nicht damit konfrontiert wurden. Sei es durch Flugblätter, Hausfriedensbruch oder offene Anfeindungen. Sogar am Abend seines Todes wurde mein Mann noch bedroht.«

Ein erschrockenes Atmen wehte durch die Masse der Anwesenden. Einige drehten die Köpfe nach hinten in die letzte Reihe. Mutter legte ihren Arm um Hüthchen, die gerade ein gewaltiges Taschentuch aus den Tiefen ihres Gewands zog.

Was dann kam, hätte ich sehen müssen. Vor allem nach dem Gespräch mit Regina am Abend zuvor. Getrieben von einer unklaren Vorahnung, ging ich weiter nach vorne, bis ich fast direkt vor der Bühne stand.

»Aus diesem Grund fühle ich keine, ich wiederhole: keine Verpflichtung, diesem Dorf etwas Gutes zu tun. Die Villa wird an den Höchstbietenden verkauft. Nicht nur sie, sondern auch alles, was dazugehört. Das bezieht sich auf elf Häuser in Düsterwalde, in denen die ehemaligen Besitzer dank der Großzügigkeit meines verstorbenen Mannes noch Wohnrecht genießen. Dieses wird von mir hiermit gekündigt. Es sind ...«

Ungläubige Rufe wurden laut. Einige erhoben sich. Regina holte einen Zettel aus ihrer Handtasche und las ungerührt vor.

»Wüsthoff. Leibwitz. Helmholtz. Maier.«

Der Rest ging unter in Gebrüll. Leibwitz reckte die Faust. Männer konnten von ihren Frauen nicht mehr auf den Sitzen gehalten werden und stürmten das Podium. Regina trat einen Schritt zurück. Ich glaubte, ein steinhoffsches Triumphglitzern in ihren Augen entdecken zu können. Aber da war schon der Erste mit einem Wutschrei bei ihr und gab ihr einen Stoß, dass sie beinahe das Gleichgewicht verloren hätte. Andere folgten. Sophie und Jasmin sprangen auf und stürzten sich auf die Angreifer. Gebrüll und wüste Beleidigungen flogen durch den Raum. Ich hechtete vor und trennte Jasmin von Frau Hentschel, die ihre Handtasche schwang wie eine Diskuswerferin.

»Auseinander!« Ich riss Jasmin weg, die aber nur auf so eine Gelegenheit gewartet hatte und um sich schlug, biss, kratzte und trat. Während ich sie vom Podium schleifte, wehrte Sophie weitere aufgebrachte Düsterwalder ab, sich auf Regina zu werfen. Dabei schleuderte sie ihnen Beleidigungen an den Kopf, die selbst die Hartgesottensten zum Erröten gebracht hätten, wenn die Situation nicht so außer Kontrolle geraten wäre. Ich trat vor Regina und drängte sie mit ausgebreiteten Armen zum linken Rand der Bühne, wo man hinter dem Vorhang hoffentlich das Weite suchen konnte.

Alle waren aufgesprungen. Frauen kreischten Schimpfworte, Männer stürmten nach vorne. Während Sophie und

Jasmin die Stimmung am Kochen hielten, packte ich Regina unsanft am Arm und schob sie durch eine Seitentür hinaus ins Freie.

»Musste das sein?«, herrschte ich sie an. »Ein ganzes Dorf zur Weißglut bringen?«

Sie strich sich mit einer Geste unendlicher Verachtung den Ärmelstoff glatt. »Ich mache nur von meinem Recht Gebrauch.«

Ich sah zurück zur Scheune, aus der die Geräuschkulisse eines kollektiven Wutausbruchs herausdrang.

»Von Ihrem Recht? Sie können nicht das halbe Dorf auf die Straße setzen! Hätten Sie mit dieser Ankündigung nicht noch ein paar Tage warten können?«

»Warum?«

»Bis sich die Wogen hier etwas geglättet haben, beispielsweise? Eine etwas leisere, geräuschlosere Abwicklung, mit gesetzlicher Kündigungsfrist beispielsweise? Frau Steinhoff, wir sind nicht mehr im achtzehnten Jahrhundert.«

Sie schürzte verächtlich die Lippen. »Bedauerlicherweise.«

»Was haben Ihnen diese Leute getan? Außer, dass sie Sie reicher und reicher gemacht haben?«

»Wir haben niemanden gezwungen zu verkaufen!«

»Aber Sie haben Notlagen ausgenutzt. Sie wussten, wann Sie bei wem ein Schnäppchen machen konnten.«

»Ist das verboten?«

Dann wandte sie sich zum Gehen, drehte sich aber doch noch einmal zu mir um.

»Hören Sie das?« Aus dem Schuppen drangen Geräusche, als ob gerade die Stühle herhalten mussten. »Ich bin durch damit. Mit Rücksichtnahme und freundlichem Miteinander. Mit Zuhören und auf die Menschen zugehen, mit Ängste ernst nehmen, mit all diesem Quatsch, mit dem wir moralisch bis ans Ende unserer Tage in die Ecke der Kolonialherren gedrängt werden. Mir reicht es. Uns ist, seit wir hierhergekommen sind, nichts als der blanke Hass entgegengeschlagen.«

»Nicht überall. Der Bürgermeister …«

»Der Bürgermeister war der, der am meisten die Messer gegen uns gewetzt hat. Herr Vernau, wir sind hier nicht in Berlin, wo Sie Ihre Nachbarn durch einen Umzug ändern können. Das hier ist ein uckermärkisches Dorf.«

Sie ließ offen, ob sie damit eine Zusammenrottung mordlustiger Bestien oder schlicht einen etwas offeneren Umgang miteinander meinte.

Die ersten Versammlungsteilnehmer verließen die Scheune. Teils, um zu rauchen, teils, um sich auszudampfen, teils, um das soeben Gehörte und Erlebte lautstark zu diskutieren. Regina Steinhoff warf ihnen einen verächtlichen Blick zu.

»Sie sind doch selber schuld an ihrer Misere. Ich tue genau das, was sie auch getan haben: an den Höchstbietenden verkaufen. Ganze Dörfer stehen mittlerweile unter der Woche leer, weil kein einziger Einheimischer mehr dort wohnt und die gestressten Großstädter nur am Wochenende aufkreuzen. Wenn das Wetter schön ist und es die Termine hergeben. Das haben sie jetzt davon. Keine Infrastruktur und Quadratmeterpreise, bei denen einem die Ohren klingeln. Aber mit ausgestrecktem Zeigefinger auf uns deuten und schreien, wir wären schuld. Nein. Für einen Ausverkauf braucht es immer zwei: Käufer und Verkäufer.«

Ich dachte an Sanja, die dafür gekämpft hatte, dass es nicht so kam. Die nicht unbedingt an ein Miteinander, aber an ein Nebeneinander geglaubt hatte, bei der nicht alles, was Gemeinschaft bedeutete, mit Bulldozern und Dampfwalzen niedergemacht wurde.

Regina merkte, dass ich nicht völlig einer Meinung mit ihr war.

»Es gibt keinen Mittelweg. Pro oder Kontra, alles andere ist Augenwischerei. Ich habe entschieden, auf niemanden mehr Rücksicht zu nehmen. Genauso wenig, wie die auf uns Rücksicht genommen haben. Und wissen Sie was?«

Die dunkel umrahmten Augen in ihrem Gesicht schienen zu glühen.

»Das ist Freiheit. Sich von anderen keine Schuldgefühle mehr einreden zu lassen. Das zu tun, was man wirklich will.«

»Ohne Rücksicht auf Verluste?«

»Sie meinen Empathie und Mitgefühl?« Wieder ein Blick zu den Düsterwaldern. Ein paar gedämpfte Rufe kamen noch aus dieser Ecke, jedoch jede Menge Gezischel und Drohgesten. »Das kann man sich abtrainieren. Mein Mann hat es mir vorgemacht. Soll ich Ihnen ein großes Geheimnis verraten? Man fühlt sich ohne wesentlich besser.«

Sie wandte sich ab und lief vom Hof, die schmale, gewundene Straße hinunter, die sie zu ihrer Villa und ihrem See führen würde. Einen Moment fühlte ich den Impuls, sie trotz allem, was sie gerade gesagt hatte, zu begleiten. Zu beschützen. Es ballte sich so viel Hass hinter ihrem Rücken.

Aber dann hatte die Dunkelheit sie schon verschluckt.

»Joachim?«

Mutter kam auf mich zu, die kleine Handtasche an den Arm gehängt. Sie sah sich suchend um.

»Herrje. Hoffentlich beruhigen sie sich bald wieder. Hast du Ingeborg gesehen?«

»Nein«, sagte ich. »Sie wird noch mit Freunden reden.«

Hüthchen hatte keine Freunde.

»Nachbarn. Schulkameraden. Brigadisten von mir aus«, ergänzte ich.

Mutter zog die Augenbrauen hoch. »Falls du damit auf etwas anspielen willst – Ingeborg hat nie zu denen gehört.«

Dann kniff sie die Augen zusammen und spähte in Richtung der Landmaschinen, die auf dem hinteren Teil des Hofs standen.

»Ist sie das? Mit dem Bürgermeister?«

Es waren nur zwei Schatten zu erkennen, die gerade hinter einem rollbaren Güllefass verschwanden.

»Keine Ahnung.« Ich umfasste ihren freien Arm und wollte sie sanft auf die Straße ziehen. »Wahrscheinlich sind das Frau Steinhoffs Töchter, die einen Joint rauchen und sich gegenseitig verarzten.«

»Einen was?«

»Unwichtig. Ich begleite dich.«

Und dann wollte ich ins Bootshaus, ein Glas Wein trinken und endlich damit anfangen, diesen schrecklichen, fast schon absurd schrecklichen Tag zu verarbeiten. Fledermäuse flogen über die Scheune, der Himmel leuchtete von stahlblau über violett bis glutorange. Die Wipfel der Bäume hoben sich wie schwarze Scherenschnitte vor dem Firmament. Ich würde am Düstersee sitzen und über die Geheimnisse nachdenken, die in ihm versunken waren … Aber Mutter hatte andere Pläne.

»Warte. Noch eine Minute. Irgendwann muss sie ja auftauchen.«

Wir traten zur Seite und ließen die Leute passieren, die sich mehr oder weniger derangiert auf den Weg machten und dabei wild diskutierten. Leibwitz nickte Mutter und mir höflich zu, Simone erkannte uns schon gar nicht mehr und lief an uns vorbei. Moni versuchte Herfried über das holperige Pflaster zu schieben, was verflucht anstrengend war. Ich entschuldigte mich kurz und ging zu ihr.

»Darf ich?«

Herfried hob den Kopf und sah mich teilnahmslos an. Moni trat einen Schritt zur Seite und überließ mir den Rollstuhl.

»Danke.«

Sie zog eine Packung Zigaretten aus der Rocktasche und zündete sich eine an. Gemeinsam holperten wir auf den Ausgang zu.

»Was halten Sie denn von Frau Steinhoffs Ankündigung?«, fragte ich, um etwas höfliche Konversation zu machen. Es gab ja kein anderes Gesprächsthema mehr.

Moni zog die Strickjacke etwas enger um die Brust zusammen. Es war nicht kalt, im Gegenteil. In Berlin hätten jetzt die Nächte auf den Trottoirs begonnen. Sie fror, weil sie dünn war und trotz der Härte, die sie ausstrahlte, am Ende ihrer Kräfte schien.

»Im Zweiten Weltkrieg hätten sie es fast erwischt.« Sie nahm einen kräftigen Zug, hustete, und blies den Rauch wieder aus. »Damit wäre uns viel erspart geblieben. Von mir aus kann es auf dem Grund des Sees verrotten.«

Mit *es* meinte sie das Haus. Die Villa. Das Anwesen.

»Sie gehören also nicht zu denen, die es für die Allgemeinheit öffnen wollen.«

Moni tat so, als würde sie nachdenken. Dabei hatte sie ihre Meinung schon längst gefasst. »Die Allgemeinheit kümmert sich einen Scheiß um mich. Ich kann sehen, wie ich allein mit allem zurechtkomme. Er hat ALS. Wissen Sie, was das ist? Er stirbt vor meinen Augen, qualvoll und langsam. Ist nicht mein erster Verlust. Ich hatte mal 'nen Job, 'n kleines Auto. Wir sind an die Ostsee und an die Müritz gefahren. Hat die Allgemeinheit je gefragt, wo das geblieben ist? Ich wische ihm den ganzen Tag die Spucke und den Arsch ab. Ja. Is ja jut.«

Sie beugte sich vor und klopfte Herfried auf die Schulter.

»Mach ick ja gerne. Jehört sich ja so, als liebendet Weib.«

Wieder ein Zug, dieses Mal ohne Husten. Ich wuchtete den Rollstuhl über eine Bodenschwelle aus Beton.

»Sind Sie ganz alleine?«

»Ab und zu kommt die Pflege. Fürs Duschen und so, das schaff ich nich mehr.«

»Keine Kinder?«

Sie überhörte meine Frage, blies den Rauch in die andere Richtung und zupfte im Gehen kleine Knötchen von ihrer verfilzten Strickjacke.

Leibwitz stand hinter dem Eingangstor und rang mit sich. Schließlich flüsterte er seiner Frau etwas zu, kehrte um und kam zu uns.

Als Moni das sah, blieb sie stehen. Die Augen zu Schlitzen verengt, der ganze Leib eine Bogensehne, gespannt für den Abschuss.

»Lassen Sie mich das mal machen«, sagte er.

Er wollte mich zur Seite schieben, aber Moni ging mit einer Vehemenz dazwischen, die ich diesem Persönchen nicht zugetraut hatte.

»Nimm deine Wichsgriffel weg von ihm!«, blaffte sie ihn an.

Erschrocken zog Leibwitz die Hände weg. »Ich wollte doch nur helfen!«

»Du hast noch nie geholfen, Ingo. Also fang jetzt erst gar nicht damit an.«

Man konnte fast Mitleid mit diesem vierschrötigen Kerl bekommen. Überall, wo er auftauchte, wurde er weggebissen. Ich zuckte entschuldigend mit den Schultern und wuchtete Herfried samt Rollstuhl weiter über das Pflaster.

»Schon gut«, brummte Leibwitz und hob die Hände wie in einem billigen Western, um zu zeigen, dass er unbewaffnet war. »Ist es nicht langsam Zeit, das Kriegsbeil zu begraben?«

»Das fragst du jetzt? Ausgerechnet jetzt, wo dir die Felle davonschwimmen?«

»Moni …«

»Was machste denn jetze ohne deinen Herrn Professor? Geht dir der Arsch schon auf Grundeis?«

Moni marschierte an uns vorbei auf den Ausgang zu. Herfried wollte etwas sagen, aber ich konnte ihn beim besten Willen nicht verstehen.

Leibwitz seufzte. »Tut mir leid. Sie müssen ja einen Eindruck von uns haben …«

Er sah ihr mit einem rätselhaften Ausdruck im Gesicht hinterher. Ich lächelte ihn freundlich an, als ob mehrfache Morde und Nachbarschaftsstreitereien mein tägliches Brot wären. Was sie in gewisser Weise auch waren, aber nicht im Urlaub.

»Haben Sie ihre Äpfel geklaut?«, fragte ich leichthin.

»Nein«, antwortete Leibwitz. »Meine Tochter hat ihren Sohn umgebracht.«

Er lächelte mich entschuldigend an. »Zumindest glaubt sie das.«

Und ließ mich sprachlos stehen.

Auf der Straße reichte ich Herfried wieder an Moni weiter. Noch bevor ich fragen konnte, was Leibwitz' ungeheure Anschuldigung zu bedeuten hatte, tauchte aus dem Nichts Hüthchen auf.

Rotgesichtig, hyperventilierend, etwas verschwitzt – also eigentlich wie immer. Nur das verschlagene Blitzen in ihren Augen schien intensiver geworden zu sein.

»Wo haben Sie denn gesteckt?«, fragte ich sie.

Mutter nahm sie in die Arme, als wäre die Vermisste gerade aus einem verschütteten Schacht gerettet worden.

»Ingeborg! Jag mir bloß nicht wieder so einen Schrecken ein! Du warst so plötzlich verschwunden.«

»Ich musste aufs Klo.« Frau Huth befreite sich, rüder als es sonst ihre Art war, aus Mutters Umklammerung. »Muss ich mich dafür abmelden?«

»Nein, natürlich nicht.«

Zu den Tritten vors Schienbein hätte ich *Ingeborg* jetzt gerne auch noch eine gepfeffert. Meine Mutter war fremd hier. Die Düsterwalder brachten sich offenbar hobbymäßig gegenseitig um, wenn sie sich nicht gerade an die Gurgel gingen, und *Ingeborg* stand, aus durchaus nachvollziehbaren Gründen, im Fokus des dörflichen Interesses. Meine Mutter hatte nichts damit zu tun, war aber trotzdem angereist, um ihrer Freundin zur Seite zu stehen. Also sollte Hüthchen sie vielleicht etwas freundlicher behandeln. Aber nichts da. Sie blieb kurz angebunden.

»Dann können wir ja«, sagte ich kühl.

Mit wiegenden Schritten setzte sie sich in Bewegung. Mutter folgte mit gesenktem Kopf. Ich sah mich nach Moni und Herfried um, aber die waren schon um die Ecke. Dafür tauchten Sophie und Jasmin, Steinhoffs Töchter, im offenen Tor der Scheune auf. Sie hatte sich geleert, offenbar war niemand mehr im Innenraum. Jasmin legte den Arm um Sophies Schulter, suchte meinen Blick und beugte sich dann zu ihrer Schwester in der eindeutigen Absicht, sie zu küssen.

Ich wandte mich ab, hakte meine Mutter unter und verließ Kurt Wössners gastliches Anwesen. Nach fünfzig Metern hatte sich der Abstand zu Hüthchen so weit vergrößert, dass sie uns nicht mehr hören konnte.

»Seit wann geht das so?«

Erschrocken sah meine Mutter hoch. »Was meinst du?«

»Na das. Zwischen euch.«

»Was meinst du denn?«

»Ich zahle immer noch für sie als deine Haushälterin. Vielleicht sollte ich sie darauf hinweisen, dass sie sich dir gegenüber im Ton vergreift.«

»Nein!« Mutter machte sich von mir los. »Das verbiete ich dir!«

»Habt ihr Streit? Eine Krise?«

Ich hatte Jahre gebraucht, die Beziehung zwischen diesen beiden unterschiedlichen Frauen zu akzeptieren. Es hatte mich Kraft und Überwindung gekostet. In einem Maß, zu dem Hüthchen noch nicht einmal ansatzweise bereit war.

»Nein! Wir haben keine Krise. Was immer du damit meinst.«

Schade. Ich hätte diese Frau schon vor einer Ewigkeit vor die Tür gesetzt.

»Dann werde ich mal mit ihr reden.«

»Joachim, nein! Sie ist doch längst mit den Nerven am Ende. Sie hat Sanja gefunden, ihre Nichte, ermordet! Und dann das Getuschel im Dorf.«

»Und das Erbe«, setzte ich hinzu und erntete denselben Blick, mit dem sie mich früher ohne Abendbrot ins Bett geschickt hatte.

»Genau das meine ich. All diese Unterstellungen. Sie ist sensibel.«

Ich schwieg. Unter allen Charaktereigenschaften wäre Sensibilität die letzte gewesen, die ich mit Hüthchen verbinden würde.

Mutter zupfte sich die Ärmel ihrer Bluse zurecht und arrangierte die Handtasche neu. »Das renkt sich wieder ein.«

Ihr suchender Blick ging über die hinweg, die vor uns liefen und peu à peu in ihren Häusern verschwanden. Moni zog den Rollstuhl mit Herfried über drei Stufen hinauf zur Eingangstür eines grauen, unscheinbaren Hauses. Keiner half. Hüthchen war verschwunden. Schon wieder. Endlich erreichten wir Sanjas Haus.

»Soll ich noch mit reinkommen?«, fragte ich.

»Nein. Ist schon gut. Mach dir keine Sorgen.«

»Es geht nicht nur um Frau Huth. In diesem Dorf läuft ein Doppelmörder frei herum. Ist auch wirklich alles in Ordnung?«

Sie strich mir liebevoll über die Haare. »Natürlich, mein Junge.«

Mit einem Lächeln ging sie ins Haus.

Nichts war in Ordnung. Gar nichts.

Ich lief, die Hände in den Hosentaschen, die Ärmel meines Hemds hochgeschoben und die ersten Kragenknöpfe offen, zurück Richtung Düstersee. Die Luft war feuchter geworden, und der schwere Atem des Waldes duftete nach Fichtennadeln und Moos. Ein heller Nachthimmel wölbte sich über dem Dorf, aber die enge Straße hinunter zum See war fast völlig in Dunkelheit getaucht. Der Mond schimmerte rot hinter den Wolken. Uralte knorrige Bäume verwoben sich zu Schatten, der klagende Schrei einer Eule echote durch das grüne Dickicht.

Oder war es ein Mensch, der geschrien hatte? Unwillkürlich wurden meine Schritte schneller. Irgendwo knackte es im

Unterholz. Wurde ich verfolgt? Ich blieb stehen und drehte mich um. Da war niemand. Meine Fantasie spielte mir einen Streich.

Die Villa Floßhilde war dezent beleuchtet und natürlich hermetisch abgeriegelt. Ich musste am Einfahrtstor klingeln und eine Ewigkeit warten, bis endlich der Summer ertönte. Vielleicht hatte sich Simone erbarmt, vielleicht Leibwitz, wenn sie nach der Versammlung noch einmal zurückgekehrt waren. Vielleicht Jasmin, Sophie oder Regina. Ich ließ das Haus links liegen und machte mich gleich auf den Weg durch den Park hinunter zum Bootshaus.

Es brannte Licht, und eine Gestalt huschte durch die Räume.

15

»Was machen Sie hier?«

Sophie fuhr erschrocken zusammen und verschüttete die Hälfte des Wassers, das sie gerade mit meinem Zahnputzglas aus dem Bad geholt hatte. Verlegen fuhr sie sich mit der freien Hand in den Ausschnitt – ein ebenso intime wie gedankenlose Geste. Sie trug ein leichtes Sommerkleid, am Ärmel eingerissen, woran wohl das Gerangel in Wössners Scheune schuld war. Ihr Anblick rief Assoziationen zu Picknicks auf schwedischen Blumenwiesen hervor. Zumindest solange der Blick nicht allzu ausgiebig auf dem üppigen Ansatz ihrer Brüste ruhte, die der Stoff kaum verbergen konnte. Sie trug keinen BH, und es war frisch geworden. Ich hoffte, dass es daran lag, denn ihre Nippel zeichneten sich überdeutlich ab.

»Sorry. Ich hab das hier gebraucht.«

Sie hob das Glas hoch und schob sich an mir vorbei durch die halb geöffnete Tür Richtung Bootssteg. Ich folgte ihr und überlegte, Regina zu fragen, ob ich den Zugangscode ändern könnte.

Draußen stand eine Staffelei. Ich musste um sie herumgehen, um zu sehen, woran sich Sophie gerade versuchte.

Es war ihr toter Vater. Ein Aquarell.

Steinhoff, zusammengerutscht auf der Bank, die leeren Augen ins Nichts gerichtet. So, wie ich ihn aufgefunden hatte.

Im ersten Moment wusste ich nicht, was ich sagen sollte. Im

zweiten kam mir der Gedanke, dass sie, um dieses Bild zu malen, direkt vor der Leiche gestanden haben musste.

»Sophie ...«

»Geil, oder?« Sie stellte das Wasser auf den Holzplanken ab und tunkte einen Pinsel hinein. Ihre Farben hatte sie auf einem kleinen Schemel platziert.

»Es ist gerade so ungefähr das gleiche Licht, nur mit mehr Rot. Blutmond, das ist so krass! Bewölkt, aber immer wieder freier Himmel. Reflexionen vom See. Etwas Streuung aus der Villa und den Lampen am Weg. Ich muss noch am Himmel arbeiten und diesem gottverdammt geilen Licht, und das geht am besten von hier aus. Da hat man den tollsten Blick.«

Ich spähte an ihr vorbei ins Halbdunkel. Sie hatte recht. Die Bank konnte ich nicht erkennen, aber das Licht dieser Sommernacht ähnelte dem von vor... vorgestern? War ich wirklich erst drei Tage und zwei Nächte hier? Es kam mir wie eine Ewigkeit vor.

Mein Blick fiel wieder auf das Bild. Steinhoff. Unser letztes Gespräch. *Wenn ich dich für jemanden gehalten hätte, der sich kaufen lässt, würde ich dir ganz andere Dinge anbieten.* Das hieß keinesfalls, dass Steinhoff Bestechung nicht als Mittel zum Zweck genutzt hatte. Er hatte es nur nicht bei mir versucht. Ich hatte ihn nicht gemocht. Seine Ansichten verachtete ich. Dass mir sein Kompliment gefallen hatte, nicht käuflich zu sein, war eine eitle Anwandlung gewesen. Marie-Luise wäre begeistert, mich in dieser Geistesverfassung vorzufinden. Ich vermisste sie.

»Und?«, fragte Sophie und tupfte mit dem nassen Pinsel sacht auf die Farbe.

Um ehrlich zu sein: Auch dieses Bild war nicht gelungen. Schiefe Proportionen, falsche Fluchten. Dennoch blieb man an dieser einsamen Gestalt auf der Bank hängen. Sophie hatte den Tod gemalt. Wer das nicht wusste, fragte sich unwillkürlich, was an dieser Darstellung nicht stimmte.

»Wann haben Sie ihn so gesehen?«

Sie zuckte mit den Schultern. »Irgendwann in der Nacht. Ich arbeite gerne in der Dunkelheit. Alles ist so still, nichts, was einen ablenkt.«

Die Farbe war ein tiefes Blau. Sie verbesserte etwas an Steinhoffs Jackenärmel. Das Bild wirkte insgesamt sehr düster. Park und Wald waren nur angedeutet. Während es im Großen und Ganzen schon angelegt war, hatte sie auf der linken Seite eine Fläche weiß gelassen.

»Da war er schon tot?«

Sie sah mich nicht an. Kniff nur die Augen zusammen und trat einen Schritt von ihrer Arbeit zurück, um den Ärmel zu prüfen. »Ja.«

»Und ... Sie haben niemanden um Hilfe gerufen?«

»Warum denn?«

»Warum?«, fragte ich lauter. »Weil man das im Allgemeinen tut, wenn der Vater tot auf einer Parkbank sitzt!«

Sie riss sich los und sah mich erstaunt an. »Hätte das etwas geändert?«

»Vielleicht, wenn schnell Hilfe gekommen wäre?«

»Nein.« Sie wandte sich wieder ihrer Arbeit zu. »Da war nichts mehr zu machen. Ich wollte diesen Moment nicht zerstören. Seine Seele war noch da. Ich konnte sie spüren. Er war um mich herum, überall. In den Schatten, in den Büschen, über dem Wasser ...«

Sie ließ den Pinsel sinken.

»Es war magisch. Ich habe mich ihm nie so nah gefühlt. Wir sind ja nicht blutsverwandt, aber da war was ...«

Ihr Blick heftete sich auf den weißen Fleck.

»Als ob ...« Sie brach ab.

»Als ob was?«

»Sie lachen mich doch sowieso aus.«

»Das tue ich nicht. Ganz bestimmt nicht.«

Sie stellte den Pinsel zurück ins Glas und lief, barfuß und hüftschwingend, ein paar Schritte hin zum Ende des Anlegers. Etwas an ihr erinnerte mich an Sanjas Selbstvergessenheit. Vielleicht hatte der See einfach diese Wirkung auf manche Seelen.

Dort, wo das Wasser glucksend und schmatzend an den Pfeilern leckte, hielt sie an. Ich folgte ihr. Sie drehte sich nicht um, sondern verschränkte nur die Arme und wartete, bis ich neben ihr war.

Der See lag vor uns wie ein nachtschwarzes Tuch. Am anderen Ende blinkten die Lichter von Sonnenwalde. Der Wald gegenüber stand so nah am Ufer wie eine Wand.

»Hier ist so viel«, sagte sie leise. »Spüren Sie das denn nicht?«

Ein kühler Wind strich über die Wasseroberfläche und ließ mich frösteln.

»Was meinen Sie?«

»Erinnerungen, Gefühle, Spannungen, alles verdichtet zu diesem Dunkel. Wie schwarze Energie liegt es unter der Oberfläche. Unsichtbar, und trotzdem vorhanden.«

Wieder fuhr sie mit der Hand in den Ausschnitt ihres Sommerkleids. Ihre Sinnlichkeit war ihr entweder überhaupt nicht bewusst, oder sie kalkulierte sie auf den Punkt genau. Die halb gelösten Haare, der leicht geöffnete Mund, der schwebende Stoff, der ihren Körper umspielte. Wenn ich sie jetzt berühren würde, war nicht klar, wo das enden konnte. Im Bett oder auf dem Grund des Sees. Es war reizvoll, aber ich wusste, dass an diesem Ort nichts so war, wie es schien.

Statt mich auf ihr Spiel einzulassen, fragte ich: »Was wissen Sie über den Tod Ihres Vaters?«

Sie ließ die Hand sinken.

»Nichts. Ich war noch mit meiner Schwester auf dem See, wir sind erst spät zurückgekehrt. Es war sehr schön draußen. Wir konnten gar nicht mehr aufhören, das alles zu genießen.«

Nun schenkte sie mir doch einen Blick von der Seite, wohl um zu prüfen, ob ich mich noch an die beiden Frauen und ihr Liebesspiel erinnern würde. Natürlich tat ich das. Vor allem, wenn eine der Protagonistinnen neben mir stand und eine erotische Glut ausstrahlte, als würde in ihr ein Hochofen brennen.

»Wann kamen Sie zurück?«

»Ist das ein Verhör?«

»Klingt es so?«

Sie lachte und bog ein wenig den Kopf zur Seite, um mir ihren makellosen Hals zu präsentieren.

»Ein wenig. Sie sind Anwalt. Flirten Sie immer so?«

»Ich fürchte, ich flirte nicht.«

Wieder ein Lachen. Silberhell und perlend. Sie sollte endlich damit aufhören. Wenn sie schon die Gemütsverfassung eines Sees erkannte, würde sie mit Sicherheit spüren, dass sie mich, ob ich wollte oder nicht, nervös machte.

»Weil Sie verheiratet sind? Sie tragen keinen Ring.«

Stimmt.

»Ich bin nicht verheiratet.«

»Anderweitig gebunden?«

»Ja«, log ich. »Wann kamen Sie mit Ihrer Schwester von Ihrem Ausflug zurück?«

Nun hatte *ich* das Gefühl, unsichtbare Schwingungen wahrzunehmen. Ich spürte, dass sie das Verführerische zurückfuhr und sie heimlich ihre Waffen in Stellung brachte.

»Das weiß ich nicht mehr. Ich habe nicht auf die Uhr gesehen.«

»War das Fest noch im Gang?«

»Nein, ich glaube nicht. Ich bin zumindest niemandem begegnet. Bis ich meinen Vater auf der Bank sitzen sah. Ich war allein. Jasmin ist gleich ins Haus, um zu duschen.«

Also musste es weit nach Mitternacht gewesen sein.

»Aber da war noch jemand. Oder warum hat Ihr Bild einen weißen Fleck? Was haben Sie gesehen?«

Sophie ging in die Hocke und setzte sich. Die Füße ließ sie im Wasser baumeln. Mit der Hand klopfte sie auf den Platz links neben sich.

»Ziehen Sie Ihre Schuhe aus. Leben Sie gefährlich.«

Gegen alle Vernunft folgte ich ihrer Anweisung. Das Wasser war kühl, aber sanft wie Seide. Sie legte die Handflächen hinter ihrem Rücken auf den Steg und bog ihren Leib zurück, als wolle sie ihn diesem blutroten Mond zum Opfer anbieten.

»Wann haben Sie das zum letzten Mal gemacht?«, fragte sie.

»Was?«

»Neben einer Frau in einer Sommernacht am See zu sitzen, die Füße im Wasser, Mond und Sterne über uns…«

Sie drehte ihren Kopf zu mir, lächelte und küsste mich.

Es traf mich wie ein Schlag. Hunger. Gier. Die wilde Sehnsucht, einzutauchen in diese quecksilbrige, gefährliche Mischung von Verlangen und Gelegenheit. Sie legte ihre Hand in meinen Nacken und zog mich noch näher zu sich heran. Alle meine Körperregionen, wirklich alle, reagierten augenblicklich. Ihr Mund war wie ein dunkles Tor zu etwas Verbotenem, das gleichzeitig so verheißungsvoll war, dass ich den Kopf verlor.

Aber nicht lange. Sanft befreite ich mich von ihr.

»Entschuldigen Sie bitte.« Meine Stimme war mir fremd, als spräche ein Wesen aus mir, das gerade versucht hatte, die Kontrolle über mich zu bekommen. »Ich möchte das nicht. Verstehen Sie mich nicht falsch, Sie sind eine sehr attraktive Frau ...«

Ich konnte nicht sagen, was genau mich abhielt. Vielleicht war es tatsächlich das Gefühl, ihr nicht zu trauen. Aber genau das ist für mich eine unabdingbare Größe, egal ob es sich um einen One-Night-Stand handelt oder den Beginn von etwas Wunderbarem. Vertrauen. Bei Sophie wusste ich nicht, ob sie sich als Nächstes ausziehen oder mir ein Messer in die Brust rammen würde.

Sie wischte sich mit einer herzhaften Geste den Mund ab. »Kein Problem. So etwas passiert mir hier immer wieder. Am See will ich einfach jeden küssen.«

Ihr *einfach jeden* machte mich schlagartig wieder zu Joachim Vernau, Anwalt für Strafrecht aus Berlin.

»Sind Sie eigentlich volljährig?«

»Keine Ahnung. Was heißt das?«

»Dass Sie im strafrechtlichen Sinn verantwortlich für Ihre Taten sind.«

»Meine Taten. Verzeihung, Euer Ehren, ich wollte Sie nicht über die Maßen in Verlegenheit bringen.«

Sie grinste zufrieden wie eine Katze, die gerade die Sahneschüssel auf dem Küchentisch ausgeschleckt hatte.

»Außerdem könnten Sie mein Vater sein. Oder ... Großvater?«

Das Grinsen einer Katze, die die Schüssel über die Tischkante schob und den Aufprall auf dem Boden beobachtete.

»Wenn Sie früh angefangen hätten«, fuhr sie fort und baumelte mit den Beinen, bis das Wasser plätscherte. »Wann haben Sie angefangen?«

»Mit vierzehn, glaube ich.«

»Vierzehn. Nur knutschen oder auch ficken?«

Innerlich zuckte ich bei dieser Wortwahl zusammen. »Knutschen«, antwortete ich. »Der Rest kam später.«

»Ich hab mit fünfzehn zum ersten Mal abgetrieben. Mein Vater wollte es so.«

Ihr Blick suchte den meinen, um zu sehen, welche moralischen Verwüstungen diese Aussage in mir auslösen würde.

»Aha«, antwortete ich nur. Ich wollte gar nicht erst anfangen darüber nachzudenken, was eine junge Frau dazu brachte, so abgebrüht darüber zu reden.

»Heute weiß ich natürlich, wie man verhütet. Aber damals war ich so unerfahren, so unberührt ... Ich dachte, Liebe wäre etwas, das wie Feenstaub auf uns herabfällt und uns so verzaubert, dass wir den Rest gar nicht mitkriegen.«

»Den Rest?«

»Das Physische.«

Sie wandte mir ihr Gesicht zu und bot mir ihren Mund an. Aber ich ging ihr nicht mehr auf den Leim. Das Einzige, was mich interessierte, war der Grund für diese gefakte Verführung.

»Der weiße Fleck«, sagte ich. »Wen malen Sie hinein?«

Sie zog sich abrupt zurück und starrte auf den dunklen See. Das letzte violette Himmelslicht verwandelte sich gerade in das satte Blau der Nacht. Ihr Profil leuchtete hell, eine präraffaelitische Madonna, die den Teufel in sich trug.

»Wen haben Sie in dieser Nacht gesehen?«

Sie schürzte die Lippen, als würde sie tatsächlich über die Frage nachdenken.

»Ich bin Anwalt, Sophie. Was Sie gerade tun, ist die Behinderung einer Mordermittlung. Wenn Sie etwas wissen, müssen Sie es sagen.«

»Sie.«

Ich verstand nicht.

»Ich male Sie hinein.«

Damit sprang sie auf und lief davon.

Ich hörte, wie sich ihre Schritte entfernten, und wartete, bis die Geräusche der Nacht die einzigen waren, die an mein Ohr drangen. Schließlich stand ich auf und ging zur Staffelei. Ich nahm das Bild herunter und brachte es ins Bootshaus, wo ich alle Lichter einschaltete. Dann betrachtete ich es mir genauer.

Sie hatte mit Bleistift vorgezeichnet, und in dem weißen Fleck war schwach, mit kaum erkennbaren Strichen, eine Gestalt zu erkennen. Ich kniff die Augen zusammen und ging nah heran, dann zwei Meter zurück. Schließlich kramte ich meine Lesebrille hervor und versuchte es noch einmal.

Es war nichts als eine Silhouette, doch etwas sagte mir, dass sie zu einer Frau gehörte. Einer Frau, die stumm und reglos Zeugin eines Todes geworden war, nicht eingriff, nicht reagierte, nur in der Ecke stand und wartete, bis es vorbei war.

16

Regina Steinhoff stand im Stiefelraum der Villa und starrte auf den Split Screen des Monitors, der alle Aufnahmen der Überwachungskameras gleichzeitig präsentierte. Am Tag zuvor hatte die Polizei die Bilder aus Christians Todesnacht auf einen USB-Stick geladen, um sie auszuwerten. Sinnlos. Das hatte sie diesem Templiner Trampel, das sich Polizistin nennen durfte, bereits erklärt. Die Kameras erfassten nur das direkte Ufer, die Villa und das Bootshaus. Nicht den Park und nicht die lauschigen Ecken, auch nicht die Bank, auf der Christian gestorben war.

Noch immer wunderte sie sich, dass sie kaum eine Reaktion gespürt hatte, als sie mit der Beamtin das Material gesichtet hatte. Christian im Gespräch mit seinen Gästen, lachend, kraftstrotzend, vor Lebendigkeit sprühend. Es war, wie einem Fremden zuzusehen. Vielleicht lag es daran, dass er sich ihr gegenüber anders verhalten hatte. Mit Personen, die er bereits gefangen genommen hatte, gab er sich keine Mühe mehr. Es war die Jagd, die Pirsch, der Menschenfang, der ihn begeisterte. Hatte er sein Ziel erreicht, wandte er sich den nächsten Eroberungen zu. So hatte er das mit Frauen gemacht, mit Wählern, mit Unterstützern seiner Karriereambitionen. Nicht dass er sie danach links liegen gelassen hätte, nein. Er versorgte sie mit genau dem Maß an Aufmerksamkeit, das sie brauchten, damit sie ihm weiter aus der Hand fraßen. Und sich unterschwellig fragten, was sie falsch gemacht hatten, wo doch mit einem Mal der Glanz des Sonnenkönigs nicht mehr ganz so strahlend auf sie fiel.

Weil wir auf sein Spiel hereingefallen sind, dachte sie und tippte das aktuelle Kamerabild an, das das Bootshaus zeigte. Es füllte nun den ganzen Monitor aus. Der Anwalt trat gerade hinaus auf den Steg und stellte eines von Sophies unsäglichen Bildern zurück auf die Staffelei. Sie wählte die Kamera am Panoramafenster im Wohnzimmer. Vernau, so hieß der Mann, kam zurück und schenkte sich an der Bar einen Whisky ein. Dann knöpfte er langsam sein Hemd auf, zog es aus dem Bund und setzte sich auf die Couch.

Sie zoomte näher heran. Nicht schlecht für sein Alter. Sie konnte Sophie verstehen, dass sie es versucht hatte. Das Kind würde Tage brauchen, bis sein Ego sich von dieser Zurückweisung erholen würde. Und mindestens drei Leinwände dazu, um sie mit toten Anwälten zu bemalen. Wahrscheinlich lief sie jetzt durchs Dickicht und umarmte Bäume.

Sie ging zur Hutkommode, wo sie ihr Glas abgestellt hatte, nahm es hoch und kehrte zu dem Monitor zurück.

»Cheers.«

Sie deutete einen Gruß an und trank einen Schluck Balblair Highland Single Malt Scotch Whisky, fünfundzwanzig Jahre alt, fast fünfhundert Euro die Flasche. Sie musste den Weinkeller sichten und die Raritäten wegschaffen, bevor die ersten Kaufinteressenten kamen. Wieder durchströmte sie dieses Gefühl, die richtige Tür aufgestoßen zu haben. Sollte das Dorf sehen, wo es blieb. Sie würde auf niemanden mehr Rücksicht nehmen. Nur noch ihren eigenen Interessen folgen. So, wie Christian das gemacht hatte. Mitgefühl war etwas für Loser.

Sie hob das Glas in seinem Andenken, trank und verschluckte sich fast. Vernau war aufgestanden und hatte auf dem Weg zum Badezimmer das Hemd ausgezogen. Wenn sie die Kamera etwas mehr in diese Richtung drehen könnte und er die Tür offen lassen würde ...

Sie tippte auf den Menüpunkt rechts im Bildschirm. Doch statt der gewünschten Einstellung tauchten wieder die Liveaufzeichnungen sämtlicher Überwachungskameras auf. Irgendwo war eine Bewegung, die dort nicht hingehörte.

Sie vergrößerte jeden einzelnen Stream. Da. Am Haupttor stand jemand und versuchte, es zu öffnen. Hatte Vernau sie beim Hereinkommen nicht richtig geschlossen? Offenbar, denn irgendeine Person machte sich am Tor zu schaffen. Wer öffnete es und zwängte sich nun durch den schmalen Spalt? Das Licht war zu schwach, um mehr als eine Gestalt mit Kapuzenshirt zu erkennen. Sie spürte, wie ihr Herzschlag sich beschleunigte.

Wo verdammt war in diesem Menü die Hauptverriegelung? Sie verfluchte Leibwitz, Christian und alle, die diesen technischen Quatsch installiert hatten, statt auf die guten alten Schlösser zu vertrauen. Sie fand sie nicht. Der Schatten bewegte sich über die Auffahrt und näherte sich dem Haus.

Die Beretta 92. Ganzstahl, ein Männerding, mit dem Rückstoß war sie nie richtig klargekommen. In Christians Schreibtisch. Arbeitszimmer. Jetzt.

Sie ließ das Glas fallen – es zersprang in tausend Stücke – und rannte durch die Eingangshalle hinauf in den ersten Stock. Kostüm und Pumps, an diesem Tag ihre Rüstung, behinderten sie jetzt. Sie riss die Tür zum Arbeitszimmer auf und streifte noch im Laufen die Schuhe ab.

Die Pistole lag in der linken Schreibtischschublade. Sie holte sie heraus. Die Kälte des Stahls floss in ihre Adern und machte sie schlagartig ruhiger. Unten, im Erdgeschoss, wurde die große Eingangstür geöffnet. Dann war es still. Vermutlich trug der Einbrecher Turnschuhe.

Sie schlich zur Tür und schlüpfte ins Treppenhaus. Dort wartete sie. Dann tauchte ein Schatten auf, legte sich dunkel auf die Stufen und glitt langsam empor. Sie entsicherte die Waffe. Das leise, metallische Geräusch ließ die Gestalt auf dem ersten Absatz stoppen.

Die Waffe im Anschlag ging Regina auf das Geländer der Galerie zu. Der Schatten stieg zwei weitere Stufen hinauf, jetzt wurde seine Silhouette grotesk vergrößert an die Wand des Treppenhauses geworfen. Dann erschien der dazugehörige Mensch in Reginas Blickfeld. Schmal, irgendwie steif, überquerte er den Absatz und steuerte auf die zweite Hälfte der Treppe zu, die direkt nach oben führte. Er drehte sich und streifte die Kapuze ab. Dann sah er nach oben, direkt in die Mündung der Pistole.

Regina ließ die Waffe sinken.

»Du?«

Felicitas von Boden stieg die restlichen Stufen hinauf wie ferngesteuert. Ihre Bewegungen waren eckig, fast roboterhaft. Aber hatte sie jemals elegant gewirkt? Weit davon entfernt, die Beretta wieder zu sichern, behielt Regina sie in beiden Händen.

»Was willst du?«

Felicitas hatte die Galerie erreicht. Sie blieb stehen und atmete tief durch, als ob diese paar Stufen sie an den Rand ihrer Kräfte gebracht hätten. Sie war blass, totenblass. Die Reste ihres Make-ups – verschmierte Mascara, blutrote Lippen – stachen unter dem gedimmten Licht des Treppenhauses hervor und gaben ihren strengen Zügen eine noch geschliffenere Härte.

Regina konnte Felicitas nicht ausstehen. Sie hatte etwas Unnatürliches an sich. Eine seltsame Gefühlskälte ging von ihr aus, die sie durch ihre übertrieben künstliche Aufmachung noch unterstrich. Keine Ahnung, womit sie Christian dazu gebracht hatte, sie all die Jahre zu unterstützen. Sie passte in sein Beuteschema wie das Eckige ins Runde.

»Guten Abend. Entschuldige, dass ich mich so einschleiche. Ich will nicht gesehen werden.«

»Von wem?«

»Es geht niemanden etwas an, was wir zu besprechen haben.«

Regina hob die Augenbrauen. »Haben wir?«

»Kannst du die Knarre weglegen?«

»Nein. Ich rufe die Polizei, wenn du nicht sofort verschwindest.«

Felicitas sah sich um. »Das dauert, bis die hier sind. Da hinten ist sein Arbeitszimmer. Das kenne ich. Da haben wir unsere Angelegenheiten besprochen. Lass uns dort reingehen.«

»Nein.«

»Mehr ist nicht geschehen. Ich hoffe, du denkst nichts Falsches. Dass etwas gelaufen wäre zwischen deinem Mann und mir.«

»Ich denke gar nichts.«

Felicitas machte einen Schritt auf sie zu. Regina hob die Waffe. »Nur dass ein Einbrecher vor mir steht und ich mich schützen muss.«

»Ah. Ja. Lass es wie einen Unfall aussehen. Das ist dir aber nicht gut gelungen in den letzten Tagen. Bei deinem Mann ermitteln sie wegen Mordverdacht. Und bei Sanja hättest du dich auch etwas geschickter anstellen können.«

Regina lächelte verächtlich. »Was du nicht sagst. Ich habe niemanden umgebracht. Noch nicht. Könnte sein, dass sich das in den nächsten Minuten ändert.«

»Niemanden? Bist du sicher?«

Das Lächeln verschwand. »Was willst du?«

Ohne auf Regina und die auf sie gerichtete Beretta zu achten, ging Felicitas auf sie zu und strich dabei sanft über das dunkle Holz des Geländers. Einen Meter vor Regina blieb sie stehen und ließ ihren Blick über die Wände und in den Flur schweifen.

»Ich weiß noch, wie es hier nach dem Brand aussah. Was das Feuer nicht geschafft hat, haben die Löscharbeiten erledigt. Alles hing in Fetzen herunter, es war eine verrußte schwarze Höhle. Ich war vor Ort. Ich wollte wissen, was passiert ist. Wollte es begreifen, mit eigenen Augen sehen.«

Sie ging weiter. Regina senkte die Waffe und ließ Felicitas passieren.

»Wo haben sie die Leiche gefunden? Oder das, was danach noch von ihr übrig war. Hier, nicht wahr?«

Sie ging weiter den Flur entlang. Regina folgte ihr mit klopfendem Herzen.

»Hinter dieser Tür, glaube ich.« Wieder strich sie mit ihren Fingerspitzen über das Holz. »Sie sieht aus, als wäre sie hundert Jahre alt. In Wirklichkeit ist sie neu. Wie viel habt ihr in den Kasten gesteckt? Eine Million?«

Sie drehte sich zu Regina um.

»Wer schläft jetzt da drin?«

»Das geht dich nichts an.«

Felicitas griff zur Klinke, aber dann ließ sie die Hand sinken, als hätte sie es sich gerade anders überlegt.

»Es ist egal«, sagte sie. Sogar ihre Stimme wirkte unnatürlich. Fast wie ein Roboter. »Wirklich. Es ist egal. Es ist schön geworden. Ihr habt ein Wunder vollbracht. Wart ihr stolz auf euch?«

Regina hatte nicht vor, rhetorische Antworten auf rhetorische Fragen zu geben, die nichts anderem dienten, als das Schlachtfeld abzustecken. Sie spürte, wie die Hand, die die Waffe hielt, ins Schwitzen geriet.

»Vor allem, wenn man bedenkt, was ihr damals für diese Ruine bezahlt habt. Einen Euro, nicht wahr? Noch ein bisschen was drauf fürs Grundstück, so schön gelegen, mit eigenem Bootssteg. Fünfzigtausend insgesamt, glaube ich.«

»Wenn du es so genau weißt?«

»Ein Schnäppchen. Als hättet ihr darauf gewartet, dass es euch in den Schoß fällt. Das habe ich auch immer zu Christian gesagt. Glück muss der Mensch haben. Glück.«

Sie verschränkte die Arme vor der Brust. Es ging los.

»Ich will auch etwas von diesem Glück. Wenn du verkaufst, steht mir die Hälfte zu.«

»Was?«

»Die Hälfte. Sei froh, dass ich dir noch die andere lasse. Was ich von deinem Mann bekommen habe, waren Almosen. Jetzt, wo zwei Morde geschehen sind, ändert sich die Lage.«

Regina trat zur Seite und deutete mit der Waffe ins Treppenhaus. »Mach, dass du rauskommst. Es gibt keinen Cent von mir.«

Die Tür hinter der Galeristin wurde geöffnet, und eine schlaftrunkene Jasmin stolperte heraus.

»Was ist hier los?«

Sie sah die Waffe in der Hand ihrer Mutter und schluckte.

Die ungebetene Besucherin hatte sich umgedreht.

»Nichts. Nur eine kleine geschäftliche Besprechung.«

»Jetzt?« Jasmin sah an ihr vorbei zu ihrer Mutter. »Mit Papas Knarre? Wo ist eigentlich Sophie?«

»Ich habe sie zuletzt am See gesehen«, antwortete Regina. »Vielleicht geht sie noch mal schwimmen.«

»Okay. Dann macht mal euer Ding.«

Jasmin drehte ab und verschwand wieder in ihrem Zimmer. Regina hatte das Gefühl, ihre Beine würden gleich einknicken.

»Verschwinde«, sagte sie leise. »Wir zwei haben nichts zu besprechen.«

»Das sehe ich anders.«

Ohne die Erlaubnis abzuwarten oder überhaupt mit ihr zu rechnen, marschierte Felicitas auf die offene Tür von Christians Arbeitszimmer zu.

»Es wird Zeit, dass wir offen miteinander reden.«

Dann verschwand sie in dem Raum. Reginas Puls raste. Verdammt. Verdammt, verdammt, verdammt. Warum musste Jasmin ausgerechnet in diesem Moment auftauchen? Es hätte wie Notwehr aussehen können, aber dieses dämliche Kind musste sie ja bei einem Gespräch überraschen, das mehr nach einem späten Besuch unter Nachbarn aussah als nach einem Einbruch.

Langsam ging sie auf die Tür zu. Jeder Schritt war einer weniger, der sie von dieser Frau da drinnen trennte. Es ging um ihre Zukunft. Sie musste jetzt sehr klar und sehr kühl denken. Und erst recht so handeln.

»Kommst du?«, klang es aus Christians Arbeitszimmer.

Sie umfasste die Waffe wieder mit beiden Händen, holte tief Luft, trat ein und sagte: »Ja.«

Mit Christian gleichzuziehen war leicht, solange es sich um Worte und nicht um Taten handelte. Mit seiner Vergangenheit und dem, was er angerichtet hatte, wohl weniger. Aber es musste erledigt werden.

17

Ein Knall. Vielleicht ein Schuss. Oder die Fehlzündung eines Autos. Ein geplatzter Luftballon. Ein umgekipptes Schild.

Es war stockdunkel. Ich drehte mich auf die andere Seite und war Sekunden später wieder eingeschlafen.

Das Nächste, was ich hörte, war das hartnäckige Klopfen eines Besuchers, der offenbar kurz davor war, die Tür einzutreten.

»Herr Vernau?«

Ich rieb mir die Augen und tastete nach meiner Armbanduhr, die ich auf dem Nachttisch abgelegt hatte. Sechs Uhr zwanzig, Dienstagmorgen. Was zum Teufel ...

»Herr Vernau! Machen Sie auf!«

Die Stimme kam mir vage bekannt vor. Ich griff nach dem Oberteil meines Pyjamas, das ich über die Stuhllehne geworfen hatte, und taumelte halb wach zum Fenster, um die Vorhänge zurückzuziehen.

Die Sonne traf mich mitten ins Gesicht. Wieder hämmerte es an der Tür. Ich hatte sie abgeschlossen. Es war lächerlich, aber ich hatte befürchtet, dass Sophie es sich vielleicht noch anders überlegt hätte und nachts zu mir ins Bett kriechen könnte, mit welchen Absichten auch immer. Im Moment gestand ich ihr nur welche der finstersten Sorte zu.

»Ich komme!«

Vor der Tür stand eine robuste, fahlblonde Frau Mitte dreißig, die sich wahrscheinlich auch lieber noch einmal im Bett herumgedreht hätte.

»Wenzel, Kriminalpolizei Templin. Herr Vernau?«

Sie trug keine Uniform, deshalb hatte ich sie nicht gleich erkannt.

»Ja?«

Es war zu früh, um zu denken. Ihren Ausweis konnte ich ohne Brille nicht lesen, also kaufte ich ihr diese Information erst mal ab.

»Sie sind der Anwalt von Ingeborg Huth?«

Was war denn jetzt schon wieder los? Hatte man Hüthchen neben dem nächsten Opfer überrascht?

»Ja?«, wiederholte ich mich, so vorsichtig es ging.

Die Frau sah über die Schulter, als ob sie Lauscher im Liguster fürchten würde.

»Ganz ehrlich, ich weiß gar nicht, ob das überhaupt geht.«

Ich starrte sie an.

»Was?«

»Sie sind ja Zeuge im Fall von Frau Huths ermordeter Nichte und von Professor Steinhoff. Und dann auch noch der Anwalt?«

Ich ordnete die Informationen in die richtige Reihenfolge. Zeuge, weil ich Steinhoffs Leiche gefunden hatte. Zeuge, weil ich Sanjas Leiche gefunden hatte. Zeuge, weil ich Hüthchen neben der Leiche gefunden hatte. Und offenbar Anwalt von Hüthchen, die auf die Schnelle keinen anderen finden würde.

»Unter Fortdauer der Eigenschaft kann ich durchaus Prozessbevollmächtigter sein«, hörte ich mich zu meinem eigenen Erstaunen sagen. Die auf Jura gepolten Synapsen funktionierten einwandfrei. »Kommt natürlich darauf an, was Sie bei Ihrer Beweiswürdigung daraus machen. Um was geht es?«

Frau Wenzel sah aus, als ob sie einen Kaffee bitter nötig hätte.

»Müssen wir das hier draußen besprechen?«

»Nein.« Ich trat zurück und öffnete die Tür. »Kommen Sie herein.«

»Danke.«

Sie trug einen schlecht sitzenden Hosenanzug, ich eine verkehrt zugeknöpfte Pyjamajacke. In puncto Aufmachung standen wir uns in nichts nach. Ihre Schuhe waren flach, mit Gummisohlen, damit man auf den langen, linoleumbelegten Amtsstuben nicht ausrutschte, wenn man mal zu schnell um die Ecke bog. Oder sie wollte es wenigstens an einer Stelle des Körpers bequem haben.

»Setzen Sie sich.«

Ich wies auf die Couchgarnitur mit Blick auf den See. Die Staffelei auf dem Bootssteg war verschwunden. Egal, wer sie abtransportiert hatte – danke. Es wäre nicht hilfreich gewesen, dieser Polizistin ein Aquarell des toten Steinhoff zu erklären.

»Kaffee?«

»Eigentlich habe ich keine Zeit dafür.«

»Das heißt: subito?« Ich lächelte sie an. »Nehmen Sie einfach Platz. Ich bin in drei Minuten zurück. Oder wollen Sie mich im Schlafanzug aufs Revier bringen?«

Das erste müde Lächeln.

»Drei Minuten.«

Sie setzte sich. Ich verschwand in der Miniküche, schaltete die Maschine ein und verschwand im Bad. Ohne Dusche würde ich das Bootshaus nicht verlassen. Eine Minute. Abtrocknen, Zähneputzen, zwei Minuten. Ins Schlafzimmer, irgendetwas anziehen, drei Minuten. Zurück in die Küche. Becher suchen, Kaffeemaschine starten, vier Minuten. Zuckerdose und Milchkännchen auf ein randloses Designertablett, erster Becher dazu. Noch mal starten.

»Ich bin sofort bei Ihnen!«

Keine Antwort. Vielleicht war sie eingeschlafen. Zweiten Becher dazu, Designertablett verfluchen, alles unbeschadet ins Wohnzimmer balancieren.

Die Polizeibeamtin saß auf der Couch und beobachtete den Nebel, der von der Oberfläche des Sees hinauf in den Tag stieg. Als ich ihr den Becher reichte, zuckte sie kaum merklich zusammen. Vielleicht hatte sie auch nur mit offenen Augen geschlafen.

»Danke.« Sie pustete in die Tasse.

»Um was geht es?«

»Wir haben Inge heute Morgen …« Sie brach ab und fing den Satz noch einmal von vorne an. »Wir haben heute Morgen Frau Ingeborg Huth festgenommen. Bevor sie von ihrem Schweigerecht Gebrauch machte, benannte sie Sie als ihren Vertreter.«

»Ah«, war alles, was ich herausbrachte. »Weshalb haben Sie sie abgeführt?«

»Anfangsverdacht Tötungsdelikt. Sie hat uns mit ihrem Alibi angelogen. Außerdem verdichten sich die Hinweise, dass Herr Steinhoff vor seinem Tod massiv daran gehindert wurde, sein Asthmaspray zu verwenden.«

»Er wurde festgehalten?«

»Ziemlich brutal auf die Bank gedrückt, bis der Tod eintrat. Ich darf Ihnen das gar nicht erzählen.«

Warum tust du es dann?, fragte ich mich.

»Aber das ist hier anders als in einer Großstadt.«

Sie goss sich etwas Milch in den Kaffee, rührte um und überließ mir die Zusammenhänge.

»Und Frau Huth«, sagte ich, »ist jetzt also Ihre Hauptverdächtige. Aus welchem Grund? Und dann auch noch ein Zugriff zu nachtschlafender Zeit?«

»Wir haben einen anonymen Hinweis erhalten. Handschriftlich, auf Papier. Ganz die alte Schule. Dass sie einen Tag früher in Düsterwalde war, als sie angegeben hat.«

Ich kippte meinen Kaffee runter. Hüthchen hatte nicht nur die Polizei angelogen, sondern auch meine Mutter. Es war noch zu früh, um ein Pokerface aufzusetzen. Deshalb sah sie mir an, wie überrascht ich von dieser neuen Entwicklung war.

Sie trank einen Schluck, verzog anerkennend das Gesicht und stellte die Tasse zurück.

»Es wäre gut, wenn Sie sie zum Reden bringen könnten.«

»Das werde ich ganz sicher nicht tun, bevor ich nicht weiß, was es mit diesem Hinweis auf sich hat. Ist er glaubhaft? In diesem Dorf flickt doch jeder jedem etwas ans Zeug.«

»Sehr glaubhaft. Frau Huth hat die Nacht bei einem Mann verbracht, Kurt Wössner.«

Der ehrenamtliche Bürgermeister. Und Hüthchen. Die Nacht miteinander verbracht. Finde den Fehler.

Ich musste etwas begriffsstutzig wirken, denn sie sprach langsam und einen Tick überdeutlich weiter, so wie man Kindern klarmacht, dass man nicht mit den Fingern in den laufenden Mixer greift.

»Natürlich wollen wir wissen, warum sie uns das verschwiegen hat. Wenn sie weiterhin die Aussage verweigert, wird der Haftrichter sie erst mal dabehalten wollen. Wenn sie aber eine glaubhafte Erklärung hat, könnte sie zumindest wieder nach Düsterwalde, muss sich aber weiterhin zu unserer Verfügung halten. Ihre Entscheidung.«

Jetzt war es erst mal vorbei mit dem klaren Denken. Alles, was sich in meinem Hirn noch zusammensetzen ließ, war die Information, dass Hüthchen gelogen hatte, um hinter Mutters Rücken ...

»Wie, die Nacht verbracht? In Düsterwalde? Bei einem Mann? War der anonyme Zeuge dabei?«

»Wir haben Herrn Wössner kontaktiert.«

»Und?«

»Er hat bestätigt, dass zwischen ihm und Frau Huth eine Beziehung besteht. Allerdings hat sie sein Haus kurz nach Mitternacht in der fraglichen Zeit rund um Herrn Steinhoffs Tod verlassen.«

»Eine Beziehung.«

Sie besaß die Frechheit, verständnisvoll zu nicken. »Das geht wohl seit ein paar Monaten so.«

Hüthchen hatte eine heimliche Beziehung, ohne dass meine Mutter davon wusste. Das erklärte einiges.

»Okay.« Ich holte tief Luft. »Dann war sie also einen Tag früher in Düsterwalde. Und? Herr Wössner ist der Bürgermeister. Vielleicht wollten sie ...«

Wollten sie was? Nachts Bebauungspläne diskutieren? Herr im Himmel! Abgründe taten sich hier in der uckermärkischen Provinz auf, von deren Existenz ich nicht einmal ansatzweise geahnt hatte. Und Mutter natürlich auch nicht. Hüthchen hatte sie ... betrogen. Nach Strich und Faden betrogen. Mit einem *Mann*. Wie hatte sie das so lange geheim halten können? Und was würde meine Mutter dazu sagen, wenn das herauskäme?

»Herr Vernau?«

»Ja?«

»Ist alles in Ordnung?«

Ich räusperte mich. »Ja, alles okay. Tut mir leid, aber das reicht mir nicht für eine Festnahme.«

»Wir haben zudem ein Asthmaspray bei ihr gefunden.«

»Bei ihr? Frau Huth? Ingeborg?«

»Auf ihrem Nachttisch. Leidet Frau Huth an Asthma?«

Ich stand auf, weil mich nichts mehr auf dieser Couch hielt. »Dazu kann und will ich nichts sagen. Ich bin Frau Huths Anwalt, nicht der Zeuge der Anklage.«

»Sie sind beides, soweit ich das sehe.«

»Sie glauben doch nicht im Ernst, dass Frau Huth nach einer ...« Ich suchte nach Worten. »... nach einem Schäferstündchen ein *zweites* nächtliches Stelldichein mit dem stellvertretenden Präsidenten der Berliner Anwaltskammer im Park seiner Villa am Düstersee hatte und ihn dort um die Ecke brachte?«

Ihre Augen, erstaunlich dunkel für die hellen Haare, fixierten mich ungerührt.

»Und sie dann am nächsten Morgen ihre Nichte mit einem Bolzenschneider erschlagen hat? Warum? Wo ist das Motiv?«

Im selben Moment wurde mir bewusst, dass es auf der Hand lag. Vielleicht nicht der Mord an Steinhoff. Den schoben sie ihr aus Gründen der Bequemlichkeit gleich mit in die Schuhe. Aber Sanjas Tod war ein anderes Kaliber. Fünfundzwanzig Jahre, wenn Hüthchen Pech hatte. Und an diesem Morgen, unausgeschlafen und hochgradig verstört über das, was ich über sie erfahren hatte, war ich nicht abgeneigt, sie auch genauso lange schmoren zu lassen.

»Frau Huth erbt als einzige lebende Verwandte das Haus ihrer Nichte«, antwortete die Kommissarin ungerührt.

Ich würde ihr nie wieder einen Kaffee anbieten.

»Darf ich fragen, in welchem Verhältnis Sie zu der Verdächtigen stehen?«

Ich fuhr mir durch die ungekämmten Haare. »Was wird das hier? Eine weitere Vernehmung?«

»Nur ein kleines, informelles Gespräch.«

»Sind Sie überhaupt befugt? Wer leitet die Mordkommission?«

Das kommt immer gut an, wenn man direkt nach den Vorgesetzten fragt. Frau Wenzel entschied wohl gerade für sich, von mir ebenfalls keinen Kaffee mehr anzunehmen.

»Kriminalhauptkommissar Horst Fichtner. Und ja, ich bin befugt. Sie waren gestern Abend auf der Bürgerversammlung, auf der es hoch hergegangen sein soll. Was genau tun Sie hier? Ich komme aus der Gegend. Da erfährt man so einiges außerhalb des Dienstwegs.«

»Ist das so?«

»Sie waren auf der Versammlung mit Frau Huth und einer weiteren älteren Dame, die wohl auch schon im Haus der Ermordeten lebt.«

»Ich mache von meinem Schweigerecht Gebrauch«, sagte ich. »Aber natürlich werde ich Frau Huth anwaltlich zur Seite stehen. Fahren wir?«

»Wir?« Sie stand auf. »Ich kann Sie leider nicht mitnehmen. Ich bin mit dem Dienstwagen hier. Und auch nur, weil ich die Huths schon lange kenne. Wenn Sie den Bus um sieben noch erwischen wollen, müssen Sie sich beeilen. Die Haltestelle ist hinter der Kirche. Danke für den Kaffee. Wir sehen uns um neun.«

»Warum haben Sie nicht angerufen?«

Im Gehen hielt sie noch einmal inne und sah mich erstaunt an. »Das haben wir. Aber Ihr Handy ist aus.«

Erst jetzt fiel es mir wieder ein: Um die Versammlung nicht zu stören, hatte ich das Handy auf stumm geschaltet. Während die Polizistin den Weg hinaus alleine fand, suchte ich das gesamte Bootshaus nach dem Gerät ab und fand es schließlich unter meinem Bett, wohin ich es aus Versehen gekickt haben musste. Zweiunddreißig versuchte Anrufe, ein Dutzend Voicemails. Alle von meiner Mutter. Ich wählte ihre Nummer und hatte sie sofort am Apparat.

»Joachim! Gott sei Dank, dass du dich meldest. Sie haben Ingeborg verhaftet! Was soll ich denn bloß tun? Sie hat doch niemanden umgebracht. Um sechs haben sie geklopft und sind sofort hoch in unser Zimmer.«

Unser Zimmer. Ich zuckte innerlich zusammen, als ich das hörte. Wie Hüthchen es über sich brachte, sich nach getanem Betrug noch ins selbe Bett mit meiner Mutter zu legen …

»Und dann haben sie etwas eingepackt, irgendetwas Medizinisches. Ingeborg hat damit nichts zu tun! Das muss Sanja gehören. Aber Sanja hat ja auch nie etwas Medizinisches gehabt, sie war ja völlig auf Naturkunde, und das hat sie der Polizei auch gesagt! Und dann haben sie sie mitgenommen, und ich konnte nichts tun. Ich konnte gar nichts tun …«

Mutter schluchzte, es zerschnitt mir das Herz.

»Hör zu. Ich muss los, nach Templin. Ich hole Frau Huth da raus, und dann kommen wir zu dir. Hältst du das bis dahin durch?«

»Ja«, weinte sie. »Das schaffe ich schon. Hauptsache, Ingeborg geschieht nichts. Wenn sie sie einsperren für etwas, das sie nicht getan hat – Joachim! Das wirst du doch verhindern?«

»Natürlich. Mach dir keine Sorgen. Ich habe keine Ahnung, wie lange es dauern kann, aber wir sollten gegen Mittag zurück sein. Beruhige dich, hörst du? Beruhige dich. Bis später.«

»Ich kann nicht!«

Ich tat so, als hätte ich ihren letzten Satz nicht mehr gehört, legte auf und suchte in fliegender Hast meine Siebensachen zusammen. Dann verließ ich das Bootshaus und sprintete durch den Park. Oben an der Villa klingelte ich Sturm. Die zwei Minuten, bis endlich jemand hinter den gefrosteten Glasscheiben des Portals auftauchte, kamen mir vor wie eine Ewigkeit.

Es war Regina Steinhoff, die mir die Tür öffnete. Sie sah aus wie ein Geist. Blass, übernächtigt, mit einem flackernden Blick, auf den ich mir keinen Reim machen konnte. Vielleicht hatte sie einen Kater.

»Herr Vernau?«

»Kann ich mir einen Wagen von Ihnen leihen? Ich muss nach Templin.«

Sie fuhr sich durch die offenen, wirren Haare. »Einen Wagen?«

»Es ist ein Notfall. Den Bus erwische ich nicht mehr. Ich dachte, vielleicht können Sie mir helfen.«

»Helfen.« Sie sah aus, als hätte sie dieses Wort noch nie gehört. Doch dann riss sie sich zusammen. »Können Sie einen Ferrari fahren?«

»Ja, natürlich.«

In Berlin brauchte ich kein Auto. Ich war etwas aus der Übung, aber ich traute mir durchaus zu, auch 250 PS zu bändigen.

»Warten Sie.«

Die Tür wurde verschlossen. In mir lieferten sich Ungeduld und fassungslose Freude einen Ringkampf. Ich hatte nicht oft in meinem Leben die Gelegenheit gehabt, in so einem Wagen zu sitzen. Mein Freund Marquardt, größter Blender des Okzidents, hatte sich mal einen für ein Wochenende geliehen und war damit gut fünfzigmal den Kudamm rauf- und runtergefahren.

Die Tür öffnete sich wieder. Regina reichte mir den Schlüssel für – den Mercedes.

»Ich lasse den Ferrari bis zum Verkauf lieber nicht mehr raus.«

»Ja«, sagte ich schnell und schluckte meine Enttäuschung hinunter. »Danke.«

»Er steht in der Garage. Sie ist offen. Das Tor öffnet sich durch eine Kontaktschwelle. Bringen Sie ihn in einem Stück wieder zurück.«

Sie verschwand im Inneren des Hauses.

Es war derselbe Wagen, in dem Leibwitz mich tags zuvor gefahren hatte. Gangschaltung, nicht meine Stärke. Damit verließ ich den Düstersee, holperte auf der schmalen Zubringerstraße Richtung Düsterwalde und wurde zum Gesprächsthema Nummer eins in der Warteschlange vor der Bäckerei, als ich in Höhe der Kirche den Motor abwürgte. Ab da hatte ich den Wagen im Griff. Auf der B 109 kurz vor Templin überholte ich einen Polizeiwagen und hoffte, dass Polizeimeisterin Wenzel hinterm Steuer saß, als ich den Motor einmal so richtig aufheulen ließ.

Kurz vor dem Ortsschild drosselte ich das Tempo und suchte dann in einer stillen Seitenstraße fußläufig zum Polizeirevier einen Parkplatz. Steinhoffs Mercedes war groß, schwarz und auffällig. Ich wollte nicht als reicher Anwalt aus Berlin auftreten, sondern als Vertreter von Ingeborg Huth, deren Krötenhals in einer Schlinge steckte, die gerade irgendjemand zuzog.

18

Es war kurz vor acht, als Hüthchen von Frau Wenzel in den kleinen, in freundlichem Gelb gestrichenen Raum geführt wurde, in dem es außer einem Tisch, zwei Stühlen, einem vergitterten Fenster und mir nichts weiter gab. Ich hatte unmittelbar bei meinem Eintreffen Antrag auf Akteneinsicht gestellt und wartete, welche Brosamen mir Wenzel und Fichtner vor die Füße werfen würden.

»Brauchst du noch was, Inge?«

Die Polizistin zog den Stuhl ein Stück unter dem Tisch hervor, damit Hüthchen Platz nehmen konnte.

»Nein. Danke dir.«

»Kannst mich jederzeit rufen. Kaffee? Wasser?«

Die Frage war höflicherweise auch an mich gerichtet.

»Nein danke, Frau Wenzel«, sagte ich. Wir wollten die Sache schnell hinter uns bringen, auch wenn die Damen sich kannten.

Hüthchens Anblick wäre, wenn ich nicht eine bodenlose Verachtung für sie empfunden hätte, pittoresk gewesen. Sie trug einen ihrer baumwollenen Kaftane, ein Schultertuch und Filzschuhe, alles in einem Zustand, als hätte sie mehrere Wochen darin verbracht. Ihre dünnen eisgrauen Haare, sonst unter Turbanen und Kopftüchern verborgen, hingen kraftlos auf ihren Schultern. Offenbar rechnete man nicht damit, dass sich diese Frau mit Gewalt einen Fluchtweg bahnen würde, deshalb trug sie keine Handschellen. Ich hätte sie ihr durchaus gegönnt.

»Herr Vernau«, kam es schwach über ihre dünnen Lippen. Dann wankte sie zu dem freien Stuhl und ließ sich mit einem Stöhnen nieder.

Ich legte die gefalteten Hände auf die Tischplatte. »Frau Huth.«

»Es tut mir so leid. Dass Sie mich jetzt in diesem Zustand erleben ... bitte, wenn es irgendwie möglich ist, können wir, also könnten Sie, wäre es möglich?«

»Was?«, fragte ich eisig.

Hüthchen schenkte mir einen Seufzer, der steinerne Herzen erweicht hätte, aber nicht meines.

»Hildegard muss doch nichts erfahren?«

»Sie war bei der Festnahme dabei, soweit ich weiß.«

»Ja. Aber sie war so durcheinander, und die Sache mit Kurt, ich glaube, die hat sie gar nicht mitgekriegt. Das müssen wir doch nicht breittreten, oder?«

»Die Sache mit Kurt.« Ich versuchte, so professionell kühl wie möglich zu wirken. »Erklären Sie sie mir bitte. Falls Sie das wollen. Sie sind zu nichts gezwungen, Frau Huth. Aber Sie haben die Polizei belogen. Und, was noch schlimmer ist, meine Mutter.«

Hüthchen blickte zu Boden. Ihre Schultern zuckten. Zum ersten Mal bemerkte ich, dass sie gar nicht mehr so breit und kräftig waren, wie ich immer geglaubt hatte. Entweder setzte ihr die Festnahme so zu, oder es war der Gedanke, wie sie meiner Mutter beibringen wollte, dass sie sie mit dem ehrenamtlichen Bürgermeister von Düsterwalde hintergangen hatte, der sie schrumpfen ließ.

»Haben Sie ein Taschentuch?«, fragte sie erstickt, ohne hochzusehen

Ich stand auf und ging zur Tür. Eine uniformierte Wachtmeisterin hielt davor die Stellung. Ich bat sie um ein Papiertaschentuch und ging wieder zurück.

»Seit wann treffen Sie sich mit Herrn Wössner?«, fragte ich und setzte mich.

Sie wischte sich mit dem Handrücken über die Nase und schniefte. »Seit dem Maifest. Er wollte eine Birke aufstellen und hat Sanja gefragt, ob er eine von ihren haben könne. Als er dann kam, hat er sie auch selbst gefällt. Ich war gerade zu Besuch da. Kurt und ich kennen uns schon ewig. Wir sind zusammen zur Schule gegangen, aber dann haben wir uns aus den Augen verloren.«

Sie dachte nach. Oder hing in romantischen Erinnerungen fest.

»Ja?«, fragte ich.

»Seine Frau ist vor zwei Jahren gestorben. Ich hab ja auch meinen Mann verloren, aber das ist schon lange her.«

Ich hatte nicht gewusst, dass Hüthchen verheiratet gewesen war. Ich wusste nichts über sie. Rein gar nichts. Weil es mich nie interessiert hatte.

»So kamen wir ins Gespräch. Und dann ist es halt passiert.«
»Was?«

Sie sah mich mit in Tränen schwimmenden Augen an. »Na das!«

»Was genau?«

Ich wollte es von ihr hören. Ich wollte sie dazu zwingen, das Unsägliche auszusprechen.

»Wir haben … wir haben … Herr Vernau, muss das sein?«

»Das wird auch der Haftrichter fragen. Vom Wahrheitsgehalt Ihrer Aussage hängt ab, ob Sie nach Wriezen oder Prenzlau in U-Haft kommen oder ob man Sie gehen lässt.«

»In Haft?«, fragte sie entsetzt. »Aber weshalb denn?«

»Weil Sie sich der Polizei gegenüber ein falsches Alibi zurechtgelegt haben. Weil Sie deshalb zeitlich in der Lage gewesen wären, Herrn Professor Christian Steinhoff und am nächsten Morgen Ihre Nichte Sanja zu ermorden, deren Haus Sie auch noch erben.«

Sie schlug die Hand vor den Mund und wandte ihr Gesicht ab, damit ich nicht Zeuge ihres Entsetzens wurde.

»Also«, fuhr ich etwas sanfter fort. Ihre sichtliche Verzweiflung berührte mich nun doch. »Wann haben Sie vorgestern Nacht das Haus von Herrn Wössner verlassen?«

Sie schluckte und schniefte. Dann riss sie sich zusammen.

»Kurz nach Mitternacht. Das habe ich auch schon der Polizei gesagt.«

»Was geschah dann?«

»Ich bin durchs Dorf zu Sanjas Haus gelaufen. Sie schlief schon, glaube ich. Jedenfalls brannte in ihrem Zimmer kein Licht mehr. Ich hab mich dann unten auf die Couch gelegt und bin eingeschlafen. Am Morgen bin ich aufgestanden. Sanja war nicht da. Ich war oben, da, wo ich jetzt schlafe, und ihr Bett war benutzt. Also muss sie sehr früh aufgestanden sein. Es stand noch die Teekanne in der Küche. Halb voll und lauwarm.«

Wieder schluchzte sie auf. Es klopfte, und die Wachtmeisterin kam mit einem Päckchen Papiertaschentücher herein. Ich wies auf Hüthchen und wartete, bis sich die Tür hinter der Frau wieder geschlossen hatte.

»Und dann?«

»Dann wollte ich zum Bäcker, Brötchen kaufen. Auf dem Weg habe ich Sanja gefunden. Den Rest kennen Sie ja.«

Sie putzte sich geräuschvoll die Nase. Ihr Blick wich mir aus.

Da war noch etwas, das sie mir nicht sagen wollte. Ich wartete. Schließlich fragte ich:

»Als Sie in besagter Nacht von Samstag auf Sonntag zurück zu Sanjas Haus gingen, haben Sie da einen Umweg an den Düstersee gemacht?«

»Nein.«

»Ist Ihnen jemand entgegengekommen? Sind Sie jemandem begegnet?«

Sie schüttelte den Kopf. Wieder dieser flackernde Blick. »Nein.«

»Niemandem?«

»Düsterwalde ist doch wie ausgestorben nachts. Ich weiß aber noch, dass ich von irgendwoher Musik gehört habe. Es muss ein Fest gewesen sein, am See.«

»Haben Sie vielleicht nachgeschaut, woher die Musik kam?«

»Nein.«

»Wie gelangte dann das Asthmaspray von Herrn Steinhoff, der wenig später aus dem Leben schied, in Ihren Besitz?«

»Es war nicht in meinem Besitz! Ich dachte, es gehört Sanja!«

»Sanja benutzte nichts Schulmedizinisches.«

»Ja! Nein! Sie bringen mich noch ganz durcheinander!«

»Hat es Sie nicht gewundert, das Spray zu sehen?«

»Nein! Herr Vernau ...«

Ihre Verzweiflung war groß und echt.

»Was mache ich denn bloß?«

Ich sah auf meine Armbanduhr. Wahrscheinlich konnte ich mir jetzt die Akte ansehen. Um neun würde Hüthchen dem Haftrichter vorgeführt werden. So gerne ich ihr ein paar Tage Knast gegönnt hätte, ich wollte sie nicht hierlassen. Diese Frau stand kurz vor dem Nervenzusammenbruch, und sie war keine Mörderin.

»Sie können die Aussage verweigern. Rechtlich gesehen droht Ihnen dadurch kein Nachteil. Menschlich allerdings macht es keinen guten Eindruck.«

Ich hatte keine Ahnung, wem ich in einer halben Stunde gegenüberstehen würde. In Berlin sähe die Sache anders aus. Über die Jahre hinweg hatte man die Richterinnen und Richter kennengelernt und wusste ungefähr, wie sie tickten. Hüthchens großer Vorteil bestand darin, dass sie eine von hier war. Polizeimeisterin Wenzel hätte sich nicht zu mir in Bewegung gesetzt, wenn ihr dieses Häufchen Elend egal wäre. Abblocken erschien mir die falsche Strategie.

»Sie werden auf die Fragen nach Ihrem Alibi wahrheitsgemäß antworten. Was das Spray betrifft – in Sanjas Haus könnte auch eine ausgestopfte Giraffe stehen, und sie würde bei all dem Krempel dort nicht auffallen.«

Hüthchen nickte. Dann sagte sie leise: »Danke.«

Ich wollte nicht, dass mir diese Frau dankbar war. Ich wollte, dass sie aus meinem Leben und dem meiner Mutter verschwand und alles so war wie früher.

Und ich wollte, dass ich endlich damit aufhören würde, so kindisch zu reagieren.

»Ich arbeite mich jetzt in die Akte ein. Wir sehen uns dann vor dem Haftrichter.«

»Lassen Sie mich allein?«

»Nur kurz, Frau Huth. Versuchen Sie, sich zu beruhigen, und gehen Sie noch einmal die Zeitabläufe von Samstagnacht durch. Ich hole Sie raus. Es gibt keinen Grund, Sie länger festzuhalten.«

Sie nickte und zerknüllte das Taschentuch.

Ich verließ den Raum und machte mich auf die Suche nach den ermittelnden Beamten. Ich fand Fichtner im Hof, der auch als Parkplatz für Einsatzfahrzeuge genutzt wurde und in dem neben der Treppe ein kleiner Raucherbereich eingerichtet worden war. Dort stand er, paffte und nickte mir zu, als ich die wenigen Stufen zu ihm hinunterging.

Wir begrüßten uns mit wohlwollender Freundlichkeit.

»Akteneinsicht?«, fragte er nur.

»Könnense gleich in meinem Büro machen.«

»Haben Sie zufälligerweise noch die alten Ermittlungsakten von der Brandstiftung am Düstersee da?«

»Warum?«

»Weil ich einen Zusammenhang zu den aktuellen Vorkommnissen sehe.«

Er schnippte wortlos ein Türmchen Asche ab.

»Ich würde mich jedenfalls gerne umfänglich einarbeiten. Es sei denn, Sie hätten etwas dagegen.«

»Ich kann Ihnen ein paar Kopien der Zeitungsausschnitte von damals geben, da ist im Großen und Ganzen das meiste zusammengefasst. Alles andere müssen Sie über die Staatsanwaltschaft laufen lassen.«

Alles andere wäre auch ein Wunder gewesen.

»Wie …« Ich sah mich um, ob wir alleine waren. »Wie tickt denn der Haftrichter so?«

»Kommt drauf an, was Sie ausgefressen haben. Ich rate ja dazu, keine Spielchen zu machen.« Der Blick aus seinen altersmilden Polizistenaugen musterte mich. »Fährt man immer besser mit.«

»Sie wissen, dass Frau Huth nicht die Täterin ist.«

Er sah den Rauchwolken hinterher und tat so, als ob er wirklich über eine Antwort nachdenken würde. Schließlich wandte er sich ab und entsorgte die Kippe in einem selten geleerten Standaschenbecher.

Als er zurückkehrte, sagte er: »Wir müssen jedem Hinweis nachgehen.«

»Aber sie ist noch nicht einmal in der Lage, einen Bolzenschneider hochzuheben.«

Er zuckte mit den Schultern. »Wir tragen nur Beweismittel zusammen. Und davon gibt es genug.«

»Ist Frau Huth die einzige Verdächtige?«

»Sie wissen, dass ich Ihnen nichts sagen darf.«

»Ja«, antwortete ich und versuchte, so gewinnend und vertrauenswürdig wie möglich zu klingen. »Aber Sie müssen doch einen Plan B haben. Ihnen ist doch genauso klar wie mir, dass der Haftrichter sie laufen lässt.«

»Wenn es das wäre, stünden wir jetzt nicht gemeinsam hier, und ich würde Sie nicht darauf hinweisen, dass das da drüben absolutes Halteverbot ist.«

Das Tor stand offen. Auf der gegenüberliegenden Seite parkte der Mercedes.

»Aber wer so einen Wagen fährt, braucht sich um ein Knöllchen ja keine Sorgen zu machen.«

Er stieg die Stufen hinauf und verschwand im Haus. Ich hatte das Gefühl, dass mein Ansehen bei ihm gerade auf dem Nullpunkt angelangt war.

Um Punkt neun standen Hüthchen und ich zum Zwecke der Haftvorführung vor einem aufgeräumten, wach wirkenden Richter des Amtsgerichts Prenzlau, der auf meine Bitte um Aufhebung der Haftprüfung gar nicht erst einging.

Fichtner rapportierte die Beweislage, ich wies sämtliche Anschuldigungen zurück. Hüthchen kam, wie es in solchen Situationen oft geschieht, gar nicht erst zu Wort.

Das Techtelmechtel mit dem ehrenamtlichen Bürgermeister von Düsterwalde wurde glücklicherweise nur am Rande gestreift. Viel wichtiger war die Klärung, warum sie diesen Umstand verschwiegen hatte. Hüthchens Zerknirschung erreichte eine Dimension, die mich fast genauso überzeugte wie den Richter. Doch damit war es nicht getan.

Natürlich befanden sich ihre Fingerabdrücke am Bolzenschneider. Allerdings hatte die Daktyloskopie* der KTU** ergeben, dass es die einzigen waren. Ich hatte mich, so gut es in der Kürze der Zeit ging, in die Untersuchungsakte eingearbeitet.

»Was bedeutet«, erklärte ich mit einem Seitenblick auf die Delinquentin, »dass jemand nach der Tat den Bolzenschneider abgewischt hat, worauf auch die verschmierten Blutspuren am Griff hindeuten.«

Hüthchen schluckte. Es musste schwer für sie sein, den Tod ihrer Nichte im kalten Fokus einer Mordermittlung zu ertragen. Ich wusste nicht, wie sie trauerte. Aber dass sie es tat, stand außer jedem Zweifel.

Der Richter sah auf seine Armbanduhr. Wenn die hier genauso tickte wie in Berlin, musste er um elf im Gericht sein.

»Das Asthmaspray hätte jeder in Sanja Huths Haus deponieren können. Zudem ist noch nicht erwiesen, ob es sich überhaupt um Herrn Steinhoffs Medikament handelt.«

Auch in der Uckermark konnten sie nicht zaubern. Bis DNA-Spuren am Mundstück es als sein Eigentum identifiziert hätten, vergingen ein paar Tage. Aber Hüthchen musste es einmal in der Hand gehabt haben, denn es gab auch in diesem Fall keine weiteren Fingerabdrücke.

»Die Person, die das getan hat, handelte genauso wie im Fall des Bolzenschneiders. Das Präparat wurde abgewischt und

---

* Personenidentifizierung durch Fingerabdrücke
** Kriminaltechnische Untersuchung

dann in Sanjas Haus deponiert. Zweifellos wollte jemand glauben machen, dass Sanja … dass Frau Susanne Huth oder deren Tante sich Samstagnacht nach dem Fest am Düstersee noch mit Herrn Steinhoff getroffen haben. Der Verdacht sollte auf zwei unschuldige Frauen gelenkt werden, von denen eine wenig später grausam ermordet wurde. Vermutlich, weil sie ahnte, wer Professor Steinhoff auf dem Gewissen hatte.«

Reinste Spekulation, das wussten alle, die in diesem kargen Raum zusammengekommen waren. Zwei längliche Tische, ein paar Bürostühle mit ergonomisch geformten Sitzschalen und Metallbeinen.

»Frau Ingeborg Huth ist jedenfalls *nicht* weit nach Mitternacht durch den Wald an den Düstersee gelaufen und hat dort auch *nicht* Herrn Steinhoff seines Sprays beraubt. Sie hat es auch *nicht* mit ins Haus genommen und sorgfältig abgewischt, um es anschließend wieder mit ihren eigenen Fingerabdrücken zu kontaminieren. Das wäre doch absurd.«

Fichtner wiegte den Kopf. In seinen Bullenjahrzehnten war ihm vermutlich noch viel absurderes Verhalten untergekommen.

»Die KTU hat die Kleidung, die Frau Huth am Morgen beim Auffinden ihrer Nichte trug, noch nicht abschließend untersuchen können. Die oberflächliche Inaugenscheinnahme weist lediglich am Saum ihres Wollrocks einige Blutflecken auf, die nach meiner unmaßgeblichen Erfahrung allenfalls bei der Auffindung entstanden sein konnten. Im Zuge der Hausdurchsuchung heute in aller Herrgottsfrühe wurde auch keine andere blutgetränkte Kleidung gefunden. Die tatsächliche Ausführung der Tat hätte durch den Schlag zu einer ganz anderen Menge an Blut an Kleidung und Körper führen müssen. Frau Huth hatte weder im Gesicht noch an den Armen die typischen Spritzmuster und Blutabrinnspuren ...«

Ein Schlag. Hüthchen lag auf dem Boden und kam dann wieder zu sich. Sie musste für eine Sekunde ohnmächtig geworden sein. Fichtner und ich leisteten sofort Erste Hilfe. Ich flößte ihr ein paar Schlucke Wasser ein und half ihr zurück auf den Stuhl.

»Halten Sie durch«, sagte ich leise. »Wir sind gleich fertig.«

Sie war leichenblass, nickte aber tapfer.

»Sollen wir unterbrechen?«, fragte der Richter besorgt.

»Nicht nötig. Danke, Euer Ehren.«

Ich wollte das hinter mich bringen. Vielleicht war der kleine Ohnmachtsanfall gar nicht so schlecht gewesen. Zeigte er doch, dass sie nicht zu den Naturen gehörte, die kaltblütige Morde begingen.

Der Richter schlug die Akte zu.

»Sind Sie fertig? Frau Ingeborg Huth, ich setze Sie hiermit nach Paragraf 116 Strafprozessordnung auf freien Fuß. Zur Sicherung der weiteren Beweiserhebung und des Ermittlungsverfahrens verhänge ich Meldeauflagen und Passabgabe. Aufgrund Ihrer sozialen Bindungen vor Ort ordne ich keine Sicherheitsleistung an. Die Ermittlungen gegen Sie sind keinesfalls eingestellt. Verletzen Sie die Verschonungsauflagen gröblich oder handeln Sie den Ihnen auferlegten Pflichten und Beschränkungen zuwider, sehen wir uns früher wieder, als Ihnen lieb ist. Haben Sie das verstanden?«

Hüthchen sah zu mir.

»Sie hat verstanden. Danke, Euer Ehren.«

Hätten wir den Raum etwas schneller verlassen, hätte es nach Flucht ausgesehen. Am Wagen riss ich den Strafzettel von der Windschutzscheibe und steckte ihn in die Tasche.

Den größten Teil der Strecke zurück nach Düsterwalde schwiegen wir. Ich hatte genug mit der Schaltung und damit zu tun, den Wagen einigermaßen im Zaum zu halten, damit Hüthchen nicht ein zweites Mal in Ohnmacht fiel. Sie sah immer noch blass aus, und je näher wir ihrem Heimatdorf kamen, umso unruhiger erschien sie mir.

Schließlich sagte sie: »Herr Vernau …«

»Ja?«

Ich wusste, was nun folgen würde.

»Über die Sache mit Kurti …«

Kurti war mir egal. Aber meine Mutter nicht.

»Sie unterliegen doch der anwaltlichen Schweigepflicht?«

»Ja«, erwiderte ich knapp.

»Gilt die auch für mich?«

»Die gilt für jeden in unserem Rechtssystem. Ohne Ansehen von Person, Herkunft oder Familienverhältnissen.«

Mit etwas Glück war das die Chance, sie ein für alle Mal aus meinem Leben zu verbannen. Ich hatte keine Ahnung, wie meine Mutter auf diesen Betrug reagieren würde, aber ich könnte einiges dafür tun, ihr die Trennung leichter zu machen. Frau Huth hatte in all den Jahren, die wir uns kannten, nichts unversucht gelassen, einen Keil zwischen uns zu treiben. Aus unerfindlichen Gründen wollte sie meine Mutter für sich alleine und ließ kein gutes Haar an mir. Die Ursprünge für diese gegenseitige Abneigung mussten im Beginn unserer Bekanntschaft liegen, als sie noch unter der Tarnbezeichnung Haushälterin in unser Leben getreten war. Irgendwann hatte ich akzeptiert, dass die beiden Tisch und Bett miteinander teilten.

Stopp.

Ich hatte es nie akzeptiert.

Es war für mich ein Tabuthema. Ich wollte nichts darüber wissen und blockte selbst die kleinste Andeutung ab. Wenn meine Mutter, verwitwet nach der Ehe mit einem gewalttätigen Alkoholiker, in diesem gesegneten Alter noch einmal ein Glück gefunden hatte ... Ich warf einen Seitenblick auf Hüthchen, deren Profil noch grimmiger aussah als ihre Frontalansicht. Wenn sie mit dieser verbiesterten, Gift und Galle spuckenden Frau tatsächlich ein kleines Glück gefunden hatte, dann sollte ich mich endlich einmal wie ein Erwachsener verhalten und nicht wie der eifersüchtige, ausgebootete Sohn.

Aber das war noch nicht die ganze Wahrheit. Ich wollte mich einfach nicht mit dem Gedanken anfreunden, dass meine Mutter über genau diese eine Definition hinaus eine Person war, die ein Leben gelebt hatte. Die Sehnsüchte besaß, Träume, die vielleicht etwas brauchte, das ich ihr als bockiges Kind nicht zugestehen wollte: jemanden an ihrer Seite. Es hatte nicht etwas damit zu tun, dass dieser Jemand eine Frau war – auch wenn man das in manchen Momenten kaum glauben wollte. Irgendwann hatte sie beschlossen, aus dem Bilderrahmen einer älteren, verwitweten Frau herauszusteigen und etwas zu wagen. Ich sollte das verdammt noch mal endlich akzeptieren.

»Also auch für Sie«, schloss ich etwas freundlicher an. »Es hat allerdings einen anonymen Hinweis gegeben. Handschriftlich, in Druckbuchstaben.«

»Was stand da?«

»Sinngemäß: Ich habe Frau Huth in der Nacht von Professor Steinhoffs Tod gesehen. Sie kam von Kurt Wössner und lief runter zum Düstersee. Sie lügt, wenn sie sagt, sie wäre erst später eingetroffen. Und sie war immer scharf auf Sanjas Haus.«

Hüthchen presste die Lippen zusammen. Es hatte etwas mehr in diesem Schreiben gestanden, aber das wollte ich ihr nicht zumuten. Ich war mir sicher, dass der anonyme Zeuge eine Frau war. Männer hätten sich anders ausgedrückt und nicht so, als müssten sie die Ehre des Bürgermeisters vor den Sirenengesängen einer Ehemaligen schützen.

»Erinnern Sie sich noch, dass fast ganz Düsterwalde anwesend war, als die Polizei zu Sanjas Leiche kam? Da haben Sie ziemlich laut gesagt, dass Sie erst am Morgen eingetroffen sind. Irgendjemand hat das aufgeschnappt und Ihnen einen Strick daraus gedreht.«

»Der Mörder?«, fragte sie erschrocken.

»Oder jemand, der Sie schon einige Zeit auf dem Kieker hat.«

»Die Hentschel!«, fauchte Hüthchen. »Die konnte mich nie leiden, und die ist scharf wie Mostrich auf den Kurt! Die hat immer so was Falsches im Blick, und wenn die mal wild auf einen Mann ist, dann Gute Nacht. Sie bescheißt auch beim Rausgeben. Und beim Zusammenzählen. Man kann ihr nicht trauen. Das würde zu ihr passen. Nur, um mich aus dem Weg zu haben!«

»Wollen Sie denn Ihre Beziehung zu Herrn Wössner fortsetzen?«

Mit vorgerecktem Kinn sah sie aus dem Seitenfenster. Wir näherten uns Sonnenwalde. Bald waren wir zu Hause, und sie musste meiner Mutter etwas sagen.

»Nein«, sagte sie nach einer ganzen Weile. »Das war nur … Ihre Mutter und ich … es lief nicht so gut in letzter Zeit.«

Sie schenkte mir einen für ihre Verhältnisse scheuen Blick, um zu sehen, wie ich reagieren würde.

»Das ist in jeder Beziehung so«, gab ich mit meiner langjährigen Erfahrung als Paartherapeut und Beziehungscoach zum Besten. »Aber da muss man nicht gleich mit jemandem in die

Kiste springen. Sie müssen wissen, was Sie wollen. Oder besser gesagt, wen.«

Hüthchen nickte. »Werden Sie mich verraten?«

»Nein.«

Ich konnte den Stein, der ihr vom Herzen fiel, krachend auf dem Fahrzeugboden aufschlagen hören.

»Als Anwalt sind alle Ihre Geheimnisse gut bei mir aufgehoben. Aber als Sohn meiner Mutter erwarte ich, dass Sie ihr keinen Kummer machen.«

Sie nickte eifrig. So viel Verständnis und Aufmerksamkeit hatte ich von ihr noch nie erhalten. Sie von mir wahrscheinlich ebenfalls nicht.

»Ich bin mir nicht sicher, ob man immer alles sagen soll«, fuhr ich fort. »Oft dient das ja nur dazu, das eigene Gewissen zu erleichtern, ohne dass man ahnt, was man dem anderen damit antut. Andererseits sagt man, dass Aufrichtigkeit und Ehrlichkeit nicht zu unterschätzen sind. Das müssen Sie entscheiden. Sie bringen mich dadurch in eine schwierige Situation. Ich will meine Mutter nicht belügen.«

»Ja«, sagte sie.

Wir bretterten die Landstraße Richtung Düsterwalde hinunter.

»Also denken Sie bei dem, was Sie tun, nicht nur an sich, sondern auch an die Folgen, die Ihr Handeln für andere hat.«

»Das werde ich. Stehe ich denn noch unter Verdacht?«

»Ja, Frau Huth, das tun Sie.«

Offenbar hatte sie dem Haftrichter nicht zugehört.

»Wie lange denn? Ich muss ja irgendwann nach Berlin zurück. Ich kann ja nicht ewig hierbleiben. Und zu der Hentschel gehe ich nie wieder!«

Das würden brotlose Zeiten werden.

»Die erzählt den lieben langen Tag nur Mist. Das war schon damals so, als sie den Andi in die Geschlossene gesteckt haben.«

»Andi?«

»Der Sohn von dieser übergeschnappten Galeristin. Fili. Wenn die Hentschel den Andi damals nicht auf dem Kieker gehabt hätte, hätte die Polizei vielleicht mal den Richtigen gesucht.«

Ich verlangsamte das Tempo.

»Den Richtigen wofür?«

»Na, für den Brand damals! Er soll die Villa angezündet haben. Und dabei ist der Chris umgekommen. Der Sohn von der Moni. War eine schlimme Sache, sehr, sehr schlimm. Man muss ihr viel verzeihen. Ich glaube, sie hat das bis heute nicht verarbeitet. Verbrannt bei lebendigem Leib.«

Hütchchen schüttelte sich, und auch mir rieselte eine Gänsehaut den Rücken hinunter. Noch ein Toter? Am Düstersee?

»Wie lange ist das her?«

»So zehn Jahre? Ungefähr. Das Haus war baufällig und hat lange leer gestanden. Für die jungen Leute aus der Gegend war das 'ne Mutprobe, nachts dahinzuschleichen und Feuer zu machen, die Wände vollzuschmieren und Fensterscheiben einzuschmeißen und so. Hat ja niemandem gehört, oder sie konnten die Besitzer nicht mehr finden. Oder die hatten keine Lust, sich darum zu kümmern. Irgendwann hieß es, es würde dort spuken.«

Sie schüttelte den Kopf über so viel Einfalt. Wir passierten das Ortsschild von Düsterwalde.

»Warum sagen Sie, dass Andi es gewesen sein *soll*? Gab es Zweifel?«

»Die Bianca hat damals ausgesagt, er hätte es ihr gestanden. Die war doch drin im Haus und ist von ihm gerettet worden, aber der Chris halt nicht.«

»Bianca?«

»Die Tochter vom Leibwitz. Und der Simone. Ein Wunder, dass bei den Eltern noch was aus ihr geworden ist.«

Hüthchens Groll gegen die beiden saß so tief, dass ich auf weitere Nachfragen verzichtete.

»Und Andi konnte das nicht richtigstellen?«

Wir fuhren an der Bäckerei vorbei, in der Frau Hentschel offenbar emsig an der Legendenbildung der Ortschronik werkelte.

»Er lag lange im Krankenhaus. Das Feuer … da sah der hinterher nicht mehr aus wie vorher, wenn ich es mal so ausdrücken darf. Er ist ja schon nicht ganz helle auf die Welt gekommen. War aber ein lieber Junge. Immer hilfsbereit. Und als das Haus brannte, ist er rein und hat die Bianca noch rausholen können. Er lag lange in der Klinik, aber viel konnten sie auch nicht machen.«

»Wie schwer waren die Verbrennungen?«

»Sehr schwer.«

Diese Fratze am Fenster … dieser furchtbare Geist aus dem Wasser … das musste Andi gewesen sein.

»Wo ist er jetzt?«

»In einer Anstalt in der Nähe von Templin. Eine Privatklinik. Keine Ahnung, wie die Fili das finanziell wuppt.«

»Fili ist …«

»Felicitas von Boden. Geborene Felicitas Schwanz. Die Eltern hatten eine Gärtnerei. Blumen- und Grabkränze. Gibt's aber schon lange nicht mehr, die Schwanzens. Ich glaube, Fili hat nicht nach Optik, sondern nach Namen geheiratet.«

Hüthchen kicherte, wurde aber sofort wieder ernst. Entweder, weil das Thema nicht zum Lachen war, oder weil wir den Ort durchquert hatten und Sanjas Haus auftauchte. Ich fuhr noch langsamer, Schritttempo. Fast.

»Sie ist geschieden?«

»Ja, soweit ich weiß. Der Mann hatte Kohle und einen Riecher für moderne Kunst. Von dem hat sie sich abgeschaut, wie man die Leute mit Gerümpel abzockt. Was bei uns als Sperrmüll am Straßenrand steht, ist für die eine *Installation*.«

Ich kannte viele bedeutende moderne Kunstwerke, die keinesfalls Sperrmüll waren. Aber Hüthchen hatte ihre eigene Meinung und trompetete sie wie immer so heraus, dass Widerspruch zwecklos war.

»Seine Kohle hat natürlich nicht lange gehalten. Man sagt, sie ist in Berlin pleitegegangen, und jetzt macht sie hier eine Galerie auf. Aber die ist wohl schon wieder geschlossen, noch bevor ein einziger Kunde über die Schwelle getreten ist.«

»Sie wollte Sophie Steinhoff ausstellen, hat es sich dann aber anders überlegt. Es gab eine ziemliche Szene auf der Straße.«

Vor den Augen von Frau Hentschel. In diesen Tagen bekam man als Brot im Regal der Bäckerei eine ganze Menge mit.

»Ach. Ja?« Hüthchen schüttelte den Kopf. »Stimmt, dem Steinhoff ist sie ja immer sonst wo hineingekrochen. Der war der Einzige hier, der ihr intellektuell das Wasser reichen könne, sagte sie immer. Und dann schmeißt sie seine Tochter raus? Gut möglich. Steinhoff ist tot, da wird er ihr nicht mehr nutzen. Also muss sie auch keine Rücksicht nehmen.«

»Aber was wird aus Andi in der teuren Klinik?«

Ich hielt vor der Hofeinfahrt.

»Tja.« Meine Beifahrerin spähte zum Haus. Hinter den zugezogenen Gardinen rührte sich nichts. »Vielleicht hat sie ja noch einen Topf mit Gold im Garten vergraben. Die einen haben's, die anderen schauen zu.«

Ich schaltete den Motor aus und holte meine Aktentasche vom Rücksitz. Die Akte fiel heraus und Hüthchen direkt in den Schoß. Bevor ich danach greifen konnte, hatte sie sie auch schon in den Händen.

»Nicht, Frau Huth.«

Sie blätterte natürlich trotzdem darin herum und holte zwei DIN-A3-Kopien hervor. Alte Zeitungsberichte von der Brandnacht am Düstersee, die im Grunde genommen nur das zusammenfassten, was bekannt war: ein Toter, zwei Verletzte, darunter vermutlich der Brandstifter.

»Da!«, stieß sie hervor.

Ich beugte mich zu ihr. Sie deutete auf ein Foto vom Tatort am Tag danach. Schaulustige hinter der Absperrung, das ganze Dorf musste zusammengekommen sein.

»Da ist ...«

»Ja?«, fragte ich. »Wer ist da?«

Eine Sekunde lang glaubte ich, Hüthchen hätte jemanden auf dem grobkörnigen Foto erkannt, den man sich genauer ansehen sollte.

Aber sie deutete auf eine Frau, die etwas abseits der anderen stand und die zehn Jahre jüngere Ausgabe ihrer Nichte war, und blinzelte. Ich hoffte, sie würde nicht ausgerechnet jetzt anfangen zu weinen oder einen Nervenzusammenbruch erleiden.

»Sanja ... Mein Gott.«

Ich nahm ihr sanft die Papiere aus der Hand und schob sie zurück in die Akte. Hütchen merkte es gar nicht, sondern starrte abwesend auf den leeren Raum, in dem sich gerade noch das Foto befunden hatte.

»Wir sind da«, sagte ich.

Ihre abgearbeiteten Hände umklammerten den Henkel ihrer Handtasche. Ein abgewetztes, vom vielen Tragen blank poliertes altes Stück. Die Nackenschläge des Lebens hatten auch ihr zugesetzt. Meine Mutter hatte sie mit der Biegsamkeit einer Weide ertragen. Hüthchen hingegen wie eine knorrige Eiche, bemoost und von Stürmen zersplittert. Vielleicht sollte ich etwas sanfter zu ihr sein, auch wenn es verdammt schwerfiel.

»Gehen Sie rein«, sagte ich. »Bringen Sie die Sache in Ordnung.«

»Ich weiß nicht …«

Sie hatte Angst. Und das zeigte mir, dass ihr meine Mutter wirklich etwas bedeutete.

»Oder schweigen Sie. Aber dann sollten Sie beide Düsterwalde den Rücken kehren, sobald das möglich ist. Sonst bleibt der anonyme Brief nicht der einzige.«

»Ja. Sie haben recht.«

Ohne dass ich es wollte, legte ich meine Hand auf ihren Oberarm. Und wahrscheinlich ebenso spontan und definitiv nicht willensgesteuert, legte sich ihre kurz auf meine. Dann atmete sie tief durch und versuchte, die Tür zu öffnen, was ihr nicht gelang.

Ich stieg aus und half ihr heraus. Am Gartentor drehte sie sich noch einmal kurz zu mir um und sagte: »Danke.«

Als ich wieder in den Wagen stieg, fragte ich mich, warum mein Herz so leicht war, obwohl die Umstände eigentlich danach verlangten, brüllend im Wald mit Holzstämmen zu werfen.

Dann fuhr ich zurück nach Templin. Im Rückspiegel hob Hüthchen die Hand und winkte.

19

Es gab nur eine Privatklinik in der Stadt, und die befand sich, wie mir erklärt worden war, etwas außerhalb, am Lübbesee.

Es war eine schöne Fahrt dorthin. Ich hatte nichts anderes zu tun, und die Sonne strahlte. Es würde erneut warm werden. Die Uferpromenade war bevölkert von Tagesausflüglern, Familien und Wassersportlern. Einen Namen hatte die Klinik auch, aber alle, die ich fragte, nannten sie den Zauberberg. Ich fand das etwas weit hergeholt, aber als ich schließlich die richtige Abzweigung gefunden und am Ende des Weges vor einem hohen, antiken Eisentor anhielt, fühlte ich beim Anblick des Parks die Erinnerung an etwas Verwunschenes, verblüht Gestriges.

Nirgendwo eine Klingel, dafür zwei Kameras auf der Spitze der Torpfeiler. Es war anzunehmen, dass man einen nagelneuen, sündteuren tiefschwarzen Mercedes nicht warten lassen würde. Doch es vergingen ziemlich lange Minuten, bis sich die Flügeltore endlich öffneten.

Die Anfahrt zur Klinik war spektakulär. Ein riesiges Anwesen im Tudorstil, umgeben von sanften Hügeln und saftigem Grün. Die hohen, stabilen Zäune um das Areal waren kaum zu erkennen. Es gab sogar einen Seezugang, auch der selbstverständlich durch den Zaun gesichert. Caspar David Friedrich hätten sämtliche Sichtachsen gefallen, auch die nur scheinbar willkürlich gruppierten Sitzbänke, Springbrunnen und Rasenschachplätze.

Hinter dem stattlichen Einfahrtsbogen öffnete sich ein Innenhof, in dem ich parken konnte. Noch bevor ich ausgestiegen war, kam mir bereits ein Herr entgegen, etwas älter und bestimmt öfter an der frischen Luft als ich, mit Gärtnerschürze, Gummistiefeln und einer Harke in der Hand.

Sein fragendes Gesicht ließ nur eine Antwort zu.

»Ich möchte zu Andreas von Boden.«

»Zum Andi?«

»Ja.«

Der Mann stellte die Harke ab und stützte sich mit beiden Händen darauf. Der Blick aus seinen kleinen Augen, die von unzähligen Fältchen umgeben waren, ruhte erst auf mir und dann auf dem Auto.

»Sind Sie ein Verwandter?«

»Nein.«

»Sie müssen sich anmelden, so oder so. Es ist gleich Mittag, da können Sie sowieso nicht zu ihm.«

»Verstehe. Wo ist denn die Anmeldung?«

Er deutete auf eine Eingangstür in den linken Flügel des Gebäudes.

»Alles klar. Ich finde den Weg.«

Er sah mir hinterher, nahm aber, nachdem ich ins Haus getreten war, den Rechen wieder auf und kümmerte sich um den Kies vor dem rechten Flügel.

Dann fiel die Tür hinter mir zu, und ich befand mich in einem breiten Flur mit dunkel schimmerndem Fußboden aus Stein. Die Decke wurde von einem Kreuzgewölbe getragen, an den Wänden hingen Gemälde, die biedermeierliche Schäferszenen, Nymphentänze, Blumenstillleben und weitere beruhigende Sujets zeigten. Bei genauerem Hinsehen entpuppten sie sich als hervorragende Leinwanddrucke. Dafür waren die zwei gewaltigen Truhen echt, die an den Wänden standen. Es war ein wuchtiges Entree, das eher an eine Burg als an eine Klinik erinnerte. Es roch nach Rinderbraten und Rotkohl, fast so gut wie in Mutters Küche, wenn sie sonntags kochte.

Ein handschriftlich gemaltes Schild in Fraktur wies nach links zur Anmeldung. Der Duft kam aber, wenn mich nicht alles täuschte, von rechts. Wenn Andi Mittagspause machte, war das vielleicht eine Möglichkeit, meinen Seegeist in entspannter Umgebung kennenzulernen.

Ich wollte wissen, warum er nach Einbruch der Dunkelheit um Steinhoffs Villa schlich. Dieselbe Frage, die ich auch der Klinikleitung stellen würde. Das ganze Anwesen war streng bewacht, aber Andi konnte offenbar nachts kommen und gehen, wie er wollte. Wenn Steinhoff dieselbe Gestalt gesehen hatte wie ich, war es durchaus möglich, dass er vor Schreck einen Asthmaanfall bekommen hatte. Und was, wenn Andi auch etwas mit Sanjas Tod zu tun hatte? Ich musste mir selbst ein Bild von diesem Jungen machen.

Am Ende des Flurs stand eine Tür halb offen. Sie führte vom Seitenflügel in den Mittelteil des Gebäudes zu einer ehemaligen Empfangshalle. Dort waren bequeme Sitzgruppen arrangiert. In den Wandregalen standen Bücher und Spiele, zur Unterhaltung gab es auch noch einen großen Fernsehmonitor. Die Halle war leer, aber ich hörte Stimmen, die aus dem ersten Stock kamen. Über eine breite Holztreppe ging es nach oben, vorbei an einem Schaukasten, in dem Notfallrufnummern, Fotos der leitenden Pfleger und Kursangebote ausgehängt waren, die ich nur mit einem schnellen Blick im Vorübergehen streifte.

REIKI MIT SANJA.

Ich stockte, drehte mich um und sah mir den Aushang genauer an. Ein Foto zeigte Sanja Huth barfuß auf einer Wiese, die Augen geschlossen, das Gesicht der Sonne entgegenhaltend. Ihre Haare fielen offen über die Schulter. Sie trug ein T-Shirt, eine Pumphose und bunte Ketten um den Hals. Sie verströmte Glück und inneres Gleichgewicht. Es war kaum zu fassen, dass diese Frau einen so grausamen Tod gestorben war. Das Foto rief sie mir noch einmal in Erinnerung, und wie ich da am Fuß der Treppe stand, fühlte ich den Verlust, als hätten wir uns lange gekannt und nicht nur zwei flüchtige Begegnungen gehabt.

Lebensenergie durch Handauflegen. Chakren-Erweckung. Gesundheit als Weg zur Erleuchtung. Einweisung in die Energiearbeit. Theta Healing. Yoga am Donnerstag. Einzelsitzungen jeden Samstag.

Samstag.

Am Abend hatte Steinhoff das Fest am Düstersee gefeiert.

Der Aushang sah aus, als ob er nicht erst seit ein paar Tagen in dem Schaukasten festgepinnt war. Wenn sie jede Woche hier aufgetaucht war, musste sie Kontakt zu Andi gehabt haben. Sie kannte die Zu- und Ausgänge und bestimmt auch die Schlupflöcher, die es in jeder von der Außenwelt abgeschotteten Gemeinschaft gab. Sie hatte mit ihm gesprochen – er war ja ein Junge aus demselben Dorf. Seine Entwicklung verfolgt, vielleicht ihr ganzes Feuerwerk an alternativen Heilmethoden auf ihn abgefeuert. Ihn begleitet auf dem langen Weg, der nicht in eine Genesung münden würde, sondern allenfalls in der Akzeptanz seines Zustands.

Und sie musste den Entschluss gefasst haben, ihn Samstagnacht heimlich aus der Klinik zu schleusen und an den Düstersee zu bringen. Dorthin, wo das ganze Unglück begonnen hatte. Warum? Was wollte sie ihm zeigen? Feiernde Menschen? Die renovierte Villa?

Steinhoff?

Auf dem Weg hinauf in den ersten Stock beschloss ich, diesen Gedanken vorläufig für mich zu behalten. Erst einmal musste ich herausfinden, ob Andi wirklich derjenige war, den ich in der Nacht von Steinhoffs Tod gesehen hatte. Aber ein ungutes Gefühl in der Magengegend sagte mir, dass ich wahrscheinlich die erste Verbindung vom Düstersee zum Zauberberg gefunden hatte. Von Steinhoff zu Andi. Von Sanja zu …

Rechterhand lag der Speisesaal. In ihm hielten sich ungefähr fünfzig Menschen aller Altersgruppen auf. Einige saßen im Rollstuhl, andere bewegten sich auf Krücken durch den Raum, die meisten wurden begleitet und benötigten diese Fürsorge auch.

Andi saß allein an einem Tisch in der Ecke. Obwohl er mir den Rücken zuwandte, erkannte ich ihn. Oder spürte, dass er es war. Vielleicht lag es an den hochgezogenen Schultern oder der Art, wie er sich tief über seinen Teller beugte. Oder an der Aura von Einsamkeit, die eine unsichtbare Wand um ihn errichtete.

Ich grüßte eine Hausangestellte in hellblauer Uniform und weißer Schürze, die aber zu beschäftigt war mit zwei hochbetagten Patienten an ihrer Seite, um mit mehr als einem kurzen Nicken zu reagieren.

»Andi?«

Der Junge sah hoch, und ich blickte in das Gesicht meines Albtraums. Großflächige Narben verunzierten sein Antlitz. Er hatte ein Auge verloren, das fast ganz in der Höhle verschwunden war. Die transplantierte Haut war hellrot, die Narben schlohweiß. Vielleicht hätten kosmetische Operationen geholfen, aber ich war mir nicht sicher.

»Darf ich?«

Er verstand mich nicht, oder er wollte mich nicht verstehen. Ich zog den gegenüberliegenden Stuhl etwas vom Tisch weg und ließ mich nieder. Damit hatte ich den ganzen Raum im Blick.

Andi war groß und kräftig. Mindestens eins achtzig, was das Furchteinflößende in der Nacht noch verstärkt haben durfte. Sein Alter war nicht zu schätzen. Er hätte achtzehn, aber auch achtundvierzig sein können. Ich war versucht, ihn weiter zu duzen, aber damit hätte ich ihn quasi entmündigt.

»Andreas von Boden, ich bin Joachim Vernau. Erinnern Sie sich an mich?«

Sein eines Auge wanderte unstet von meinem Gesicht zu seinem Teller. Abrupt drehte er sich um, wahrscheinlich, um eine der Hilfskräfte auf sich aufmerksam zu machen. Auch seine Hände waren vernarbt, vermutlich wie der Rest des Körpers, der durch Kleidung verdeckt wurde. Hüthchens Worte kamen mir in den Sinn: Chris war verbrannt bei lebendigem Leib. Andi ebenfalls. Nur gestorben war er nicht.

»Sie waren Samstagnacht am Bootshaus, am Düstersee. Das ist eine ganz schöne Strecke von hier aus. Wie sind Sie dahin gekommen?«

Er legte die Gabel ab und drehte sich mit einer unnatürlichen Bewegung wieder um, in sich gewunden wie ein Baum, den harte Wetter früh verkrümmt hatten.

»Wer hat Sie hier rausgeholt und an den See gebracht? Und vor allem, warum?«

Seine rechte Hand öffnete und schloss sich. Erst jetzt bemerkte ich, dass er nicht sprechen konnte. Zumindest nicht so, dass nur ein Wort zu verstehen war. Er gab sich große Mühe, und einige Laute kamen ihm auch über die Lippen, aber ich konnte nichts mit ihnen anfangen.

Die Enttäuschung war groß. Ich hatte erwartet, auf jemanden zu treffen, der *nicht der Hellste war*. Aber nicht auf einen so versehrten Mann.

»Können Sie mich verstehen? Ich will Ihnen nichts tun. Sie können ganz beruhigt sein.«

Das Auge flackerte. Andi war alles andere als beruhigt. Wahrscheinlich zerschoss ich gerade Therapien für ein halbes Leben.

»Verstehen Sie mich?«

Langsam, kaum merklich, nickte er.

»Waren Sie am Düstersee?«

Andi griff nach dem Messer. Ich hatte nicht das Gefühl, dass er gefährlich war. In jener Nacht hatte er mir einen Höllenschreck eingejagt, doch hier, tagsüber, umgeben von so vielen anderen, die ein ähnliches Schicksal ertrugen wie er, fühlte ich nichts anderes als tiefes Mitleid.

»Wir haben uns gesehen, Sie und ich. Sie sind am Bootshaus aufgetaucht und haben durch die Scheiben geschaut. Haben Sie jemanden gesucht?«

Die Linke griff nach der Gabel. Sorgfältig, mit fast chirurgischer Präzision, schnitt er ein Stück Rinderbraten ab.

»Mit wem waren Sie dort? Mit Sanja?«

Sein Kopf ruckte hoch.

»War es Sanja, die Sie hier rausgeholt hat?«

Messer und Gabel klirrten auf den Teller. Andi lehnte sich zurück und atmete schwer. So schwer, dass ich fürchtete, er hätte ernste Probleme.

»Alles gut«, sagte ich schnell. »Alles ist gut.«

Er versuchte, etwas zu artikulieren, aber die Mühe war vergeblich. Wie schlimm musste es für diesen Jungen sein, sich nicht ausdrücken zu können.

»Sanja«, begann ich.

Er stieß einen Ton aus, der zwischen Erschrecken und Schmerz lag. Eine der Pflegerinnen wurde aufmerksam und kam auf mich zu.

»Entschuldigung, wer sind Sie, und was machen Sie hier?«

Sie war eine schmale, nicht besonders große, aber respekteinflößende Gestalt mit einem braunen Pagenkopf, in den sich erste graue Strähnen geschlichen hatten.

»Joachim Vernau, ich bin Anwalt. Und ich spreche gerade mit Andreas von Boden.«

Sie stemmte die Arme in die Hüften, eine im Umgang mit ihren Patienten erprobte Geste, die bei mir aber ihre Wirkung verfehlte.

»Wer hat Ihnen das erlaubt? Niemand spricht hier mit jemandem, ohne die Erlaubnis zu haben. Verlassen Sie sofort den Speisesaal!«

Die anderen Pflegekräfte wurden aufmerksam. Eine griff zum Handy. Meine Zeit an diesem Ort war um.

»Ich muss gehen, Herr von Boden.«

Er beugte sich mit eingezogenen Schultern über den Teller. Ich stand auf.

»Wo finde ich die Leitung dieser Einrichtung?«

Die Frau nahm die Hände herunter.

»Gehen Sie zur Anmeldung. Aber lassen Sie sich hier oben nie mehr blicken!«

Am Eingang stieß ich fast mit einem vierschrötigen Mann zusammen, ebenfalls in Dienstkleidung.

»Danke. Ich finde den Weg allein.«

Er sah mir finster hinterher. Unten wurde bereits die Tür zur Anmeldung geöffnet, noch bevor ich den Flur zur Hälfte durchquert hatte. Heraus trat eine Frau, die wie ihre eigene

Karikatur wirkte. Pompös aufgetürmte Haare und den strammen Leib in ein Kostüm gezwängt, in das man sie morgens wahrscheinlich einnähen musste. Sie stützte sich auf einen Stock, aber sie eilte so schnell und behände auf mich zu, dass er wohl eher als Accessoire oder Waffe genutzt wurde. Im Moment wohl Letzteres, wenn ich ihren Gesichtsausdruck richtig deutete.

»Was erlauben Sie sich!«

Sogar ihre Stimme klang, als hätte sie eine Rolle in einer Krankenhaus-Soap.

»Das ist Hausfriedensbruch! Unsere Patienten können nicht einfach unangemeldet überfallen werden!«

»Sind Sie die Leiterin dieser Klinik?«

Sie berührte ihre Brille, als ob sie meine Erscheinung noch immer nicht ganz erfasst hätte. »Nein. Was wollen Sie?«

»Ich möchte wissen, wie einer Ihrer Patienten nachts unbegleitet am Düstersee auftauchen kann.«

»Bitte?«

»Und in derselben Nacht stirbt dort, in unmittelbarer Nähe, ein Mann. Das Todesermittlungsverfahren hat Fremdeinwirkung ergeben. Mord. Wenn Sie verstehen, was ich meine. Oder soll ich damit direkt zur Presse gehen?«

»Einer unserer Patienten?«, wiederholte sie perplex, fasste sich aber erstaunlich schnell. »Das ist eine Lüge. Verschwinden Sie, oder ich rufe die Polizei.«

»Das ist auch eine sehr gute Idee.«

Die Dame merkte, dass sie sich gerade in eine schwierige Position manövriert hatte. Sie brachte sich noch einmal in Position.

»Niemand unserer Gäste verlässt ohne Begleitung die Klinik. Schon gar nicht nachts.«

»Frau Schöller?«, kam es erstaunt aus dem Inneren des Zimmers, vor dem wir gerade standen. »Was ist los?«

Ein Mann trat heraus, blickte irritiert auf uns beide und streckte mir die Hand entgegen. »Dr. Klaus Reinicke, Direktor der Seeklinik. Kann ich Ihnen helfen?«

Er war dünn und lang wie ein Streichholz. Ein asketischer Akademiker, der aber keinesfalls die Bodenhaftung verloren hatte, wie ein schneller Seitenblick auf die dralle Dame verriet.

»Vernau, Anwalt. Zu Ihnen wollte ich.«

»Geht es um eine Neuaufnahme?«

»Nein, um einen Ihrer Patienten.«

Mein Ton und die eisige Miene von Frau Schöller verrieten ihm, dass es sich dabei nicht um Lobgesänge handeln würde. Er strich sich mit einer eingeübten, verlegen wirkenden Geste über die gepflegte Halbglatze. »Das tut mir außerordentlich leid, aber Sie müssten sich einen Termin geben lassen. Dann können wir gerne ...«

»Andreas von Boden.«

Wieder ein schneller Blick zwischen den beiden. Der Name kam also nicht überraschend.

»Wie ich bereits sagte ...«

»Herr von Boden verlässt nachts unbegleitet die Klinik. Ich bin ihm begegnet, und unvorbereitet war das keine gute Erfahrung.«

Reinicke war überrumpelt. Er wusste nichts von dem Vorfall. Vielleicht hatte er mit einer Beschwerde gerechnet, aber nicht damit, dass Andi sich nachts aus diesem Hochsicherheitstrakt verabschiedete.

»Soll ich die Aufsicht rufen?«, quäkte Frau Schöller dazwischen.

»Nein, nein. Erst einmal möchte ich wissen, wie genau Sie auf diesen Vorwurf kommen. Würden Sie mir bitte in mein Büro folgen?«

Ich ging hinter ihm her und spürte den Blick seiner Mitarbeiterin wie Dolche zwischen den Schulterblättern.

»Kaffee?«, fragte er und hielt mir eine Verbindungstür auf.

»Gerne«, antwortete ich und warf Frau Schöller noch ein Lächeln zu, das sie mit Leichenbittermiene quittierte.

20

Das Büro verriet eine Menge über Reinicke. Konservativ, anglophil, eher ländlich als urban. Er wusste, wie man Eindruck schindete und den Besuchern das Gefühl gab, für ihr Geld auch einen Gegenwert zu erhalten. Ich durfte mich auf eines der antiquierten Ledersofas am Fenster setzen, er nahm nach mir auf dem gegenüberstehenden Platz. Durch die bleiverglasten Fenster fiel der Blick hinaus auf den Park und das Seeufer, eigenartig verfremdet durch die Unregelmäßigkeit der alten Scheiben.

»Herr …«

Ich griff in die Tasche meines Jacketts und reichte ihm eine Visitenkarte. Er musterte sie, vielleicht auf der Suche nach einem unterschlagenen Prof., Dr. oder von und zu. Es gab nichts dergleichen, aber immerhin merkte er sich meinen Namen und sprach ihn auch richtig aus – mit Betonung auf der ersten Silbe.

»Herr Vernau. Sie sehen mich überrascht ob Ihres Vorwurfs. Wir achten sehr darauf, dass die Sicherheit unserer Gäste rund um die Uhr gewährleistet ist. Niemand verlässt unbegleitet die Klinik, schon gar nicht nach Einbruch der Dunkelheit. Wann genau soll das gewesen sein?«

»In der Nacht von letztem Samstag auf Sonntag.«

»Und wo?«

»Auf dem Gelände der Villa Floßhilde am Düstersee.«

Er zog die Stirne kraus, als hätte er noch nie von diesem Ort gehört.

»Das Anwesen von Professor Steinhoff.«

»Oh. Ja. Warten Sie … da war doch etwas …«

»Es war die Nacht, in der Professor Steinhoff ermordet wurde.«

Er atmete scharf ein. Die Zurückhaltung, die er bis eben noch an den Tag gelegt hatte, schwand, auch wenn er sich weiterhin in der Gewalt hatte. »Wollen Sie damit einen Zusammenhang zwischen dem Tod des Professors und einem unserer Gäste konstruieren?«

»Wer hat Andreas von Boden abgeholt?«

»Niemand!« Er warf die Karte wie einen Fehdehandschuh auf einen Beistelltisch, Nussbaumfurnier. »Herr von Boden ist nicht in der Verfassung, abgeholt zu werden. Damit habe ich Ihnen schon mehr über seinen Zustand gesagt, als es die Gepflogenheiten unseres Hauses gebieten. Ich werde nicht zulassen, dass sein und unser Ruf von Ihnen auf irgendeine Weise beeinträchtigt wird, indem wir in so eine Geschichte hineingezogen werden. Was genau sind Ihre Absichten?«

»Ich möchte wissen, wer mit ihm in dieser Nacht am See war.«

»Niemand! Und warum interessiert Sie das überhaupt?«

»Weil es mir *meine* Gepflogenheiten als Anwalt gebieten, jedem Hinweis nachzugehen, der der Wahrheitsfindung im Interesse meiner Mandanten dient. Sie sehen *mich* unzufrieden ob *Ihrer* Kooperation, Herr Reinicke. Ich will wissen, wie Herr von Boden an den See kam, wer ihm dabei half und ob er dort Herrn Steinhoff begegnet ist.«

»Herrn Professor Steinhoff.«

Mir lag auf der Zunge, dass Steinhoff sich für diesen Titel nun auch nichts mehr kaufen konnte. Reinicke war verunsichert, das spürte ich. Vielleicht, weil es bei ihm nicht zum Professor und auch nicht zum Besitzer dieses Hauses gereicht hatte. Dessen *Gäste* beziehungsweise deren Angehörige sicherten ihm Status und Einkommen. Sie musste er beschützen. Aber nicht um jeden Preis. Er erkannte die Gefahr, die von mir ausging, aber er überschätzte sich, wenn er glaubte, durch Leugnen etwas zu erreichen.

»Ich bin Herrn von Boden begegnet«, fuhr ich etwas sanfter fort. »Ich glaube nicht, dass er einen Mord begehen könnte. Aber er hat einen bleibenden Eindruck hinterlassen. Wenn das öfter geschieht, ob mit oder ohne Ihr Wissen, ist das nicht gut. Weder für Andreas noch für Sie. Und er geriete zum zweiten Mal in die Ermittlungen um ein schweres Verbrechen.«

»Wollen Sie Anzeige erstatten? Geht es um Hausfriedensbruch? Wie kamen *Sie* eigentlich nachts an den See? Er ist meines Wissens von Düsterwalde aus nicht mehr für die Öffentlichkeit zugänglich.«

»Ich wohne dort zurzeit. Auf Einladung des Herrn Professor Steinhoff.«

»Hm, ja ... ich werde das Personal befragen«, war das Einzige, wozu er sich hinreißen ließ.

»Tun Sie das. Und melden Sie sich bitte, wenn Sie etwas erfahren. Ich gebe Ihnen Zeit bis morgen.«

»Sonst?«

Ich stand auf. »Sonst werde ich die entsprechenden Stellen informieren.«

Das hatte ich natürlich nicht vor. Ich gehöre nicht zu den Leuten, die wegen jeder Kleinigkeit zur Polizei rennen. Was nicht heißt, dass ich misstrauisch wäre oder ihr nichts zutrauen würde. Im Gegenteil: Die meisten Beamten machen einen guten Job, egal, ob Provinzbulle oder Großstadt-Cop. Aber bevor ich keine Beweise für meine Theorie hatte, wollte ich auch nicht damit herausrücken. Ich kannte Sanjas Absicht nicht, mit der sie Andi quasi entführt hatte. Aber ich wollte sie herausfinden, weil sie damit ihr Leben aufs Spiel gesetzt und verloren hatte. Wer auch immer ihre Absichten so grausam durchkreuzt hatte, ich wollte ihn nicht davonkommen lassen.

Und Andi sollte kein zweites Mal in die Mühlen der Justiz geraten. Und, wichtigster Grund: Ich wollte, dass meine Mutter wieder ihres Lebens froh wurde, und das ging nur, wenn Hüthchen ohne den Schatten eines Verdachts nach Berlin zurückkehrte.

Reinicke zumindest konnte ich von der Liste der Verdächtigen streichen. Er stammelte noch: »Wie meinen Sie das?«, aber ich war schon an der Tür.

Die Hand an der Klinke, wurde sie von der anderen Seite aufgemacht. Frau Schöller balancierte ein Tablett, auf dem tatsächlich eine einzelne Tasse Kaffee stand. Ohne Milch, ohne Zucker. Der Stock lehnte an ihrem Schreibtisch.

»Danke«, sagte ich. »Ich bin schon weg.«

Mir war klar, was ich losgetreten hatte. Dies war eine Privatklinik, in der austherapierte Patienten ein ruhiges, friedliches Dasein führen konnten. Wenn herauskam, dass sie nachts unbeaufsichtigt Ausflüge in die nähere Umgebung unternahmen, warf das nicht nur ein sehr schlechtes Licht auf die Einrichtung. Es konnte alles Mögliche passieren, was in allererster Linie den Patienten schaden würde.

Auf dem Weg nach draußen kam mir die Pflegerin entgegen, die mich aus dem Speisesaal hinausgeworfen hatte. Sie würdigte mich keines Blickes und hastete an mir vorbei zur Anmeldung. Wahrscheinlich hatte Reinicke sie zu sich beordert, um herauszufinden, ob an meinen Anschuldigungen etwas dran wäre. Die Lunte war gelegt. Entweder trat er den Funken aus und kooperierte, oder der ganze Laden hatte ein ziemliches Problem.

Im Hof ging ich nicht zu Steinhoffs Mercedes, sondern schlenderte durch das Einfahrtsportal hinaus in den Park. Die Sicherheitsvorkehrungen waren im Bereich des Üblichen: Kameras rund ums Haus, bestimmt auch an den Grundstücksgrenzen. Ein schmiedeeisernes Tor, das abends automatisch geschlossen wurde. Aus diesem Grund waren die Parterrefenster auch nicht vergittert. Ich vermutete, dass Andreas durchs Fenster gestiegen und irgendwo am See abgeholt worden war. Es war der einzige Zugang, der eine Möglichkeit zur Flucht bot. Zunächst einmal musste ich herausfinden, wie die beiden es angestellt hatten, unbemerkt zu verschwinden.

Aus den geöffneten Fenstern im ersten Stock klangen Küchengeräusche. Besteckklappern, Geschirrklirren. Dazu Stimmen, vermutlich aus dem Speisesaal. Ich hatte nicht viel Zeit, wenn es danach bei diesem schönen Wetter wieder in den Park ging.

Ohne mich umzusehen, zwang ich mich, nicht allzu hastig den Weg hinunter zum Ufer einzuschlagen. Der Zaun dort war nicht ganz so prächtig wie am Eingang, eher zweckmäßig. Zwei Meter hoch, klassische Rundstäbe mit Verstrebungen oben und unten und geschmiedeten Spitzen. Auch hier ein Tor, das sowohl manuell als auch automatisch geöffnet und geschlossen werden konnte. Ich sah auf den ersten Blick, dass es für ein unbemerktes Verschwinden nicht geeignet war und ich hier auch nicht nach draußen gelangen konnte.

Langsam, die Hände in den Hosentaschen, flanierte ich am Zaun entlang. Es gab keinen Weg, nur einen kaum zu erkennenden Trampelpfad. Nach kurzer Zeit ging der Rasen in Gebüsch und dann in Wald über. Ab und zu kam wohl ein Gärtner vorbei und hielt die Äste in Schach, aber die Vernachlässigung schritt im gleichen Maße voran, je weiter man sich von dem belebten Teil des riesigen Grundstücks entfernte. Das Gelände sah immer noch gepflegt aus, aber in den letzten Wochen hatte sich niemand an seine Außengrenzen verirrt. Schließlich war der Zaun kaum noch zu sehen, und das Vorwärtskommen wurde schwierig.

Und da sah ich es.

Vielleicht wollten sie Geld sparen. Vielleicht dachten sie, es reichte, wenn man nur die sichtbaren Grenzen mit neuen Zäunen absteckte und die Ecken, die der Wald verbarg, einfach so ließ. Es war ein alter DDR-Zaun mit Betonpfeilern und Maschendraht, der von Unkraut und Wildwuchs verbogen und an manchen Stellen fast bis zum Boden gedrückt worden war.

Und an einer hatte jemand nachgeholfen. Ich war kein Trapper, aber sogar ich konnte erkennen, dass Zweige gebrochen und Büsche niedergetrampelt worden waren. Dieses Schlupfloch wurde rege genutzt. Weit und breit keine Kamera, das Seeufer in direkter Nähe – wer weiß, wer hier alles schon hinaus- oder sogar unbemerkt hineingeschlüpft war. Vielleicht nur eine schnelle Abkühlung im See während einer ruhigen Nachtschicht. Vielleicht aber auch …

Ich blieb stehen, sah mich um und lauschte. Niemand war mir gefolgt. Vorsichtig schob ich die Äste zur Seite und trat auf das Maschengeflecht. Ein paar wackelige Schritte, und ich war draußen. Keine zwei Meter von mir schimmerte es silbrig durch das Schilf – der See. An einem Fleck stand das Röhricht nicht ganz so dicht. Der Boden war niedergetreten und neigte sich sanft zum Wasser – der perfekte Zugang.

Ich aber wollte weiter. Am Ufer war das nicht möglich. Wald und Gebüsch bildeten eine undurchdringliche Wand. Sie waren durchs Wasser gewatet, vielleicht geschwommen. Andis Aufzug in jener Nacht, nass und schlammverschmiert, ergab einen Sinn.

Ich holte Handy, Portemonnaie und den Autoschlüssel aus meinen Taschen, schlüpfte aus den Schuhen, band sie an den Schnürsenkeln zusammen und hängte sie mir um den Hals. Dann tastete ich mich barfuß voran. Der Schlick schmiegte sich samtig und schmatzend an meine Fußsohlen. Ich wurde unvorsichtig, und als es plötzlich nach unten ging, hätte ich fast das Gleichgewicht verloren. Ich fand erst wieder Grund, als ich bis zur Brust im Wasser stand. Meinen wenigen kostbaren Besitz über den Kopf haltend, lief ich, so gut es ging, weiter und hoffte, dass es nicht zum Äußersten kommen würde – zum Schwimmen – und dass ich wenigstens das Handy trocken halten konnte.

Über eine weite Strecke hin war das Ufer unzugänglich. Dann kam die erste Chance, an Land zu gelangen. Eine kleine, kaum zwei Meter breite und sanft abfallende Bucht, umstanden von alten Bäumen, deren Wurzeln sich wie riesige knorrige Hände in die Erde krallten. Langsam hielt ich darauf zu und zwang mich, Schlingpflanzen und andere nicht identifizierbare Gewächse oder Tiere zu ignorieren, die um meine Knöchel streiften. Klatschnass stieg ich aus dem Wasser und ließ mich auf einem schmalen Stück Gras nieder, um erst einmal abzutropfen.

Fußabdrücke führten vom Ufer über sandige Erde und verloren sich weiter oben, wo es trockener war. Sie waren klein und schmal – Frauenfüße, die die Erde kaum berührten. Und groß und breit, schwer, ungelenk ausgeführt. Die KTU würde herausfinden, zu wem sie gehörten und wer hier, die eine leichtfüßig, der andere taumelnd, ausrutschend, nach Halt suchend, an Land gegangen war.

So also war ihnen die Flucht gelungen. Und wie weiter? Sorgfältig prüfte ich alles, was in mein Blickfeld kam. Die Äste. Das Ufer. Das Schilf. Den Abbruch der Erde zum Wasser hin. Für eine Badestelle war der Platz zu beengt. Aber ein schmaler, kaum wahrzunehmender Trampelpfad führte von diesem kleinen natürlichen Seezugang hinauf in den Wald. Vielleicht war es eine gute Stelle zum Angeln.

Ich prüfte mein Handy, es hatte keinen Schaden genommen. Das Portemonnaie steckte ich ein, den Schlüssel und mein Telefon behielt ich lieber noch in der Hand. Meine Schuhe waren nass geworden, aber ich zog sie wieder an und machte mich auf den Rückweg zur Klinik, die irgendwo zur Linken liegen musste.

Der Trampelpfad führte leicht bergauf und erreichte nach fünfzig Metern einen befestigten Weg. Und genau dort, wo sich beide kreuzten, lag etwas im Gebüsch, das ich erst beim zweiten Hinsehen identifizieren konnte. Es war ein Anglerhut. Etwas shabby, viel getragen. Der Anblick traf mich wie ein Schlag in die Magengrube. Ich erinnerte mich an ihr Gesicht mit den Sommersprossen, verschattet von genau diesem Hut, und wie sie sich zu mir gebeugt und gesagt hatte, wie viel Dunkles im Düstersee versenkt worden sei und dass das, was einmal dort verschwunden sei, nie wieder hochkäme.

Es war ein Schock. Etwas von ihr zu finden, als hätte sie es genau hier zurückgelassen, um mir ein Zeichen zu geben. Blödsinn, schalt ich mich. Es musste schnell gehen. Andi wird

Angst gehabt haben, so plötzlich herausgerissen zu sein aus seiner gewohnten Umgebung. Sie sind durch die Büsche und unter den niedrig hängenden Ästen der Bäume genauso nass, wie ich es jetzt war, auf den Pfad gelangt – und dann …

Eingestiegen in Sanjas Fiat, der in ihrem Schuppen stand. Ich war mir sicher, ich würde auf den Bodenmatten Reste von sandigem Schlamm entdecken. Aber ich wollte ihr nicht weiter hinterherspionieren.

Ich pflückte den Hut von den Zweigen des Buschs und hielt den letzten Beweis für Andis Ausbruch in den Händen. Nur wusste ich immer noch nicht, was diese Nacht-und-Nebel-Aktion zu bedeuten hatte.

Ich erinnerte mich an Sanjas Art, sich zu bewegen, an das Erdverbundene und Elfenhafte, und an die Wut, mit der sie sich an Steinhoffs Zaun zu schaffen gemacht hatte. Wem war sie danach begegnet? Wer hatte sie so grausam ermordet? Ich legte den Hut wieder zurück, prägte mir die Stelle so gut es ging ein und setzte meinen Weg fort.

Nach einem kurzen, strammen Marsch erreichte ich die Zufahrt zur Klinik. An mir trockneten Algen, Schlamm und weiteres Undefinierbares, und so war ich froh, dass man mir überhaupt noch einmal das Tor öffnete. Als ich den Innenhof erreicht hatte, stellte ich mit Erleichterung fest, dass die Autoschlüssel den Ausflug in den See unbeschadet überstanden hatten. Ich hoffte, dass das Lederpolster meinen Zustand nicht übel nehmen würde, und wollte gerade einsteigen, als jemand meinen Namen rief.

»Herr Vernau!«

Reinicke kam aus dem Haus gestürmt, direkt auf mich zu, und stoppte erst, als er erkannte, in welchem Zustand sich meine Kleidung befand.

»Was ist passiert?«

»Ich war schwimmen«, erklärte ich kurz angebunden.

»Herr Vernau ...« Er trat näher. Vorsichtig, als würde ihm mein Aufzug raten, es nicht auf unüberlegte Konfrontationen ankommen zu lassen. »Bitte, einen Moment noch. Mir hat Ihr Besuch sehr zu denken gegeben. Ich habe nachgefragt, und – Sie hatten recht. Es gab tatsächlich einen Zwischenfall.«

Ich warf Handy und nasse Brieftasche auf den Beifahrersitz. Dass er seine Meinung geändert hatte, war uninteressant geworden. Ich wusste, was ich wissen musste. Die Polizei in Templin demnächst auch.

»Eine Mitarbeiterin hat bestätigt, dass Herr von Boden in der fraglichen Nacht in den Fluren aufgegriffen worden ist. Er war ...«

Sein Blick musterte mich noch einmal von oben bis unten.

»... nass. So, als wäre er gerade ...«

Er räusperte sich. Ich war auch nass und tropfte vor mich hin.

»Die Mitarbeiterin überprüfte daraufhin den Zugang zum See, aber er war verschlossen. Sie konnte sich keinen Reim darauf machen. Wir haben ja auch zwei Springbrunnen im Park. Vielleicht ist er dort hineingestiegen. Wir wissen es nicht.«

Ich hatte den starken Verdacht, dass sie es auch nicht wissen wollten.

»Ich war im See und nicht im Springbrunnen«, stellte ich klar, bevor weitere Zweifel über meinen Geisteszustand aufkamen. »Kann Herr von Boden sich denn gar nicht äußern?«

Reinicke wägte ab, ob ihm die Beantwortung dieser Frage eher schaden oder nutzen konnte.

»Nein. Leider nicht.«

»Warum nicht?«

»Das liegt an seiner Krankheitsgeschichte. Bei seiner Geburt gab es Komplikationen. Ein schwerer Sauerstoffmangel. Aber er war ein guter, lieber Junge, wie mir von allen Seiten bestätigt wurde. Dann allerdings, vor zehn Jahren, ist etwas geschehen. Das war, noch bevor er zu uns kam.«

Er sah sich um. Wir standen im Hof wie auf einem Präsentierteller. Mit einem Kopfnicken wies er auf den Eingang zum Verwaltungsflügel des Hauses. Gemeinsam gingen wir darauf zu und stellten uns in den Schatten.

»Der Brand«, sagte ich.

Reinicke fuhr sich mit zwei Fingern in den Hemdkragen. Er wusste, dass er mich auf seine Seite ziehen musste, wenn er nicht eine Klage wegen Verletzung der Aufsichtspflicht riskieren wollte.

»Ja. Der Brand. Andi, Verzeihung, Herr von Boden soll ihn gelegt haben. Meines Erachtens fehlten ihm dazu die kognitiven Eigenschaften ebenso wie ein subjektiver Wille. Aber das Gutachten, das schließlich der Staatsanwaltschaft und dem Richter vorgelegt wurde und das seine Mutter in Auftrag gegeben hat, bescheinigte Andi durchaus die Fähigkeit, einen Brand zu legen.«

Ich glaubte ihm. Nicht nur, dass Reinicke seinen Patienten wieder Andi statt Herr von Boden nannte, auch die Art, wie er den Sachverhalt erklärte, sprach von Sympathie für den Jungen.

»Hat Herr von Boden eine Aussage gemacht?«

»Das konnte er nicht mehr. Die Verbrennungen waren so schwer, dass lange nicht klar war, ob er das überhaupt überleben würde. Es kann sein, dass das Koma und der Schock bei ihm eine Aphasie, also eine Sprachstörung, ausgelöst haben. Dies bestätigte auch der Gutachter.«

»Und was glauben Sie?«

Reinicke dachte nach und versuchte dabei, meinen seltsamen Aufzug so gut wie möglich zu ignorieren. »Ich glaube an selektiven Mutismus mit multifaktorischer Genese.«

Auf meinen ratlosen Blick hin erklärte er: »Bestimmte Inhibitionsmechanismen hindern ihn daran zu sprechen. Es ist ein Verlust der kommunikativen Kompetenz, herbeigeführt durch Traumata. Das Kardinalsymptom ist Schweigen. Andi hat die Fähigkeit zum Sprechen nicht verloren, er setzt sie nur nicht mehr ein.«

»Warum?«

»Er hatte es als Kind und Jugendlicher nicht leicht. Das ist das eine. Das andere aber ist, dass er durch die Entstellung nach dem Brand und die Hexenjagd auf ihn als angeblich Schuldigen am liebsten unsichtbar geworden wäre. Und dazu gehört auch zu schweigen. Es ist die Angst, die ihn dazu gebracht hat, die Sprache zu verlieren.«

»Wird er sie wiedergewinnen?«

»Das weiß keiner. Wir behandeln ihn logopädisch, physiotherapeutisch und psychologisch, aber die Fortschritte sind, sagen wir es so, begrenzt.«

»Aber er unternimmt heimlich Ausflüge.«

»Nein!« Reinicke erschrak vor seiner eigenen Lautstärke und wurde sofort wieder leiser. »Auf gar keinen Fall. Das war eine Ausnahme, eine einzige, unerklärliche Ausnahme!«

»Wann genau war er wieder zurück?«

»Ich habe das sofort überprüfen lassen. Gegen zwei Uhr morgens tauchte er auf, in diesem derangierten Zustand. Man hat das nicht rapportiert, da es noch nie vorgekommen ist. Sonntagmorgen hingegen, beim ersten Rundgang um halb sieben, war er in seinem Bett. So wurde das auch von der Mitarbeiterin vermerkt. Später hat er gefrühstückt und ging dann um neun in der Sporthalle zur Gymnastik.«

Wenn die Zeitangaben stimmten, dann hatte Andi zumindest mit dem Mord an Sanja nichts zu tun. Er hatte für den fraglichen Zeitraum ein Alibi. Ich war froh darüber, das zu hören.

»Wer besucht ihn eigentlich?«

»Seine Mutter«, sagte Reinicke.

»Und sonst?«

»Niemand.«

»Herr Reinicke …«

»Niemand!«

»Ich bitte Sie. Ein junger Mann aus einem kleinen Dorf. Er ist dort aufgewachsen, alle kannten ihn!«

»Und alle haben ihn zum Schuldigen an der Brandkatastrophe gemacht. Es war eine harte Zeit, für ihn und seine Mutter. Sie musste ihn buchstäblich aus der Schusslinie nehmen. Seitdem ist er bei uns. Er bekommt keinen Besuch. Ich wünschte, ich könnte Ihnen etwas anderes sagen.«

»Und wer zahlt das alles?«

Reinicke seufzte. »Sie wissen doch genau, dass ich Ihnen nichts darüber sagen darf.«

»Frau von Boden?«

»Es tut mir leid.«

»Herr Professor Steinhoff?«

Es war ein Schuss ins Blaue.

Ich habe oft die Erfahrung gemacht, dass man mit weit hergeholten Unterstellungen einen Verteidigungsreflex hervorruft, der viel mehr verrät als eine einfache Lüge auf eine einfache Frage. Ich wende diese Methode nicht oft an, und wenn, dann nur zugunsten meiner Mandanten. Nach Hüthchen zählte ich auch Sanja dazu, auf eine undefinierte, eigentlich nur mir selbst verpflichtete Weise.

Der Schuss ging daneben.

Man darf es sich nicht zu Herzen nehmen.

»Noch einmal: Es tut mir leid.«

»Letzte Frage: Warum hat sie sich nicht gegen das Gutachten gewehrt und eine zweite Meinung eingeholt?«

Reinicke überlegte, während er sich weiter Mühe gab, über meine tropfenden Jackenschöße hinwegzusehen. »Das habe ich sie auch gefragt, aber sie hat mir keine Antwort gegeben. Vermutlich, weil sie mit ihren Kräften am Ende war.«

Ich musste mit Felicitas reden. Diese Frau war aus Stahl, wo andere ein Gemüt besaßen. Mangelnde Durchsetzungsfähigkeit schien nicht ihr Problem zu sein. Dieses Gutachten hatte ihren Sohn zum Täter gestempelt, weil sie es zugelassen hatte. Oder, weitaus schlimmer: weil sie es so gewollt und es ihren Interessen gedient hatte.

»Danke«, sagte ich und wollte zum Wagen.

Reinicke setzte mir nach. »Was machen Sie jetzt? Sie werden uns doch nicht in eine unmögliche Situation bringen? Wenn das wirklich stimmt, was Sie sagen …«

»Sollten Sie vielleicht besser auf Ihre Schutzbefohlenen aufpassen«, beendete ich den Satz. Es war sinnlos, ihm mit der Polizei zu drohen. Vielleicht brauchte ich ihn noch. »Danke für Ihre Hilfe. Falls ich weitere Fragen habe, melde ich mich.«

Er blieb im Hof stehen, bis ich das Tor zur öffentlichen Straße erreicht hatte. Kaum waren er und seine Klinik aus meinem Rückspiegel verschwunden, hielt ich an und griff zum Handy. Marie-Luise nahm nicht ab, aber immerhin sprang ihre Mailbox an.

Ich bat sie, für mich bei der Staatsanwaltschaft in Neuruppin, die für die Uckermark zuständig war, die zehn Jahre alten Akten über den Brand der Villa Floßhilde und das Verfahren gegen den Beschuldigten Andreas von Boden ausfindig zu machen. Ich war der Anwalt von Ingeborg Huth und konnte diese Einsicht durchaus verlangen, wenn ich darlegen konnte, dass die damaligen Ereignisse etwas mit den aktuellen zu tun hatten.

Und das hatten sie.

Andi war noch einmal an den Tatort zurückgekehrt, zwei Menschen wurden ermordet. Hüthchen stand mit einem Bein im Knast.

Und ich hatte Hunger.

21

Die Galerie war geschlossen, über dem Dorf lag eine trügerische Ruhe. Eine Frau, Moni, schob ihren Mann im Rollstuhl über das holperige Pflaster des Gehwegs. Sie rauchte, und ich hatte den Verdacht, dass sie seit unserer ersten Begegnung die Kleider nicht gewechselt hatte. Gerade passierte sie eines der zu Tode renovierten Disney-Häuser. Malerische Kletterrosen, die ein Vermögen gekostet haben mussten, hingen über einen schwarzen Eisenzaun mit vergoldeten Spitzen. Sie riss eine besonders vorwitzige Blüte ab, prüfte sie genau und warf sie in den Rinnstein. Im Vorüberfahren sah ich, dass sie schon genug Rosen für ein prachtvolles Gebinde geklaut hatte.

Das alte und das neue Düsterwalde. Sie würden einander wohl nie finden. Als ich nach links zum See abbog, sah ich im Rückspiegel, dass sie stehen geblieben war und die Kippe über den Zaun schnippte. Eine seltsame Frau.

Meine Tochter hat ihren Sohn umgebracht.

Bianca, die Tochter von Leibwitz und Simone. Vor zehn Jahren ein junges Mädchen, das einem heimlichen Liebesabenteuer entgegengefiebert hatte und stattdessen in einer tödlichen Falle gelandet war. Sie hatte überlebt, Chris war gestorben. Und ihre Aussage hatte Andi zum Brandstifter gemacht, zusammen mit dem fragwürdigen psychologischen Gutachten.

Vielleicht sollte ich auch mal mit ihr reden. Mein Urlaub war sowieso im Eimer, eigentlich seit dem ersten Abend. Ich machte mir etwas vor, wenn ich an einen ruhigen Nachmittag auf dem Bootssteg dachte. Ich hatte noch nicht einmal etwas zu essen gekauft.

Also doch zu Mutter. Im Kühlschrank müsste noch ein Rest Käse liegen. Mir widerstrebte der Gedanke zutiefst, mich in die Schusslinie zu werfen, wo zwischen ihr und Hüthchen gerade eine Beziehungsgranate explodieren dürfte. Vielleicht sollte ich den Wagen noch behalten, für alle Fälle. Falls Mutter auf die Idee kam, ihre Sachen zu packen und zurück nach Berlin zu wollen, was ihr niemand verdenken konnte.

Ich hatte Regina keine exakte Zeit genannt, zu der ich den Mercedes zurückbringen würde, und parkte deshalb nur mit gelinde schlechtem Gewissen vor Sanjas Haus.

Der Schuppen war nicht mehr als ein paar Schritte entfernt und stand immer noch offen. Ich wollte nicht schnüffeln. Aber dort stand Sanjas Fiat, und der Pedant in mir behielt die Oberhand. Ich sollte nachsehen, wenigstens einen Blick hineinwerfen, ob sich dort Hinweise auf den Grund von Andis Entführung und somit auch auf Sanjas Mörder befanden.

Wie zu erwarten war die kleine Rostlaube nicht abgeschlossen. Im Fiat herrschte ein ähnliches Durcheinander wie im Haus: Handzettel mit Einladungen zu einem »Kristallweg zu Isis«, Kleidungsstücke, Bonbonpapier, Federn, zu Staub zerbröselte Kräuter, leere Wasserflaschen, im Aschenbecher ein halb gerauchter Joint. Getrockneter sandiger Schlamm auf der Fußmatte. Auf der Beifahrerseite ein zertretenes Stück Papier mit Fußabdrücken, zusammengeknüllt. Andi hatte es wahrscheinlich unabsichtlich so zugerichtet, und man musste schon genau hinsehen, um unter dem Dreck zu erkennen, was es war: die naive, fast kindliche Zeichnung eines Pferds.

Dieses Motiv hatte ich auch schon in ihrem Haus gefunden, allerdings in einem besseren Zustand. Keine Werbung, kein Logo. Andi hatte das Bild gemalt, und irgendetwas musste ihn dazu inspiriert haben.

Ich warf die Tür zu und schlug mich durch Sanjas uckermärkischen Dschungel bis zum Ende des Grundstücks, das nur ein windschiefer Holzzaun von Wiesen, Äckern und Wald trennte.

Weit und breit keine Pferde. Vielleicht hatte er einen Film gesehen, oder es waren seine Lieblingstiere. Ich wandte mich ab und ging zu dem rückwärtigen Hauseingang. Er stand sperrangelweit offen.

»Mutter?«

Die Stille verriet mir, dass niemand anwesend war. Ich warf zuerst einen Blick in die Küche. Es herrschte dort immer noch Chaos, aber das dreckige Geschirr war verschwunden. Hoffentlich hatte Hüthchen meine Mutter nicht die ganze Arbeit allein machen lassen.

»Frau Huth?«

Das Wohnzimmer sah so aus, wie ich es verlassen hatte. Ich ging zur Treppe und spähte hinauf.

»Ist jemand zu Hause?«

»Joachim?«, kam eine dünne Stimme von draußen.

Ich kehrte auf dem Absatz um und fand meine Mutter vor der Tür. Ein Blick in ihr Gesicht sagte mir, dass etwas nicht stimmte.

»Was ist los?«

»Wo wart ihr denn so lange?«

Sie hatte einen Korb in der Hand, in dem sich einige Tomaten befanden. Offenbar war sie von der anderen Seite des Grundstücks gekommen, sonst hätte ich sie draußen wahrgenommen. Sie stellte den Korb ab und sah an mir vorbei ins Haus. »Wo ist sie? Ingeborg?«

Ich begriff nicht ganz. Mutter ging ins Haus und rief nach Frau Huth, erhielt aber auch keine Antwort.

»Ich habe sie vor Stunden zurückgebracht«, erklärte ich. »Habt ihr euch nicht getroffen?«

»Nein. Ich war den ganzen Morgen hier. Ich bin nur eben kurz in den Garten, um zu schauen, ob ich noch etwas fürs Mittagessen gebrauchen kann. Wo ist sie?«

»Moment.«

Ich holte mein Handy heraus und wählte die Nummer der Vermissten. Niemand meldete sich. Mit jedem vergeblichen Klingeln wurde die Miene meiner Mutter sorgenvoller. Schließlich beendete ich den Anruf und steckte das Gerät wieder ein.

»Wollte sie vielleicht noch Besorgungen machen?«, fragte ich.

»Das weiß ich nicht. In aller Herrgottsfrühe haben sie sie abgeholt, und ich habe nichts von euch gehört!«

Erst jetzt bemerkte ich, dass ihre Hände zitterten und ihre Augen feucht wurden. Ich hätte Hüthchen nach unserer Rückkehr aus Templin hineinbegleiten oder wenigstens meine Mutter anrufen sollen, um ihr zu sagen, dass der bittere Kelch der Untersuchungshaft zumindest heute an ihrer Lebensgefährtin vorübergegangen war. Es konnte doch nicht sein, dass sie auf den zehn Metern vom Bürgersteig zum Hauseingang verschwunden war.

»Ganz langsam. Wir setzen uns erst einmal.«

Ich führte sie behutsam zu der Couch, blieb allerdings stehen, auch nachdem sie Platz genommen hatte.

»Wir waren ungefähr um elf Uhr hier. Ich habe sie direkt vor dem Haus abgesetzt. Jetzt ist es«, Blick auf meine Armbanduhr, »kurz vor zwei. Ich habe sie sogar noch im Rückspiegel gesehen. Sie muss reingekommen sein.«

»Nein!« Mutter schüttelte den Kopf. »Das hätte ich bemerkt. Ich war die ganze Zeit in der Küche, da wäre sie doch vorbeigekommen! Und was ist mit deinem Anzug passiert? Der muss unbedingt in die Reinigung!«

Ich bat sie um einen Moment Geduld und stieg mit einem beklommenen Gefühl die Treppe hinauf. Wenn Hüthchen im Haus war, wovon ich bis jetzt felsenfest ausgegangen war, hatte sie sich vielleicht, um eine Aussprache zu vermeiden, an Mutter vorbei ins Schlafzimmer verdrückt. Aber warum antwortete sie dann nicht auf unsere Rufe?

Ich öffnete die Tür – das Zimmer war leer. Ein Blick auf das ungemachte Bett verriet mir, dass hier zwei Menschen nebeneinander geschlafen hatten.

Alles sah nach einem hastigen Aufbruch aus. Festnahmen erfolgten oft in den frühen Morgenstunden. Weder Frau Huth noch Mutter hatten in diesen Dingen einschlägige Erfahrungen, deshalb mussten der Schock und das Entsetzen groß gewesen sein.

Ich schloss die Tür und ging wieder hinunter.

»Warum hast du mich denn nicht angerufen?«, fragte ich.

Mutter zuckte resigniert mit den Schultern. »Das willst du doch nicht, das hast du mir schon mehrmals gesagt. Wenn du mitten in einem Plädoyer bist, möchtest du nicht, dass ich frage, wie lange ich das Essen noch warm halten soll.«

Meine Worte. Nun trafen sie mich wie ein Bumerang.

»Woher hätte ich denn wissen sollen, wie lange so was dauert?«, fuhr sie fort. »Du hast gesagt, du holst sie da raus, und dann kommt ihr zu mir. Aber ihr seid nicht gekommen.«

Sie stand auf und ging in die Küche. Wenig später kehrte sie mit einem Papiertuch in der Hand zurück und wischte sich damit die Tränen weg.

Ich ärgerte mich maßlos über Frau Huth, konnte es aber nicht zeigen. Was tat diese Frau meiner Mutter noch alles an? Erst der Betrug, und dann die Feigheit, sich einfach aus dem Staub zu machen. Vielleicht war sie schon längst auf dem Weg nach Berlin, allen Auflagen zum Trotz. Vielleicht aber auch …

»Okay. Du wartest hier, und ich rufe dich an, wenn ich sie gefunden habe.«

Sie nickte und presste sich das Tuch an die Nase.

»Joachim …«

»Ja?«

»Hat sie was gesagt?«

»Was soll sie denn gesagt haben?«, fragte ich so naiv und dämlich zurück, wie ich konnte.

»Es ist nur so ein Gefühl. Nicht so wichtig.«

Mutter setzte sich wieder auf die Couch. Normalerweise hätte ich ihr einen Kuss auf den ergrauten Scheitel gesetzt und wäre gegangen, um ihre untreue Haushälterin in den Schlingen ihres abgewickelten Turbans zurück in dieses Haus zu schleifen.

Aber dann setzte ich mich zu ihr.

»Was ist los?«

Sie zuckte mit den Schultern und schaute in die andere Richtung, wo in einer getöpferten Obstschale vor dem Fenster gerade ein interessantes Biotop entstand.

»Sie ist so anders.«

»Ja? Mir ist nichts aufgefallen. Sie ist wie immer. In meinen Augen.«

»Du kennst sie nicht so gut.«

»Das stimmt.« Ich legte meine Hand auf ihre, die nervös das Papiertaschentuch zerknäulte. »Ich kenne sie kaum. Sie macht es einem aber auch nicht leicht, ihre, sagen wir mal, Persönlichkeit vollständig zu erfassen.«

Ein müdes Lächeln stahl sich in Mutters Mundwinkel, aber sofort wurde sie wieder ernst. »Sie ist ein Russenkind. Es ist in den letzten Kriegstagen passiert, vielen. Ihre Mutter war nicht allein mit dieser … mit diesem Schicksal.«

Ich drückte ihre Hand fester.

»Aber sie war die Einzige, die im Dorf danach ein Kind bekam. Das war Ingeborg. Ihre Mutter hat später dann noch geheiratet, aber der Mann war wohl sehr hart. Er hat nur seine eigenen Kinder akzeptiert. Ingeborg hatte es nicht leicht im Dorf.«

Das konnte ich mir vorstellen. Meine Zuneigung für Hüthchen steigerte das keinesfalls, aber zumindest mein Verständnis.

»Sie hat dann selber so einen Mann geheiratet. Einer, der schlug und trank. Weißt du, ich habe deinen Vater geliebt, solange es ging. Aber eines Tages … da ging es nicht mehr. Ich hab dir das nie gesagt. Dass es mir leidtut, dass ich dich nicht habe schützen können.«

Etwas Nasses tropfte auf meine Hand – eine Träne. Ich legte den freien Arm um ihre schmale Schulter und atmete ihren Geruch nach Maiglöckchen und Drei Wetter Taft ein. Wir redeten so gut wie nie über die Vergangenheit, weil wir Komplizen waren, die gemeinsam etwas begraben hatten und diesen Ort nicht wieder aufsuchten.

»Es ist gut«, sagte ich. »Du warst die beste Mutter, die du sein konntest.«

Ihre Schultern begannen zu beben. Erst ganz leise, dann stärker und stärker.

»Nein, das war ich nicht. Ich war schwach, und ich weiß, dass du mir das nie verzeihen wirst.« Sie löste ihre Hand aus der meinen und fuhr sich mit dem Taschentuch fast schon grob über die Nase. »Ich mache mir Vorwürfe, immer noch. Das geht nie vorbei. Ich konnte nie mit dir darüber reden. Aber es ist besser geworden, als Ingeborg gekommen ist. Sie hat mich verstanden, auch wenn sie keine eigenen Kinder hat.«

»Oh«, sagte ich und war versucht, den Arm wieder herunterzunehmen. Sogar in diesen Moment schlich sich Hüthchen hinein. Aber bevor der Groll gegen sie erneut in mir erwachte, drückte ich Mutter nur fester an mich. »Das ist gut.«

»Gut?«

»Dass du jemanden hast, der dich versteht.«

»Sie hat oft gesagt, ich soll mit dir darüber reden.«

»Hat sie das?«

»Ja. Aber ich habe mich nie getraut.«

Ich versuchte zu vergessen, wer Hüthchen war und wie sie all die Jahre genutzt hatte, kein gutes Haar an mir zu lassen. Und ich verstand, viel zu spät, aber hoffentlich nicht zu spät, dass ich aufhören musste, gegen sie zu arbeiten, wenn mir das Glück meiner Mutter am Herzen lag.

»Du hast es mir jetzt gesagt. Aber es ändert nichts daran, dass ich dich liebe. Geht es dir besser?«, fragte ich sanft.

Sie nickte. Ich nahm den Arm herunter.

»Dann werde ich sie suchen.«

»Und sie hat wirklich nichts gesagt? Ich habe das Gefühl, sie wollte nicht, dass ich hier bin.«

Mutter sah mich unsicher an, und ich gab ihr natürlich die einzige Antwort, die ich ihr in dieser Situation geben konnte. »Das stimmt nicht. Sie war sehr glücklich, dass du sofort angereist bist. Vergiss nicht, in welcher Situation sie sich momentan befindet.«

»Ja, natürlich. Es ist alles so schrecklich! Sie ist noch gar nicht dazu gekommen, das alles zu verarbeiten. Warum wurde sie denn verhaftet? Sie hat doch Sanja nicht umgebracht!«

Ich stand auf, weil ich es nicht ertragen konnte, meiner Mutter beim Lügen in die Augen zu sehen.

»Irgendwas mit den Zeitabläufen stimmte nicht. Eine Kleinigkeit. Aber sie nehmen es wohl sehr genau auf dem Revier in Templin.«

»Ist das wirklich alles?«

»Ja.«

»Joachim?«

Ich ging zur Tür. »Ja?«

»Finde sie, bitte.«

»Das werde ich.«

Ich ging hinaus in den verwilderten Garten und atmete tief durch. Ich wusste noch nicht, was dieses Gespräch in mir auslösen würde. Wahrscheinlich war es der Anfang davon, meine Beziehung zu Ingeborg Huth in jeder Hinsicht neu zu überdenken, im Guten wie im Schlechten.

Aber erst einmal musste ich sie finden.

22

Ich ließ den Mercedes stehen. Ich musste meinem Körper etwas zu tun geben und lief die gesamte Wilhelm-Pieck hinunter, quer durchs Dorf zu Kurt Wössners Hof. Wo sonst konnte sich diese Frau aufhalten als bei ihrem heimlichen Geliebten? Hüthchen war nach unserer Rückkehr aus Templin noch nicht einmal ins Haus zurückgegangen. Sie hatte gewartet, bis ich fortgefahren war, hatte auf dem Absatz kehrtgemacht und war vermutlich sofort in die Arme des ehrenamtlichen Bürgermeisters von Düsterwalde geeilt. Eine andere Lösung konnte ich mir nicht vorstellen, es sei denn, jemand hätte sie auf den zehn Metern gekidnappt.

Es dauerte keine Viertelstunde, um vom einen zum anderen Ende zu gelangen, aber bis zur Bäckerei hatte sich der Ärger auf diese Frau in mir verzehnfacht. Nicht zum ersten Mal wünschte ich, vor dem Haftrichter nicht so leidenschaftlich für ihre Freilassung plädiert zu haben. Mit etwas Glück säße sie dann hinter Gittern, und Mutter wusste, wo sie sie finden könnte. Stattdessen musste ich sie jetzt bei ihrem Geliebten aufstöbern und ihr ins Gewissen reden, zu ihrer Lebenspartnerin zurückzukehren. Es gibt Aufgaben, von denen hätte ich im Traum nicht gedacht, dass sie eines Tages für mich in Betracht kämen.

Um den Weg etwas abzukürzen, verließ ich die Straße und lief nah an der Kirche vorbei. Hinter ihr lag, durch Büsche vor

Blicken geschützt, ein kleiner Friedhof. Zwei Bänke luden zum Verweilen ein, die Gießkannen aus quietschgrünem Plastik schaukelten leicht an ihrer Aufhängung über einem Brunnen. Eine hohe Buche überschattete die Gräber, durch die Blätter fielen zitternde Sonnenstrahlen auf den Weg. Inmitten des Grüns leuchtete ein blutroter Fleck – ein Rosenstrauß. Im Vorübergehen entzifferte ich den Namen auf dem Grabstein, auf dem er lag, und blieb überrascht stehen. Chris Helmholtz, *14.12.1987, † 22.7.2012. Heute war sein zehnter Todestag.

Es waren wilde Rosen, in einem tief glühenden, lodernden Purpur. Keine gezüchteten Klone von der Tankstelle. Jetzt ergab Monis Streifzug entlang der Gartenzäune einen Sinn: Sie hatte die Blumen aus den Vorgärten geklaut, um sie ihrem Sohn an diesem Tag aufs Grab zu legen, und die, die nicht ganz ihren Vorstellungen entsprachen, im Rinnstein entsorgt. Wahrscheinlich nahm sie, was die Nachbarn gerade so züchteten und machte sich weder über die Farbe noch das saisonale Angebot irgendwelche Gedanken.

Es war eine rührende Geste, die meinem unterschwelligen Ärger die Spitze nahm. Ich wurde ruhiger und war nicht mehr ganz so zornig auf Frau Huth. Das änderte sich, als Wössners Anwesen in Sichtweite kam. Wenn ich sie hier in flagranti erwischen würde, wäre meine Schweigepflicht gegenüber meiner Mutter wahrscheinlich ihr geringstes Problem.

Nirgendwo eine Klingel. Ich drückte die Klinke nieder, und das Tor öffnete sich. Was dann allerdings geschah, ließ sich nicht mit Hortensienbüschen und toskanischem Kiesweg in Einklang bringen. Zwei Bestien stürzten aus dem Nichts auf mich zu, zähnefletschend, knurrend, bellend, und tobten sich eine Weile rund um mich aus, bis von irgendwoher ein Pfiff ertönte.

Augenblicklich drehten sie ab und sprangen in Richtung Scheune davon. Mein Herz jagte, mein Blutdruck sprang Trampolin. Keuchend beugte ich mich vornüber und stützte mich mit den Händen auf den Knien ab.

»Hallo?«

Ich kam wieder hoch. Wössner tauchte auf, eine Harke über der Schulter, umsprungen von den zwei Kötern, die mich eben noch am liebsten zerfleischt hätten.

»Was wird das denn? Wer sind Sie? Ich verkaufe nicht!«

»Vernau, Joachim Vernau«, keuchte ich. »Wir kennen uns. Von Herrn Steinhoff.«

Er zog die Augenbrauen zusammen. Die Hunde gingen in Habachtstellung.

»Und der Bürgerversammlung. Gestern. Und ich bin der Anwalt von Frau Huth.«

Wössner trat näher, die Harke immer noch wie ein geladenes Gewehr über der Schulter. Die eisernen Zinken sahen mörderisch aus, genau wie die Hunde. Ich war mir sicher, dass es irgendwo auf diesem Hof auch eine Knarre gab.

»Und warum kommen Sie da zu mir?«

Noch ein Pfiff, und die blutgierigen Monster trollten sich.

»Wo ist sie?«

»Wer?«

»Frau Huth. Ist sie im Haus? Ich muss mit ihr sprechen.«

Ich ging auf Wössner zu, der die Harke zwar mit angriffslustiger Miene herunternahm, sie aber zumindest nicht auf mich richtete.

»Sie ist nicht hier.«

»Nein?« Ich hatte ihn fast erreicht und blieb vor ihm stehen. Aus der Nähe war er mindestens einen halben Kopf größer als ich. Ein kräftiger, breitschultriger alter Mann, dem ich mit seinen Gartengeräten allerdings nicht im Dunkeln begegnen wollte. »Kann ich mal nachsehen?«

»Bestimmt nicht. Meine Hunde gehorchen übrigens aufs Wort, hamse ja gemerkt. Rottweiler. Die brauchen 'ne harte Hand.«

Er trug Gummistiefel und Arbeitshosen, darüber ein Flanellhemd mit aufgekrempelten Ärmeln. Ich hatte keine Ahnung, wie ich als über siebzigjährige Frau ticken würde, aber ich konnte mir vorstellen, dass Wössner da durchaus seine Reize hätte. Die schlohweißen Haare standen in alle Himmelsrichtungen und waren ein starker Kontrast zu seinen blauen Augen und der sonnengebräunten Haut, die von unzähligen Falten durchzogen war. Wer so alterte, musste sich um Verehrerinnen keine Sorgen machen. Dass er sich ausgerechnet eine turbantragende Regentonne zur Geliebten genommen hatte, würde mir wohl für immer ein Rätsel bleiben.

»In ihrem eigenen Interesse, und nebenbei auch in Ihrem, würde ich Ihnen dringend raten, mich jetzt mit Frau Huth sprechen zu lassen.«

»Hören Sie schlecht? Sie ist nicht hier.«

»Wo ist sie dann?«

»Weiß ich nicht. Wenn Sie jetzt meinen Grund und Boden verlassen?«

Ich wartete, bis er wieder die Harke hob und die zwei Bestien aus seinem Schatten heraustraten.

»Wissen Sie, dass sie wegen Ihnen unter Mordverdacht steht?«

»Inge? Wegen mir?«

»Ich bin nicht nur ihr Anwalt. Ich bin auch der Sohn ihrer Lebensgefährtin.«

Auf Wössners Gesicht breitete sich ungläubiges Staunen aus. »Ihre Lebensgefährtin?«

»Wussten Sie das nicht, dass Frau Huth in einer Beziehung lebt?«

»Äh …«

Mit der freien Hand strich er sich über die Stirn. »Beziehung? Mit wem?«

»Können wir reden? Über Frau Huth? Und was Sie mit ihrem Verschwinden zu tun haben?«

Er zuckte ratlos mit den Schultern. Dann wandte er sich ab und stiefelte auf das Haupthaus zu, ein charmant gealtertes Fachwerkgebäude, bei dem Studienrätinnen aus Prenzlauer Berg Schnappatmung bekommen hätten. Eine Holzbank stand davor, ein Rosenbogen überspannte den kleinen Sitzplatz in prachtvoller Fülle. Das Kopfsteinpflaster hatte liebevoll gesetzte Aussparungen für Wilden Wein, der sich malerisch an der Fassade hoch bis zu einem altersschiefen Dach hangelte. Die Fensterläden waren in Tannengrün gestrichen, ebenso wie die Eingangstür. Alte Drücker aus Messing, dunkel glänzender Steinfußboden im Flur. Gerätschaften, die benutzt und nicht nur dekoriert wurden. Drinnen niedrige Decken, eine überraschend moderne Küche. Alles erstaunlich gut in Schuss.

»Die ist noch von meiner Frau«, erklärte Wössner. »Ist vor zwei Jahren gestorben. Krebs.«

»Das tut mir leid.«

»Muss es nich. War ja nich Ihre.«

Er nahm einen Kessel, füllte ihn mit Wasser und stellte ihn auf eine Induktionsplatte. Dann wies er auf den schweren Holztisch in der Mitte des Raums, der mit allen möglichen Dingen des täglichen Lebens bedeckt war. Ich hatte beim Eintreten auf verräterische Geräusche geachtet – Schritte im Dachgeschoss, das leise Klappen einer Tür, aber es schien ganz so, als ob Wössner die Wahrheit gesagt hatte. Hüthchen war nicht hier. Das war noch beunruhigender als die Vorstellung, sie im Negligé die gewundene Treppe hinunterkommen zu sehen.

Er kramte herum, während ich Platz nahm und das Gefühl hatte, in einem guten Haus zu sein. Ein Haus, das geliebt und gepflegt worden war über Generationen und Zeiten hinweg. Wenn Sanjas verwahrlostes Domizil schon Unsummen wert war, so saß Wössner auf einer Goldgrube.

»Kriegt alles mal mein Sohn.«
Konnte er Gedanken lesen?
»Der hat einen Hof bei Temmen, is nich weit von hier.«
Er stellte einen Becher vor mich hin.
»Meine Tochter is nach Berlin gegangen, die is Ärztin da. HNO. Guckt den Leuten den lieben langen Tag in den Hals. Na, besser als woanders rein, nä?«

Eine Packung Teebeutel fiel auf den Boden, als er sie aus dem offenen Regal über der Spüle holen wollte. Noch bevor ich aufstehen konnte, hatte er sich schon behände gebückt und sie aufgehoben. Vielleicht war er nervös, aber nach außen hin ließ er sich nichts anmerken.

»Das ist Wössner-Land seit dem siebzehnten Jahrhundert.«
»Hugenotten?«
Er drehte sich kurz zu mir um, die Teebeutel in der Hand. »Hört sich Wössner französisch an? Nee. Keine Ahnung, wie es uns in diesen Landstrich verschlagen hat, aber der Hof ist unserer seit 1698.«
»Alle Achtung.«
»Steht auch im Türbalken. Und das wird auch so bleiben.«
Wir warteten schweigend, bis das Wasser kochte. Wössner warf die Teebeutel in die Becher, goss auf und geruhte schließ-

lich, sich mir gegenüberzusetzen. Um Platz zu schaffen, legte er mehrere durchgelesene Zeitungen auf einen Stapel.

»Also. Was is mit Inge?«

»Ingeborg Huth ist seit heute Morgen spurlos verschwunden. Ich weiß um Ihre Freundschaft plus. Sie hat mir davon erzählt, weil ihr Alibi in der Tatnacht von Steinhoffs Tod damit obsolet ist. Sie hat die Polizei angelogen, für Sie. Das bringt sie in große Schwierigkeiten. Heute Morgen wurde sie festgenommen und nach Templin in Untersuchungshaft gebracht.«

Ich übertrieb den Einsatz etwas, aber ich musste ihn zumindest moralisch unter Druck setzen. Anders kam man nicht an ihn heran. Wenn er irgendetwas für Hüthchen empfand, das über die reine – Gott bewahre – Physis hinausging, sollte er jetzt endlich mit der Sprache herausrücken.

»Freundschaft plus.«

Wössner griff nach einer Zuckerdose, die in Reichweite auf dem Tisch stand, und kippte sich zwei Löffel in den Tee. Dann schob er sie zu mir hinüber, aber ich lehnte mit einem Kopfschütteln ab. »Ja. Trifft es ganz gut. Die Inge und ich kennen uns seit Kindesbeinen. Sie hatte es nicht leicht im Leben. Im Herzen ist sie eine Gute.«

Ich nickte, als wären mir die charakterlichen Vorzüge dieser Frau seit Ewigkeiten ein Begriff.

»Sie steht unter Mordverdacht«, sagte ich. »Sie hat Auflagen. Wenn sie die verletzt, landet sie sofort in Untersuchungshaft. Unter anderem muss sie jederzeit erreichbar sein und kann nicht einfach verschwinden.«

»Das ist doch Blödsinn. Die Inge kann keiner Fliege was zuleide tun!«

»Sie wurde mit der Tatwaffe in der Hand neben der Leiche ihrer Nichte angetroffen. Sie ist Alleinerbin. Und sie war nachts in Düsterwalde unterwegs, als Steinhoff ums Leben kam.«

»Ja und?«

Ich holte den triefenden Teebeutel aus der Tasse und legte ihn auf den alten Zeitungen ab. Wössner hob die Augenbrauen.

»Ich bin noch nicht mit dem Kreuzworträtsel fertig«, knurrte er.

»Wo ist sie?«

»Ich hab keine Ahnung. Heute hat sie sich jedenfalls bislang nicht bei mir gemeldet.«

Was hieß, dass sie das wohl in den vorangegangenen Wochen und Monaten seit dem Maifest getan hatte.

»Gut.« Ich konnte auch anders. »Was verbindet die Morde an Steinhoff und Sanja?«

Er zog die Unterlippe ein und kaute darauf herum.

»Was hat Frau Huth damit zu tun?«

Keine Reaktion, außer einem kurzen Zusammenkneifen der Augen, als ob er gerade überlegte, ob die Hunde oder die Harke das Mittel der Wahl gegen meine Anwesenheit sein könnten.

»Wer in diesem Dorf hat ein Interesse daran, Frau Huth als die Schuldige dastehen zu lassen?«

Er legte die Unterarme auf dem Tisch ab und faltete die Hände. Breite, schwielige Pranken. Generationen hatten dieses Land bewirtschaftet. Eine Großstadt ernährt. In fest gefügten Abläufen gelebt, an Plätzen in der Gesellschaft, die allenfalls zu DDR-Zeiten infrage gestellt und anschließend wieder korrigiert worden waren. Jeder war dort, wo er hingehörte. Bis die neue Zeit begann und die Menschen die Dörfer verließen. Auch damit hatte man sich arrangiert, aber dann kamen die

Neuen und stellten alles auf den Kopf. Boten Unsummen für Häuser, trieben die Grundstückspreise in die Höhe, tauschten ganze Kommunen aus und hinterließen Geisterdörfer, die unter der Woche und im Winter ausgestorben waren. Düsterwalde befand sich im Umbruch. Mit Wössner hatten sie sich einen von der alten Garde als Bürgermeister geholt, aber selbst der würde sich nicht ewig gegen den Wind der neuen Zeit stemmen können.

»Niemand«, sagte er schließlich. »Keiner will der Inge was.«
»Sie war am Samstag hier?«
Sein schwerer Bauernschädel nickte.
»Die …« Ich räusperte mich. »Die ganze Nacht?«
»Nein. Aber … lange.«
Ich zog scharf die Luft ein. Er fuhr sich mit der rechten Hand durch die Haare.
»Ich weiß, dass sie mit jemandem zusammen ist. Da gab es wohl Probleme. Sie hat Abstand gebraucht.«
»Wann hat sie dieses Haus verlassen?«, fragte ich.
»Wird wohl kurz nach Mitternacht gewesen sein. Ich hab noch eine SMS von ihr erhalten, dass sie gut bei Sanja angekommen ist. Mehr weiß ich nicht. Tut mir leid, dass sie geschwindelt hat. Kriegt sie jetzt Schwierigkeiten?«
»Sie hat sie schon.«
Er seufzte, legte seinen Teebeutel auf meinen und trank einen Schluck.
Bei allen Taten wird immer eine Frage zuerst gestellt: die nach dem Motiv.
»Wer will Sanjas Haus?«
Bedächtig stellte er den Becher ab. »Keine Ahnung. Jetzt, wo Steinhoff tot ist … wird sich wohl bald ein anderer finden.«
»Steinhoff? Wollte Sanjas Haus?«

»Dem gehört doch das halbe Dorf. Wussten Sie das nicht? Das fing schon vor der Villa an, aber die hat es ihm ganz besonders angetan. Kam aus Berlin, hat sie gesehen und wollte sie haben. War in Gemeindebesitz, Eigentümer ließen sich nicht mehr finden. Zog sich ewig hin. Dann der Brand, dann verkauft für einen Euro. War vor meiner Zeit in Amt und Würden.«

Er hob den Becher wieder hoch, pustete in seinen Tee und trank vorsichtig einen Schluck.

»Warum kam Steinhoff aus Berlin hierher?«

Nach all den Jahren in meinem Beruf glaube ich, ein Gefühl dafür entwickelt zu haben, wann Menschen mir etwas verschweigen. Noch lügen sie nicht, aber sie stehen kurz davor. Sie denken, sie könnten besser entscheiden als ich, was ihrer Sache – oder ihrer Verteidigung – dient. Heute kann ich sagen, dass es zwei Sorten Mensch im Leben geben sollte, die man nicht anlügt und denen man auch nichts verschweigt: Steuerberater und Anwälte.

Nun war ich für Wössner weder das eine noch das andere. Aber ich spürte, dass er mehr über Steinhoff wusste, als er mir, einem Ortsfremden, gegenüber verraten wollte.

Die zweite Lektion, die ich gelernt habe, ist: Man muss nehmen, was man angeboten bekommt. Man kann auch in Lügen lesen. Oder in einem Schweigen, das getränkt ist von der nervösen Suche nach etwas Unverfänglichem.

»Na ja«, sagte Wössner. »Im Vergleich zu heute war er ein armer Schlucker. Hat früher als wir alle kapiert, was hier mal los sein wird. Hatte einfach den richtigen Riecher zur richtigen Zeit. Und spätestens seit der Sache mit Andi …«

Er brach ab, was mit Sicherheit nicht strategisch gemeint war. Er hatte sich verplappert.

»Ja?«, fragte ich freundlich. »Nach der Sache mit Andi? Ich weiß Bescheid. Andi gilt als der Brandstifter.«

Wössner nahm sehr genau wahr, was ich gesagt hatte. Dass Andi dafür galt, nicht, dass er überführt worden war. Er nahm einen weiteren Schluck und nutzte die Zeit, um zu überlegen, wie er am elegantesten aus dieser Chose wieder herauskam.

»Steinhoff war der Anwalt von Feli. Felicitas. Die Bekloppte mit der Galerie.«

»Ihr Anwalt?«, fragte ich verblüfft.

»Er hat Andi vertreten, ihren Sohn. Nicht sehr gut, wenn Sie mich fragen. Trotzdem waren die beiden seitdem dicke miteinander. Die hat ihm immer die Tipps gegeben, wenn hier was anstand.«

»Wie kam es dazu?«

Denn so, wie ich Steinhoff kannte, war er der Letzte, der sich um Fälle in der brandenburgischen Provinz gekümmert hätte.

»Weiß ich doch nicht. Das müssen Sie sie fragen. Soweit ich im Bilde bin, kann sich jeder den Anwalt aussuchen, den er will.«

»Und was heißt das, sie hat ihm Tipps gegeben?«

Er seufzte leise über meine Begriffsstutzigkeit.

»Mit den Verkäufen. Wenn was frei wurde. Hat rausgekriegt, was wer geboten hat, und Steinhoff anschließend informiert. Der hat noch 'ne Schippe draufgelegt, und so ging ein Haus nach dem anderen über den Ladentisch. Er steckt 'n bisschen was rein und verhökert sie dann zum Dreifachen.«

»Felicitas von Boden und Steinhoff haben zusammengearbeitet?«

»Wenn man das so nennen will.«

»Und der Gutachter? Wer hat den besorgt?«

Er schlug unwillig mit der Hand auf die Tischplatte und lehnte sich zurück.

»Er wahrscheinlich. Oder sie? Woher soll ich da den Durchblick haben? Ich hab nicht viel mit ihr zu tun.«

»Aber sie kommt doch aus Düsterwalde.«

»Es gehen auch viele. Man ist nicht mit jedem so dicke, nä?«

Er war wieder auf sichererem Terrain.

»Ist denn jemals eindeutig bewiesen worden, dass Andi den Brand gelegt hat?«

Wössner hob den Becher und sah wieder in seinen Tee, als ob die Antwort auf dem Boden abzulesen wäre. »Was ist schon eindeutig. Sie haben ihn zum Schuldigen gemacht und weggesperrt. Ziemlich teure Einrichtung, aber Feli konnte es sich ja auf einmal leisten.«

»Gab es Gerüchte?«

»Was'n für Gerüchte?«

»Dass es vielleicht jemand ganz anderes gewesen sein könnte? Schließlich ist auch jemand dabei ums Leben gekommen. Der Sohn von Moni und Herfried.«

Er brummte etwas, das Zustimmung signalisieren sollte.

»Haben die beiden nicht Himmel und Hölle in Bewegung gesetzt, den wahren Schuldigen zu finden?«

»Was sollten sie machen? Das Verfahren wurde eingestellt. Da hätten sie Beweise auf den Tisch legen müssen, und die gab es nich.«

»Und das Mädchen, das damals mit dabei war?«

»Bianca?«

»Was hat sie gesagt?«

»Na ja, auf ihre Aussage hin kam es ja erst zu Andis Verhaftung. Er hat ihr das Leben gerettet, aber er hat auch den Brand gelegt.«

»Das hat sie gesehen?«

»Wie oft soll ich das noch sagen? Ich war nicht dabei.«

»Nie Zweifel, dass der eigentliche Brandstifter jemand anderes gewesen sein könnte?«

»Nö«, sagte er im Brustton der Überzeugung. Dabei war ich mir sicher, dass in Düsterwalde alle möglichen Versionen des damaligen Geschehens die Runde gemacht haben mussten.

»Wo finde ich sie?«, fragte ich.

»Wen? Die Bianca? Keine Ahnung.«

Sie hätte mit uns am Tisch sitzen können, und die Antwort wäre dieselbe gewesen. »Was wollen Sie denn von der?«

»Mit ihr reden«, antwortete ich, mit dem absoluten Minimum an Freundlichkeit. »Es könnte sein, dass sie sich vor Kurzem an eine andere Version der Geschichte erinnert hat.«

»Ach nee.«

Es sollte verächtlich klingen, aber ich spürte noch etwas anderes. Würden wir »Ich sehe was, was du nicht siehst« spielen, käme ich langsam ins Warme.

»Diese Geschichte erzählt sie Sanja. Und die findet Beweise, dass Andi nicht schuld ist am Tod von Chris.«

»Ah. Wer denn?«

Jetzt war ich derjenige, der mauerte. Sollte er sich ruhig selber mal den Kopf zerbrechen, falls er das nicht schon längst getan hatte. Wössner trank den restlichen Tee in einem Zug aus und knallte den Becher dann auf den Tisch.

»Genug geredet«, sagte er. »Ich muss zurück an die Arbeit.«

»Was hat Frau Huth damit zu tun? Wo kommt sie in der Geschichte vor?«

»Nichts. Nirgends«, antwortete er schnell.

»Zu Steinhoffs Todesstunde war sie allein im Dorf unterwegs. Hat sie etwas gesehen?«

»Nein.«

Wärmer.

»Ist sie jemandem begegnet? Haben Sie darüber gesprochen?«

Heiß. Ein Muskel zuckte in seinem Gesicht. Die breiten Hände umkrampften den Becher.

»Wie konnten Sie das zulassen? Warum haben Sie sie nicht begleitet?«

»Sie wollte das so.« Er lehnte sich zurück und ließ den rechten Arm über der Lehne baumeln. Seine Hand öffnete und schloss sich. »Sie hat ihren eigenen Kopf.«

»Nur mal angenommen, sie hätte auf dem Rückweg etwas gesehen. Wie hätte sie sich verhalten?«

Jetzt hellte sich Wössners Gesicht etwas auf. »Na, wie eine von hier.«

»Was bedeutet?«

»Dass wir so was untereinander klären.«

Das war ein sehr interessanter Hinweis, und ich hörte ihn nicht zum ersten Mal.

»Was genau bedeutet das?«

Hinter seiner breiten Stirn verhedderten sich die Ausflüchte. Er hatte gedacht, mich mit ein paar Brosamen abwimmeln zu können. Meine Vorurteile zu bestätigen, ein bisschen auf Goodwill zu machen. Jetzt merkte er, dass er besser draußen auf dem Hof klare Kante gezeigt hätte.

»Na ja«, sagte er gedehnt. »Dass man sich vielleicht fragt, wem womit geholfen ist.«

»So wie bei Andi.«

Heißer. Er nahm den Arm herunter und rieb sich mit der flachen Hand über den Oberschenkel. Als er merkte, wie nervös das wirkte, hörte er damit auf.

»Haben alle mitgemacht?«

Er stand auf. »Es reicht. Raus.«

Ich blieb sitzen.

»Herr Wössner, halten Sie es für möglich, dass Frau Huth den Mörder von Professor Steinhoff gesehen hat? Wenig später findet sie ihre Nichte brutal ermordet. Und nun ist sie selbst spurlos verschwunden. Beunruhigt Sie das nicht? Oder klären Sie das auch *untereinander*?«

»Jedenfalls reden wir nicht mit jedem Hergelaufenen darüber.«

»Gut.«

Ich erhob mich ebenfalls und schob den Stuhl zurück an den Tisch. Die Beine machten ein scheußliches Geräusch auf dem Boden.

»Ich werde sie suchen. Und wenn ich der Einzige weit und breit bin. Ich will nicht, dass sie die Nächste ist.«

»Die Nächste bei was? Was wollen Sie uns eigentlich unterstellen?«

Er wollte es wissen? Das konnte er haben. »Dass Sie einen Brandstifter decken. Und einen Mörder.«

»Raus.«

Er trat zur Seite, um mich durchzulassen. Es war kein gutes Gefühl, ihn auf dem Weg nach draußen in meinem Rücken zu spüren. Glücklicherweise tauchten die Hunde nicht mehr auf, aber aufatmen konnte ich erst, als ich wieder auf der Wilhelm-Pieck-Straße stand und das Tor hinter mir zu war.

Also doch die Polizei. Aber was hatte ich in der Hand? Eine Seniorin, die nicht eindeutig zu beziffernde amouröse Beziehungen hegte und gerne mal heimlich zu ihren Liebhabern ausbüxte. Ich kannte die Argumente, die mir in Templin um die Ohren fliegen würden: Erst mal abwarten, wahrscheinlich traut sie sich nicht, ihrer Lebensgefährtin unter die Augen zu treten, und ist zurück nach Berlin.

Alles, was ich anführen konnte, waren Mutmaßungen. Vor zehn Jahren hatte Felicitas von Boden ihren Sohn zum Schuldigen eines Verbrechens gemacht. Für einen Deal mit Steinhoff, mit dem sie anschließend so gute Geschäfte machte, dass sie die teure Klinik für Andi bezahlen konnte.

Der Schuldige an der Tragödie war gefunden, alle konnten wieder ruhig schlafen. Auch der, der vielleicht der echte Brandstifter gewesen war. Mehr und mehr hatte ich den Verdacht, dass Steinhoffs Rolle bei dem Unglück größer sein könnte, als offiziell jemals angedacht worden war.

Zehn Jahre Ruhe. Felicitas und Steinhoff kauften das halbe Dorf, und bis auf Sanja schien sich niemand dagegen zu wehren. Und dann musste vor wenigen Tagen etwas geschehen sein. Andi hatte den Weg zurück an den Düstersee gefunden, und in der Folge gab es zwei Tote.

Je länger ich darüber nachdachte, desto unruhiger wurde ich. Ich kehrte noch einmal zurück und öffnete vorsichtig das Tor.

»Herr Wössner?«

Zu meinem Glück hatte er das Haus gerade verlassen und überquerte den Hof Richtung Scheune, abermals mit der Harke in der Hand. Überrascht drehte er sich um und kam dann auf mich zu. Die beiden Hunde stürmten an ihm vorbei, direkt auf mich zu. Ein Pfiff, und sie trollten sich.

»Wer war damals Bürgermeister von Düsterwalde?«

Er zögerte einen Moment, war sich nicht sicher, ob er nach meinen Anschuldigungen überhaupt noch ein Wort mit mir wechseln sollte. Schließlich sagte er: »Der Leibwitz.«

23

»Simone?«

Der Ruf gellte durchs Haus. Ihre Hand mit dem Staublappen stockte, aber dann fuhr sie ungerührt weiter über den Couchtisch im Gartenzimmer.

»Simone!«

Getrappel auf der Galerie. Sollten die beiden Gören doch sehen, wie sie zurechtkamen. Wahrscheinlich war das Klopapier alle, oder die Lieblingsseidenbluse konnte nicht gefunden werden. Schlampen. Alle beide.

Jemand lief leichtfüßig die Treppe hinunter.

»Da bist du ja!«

Jasmin trat in den Raum. Angezogen wie ein Zeitungsjunge der Dreißigerjahre: Knickerbocker, Hemd, Hosenträger, Schiebermütze. Kein Wunder, dass sie keinen Kerl abbekam.

»Sophie hat wieder einen Anfall. Du musst oben aufräumen.«

Muss ich das?, fragte sich Simone und richtete sich auf.

»Ich bin noch nicht fertig hier unten.«

»Sieht doch gut aus. Mamá kriegt einen Anfall, wenn sie zurückkehrt und das Zimmer sieht.«

Simone steckte das Tuch in die Tasche ihres Kittels, den sie für Putzarbeiten immer trug. Eigentlich war der Dienstag eher den entspannteren Pflichten vorbehalten. Frühstück, Angebot eines leichten Mittagessens, ein bisschen Staubsaugen. Zwischendurch eine Stunde in den Park, Blumen schneiden und davon träumen, wie schön das Leben sein könnte, wenn alles irgendwo ein wenig anders gelaufen wäre. Ihres kam ihr vor wie eine Aneinanderreihung von nur minimal falschen Entscheidungen, die sich in der Summe aber zu einem Kreislauf des Versagens auftürmten. Statt einen strebsamen Studierten doch den großmäuligen Draufgänger geheiratet. Statt gleich zum Arzt zu gehen, warten, bis es zu spät war mit der Schwangerschaft. Statt die Umschulung anzunehmen, weiter an der Konsum-Kasse sitzen geblieben und mit dem ganzen Laden einfach wegrationalisiert worden. Statt Michi aus Mittenwalde eine Chance zu geben, in dieser Ehe ausgeharrt, weil sie ja noch das Haus hatten und den Job bei Steinhoff. Statt ihren Mann zu fragen, was er mit der Brandnacht damals zu tun gehabt hatte und warum er dem Herrn Professor immer noch in den Arsch kroch, den Mund gehalten. Statt diesem Gör zu sagen, es sollte endlich aufhören mit diesem affigen Mamá und selbst sein Zimmer aufräumen, gehorsam die Treppe hinaufsteigen und tun, was einem gesagt wurde.

Die Tür zu Sophies Zimmer stand offen. Simone war es gewohnt, hinter zwei jungen Messies herzuräumen. Klamotten auf dem Boden, benutztes Geschirr unterm zerwühlten Bett, Ölfarbe und zerquetschte Tuben auf dem Parkett. Doch was sie nun sah, ließ sie erst einmal überrascht in der Tür stehen bleiben.

Es war, als wäre eine Dampfwalze durch den Raum getobt. Über die glatt gegipsten vanillegelben Wände zogen sich tiefe Riefen. Überall war Farbe verschmiert. Zerrissenes und zerknittertes Papier flog herum. Zerfetzte Leinwände, gebrochene Rahmen. Wassergläser, in tausend Scherben zersprungen, lagen auf dem Boden. Die Vorhänge waren zugezogen, Sophie lag bäuchlings auf dem Bett und rührte sich nicht.

Jasmin wollte ihrer Schwester die Decke wegreißen, war aber nicht schnell genug. Mit einem gequälten Schrei knüllte Sophie sie zusammen und drückte sie an den Bauch. Das Laken war blutverschmiert. Sie hatte es wieder getan: sich selbst verletzt, niemals so sehr, dass eine Gefahr bestünde, aber schwer genug, um allen einen gehörigen Schock einzujagen.

Simone hatte das allerdings bereits ein halbes Dutzend Mal erlebt, sodass sich ihre Reaktion in Grenzen hielt. Sie dachte eher an die zusätzlichen Waschgänge und die Arbeit, bis das Zimmer wieder in einem Zustand war, in dem man Handwerker hineinlassen konnte.

»Fräulein Sophie?«

Sie sprach die beiden Gören immer mit »Fräulein« an.

»Möchten Sie vielleicht aufstehen, damit ich etwas Ordnung machen kann?«

»Geh ins Bad«, herrschte Jasmin ihre Schwester an. »Du stinkst. Hast du getrunken?«

»Lasst mich in Ruhe«, wimmerte das Mädchen. »Lasst mich doch einfach in Ruhe!«

Simone trat an die Fenster und zog die Vorhänge zurück. Licht flutete den Raum und offenbarte gnadenlos das gesamte Chaos. Irgendetwas war wieder einmal schiefgelaufen, oder Sophie hatte ihren Willen nicht durchsetzen können. Niemand hatte diese Kinder je in ihre Schranken gewiesen. Sie waren wie verwildert. Als ob man sie in einem Dschungel ausgesetzt und sich selbst überlassen hätte.

»Ich kann Ihnen Tee und Toast bringen. Meine Mutter sagte immer, mit etwas im Magen ist alles nur halb so schlimm.«

Sophie wälzte sich auf den Rücken und musterte die Hausangestellte abschätzig. »Ich kotze gleich.«

»Ein Rührei dazu?«

»Im Strahl.«

»Wunderbar.« Simone ging zur Tür. »Während ich kurz weg bin, könnten Sie sich etwas frisch machen. Anschließend räume ich Ihr Zimmer auf.«

Sie eilte hinunter in die Küche und ließ kochendes Wasser aus dem Hahn in die Kanne laufen. Dann bereitete sie das Rührei zu, toastete das Brot und richtete alles zusammen mit Butter und Marmelade auf einem Tablett an. Als sie mit diesem, noch eine Rolle blauer Müllsäcke unter den Arm geklemmt, wieder nach oben ging, war das Zimmer leer. Durch die geschlossene Zwischentür zum Bad, das sich die beiden Mädchen teilten, hörte sie Wasser rauschen.

Sie stellte das Tablett auf dem Bett ab und begann zunächst damit, die zerstörten Bilder auf einen Haufen zusammenzutragen. Nichts war mehr heil geblieben, alles ein Fall für die Müllabfuhr. Sie faltete ein Blatt auseinander. Totenschädel. Was nur ging in diesem Mädchen vor?

Simone hatte keinen Zugang zur Kunst. Die alten Meister langweilten sie zu Tode. Kaum, dass sie je einen Fuß in ein Museum gesetzt hatte. Und dieses moderne Zeug – man sah es ja immer wieder auf öffentlichen Plätzen oder in den Galerien, die überall auf den Dörfern wie Pilze aus dem Boden schossen. Oft hatte sie gedacht: Das kann ich auch. Altes Holz aufeinanderschichten und behaupten, es wäre eine Skulptur. Oder Kleiderbügel verbiegen und zu Knäueln drehen und dreitausend Euro dafür verlangen.

Aber – die Idee musste man erst einmal haben. Simone hatte keine Idee, deshalb blieb sie auch in ihrem Kittel, in dieser Ehe, in diesem Kaff und in dieser Villa.

Sie zog eine in der Mitte zerschnittene Leinwand aus dem Wust, die nur noch von ein paar Fäden zusammengehalten wurde, und ein eisiger Schreck durchfuhr sie. Das war Steinhoff. Tot. Auf der Bank unten am Ufer. Um Himmels willen – wie konnte Sophie so etwas malen? Ihren eigenen Vater? Simone hatte das Mädchen im Verdacht, dass es gar nicht von den Toten an und für sich fasziniert war, sondern von den Reaktionen, die dieses seltsame Hobby hervorrief. Es war eine Idee, wie Kleiderbügel oder altes Holz. Eine kalkulierte Provokation, genau wie das Blut und die Schnitte, die jedem Menschen eine Heidenangst eingejagt hätten, die aber offenbar zu Sophies Künstlerdasein gehörten.

Aus dem Bad drang ein Kichern, zweistimmig.

Simone vereiste. Sie wusste, dass die beiden nicht blutsverwandt waren. Und trotzdem – es war nicht in Ordnung, was sie miteinander trieben. Auch wieder eine Provokation. Keine von den beiden war zu Gefühlen wie Liebe oder Hingabe fähig, zumindest nicht innerhalb ihrer eigenen Familie. Wahrscheinlich wollten sie sich gegenseitig beweisen, was für außergewöhnliche Persönlichkeiten sie waren, für die die Gesetze der normalen Leute nicht galten.

Sie griff sich ein Kissen und öffnete den Reißverschluss, um den Bezug abzunehmen. Was wäre, wenn sie, Simone, etwas mehr Provokation in ihr Leben gelassen hätte? Die wenigen Versuche, mit denen sie als Teenager den Aufstand probiert hatte, waren mit Hausarrest und Ohrfeigen im Keim erstickt worden. Sie hatte das Gefühl, dass keine der beiden da drinnen unter der Dusche je denken würde, es hätte alles ein bisschen anders laufen können. Sie nahmen sich, was sie wollten. Sie würden niemals von dem Gedanken gequält werden, das Leben zu verpassen, weil sie keine Chance, selbst die riskanteste, auslassen würden.

Sie spürte einen Schmerz in ihrer Brust, und sie erkannte,

dass es Neid war. Neid, der ihr das ganze Leben vergällt hatte und den sie nur dadurch zügeln konnte, dass sie sich einredete, Geld würde auch nicht glücklich machen.

Aber frei. Es machte frei, um zu tun und zu lassen, was man wollte. Simone hatte keine klare Vorstellung davon, was das sein könnte. Im Liegestuhl in der Sonne liegen, einen Drink in der Hand und aufs Meer starren, das war es doch, was man sich gemeinhin unter Geld und Freiheit vorstellte. Aber was kam danach, wenn der endlose Urlaub irgendwann einmal zu Ende ginge?

Sie warf den Kissenbezug auf den Wäschehaufen und begann, die zerfetzten Skizzen und zerrissenen Aquarelle in die Müllsäcke zu stopfen. Vorsichtshalber schaute sie noch einmal unter das Bett, obwohl sie dort erst vor drei Tagen gewischt hatte.

Dort lag ein Sommerkleid, zerknäult, weißgelb geblümt. Simone zog es hervor und erschrak. Es war über und über mit Blut besudelt.

Oder war es Farbe? Blut? Farbe?

Hastig breitete sie es aus. Als ob jemand einen fetten, nassen Pinsel darüber ausgeschüttelt hatte. Spritzer, Flecken, heruntergelaufene Tropf- und Schleuderspuren, allesamt eingetrocknet. Aber Simone erinnerte sich noch daran, wie sie das Kleid am Donnerstag gewaschen, dann gebügelt und in Sophies Zimmer gebracht hatte. Es war ihr Lieblingskleid. Sie hatte es am Morgen nach der Gartenparty getragen.

Das Wasser im Bad wurde abgestellt. Hastig stopfte sie das Kleid in den Müllsack, gerade rechtzeitig, bevor die Tür aufgerissen wurde und Jasmin, äußerst nachlässig in ein Badetuch gehüllt, ins Zimmer trat.

»Komm, wir gehen zu mir rüber.«

Sie zog die tropfende Sophie an der Hand hinaus in den Flur. Simone blieb auf dem Boden hocken und sah den beiden hinterher.

Ein künstlerisches Experiment. Das war die einfachste Erklärung. Die Nachricht von Sanjas schrecklichem Tod hatte auch vor den Toren der Villa Floßhilde nicht Halt gemacht. Vermutlich hatte er Sophies überhitztes Hirn noch einmal auf Hochtouren gebracht. Irgendwo in diesem Zimmer lag bestimmt noch eine Skizze: ihr eigenes Selbstporträt als Ermordete. Das wäre ihr zuzutrauen.

Simone starrte auf den Müllsack mit dem besudelten Kleid. Und wenn nicht? Wenn es wirklich Blut war auf dem Kleid? Sie hatten den Mörder noch nicht gefasst. Wer in der Lage war, aus dem Nichts heraus sein Zimmer so zu verwüsten, machte vielleicht auch vor Menschen nicht halt. Sie hatte mehrfach erlebt, wie Sophie wegen Nichtigkeiten ausgerastet war, und traute ihr alles zu.

Irgendwo in einem True-Crime-Magazin hatte sie einmal gelesen, dass Mordermittler einundzwanzig Motive zusammengetragen hatten, die Menschen zum Töten brachten. Sie hatte gerade das zweiundzwanzigste in den Müllsack gestopft: Mord als Kunstinstallation …

Die Tür zu Jasmins Zimmer wurde zugeschlagen. Langsam kam Simone auf die Beine und zwirbelte die Plastikenden zusammen, um den Sack zu verknoten. Ließ los. Lauschte auf das leise Knistern, als er sich danach wieder entfaltete. Was, wenn sie einmal in ihrem Leben etwas richtig machen würde? Wenn sie jetzt keine falsche Entscheidung treffen würde, sondern eine, die ihr Leben verändern könnte?

Sie spürte, wie ihre Handflächen feucht wurden und ihr Herz anfing zu jagen. Noch nie war ihr so bewusst geworden, wie wichtig es sein konnte, einmal nicht zu tun, was andere von einem erwarteten.

Denn das wäre: Dieses blutverschmierte Kleid zur Polizei zu bringen, ihren Job zu verlieren und am Ende als der Loser dazustehen. Mit nichts in der Hand außer dem Gefühl, wieder einmal eine Chance verpasst zu haben. Sie musste nachdenken, sehr gut nachdenken, und dabei eines nicht aus dem Blick verlieren: ihren eigenen Vorteil. Sich einfach mal in die Steinhoffs hineinversetzen. Wie würden sie in so einer Situation handeln? Rücksichtsvoll und verantwortungsbewusst? Niemals. Ihr einziges Ziel war, Reichtum und Einfluss zu mehren.

Reichtum und Einfluss mehren … Sie bückte sich und zwirbelte den Knoten wieder auf. Sie holte das befleckte Kleid heraus und steckte es in eine frische Mülltüte.

Reichtum und Einfluss. Die Steinhoffs sollten einmal im Leben erfahren, wie das war, wenn jemand anderes Macht über sie ausübte und nicht umgekehrt.

Sie verließ das Zimmer, knöpfte sich den Kittel auf und streifte ihn ab. Unten im Foyer hängte sie ihn an eine dieser schrecklichen Skulpturen, die sie nie gemocht hatte, weil man sich beim Abstauben immer irgendwo an einer der Eisenkanten verletzte. Es war vier Uhr nachmittags, eine Stunde vor Feierabend, und sie hatte sich lange nicht mehr so frei gefühlt.

Sollte Sophie ihr Zimmer alleine aufräumen. Sollten die Herrschaften mal sehen, wie es sich ohne Domestiken lebte. Vor allem aber … sie trat hinaus auf den Vorplatz und atmete tief die lichtgesättigte, nach Gras und Wasser duftende Sommerluft ein. Sie sollten bluten. Richtig bluten.

Hocherhobenen Hauptes ging sie davon.

24

Ich lief Simone Leibwitz fast in die Arme. Kurz hinter der Kirche tauchte sie auf der anderen Straßenseite auf und folgte beschwingt dem Bürgersteig in meine Richtung. Als sie mich sah, stockte sie kurz und wechselte die Straßenseite.
Ich auch.
»Hallo, Frau Leibwitz«, grüßte ich sie freundlich. Sie hier mit dem Vornamen Simone anzusprechen wäre mir grob unhöflich erschienen. »Kann ich kurz mit Ihnen und Ihrem Mann sprechen?«
»Worum geht es?«, fragte sie spitz und keinesfalls begeistert.
Sie trug bequeme Laufschuhe, einen knielangen Rock und ein T-Shirt. Vermutlich kam sie gerade von der Arbeit und hatte Feierabend. Seltsamerweise hatte sie eine blaue Mülltüte bei sich, die sie, noch seltsamer, hinter ihrem Rücken verstecken wollte. Vielleicht hatte sie etwas mitgehen lassen, oder Frau Steinhoff hatte ihr zum Abschied ein abgelegtes Kleid geschenkt, wie man das früher bei seinen Dienstboten gemacht hatte.
»Um die Brandnacht vor zehn Jahren«, sagte ich.
Es war, als ob alles Blut mit einem Schlag aus ihrem Gesicht weichen würde. »Was ... warum?«
»Können wir uns vielleicht irgendwo ungestört unterhalten?«
»Nein. Ich hab keine Zeit.«

Sie lief weiter und war mit ihren bequemen Schuhen eindeutig im Vorteil. Ich musste mich beeilen, um sie einzuholen.

»Und ich suche Frau Huth.«

»Inge?«

»Ja. Haben Sie eine Ahnung, wo sie sein könnte?«

»Nein«, giftete sie. »Ich will nicht von Ihnen belästigt werden!«

Ich blieb stehen.

»Was hat man Ihnen angeboten, damit Sie den Mund halten?«, rief ich ihr hinterher. Laut genug, dass man es durchaus hinter den gefledderten Rosenbüschen der Nachbarn verstehen konnte.

Nun stoppte sie auch, drehte sich um und kam wie eine Furie auf mich zu.

»Was unterstehen Sie sich! Das ist eine Unverschämtheit!«

»War es Geld? Der Job? Gehört Ihnen eigentlich noch Ihr Haus?«

Die Tüte fiel ihr vor Schreck aus der Hand und öffnete sich. Heraus fiel der Zipfel eines blutbefleckten Kleids. Noch bevor sie sich bücken und alles zusammenraffen konnte, hatte ich den Fuß daraufgestellt. Sie zog und zerrte und fluchte wie ein Kutscherknecht.

»Lassen Sie das, Sie verdammter Arsch! Geben Sie das her!«

Ich ging ebenfalls in die Hocke. Wutentbrannt starrte sie mich an.

»Was wollen Sie eigentlich?«

»Dass Sie endlich den Mund aufmachen. Und das hier«, ich griff nach der Tüte, »bringen wir beide aufs Revier nach Templin.«

»Nein. Das gehört mir nicht.«

Sie stand auf und trat einen Schritt zurück. Sie hatte verloren. Die Erfahrung hatte sie gelehrt, dass alles, was jetzt noch half, bedingungslose Unterordnung war. Die Schultern fielen nach vorne, und der Kopf senkte sich. Ich holte das Kleid aus der Tüte und glaubte ihr sofort. Es war mindestens zwei Größen zu klein für sie und aus reiner Seide. Und es war von oben bis unten mit Blut besudelt, oder etwas, das so aussah.

»Wem dann? Woher haben Sie das?«

Ein hastiger Blick über die Schulter. Aus der Ferne glaubte ich, eine Fahrradklingel zu hören. Die Bäckereiverkäuferin hatte vermutlich gerade den Laden geschlossen und war ebenfalls auf dem Nachhauseweg. Ich erhob mich.

»Kommen Sie.«

Simone wandte sich ab und marschierte los. Nicht mehr ganz so schnell, als ob sie auf der Flucht wäre, aber zügig genug, um unseren gemeinsamen Weg auch nicht als Spaziergang aussehen zu lassen und vor allem Frau Hentschel nicht vor die Flinte zu laufen. Wir machten hundert Meter hinter der Kirche Halt vor einem Metalltor, das genau wie der ganze Zaun eine stolze DDR-Vergangenheit repräsentierte. Sie öffnete es und führte mich durch einen irgendwie abweisend wirkenden Vorgarten mit tot gemulchten Flächen und wucherndem Kirschlorbeer. Keine Blume weit und breit. Die umstehenden Bäume warfen lange Schatten und hüllten das Haus in eine viel zu frühe Dunkelheit. Düsterwälder Nostalgie: grauer Putz, kleine Fenster, niedrige Decken. Ich hatte gesehen, was man aus diesen alten Siedlungshäusern machen konnte, aber offenbar war weder Geld noch Liebe vorhanden.

Die Tür war nicht abgeschlossen. Also hielt sie Hüthchen vermutlich nicht im Keller oder im Kleiderschrank versteckt. Wir passierten einen engen Flur mit einer Garderobe, die langsam für Sammler aktuell wurde, und gelangten in eine relativ geräumige Küche mit Blick auf den ebenso ernüchternden Garten, der sich hinter dem Haus erstreckte.

»Ingo?«

Sie lief zu einer steilen Treppe, die direkt ins Obergeschoss führte.

»Ingo!«

Oben knarrten Dielen, dann rief Leibwitz: »Was is'n?«

»Komm runter.«

»Was is'n?«, wiederholte er ungeduldig.

»Es geht um Sanja. Und um Steinhoff. Und um …«

»Frau Huth«, sagte ich laut. »Die seit heute früh spurlos verschwunden ist.«

Oben erschien Leibwitz, in Unterhemd, Hose und Hosenträgern, die er sich gerade über die Schultern spannte. Er sah ratlos auf uns hinab.

»Ja? Und?«

»Und«, fuhr ich fort, »darum, was das mit dem Brand in der Villa vor zehn Jahren zu tun hat.«

Wir saßen im Wohnzimmer, das so klein war, dass die Sofagarnitur aus violett und braun gemustertem Samt kaum hineinpasste. Zwischen ihr und einer Nussbaumanrichte war gerade so viel Platz, dass man sich an ihr vorbeiquetschen konnte und man ständig mit den Knien an den gekachelten Couchtisch stieß. Auf ihm lag die Tüte. Auf ihr das Kleid.

»Möchten Sie einen Kaffee?«, fragte Simone giftig.

»Nein.«

Leibwitz kam herein und schnalzte mit den Hosenträgern. Er sah aus wie jemand, der zum Serienkiller wurde, wenn man ihn in seinem Mittagsschlaf aufstörte.

»Watt'n ditte?«

Simone schluckte und setzte sich auf den Sessel, sodass für Leibwitz nur die andere Seite der Couch übrig blieb.

»Das habe ich in Sophies Zimmer gefunden«, sagte sie.

»Gefunden?«

Der drohende Ton ihres Gatten ließ vermuten, dass wohl schon des Öfteren Dinge aus Steinhoffs Haus zufälligerweise in Plastiktüten gefallen und hier angeschleppt worden waren.

»Ja! Unter ihrem Bett!«

Sie beobachtete ängstlich, wie ich das Corpus Delicti ausbreitete.

»Und was hatten Sie damit vor?«, fragte ich. »Hat man Sie gebeten, es verschwinden zu lassen?«

Sie schüttelte ängstlich den Kopf. Leibwitz ließ sich mit einem Stöhnen aufs Sofa krachen und musterte übelgelaunt sein Weib.

»Du hast geklaut?«

»Nein! Nein, es lag unterm Bett, und ich sollte aufräumen, und meistens werfe ich alles weg, wenn Fräulein Sophie wieder einen Anfall hat.«

Leibwitz nickte grimmig. »Dieser Satansbraten. Ist das Blut?« Er beugte sich vor und musterte angewidert den Stoff. »Hat sie unsere Sanja umgebracht?«

Simone wandte sich hilfesuchend an mich. Ich zuckte lediglich mit den Schultern.

»Nach meinem Dafürhalten ist das Farbe. Nichts anderes als rote Farbe. Blut trocknet dunkel, fast schwarz. Haben Sie wirklich geglaubt, damit etwas gegen Sophie in der Hand zu haben?«

»Sie malt seltsame Sachen«, erwiderte Simone trotzig. »Ich habe ein Bild gefunden, das hat sie zerrissen. Aber ich konnte sehen, was es war. Sie hat ihren Vater tot auf der Bank im Park gemalt. Das ist doch nicht normal, oder?«

Leibwitz rieb sich mit der Hand übers Kinn und verursachte ein schabendes Geräusch, das ich auf den Tod nicht ausstehen konnte. »Sie sind irre, alle beide. Aber sie bringen doch nicht ihren Vater um.«

»Wer dann?«, fragte ich, weit davon entfernt, genauso zu denken. »Vom ödipalen Komplex über Geldgier bis pathologische Empathielosigkeit könnte man alles diagnostizieren.«

Leibwitz und seine Frau sahen mich verständnislos an.

»Er meint wohl«, übersetzte sie, »dass sie tatsächlich nicht ganz richtig im Kopf sind. Ingo, das weißt du doch so gut wie ich. Das ist ihr Kleid, und sie schmiert es mit Farbe voll und fühlt sich als Leiche. Das ist doch wirklich ein Fall für …«

»Die Klinik am See?«, half ich nach. »In der Andi lebendig begraben ist für eine Tat, die er nicht begangen hat?«

Hinter Glas auf einem Regal der Anrichte standen Fotorahmen. Ein paar zeigten eine Familie; Vater, Mutter, Kind. Ein Schulmädchen. Eine Jugendweihe. Eine junge Frau. Ich stand auf, mit Argusaugen beobachtet von den beiden, und betrachtete mir die Aufnahmen genauer. Irgendwo hatte ich die Frau schon einmal gesehen, aber ich wusste nicht mehr, in welchem Zusammenhang. Vielleicht war sie eine der Schaulustigen gewesen, als wir die tote Sanja gefunden hatten.

»Ist sie das? Bianca? Ihre Aussage hat Andi mit überführt.«

Ich stand mit dem Rücken zu ihnen, aber ich konnte spüren, wie sich die Chemie des Raums veränderte. Ich war weder Rächer noch Retter, ich war der Feind. Abrupt drehte ich mich um und bekam gerade noch mit, dass Simone Leibwitz gegenüber eine Geste gemacht hatte, mit der sie absolutes Stillschweigen forderte.

»Wo ist sie?«

»Sie kommt nur noch selten vorbei«, sagte Simone. »Sie hat Düsterwalde kurz nach dem Unglück verlassen.«

»Was hat sie Ihnen über diese Nacht erzählt?«

Leibwitz hob den Stoff den Kleids mit zwei Fingern an und ließ ihn dann angewidert fallen. »Nichts, was Sie etwas anginge.«

Ich kehrte zurück zum Sofa und setzte mich wieder. »Frau Steinhoff verlässt Düsterwalde. Sie verkauft die Villa und alles, was ihr Mann hier zusammengescharrt hat. Auf der Bürgerversammlung fiel auch Ihr Name.«

Betretenes Schweigen.

»Muss ich erst ins Grundbuchamt? Ich erfahre es sowieso. Die Ära der Steinhoffs ist vorüber. Es wird Zeit, dass Sie anfangen zu reden.«

Hier war seit Jahren nicht renoviert worden. Von den Fensterrahmen aus Holz blätterte der Lack. Das Linoleum unter dem billigen Perserteppichimitat war dort, wo es stark genutzt wurde, abgelaufen. Die Tapete hatte auch schon bessere Tage gesehen. So ging man nicht mit seinem Eigentum um, wenn beide gut verdienten. Aber vielleicht täuschte ich mich ja, und sie erhielten noch nicht einmal den Mindestlohn. Mittlerweile traute ich Steinhoff posthum fast alles zu.

»Professor Steinhoff hat es uns abgekauft«, sagte Simone. »Wir haben ein Wohnrecht, das nach zehn Jahren erlischt. Das wäre in ein paar Monaten sowieso der Fall gewesen.«

»Und dann?«

»Wir haben uns eine kleine Wohnung an der Costa Blanca gekauft.«

»Und das hier?«

»Das hätte der Herr Professor dann verkauft. Und jetzt, wo er tot ist, gehört ja alles seiner Witwe.«

»Was hat er Ihnen bezahlt?«

»Zweihunderttausend.«

Ein verdammt guter Deal vor zehn Jahren. Heute war das Haus das Dreifache wert. Für Leibwitz war damit das Ende seiner Geduld erreicht.

»Hören Sie, das ist nicht gut, die alten Geschichten wieder aufzuwärmen. Wir haben unseren Frieden damit gemacht, alle.«

»Bis auf den Mörder.« Mir schossen jede Menge Hinweise durch den Kopf, dass hier jemand alles andere als in Frieden mit der Vergangenheit lebte. »Fangen wir mit Professor Steinhoff an. Er hat Ihnen dieses Haus unter der Hand abgekauft. Bei wie vielen anderen hat er das so gemacht?«

Simone schob die Unterlippe vor, Ingo kratzte sich am Kinn. »Keine Ahnung.«

»Ihm gehört die Galerie. Beziehungsweise das Haus, in dem Felicitas ihre Galerie aufmachen will.«

Leibwitz nickte.

»Was noch?«

Simone atmete einen resignierten Seufzer aus. »Die Bäckerei. Und die Häuser daneben. Aber ich weiß gar nicht, ob die noch sein Eigentum sind. Er hat sie gekauft und dann verkauft. Man kommt da gar nicht mehr mit. Danach werden sie renoviert und als Wochenendhäuser genutzt.«

»Was war der Deal mit Felicitas?«

Bevor Leibwitz wieder so tun konnte, als ob Diskretion im Dorf die höchste Bürgerpflicht wäre, ergänzte ich: »Die Staatsanwaltschaft wird sich früher oder später sowieso dafür interessieren.«

»Warum denn das?«, fragte Simone, hörbar nervös. »Das sind doch alles Privatsachen!«

»Nicht bei Mord. Und nicht, wenn der wahre Brandstifter immer noch frei herumläuft und ich mir langsam Sorgen um Frau Huth mache. Ingeborg Huth«, setzte ich hinzu.

»Herr ...«

»Vernau.«

»Herr Vernau, glauben Sie mir, es ist doch niemandem damit geholfen. Im Gegenteil: Der arme Andi müsste die Klinik verlassen und in ein staatliches Heim. Das wissen Sie selber, wie es da zugeht!«

»Das wird so oder so geschehen«, antwortete ich und schob ihr die Tüte mit dem Kleid über den Tisch. Ich kam hier nicht mehr weiter. »Ihr Mann hat recht. Bringen Sie das zurück, und hoffen Sie, dass niemand etwas gemerkt hat. Haben Sie eine Telefonnummer von Ihrer Tochter Bianca?«

»Nein«, sagten beide wie aus einem Mund.

»Okay.« Ich stand auf und warf eine meiner Visitenkarten auf den Tisch. »Sagen Sie ihr, sie soll sich bei mir melden. Besser jetzt als gleich. Sie hat eine Falschaussage gemacht. Damit steht sie mit einem Bein im Gefängnis.«

Als ich das Haus verließ, sah ich, wie sich die Gardinen am Wohnzimmerfenster bewegten und beide warteten, dass ich auch tatsächlich das Weite suchte.

25

Ich machte mich auf den Weg zurück durchs Dorf und rief Marie-Luise an. Sie meldete sich mit der professionellen Kühle einer viel beschäftigten Anwältin, brach das aber sofort ab, als sie mich erkannte.

»Joe. Ich hab die Akte gezogen und kopiert, aber ich weiß nicht, wann ich sie lesen soll. Bei mir brennt die Luft!«

»Kannst du sie mir bringen?«

»Heute ist der dritte Dienstag im Monat. Juristinnenstammtisch. Ich kann sie dir per Post schicken. Bist du immer noch da draußen?«

»Ja. Die Dinge verkomplizieren sich. Die Post ist zu langsam. Ich hole sie ab.«

Es war ein spontaner Gedanke, diesem Dorf für ein paar Stunden den Rücken zu kehren und Großstadtluft zu atmen. Eine Fahrt nach Berlin würde dem Rest des Tages Struktur geben und mir einen Vorwand, den fragenden Blicken meiner Mutter zu entkommen.

»Wie geht es Hüthchen?«, fragte Marie-Luise.

Sie klang, als wäre sie nicht ganz bei der Sache und würde beim Telefonieren mit einem Auge auch noch über eine Klageschrift fliegen.

»Ehrlich gesagt, ich weiß es nicht. Sie hat mit ihrem Alibi geschummelt und wurde deshalb heute Morgen vorübergehend festgenommen. Ich habe sie unter Auflagen rausgeholt und in Düsterwalde abgesetzt. Seitdem ist sie verschwunden.«

»Bitte was?« Jetzt war sie wieder voll da.

»Ich dachte, sie geht rein in Sanjas Haus und zu meiner Mutter. Stattdessen hat sie auf dem Absatz kehrtgemacht und ist untergetaucht.«

»Untergetaucht?«

»Jedenfalls vermisst.«

»Hast du die Polizei informiert?«

»Nachdem sie mit der Auflage entlassen wurde, sich jederzeit zur Verfügung zu halten?«

»Joe, weißt du, wie das aussieht?«

Natürlich wusste ich das. Hüthchen servierte gerade ihr Schuldeingeständnis auf dem Silbertablett.

»Du hättest sie keine Sekunde aus den Augen lassen dürfen! Keiner weiß, was so ein grausamer Schock auslösen kann. Vielleicht irrt sie allein durch die Wälder?«

War ich Hüthchens Hüter? Natürlich machte ich mir Vorwürfe, aber jedes Mal, wenn ich die Situation noch einmal vor meinem inneren Auge Revue passieren ließ, gelangte ich zu dem Schluss, dass ich alles richtig gemacht hatte. Ich hätte sie höchstens noch über die Schwelle in Sanjas Haus tragen können.

»Wohl kaum. Du kennst sie genauso gut wie ich.« Das war untertrieben. Marie-Luise hatte sich schon seit jeher gut mit Hüthchen verstanden. Warum auch immer. Wahrscheinlich, weil sie zwar Teil des vernauschen Kosmos war, mit ihm aber weder verwandt noch verschwägert. »Sie würde nicht untertauchen. Sie hat ihre Nichte nicht umgebracht. Sie hat nur irgendeine Dummheit gemacht.«

»Das sagt doch keiner«, kam es hastig von ihr zurück. »Aber die Polizei muss natürlich in diese Richtung ermitteln.«

»Es muss einen verdammt guten Grund geben, warum sie noch einmal alleine losgegangen ist. Und«, setzte ich hinzu, »einen noch besseren, warum sie nicht wiederauftaucht. Er kann harmlos sein.«

Ein weiterer Lover, beispielsweise. Ich konnte kaum fassen, was ich dieser Frau mittlerweile unterstellen musste.

»Und wenn nicht?«, fragte Marie-Luise besorgt. »Du *musst* zur Polizei.«

Wahrscheinlich würde Kriminalkommissar Fichtner zuerst alle alleinstehenden Männer über siebzig im weiteren Umkreis abtelefonieren. Was mit ziemlicher Sicherheit Auswirkungen auf Hüthchens Standing in Düsterwalde haben dürfte.

»Okay«, sagte ich und sah auf meine Uhr. Mein Magen knurrte. Ich hätte den Ausflug zum Zauberberg nicht unternehmen sollen, ohne in einen Supermarkt einzukehren. »Vorher hole ich noch die Akte bei dir ab. Ich könnte in zwei Stunden bei dir sein. Frühes Abendessen?«

Marie-Luises Wohn-Kanzlei lag im Wedding, wo die Grillstuben und Döner-Imbisse einst die Eckkneipen verdrängt hatten und nun selbst Opfer von Poké Bowls und Hand-Craft-Burgern wurden. Beim Gedanken an einen medium gebratenen, saftigen Fleischklops im Briochebrötchen mit Bacon und einer Scheibe Gruyère, flankiert von einem Schälchen Trüffelmayonnaise und in frischem Erdnussöl frittierten Pommes, hätte ich mich am liebsten sofort ins Auto gesetzt.

»Sorry. Keine Zeit.«

Was an einem Juristinnenstammtisch prickelnder sein sollte als an einem Essen mit mir, wusste ich nicht. Ich nahm es ihr aber auch nicht krumm, wir würden es ein anderes Mal nachholen.

»Noch was«, sagte ich hastig, bevor sie auflegen konnte.

»Ich suche eine Bianca Leibwitz. Zumindest hieß sie vor zehn Jahren so. Sie soll in Berlin leben, geboren ist sie …«

Templin? Prenzlau? Düsterwalde? Und wann?

»… keine Ahnung, irgendwo hier in der Gegend.«

Sie seufzte ungeduldig. »Hast du das Gefühl, ich hätte zu wenig zu tun und würde Beschäftigung brauchen?«

Marie-Luise ist sensibel. Sie würde jedem, der ihr das unterstellt, erst einmal Prügel androhen, doch ich kenne sie lange genug. Sie ist der fleißigste, akribischste Mensch, den ich kenne – abgesehen davon, dass sie einen Hang zum Chaos hat, in dem sie aber meistens den Überblick behält. Sie macht als Erste das Licht an und es abends als Letzte aus. Juristisch gesehen gibt es auf ihrem Fachgebiet nichts, was sie nicht weiß. Und trotzdem scheint es ihr nie genug zu sein. Sie muss etwas in sich tragen, das ihr stets das Gefühl gibt, doch nicht zu genügen – und was dazu führt, dass sie in jeder simplen Bitte eine Unterstellung wittert.

Okay. In jeder simplen Bitte von mir.

»Ich weiß es sehr zu schätzen, was du für mich tust«, sagte ich.

»Nein, weißt du nicht. Sonst würdest du mal darüber nachdenken, dir einen Anwaltsgehilfen zu suchen oder eine Bürokraft. Ich habe die Akte, sie liegt hier in meinem Büro. Du kannst sie jederzeit abholen, die Schlüssel hast du ja.«

»Ja. Und Bianca …«

»Wie zum Teufel soll ich die Frau finden?«

Ich schwieg, vielleicht einen Tick zu lange. Währenddessen passierte ich ein zauberhaftes märkisches Siedlungshaus, das jemandem in die Finger geraten sein musste, der wohl ein großer Beatrix-Potter-Fan war. Lavendelfarben gestrichene Fensterläden, romantisch bemooste Terrakottakübel, Windspiele,

Rosenkugeln und ein Schild am Zaun mit dem Bild eines zähnefletschenden Dobermanns: »Hier wache ich.«

»Nein«, sagte sie.

Ich näherte mich der Kirche und der Bäckerei, vor der schon mehrere Kunden darauf warteten, wann Frau Hentschel geruhte, ihre Mittagspause zu beenden.

»Es ist doch ein Leichtes. Einmal ins polizeiinterne …«

»Nein! Lass Karsten da raus.«

»Jeder Polizist hat schon mal was durch den Computer laufen lassen. Diese Frau hat damals eine Aussage gemacht, die vielleicht einen Unschuldigen in lebenslange Sicherheitsverwahrung gebracht hat! Ich muss mit ihr reden. Sie war Überlebende des Brandes am Düstersee. Steht alles in der Akte, die direkt vor dir auf dem Schreibtisch liegt. Geburtsdatum, Ort, Geburtsname … einmal ins Melderegister …«

»Nein«, sagte sie.

»Oder eine Datenbankabfrage bei INPOL[*].«

»Joe!«

Sie legte auf.

Ich atmete tief durch und steckte das Handy wieder in die Innentasche meiner Anzugjacke. Sie war aus einem leichten Stoff, aber trotzdem zu warm für diesen Tag. Immerhin war sie wieder getrocknet, genau wie meine Hose, aber ihr entstieg beim Anheben der Arme ein sanfter Duft nach Blaualgen und versagendem Deodorant.

Über den Himmel zogen strahlend weiße Wolken, die Sonne lugte immer wieder heraus und brannte wie durch ein Brennglas auf meine Büromenschenstirn. Der See würde be-

---

[*] INPOL: elektronisches Informationssystem der Polizei zur Sachfahndung und Aufenthaltsermittlung gesuchter Personen

reits im Schatten liegen, aber Düsterwalde erstrahlte für wenige Stunden in Sommerferienlaune. Vögel zwitscherten, Bienen summten. Sogar die Häuser, die schon lange keinen neuen Anstrich mehr bekommen hatten, wirkten mit einem Mal wie hergebeamt aus Bullerbü.

Ich legte einen Zahn zu. Ich würde mit Steinhoffs Wagen fahren. Regina hatte sich noch nicht gemeldet und die unverzügliche Rückgabe angemahnt. Rauf auf die Autobahn, in Pankow runter, quer durch die Stadt. Funkturm. Alex. Unter den Linden, Gendarmenmarkt. Ich fühlte mich wie ein Süchtiger, der viel zu lange auf Entzug gewesen war. Doch mitten in das erwachende, nervöse Großstadtfieber stieg ein Duft in meine Nase, der mich willenlos machte und wie mit unsichtbaren Leimruten einfing und umgarnte. Er zog mich in gerader Linie zur Bäckerei: Blechkuchen. Direkt aus dem Ofen.

Ich reihte mich in die Schlange ein und entdeckte ein paar Positionen vor mir die Bergers. Das Ehepaar, das Teilnehmer von Steinhoffs Akademie gewesen war und es offenbar immer noch in Düsterwalde aushielt, um durch das Dorf zu schnüren und seinen Geist zu atmen. Die Frau, eine agil wirkende Endfünfzigerin mit uneitel ergrautem und frisiertem Kurzhaarschnitt, trug heute ein blauweiß gestreiftes T-Shirt zu einer roten Caprihose. Sie hatte sich zu mir umgedreht, wie das viele machen, wenn sich hinter ihrem Rücken etwas tut, und dann ihrem Mann die Neuigkeit meines Auftauchens ins Ohr geflüstert. Alles andere als diskret absolvierte er auch eine Wendung in meine Richtung. Mit zusammengekniffenen Augen gegen das blendende Sonnenlicht kam er zu dem Schluss, dass es sich um mich handelte, nickte und raunte nun ebenfalls etwas seiner Frau zu. Er war ein wenig kleiner als sie und gekleidet, als käme er gerade vom Golfen. Weiße Hose,

Hemd, Pullunder. Ein stattlicher Bauch wölbte seine seitliche Silhouette nach vorne, der mir, als ich ihn am Morgen nach Steinhoffs Tod im Pyjama gesehen hatte, nicht aufgefallen war. Schnauzer und Haarkranz rundeten den Eindruck eines zufriedenen Frührentners ab. Er nickte mir zu, ich nickte zurück, und dann drehte Frau Hentschel von innen den Schlüssel im Schloss, öffnete die Ladentür und verschwand wortlos hinter ihrem Tresen.

Als ich an der Reihe war, hatte sich nur noch eine Kleinfamilie hinter mir angestellt. Vater, Mutter, Säugling im Tragetuch an der Brust des Erzeugers. Nicht von hier, denn in Düsterwalde würden die Herren der Schöpfung ihren Damen wohl etwas husten.

»Ja?«, raunzte Frau Hentschel mich an. Entweder war sie mit dem falschen Fuß aufgestanden, oder ihre Laune verschlechterte sich grundsätzlich nach dem Mittagsläuten.

»Einmal den Streuselkuchen, bitte.«

Sie löste ein Randstück vom Bleck und warf es auf einen Pappteller.

»Dreifuffzich.«

Die Frau, die vor mir bedient worden war, hatte zwei zwanzig bezahlt. Ein Blick in ihr Gesicht, und ich wusste, dass Diskussionen nur dazu führen würden, dass ich die Bäckerei so hungrig verlassen würde, wie ich sie betreten hatte. Während ich das Kleingeld aus meinen Hosentaschen zusammensuchte, fragte ich: »Haben Sie etwas von Frau Huth gehört?«

Sie stützte die eine Hand auf den Tresen. Die andere ballte sie zur Faust und stemmte sie in die wohlgerundete Hüfte.

»Welche?«

»Inge. Ingeborg.«

»Warum? Ist was mit ihr?«

Ich legte die ersten Geldstücke auf den Teller. »Sind Sie ihr im Laufe des Tages begegnet?«

»Nein.«

»Könnten Sie sich vorstellen, wo sie sich aufhalten könnte?«

Sie strich die Münzen ein, wartete auf den Rest und warf sie in die geöffnete Kasse. »Nein. Der Nächste bitte?«

Der Mann mit Säugling trat an die Auslage. »Zwei Stück Streuselkuchen.«

»Acht Euro.«

Er wandte sich erstaunt zu seiner Frau, aber die zuckte nur mit den Schultern und hatte ebenfalls nicht vor, es auf eine Diskussion anzulegen, bei der man nur den Kürzeren ziehen konnte.

Immerhin: Frau Hentschel hatte mir weniger abgeknöpft als den beiden Neuankömmlingen. Ich verließ den Laden. Draußen, an einem Stehtisch, standen die Bergers. Vor sich zwei Stück Kuchen.

»Einsame Spitze, nicht wahr?« Herr Berger biss herzhaft ab. Seine Frau kämpfte noch mit der Papierserviette und dem Versuch, ohne Besteck zurechtzukommen. Er machte eine auffordernde Handbewegung. Ich wartete, bis seine Gattin unwillig Platz gemacht hatte, und legte meinen Pappteller auf dem Tisch ab.

»Das muss natürlich bleiben«, sagte er mit vollem Mund. »Das ist alte Dorfkultur, Gold wert. Bäcker, Fleischer – na ja, vielleicht heutzutage doch lieber ein Gemüsehändler? Wo jeder vegan leben will? Und eine Kneipe. Das geht ja gar nicht, dass so ein Dorf mit so viel Potenzial keine Kneipe hat.«

Ich nickte und führte ein Stück ofenwarmen, nach Butter duftenden Himmel zum Mund. Berger fühlte sich wohl schon als der neue Steinhoff.

»Der See ist leider zu klein für eine Marina, und er hat keine Verbindung zur uckermärkischen Seenplatte. Sonst könnte man hier was ganz Großes aufziehen.«

Er biss ein weiteres Mal ab und hatte damit das Stück zu zwei Dritteln verschlungen. Frau Berger nahm einen zierlichen Haps. Auf den ersten Blick wirkte ihre Aufmachung bescheiden. Auf den zweiten trug sie dezenten Goldschmuck und eine Armbanduhr im Gegenwert eines Kleinwagens.

Es gab zwei Dinge, die mich an den Bergers interessierten.

»Was machen Sie denn so?«, fragte ich.

»Projektentwicklung, früher. Jetzt wollen wir kürzertreten.«

Er trat an die geöffnete Ladentür und rief: »Zwei Kaffee, bitte.«

Und an mich gewandt: »Auch einen?«

Ich nickte.

»Drei!«

»Maschine kaputt«, kam es aus dem Inneren der Bäckerei zurück. Berger kehrte mit einem Achselzucken zum Tisch zurück.

»Und Sie? Was hat Sie an diesen Ort verschlagen?«

»Urlaub«, antwortete ich.

»Er ist doch im Bootshaus«, sagte seine Ehefrau. »Das hat der Herr Professor doch noch erwähnt, bevor er ... weißt du das nicht mehr?«

Berger nickte schwer. »Ein guter Freund, der viel zu früh gegangen ist. Wissen Sie schon Näheres über die Todesumstände?«

»Bedaure, nein.«

Er änderte die Taktik. Rückte näher an mich heran, senkte die Stimme.

»Was sagt denn Regina? Ich hab gehört, sie will alles verkaufen. Ich war auf der Bürgerversammlung. Haben Sie eine Ahnung, um was es da geht?«

»Die Villa, nehme ich an.«

Er sah zur Eingangstür der Bäckerei, aus der jetzt das junge Elternpaar trat und sich leise über den gezahlten Kuchenpreis stritt.

»Sie sind ein Freund von Steinhoff?«

Ich nickte mit vollem Mund, weil es zu kompliziert gewesen wäre, meinen Beziehungsstatus zu dem Toten präzise zu erklären. Zumal der sich, je mehr ich posthum über ihn erfuhr, beinahe stündlich änderte. Berger rückte mir noch mehr auf die Pelle.

»Hat er Ihnen gegenüber mal erwähnt, was ihm hier alles gehört?«

Ich schüttelte den Kopf.

»Wir hätten eine Beurkundung gehabt, gestern, in Templin.«

Kaum merkliche Kopfbewegung in Richtung der Bäckerei. Frau Hentschel stand hinter dem Schaufenster, in dem Dekorationsbackwaren und an Kastanienmännchen erinnernde Ausstellungsstücke vor sich hin staubten. Sie rückte einen versteinerten Brotkranz zurecht und hätte, ihrem Blick nach zu urteilen, Berger die Worte am liebsten von den Lippen gelesen.

Ich legte den Rest Streuselkuchen ab. »Sie kaufen die Bäckerei?«

Hatte ich etwas falsch verstanden? Waren die beiden etwa durch ehrliches Handwerk zu ihrem Reichtum gekommen, indem sie morgens um fünf zusammen in Backstuben gestanden und geschuftet hatten? Wollten sie den Laden übernehmen und Düsterwälder Kirschtorte anbieten?

Berger stopfte sich den Rest seines Kuchens in den Mund und nickte. Nicht bescheiden, nicht zurückhaltend. Er nickte, als hätte er sich mit dieser Bäckerei die Sahneschnitte von Düsterwalde einverleibt.

Was sie in gewisser Weise auch war. Ein großes Haus mit verwittertem Stuck, altmodischen Schaufenstern und mühsam kaschierter, überstrichener Verwahrlosung, die ahnen ließ, dass der Laden nicht mehr lange laufen würde.

»Und welches Projekt wollen Sie damit entwickeln?«

Berger rückte ein winziges Stück von mir ab, aber nur, um eine beschwichtigende Handbewegung zu machen. »Sachte, sachte. Erst mal muss ich Regina an den Tisch kriegen. Und dann mal sehen, was man hier machen kann. Sonnenwalde zieht ja eine Menge Tourismus ab. Die haben ein Schwimmbad, Restaurants, sogar ein Kino. Und hier? Nichts. Noch nicht mal eine Pension, nur ein paar Fremdenzimmer. Wir wohnen auch nicht mehr in der Villa, das kam uns nach dem Tod von Professor Steinhoff nicht mehr richtig vor.«

»Hat er Ihnen das Objekt vermittelt?«, fragte ich.

»Ja. Zusammen mit dieser reizenden Dame, Felicitas von Boden. Sie hat ja mit ihrer Galerie immerhin etwas versucht.«

»Ich finde, es fehlt ein hübsches Café.« Frau Berger schob den Rest ihres Kuchens weg. »Kaffee und Prosecco, mit ein paar anständigen Tischen draußen, Blumen am Fenster und natürlich mit einer freundlichen, aufmerksamen Bedienung.«

Das hieß: Frau Hentschels Tage waren gezählt.

»Und oben«, fuhr ihr Gatte fort. »Die alte Tankstelle. Haben Sie die gesehen?«

»Am anderen Ende der Straße?«

»Ja. Original Fünfzigerjahre. Da könnte man ein Diner draus machen. Jeder muss dran vorbei, der nach Sonnenwalde will.«

»Aber nur aus dieser Sackgasse, Dickerchen. Nicht, wenn sie von der Autobahn oder von Templin kommen.«

»Trotzdem. Ich finde, das wäre was für Paul. Paul ist unser Sohn«, fuhr er an mich gewandt fort. »Der hat den Laden jetzt übernommen. Wir machen das nur noch aus Spaß.«

»Sie haben also nicht vor, hier einzuziehen und Brot zu backen?«

»Ich? Hast du das gehört?« Berger musste an sich halten, um nicht in prustendes Gelächter auszubrechen. »Nein, auf gar keinen Fall. Das wird gekauft, saniert und verpachtet. Nach so etwas stehen die Leute Schlange.«

»Aber von Prosecco allein werden die Leute hier nicht leben können.«

Er begriff, dass er in mir jemanden vor sich hatte, der nicht ganz auf seiner Linie war. Damit kam immerhin fast ein halber Meter Platz zwischen uns.

»Was haben Sie eigentlich für Ihren Kuchen bezahlt?«, fragte ich freundlich und widmete mich den Resten auf meinem Pappteller.

Berger warf seiner Frau einen auffordernden Blick zu. Die verstand und kam um den Stehtisch herum auf ihn zu.

»Fünf Euro pro Stück. Eine Unverschämtheit.«

Womit meine zweite Frage beantwortet wäre und ich mich im Hentschel-Ranking im guten Mittelfeld befinden dürfte.

»Schönen Tag noch«, sagte er. »Man sieht sich.«

»Bestimmt«, erwiderte ich mit vollem Mund.

Zwei Radfahrer machten vor der Bäckerei halt. Sie sahen müde und gestrandet und nicht von hier aus. Frau Hentschel zog sich aus dem Schaufenster zurück und ging hinter den Tresen. Den nächsten Kuchen bei ihr würde ich mir wahrscheinlich nicht mehr leisten können.

26

Die Einkehr hatte zumindest den schlimmsten Hunger gestillt. Ich musste aufpassen, dass ich nicht in diese schläfrige Sommernachmittagsstimmung rutschte, die mich geradewegs auf den Bootssteg locken würde, ausgestreckt auf einem Liegestuhl, ein eiskaltes Glas Weißwein in der Hand.

Ich rief Frau Huth an und hatte wieder nur ihren Anrufbeantworter am Apparat. Die Polizei könnte ihr Handy orten. Dafür müsste ich sie aber von ihrem Verschwinden in Kenntnis setzen. Um dieses bohrende Gefühl von Untätigkeit endlich loszuwerden, gab ich ihr noch Zeit bis zwanzig Uhr. Wenn sie bis dahin nicht aufgetaucht war, würde ich die Flucht melden.

Ich war schweißgebadet, als ich Sanjas Haus erreichte. Es lag still im Halbschatten des Waldes, der es innerhalb der nächsten Stunde in dieses Dämmerdunkel eintauchen würde, bei dem man nachmittags schon Licht einschalten musste. Nur das Wohnzimmerfenster war geöffnet, und eine lilafarbene Gardine bewegte sich sachte in dem Luftzug. Alles in mir sträubte sich, jetzt hineinzugehen und Mutter zu begegnen. Ich hatte nichts, gar nichts herausgefunden. Außer, dass sich Hüthchen nicht bei ihrem Liebhaber versteckt hielt. Zumindest machte Kurt Wössner in dieser Hinsicht einen aufrichtigen Eindruck, obwohl sein Hof groß genug war, um eine Kohorte von griesgrämigen Haushälterinnen verschwinden zu lassen. Aber aus irgendeinem Grund glaubte ich ihm.

»Joachim?«

Ich hatte schon den Autoschlüssel in der Hand und steckte ihn wieder weg. Mutter kam aus dem Garten auf mich zu. Sie musste am Fenster gewartet haben. Einsam, vor Sorge zerfressen und ahnend, dass es um mehr ging als eine kurze Auszeit, die sich ihre Lebensgefährtin genommen hatte. Ich war allein gekommen. Das beugte ihre Schultern und machte ihre Schritte unsicher.

»Hast du etwas herausgefunden?«

Ich ging auf sie zu und nahm sie in den Arm.

»Nein. Bis jetzt noch nicht. Ich fahre kurz nach Berlin. Marie-Luise hat die Akte über die Brandstiftung von damals, und ich will sie mir ansehen.«

»Die Brandstiftung?«

Mutter schob mich von sich weg und sah mich forschend an. »Welche Brandstiftung, um Himmels willen?«

Am Morgen noch hätte ich wieder diese heillose Wut gegen Hüthchen gespürt. Mittlerweile war es einzig ein leises Glimmen. Eine permanente Unruhe, die auslaugte und die eigenen Gefühle irgendwann in den Hintergrund treten ließen.

»Ein alter Fall.«

»Du kümmerst dich um einen alten Fall, während Ingeborg unsere Hilfe braucht? Vielleicht liegt sie mit einem gebrochenen Bein im Wald! Vielleicht ist sie irgendwo gestürzt und reingefallen? Wir müssen sie suchen!«

»Ich weiß«, antwortete ich bestimmt. »Aber erst muss ich nach Berlin.«

»Ich komme mit.«

Drei-Wort-Sätze meiner Mutter lassen keinen Widerspruch zu. Trotzdem versuchte ich es. »Ich bin doch heute Abend wieder zurück.«

»Vielleicht ist sie in unserer Wohnung und hat sich dort versteckt? Das würde ich doch auch tun, wenn man mich beschuldigen würde, dich umgebracht zu haben! – Du weißt, wie ich das meine«, setzte sie entschuldigend hinzu, um sich dann verwirrt über die Stirn zu streichen. »Warte eine Minute, ich bin gleich wieder da.«

Wahrscheinlich war es das Beste. Sie hier allein zurückzulassen, im Haus einer Ermordeten und in absoluter Ungewissheit über Hüthchens Schicksal, war nicht die klügste Idee. Andererseits würde sie mich mit Fragen über die Vernehmung und natürlich den Grund der morgendlichen Festnahme löchern. Als Anwalt kann man sich eine Strategie zurechtlegen. Als Sohn nicht.

Sie kam mit ihrer Reisetasche heraus.

»Für alle Fälle«, erklärte sie. »Falls sie in der Wohnung ist, muss ich nicht mehr zurück.«

Der Blick die leere Straße hinunter sprach Bände. Sie würde nie wieder einen Fuß in dieses Dorf setzen.

»Und dann? Wenn sie wirklich in eurer Wohnung ist? Wollt ihr euch hinter Sandsäcken und Barrikaden verschanzen?«

Sie hob nur die Augenbrauen und reichte mir ihr Gepäck.

»Wenn sie in Berlin ist, hat sie gegen die Auflagen verstoßen. Sie wandert umgehend ins Gefängnis.«

»Du bist ihr Anwalt. Du sollst genau das verhindern. Und außerdem: Sucht eigentlich irgendjemand den wahren Mörder? Es kann doch nicht sein, dass Ingeborg für alles herhalten muss, was in diesem Dorf an schlimmen Dingen passiert! Am Ende schieben sie ihr auch noch dieses Feuer in die Schuhe!«

Ich schloss den Kofferraum und hielt ihr die Autotür auf.

»Was hat es damit auf sich?«

Ich nahm resigniert die Hand vom Griff. »Vor zehn Jahren brannte die Villa am Düstersee ab.«

»Und?«

»Jemand hat sie angezündet.«

»Warum?«

»Damit ein anderer sie billig kaufen konnte.«

»Dann war der es. Warum kommt der Käufer nicht ins Gefängnis?«

»Weil er tot ist. Es war Professor Steinhoff.«

Sie wollte etwas sagen, klappte aber den Mund wieder zu.

»Glaub mir, wenn es so einfach wäre, könnte ich jetzt in aller Ruhe Urlaub machen und müsste mich nicht um eure Beziehungsprobleme kümmern.«

Kaum hatte ich die Worte ausgesprochen, bereute ich sie. Sie würden Mutter so lange keine Ruhe lassen, bis sie die Wahrheit wüsste.

Langsam ging sie auf mich zu und setzte sich auf den Beifahrersitz. Sie wartete, bis ich Platz genommen und den Motor gestartet hatte.

»Also ist es wegen mir.«

»Was?«, fragte ich und fixierte den Rückspiegel, um nicht aus Versehen Moni und Herfried beim Herausfahren umzufahren.

»Dass sie verschwunden ist.«

»Das fragen wir sie, wenn wir sie gefunden haben.«

Mutter nickte und schwieg, bis wir die Autobahn erreichten und ich den Wagen endlich von der Leine lassen konnte.

»Diese Akte, ist das der Brand damals, bei dem der junge Mann ums Leben gekommen ist?«

Ich nickte. »Hat Ingeborg dir davon erzählt?«

»Sie hat es einmal erwähnt. Da haben wir uns gerade erst kennengelernt.«

Vor zehn Jahren. War es wirklich schon so lange her, dass diese Frau in unser Leben getreten war?

»Es gab wohl eine ziemliche Aufregung. Jeder hat jeden verdächtigt, aber dann haben sie einen jungen Mann gefunden, der wohl geistig verwirrt war und der das Feuer gelegt haben soll.«

»Soll?«, fragte ich und hupte einen Lkw-Fahrer an, der unvermittelt und ohne zu blinken nach links ausgeschert war.

»Es gibt so einen Ausdruck dafür. Wenn man ein Haus durch einen Brand unbewohnbar macht.«

»Heißer Abriss«, sagte ich.

»Ja. Es wurde gemunkelt, dass es wohl der neue Besitzer gewesen sein soll.«

Es ist immer interessant, was dabei herauskommt, wenn das Munkeln anfängt. Die absurdesten Geschichten werden so lange wiederholt, bis etwas hängen bleibt. In diesem Fall war es gar nicht so weit hergeholt. Natürlich stand bei der Frage *cui bono* Steinhoff in der allerersten Linie. Es schien mittlerweile ein offenes Geheimnis zu sein, dass er sich die Villa auf diese Weise unter den Nagel gerissen hatte und das halbe Dorf anschließend dazu. Aber warum wurde das erst jetzt zu einem Thema? Und warum Sanja? Und warum – ich musste mittlerweile auch das Unaussprechliche denken – Frau Huth?

»Hat Ingeborg auch mal über ihre Nichte gesprochen?«

»Ja, des Öfteren. Sanja war gegen den Ausverkauf. Sie wollte das Dorf erhalten. Aber damit stand sie ziemlich alleine da. Sanja hat sich mit vielen Leuten angelegt, und Ingeborg hat sie dabei unterstützt.«

»Gab es denn niemanden im Dorf, zu dem die Huths eine engere Beziehung hatten?«

Mutter sah aus dem Fenster, vor dem brandenburgische Birkenwälder vorüberrasten.

»Diese Frau, die ihren Sohn verloren hat. Moni heißt sie, glaube ich. Aber die mochte diesen esoterischen Kram nicht, mit dem Sanja sich beschäftigt hat. Nein, da war keiner. Also keiner, von dem Ingeborg erzählt hätte.«

Um das Thema zu wechseln, fragte ich: »Wie oft war sie denn in Düsterwalde?«

»Nicht oft. Irgendwann fing Sanja mit Nacktwandern an. Ich glaube, da haben einige aus dem Dorf ihr auch gesagt, sie muss langsam mal damit aufhören. Düsterwalde ist in einer bestimmten Szene ziemlich bekannt.«

»Was für einer Szene?«

Mutter hob die zarten Schultern. »Ich weiß doch auch so wenig darüber. Naturpropheten und Leute, die alles von oben infrage stellen. Das war ja nie ein Thema bei uns. Ingeborg ist alleine rausgefahren, mal zu Weihnachten, mal im Sommer übers Wochenende. Wenn sie zurückkam, hat sie manchmal was erzählt, aber wir haben drüber gelacht oder auch den Kopf geschüttelt. Wald-Tantra und Kristallheilungen und eben dieses Nacktwandern bei Vollmond.«

Wir hatten eindeutig die erotische Komponente des Falls vernachlässigt. Vielleicht musste man die ganze Sache neu denken.

Die alte Villa war ein geheimer Treffpunkt für Liebespaare gewesen. Sanja hatte sich mit ihrem erotischen Kursangebot bestimmt keine Freunde unter den Düsterwalder Ehefrauen gemacht. Hüthchen unterhielt eine geheime Liebschaft mit dem ehrenamtlichen Bürgermeister. Vielleicht war alles nur eine Frage von … Sex? Verbotenem, heimlichem, betrügerischem Sex? Einen Moment lang zog ich ernsthaft in Erwägung, dass Steinhoff eine Liaison mit Sanja gehabt hatte. So absurd dies im ersten Moment erschien, im zweiten kamen doch einige Gemeinsamkeiten ans Licht. Sturköpfig, rigoros die eigenen Interessen umsetzend und politisch …

Wenn man sich die ganze Bandbreite von Weltanschauungen als Kreis vorstellt, treffen sich die extremistischen Ausleger irgendwann. Steinhoffs Staatsemanzipation war ab einem gewissen Punkt gar nicht so weit entfernt von Sanjas Heiligsprechung von Natur und Boden und ihrem Pfeifen auf Gesetze.

»Du musst Sonnencreme benutzen«, sagte Mutter und lenkte das fragile Schifflein unserer Konservation in seichtere Fahrwasser. »Du bist schon ganz rot oben an der Stirn. Hattest du nicht mal mehr Haare?«

Wir erreichten Berlin mitten in der Rushhour. Aussichtslos, in der Nähe von Mutters und Hüthchens Wohnung einen Parkplatz zu finden, also stellte ich mich in eine mit Graffiti vollgeschmierte Einfahrt und hoffte, dass niemand in den nächsten zehn Minuten vorhatte, sein Lastenfahrrad auf die Straße zu schieben.

Schon als ich die Tür aufschloss, wusste ich – Hüthchen war nicht da. Trotzdem ging Mutter in den großen Raum, der wohl vor langer Zeit einmal die Werkstatt einer Badewannenfabrik gewesen war. Mittlerweile war sie vollgestellt mit seniorengerechten Möbeln und zusammengeschweißten Musikinstrumenten aus Altmetall, ein Hobby ihres Mitbewohners und Vermieters George Whithers. Es sah nicht so aus, als wäre er in den vergangenen Monaten einmal hier gewesen.

»George ist auf La Palma«, erklärte Mutter.

Sie hatte vergessen, dass ich das schon wusste. Das passierte ihr öfter und war kein Grund zur Beunruhigung. Aber jedes Mal zuckte ich innerlich zusammen, und ich hatte Angst davor, dass es eines Tages doch etwas bedeuten könnte.

»Wir wissen nicht, wann er wiederkommt.«

»Ich weiß«, sagte ich.

»Ach so. Ja. Es ist so leer hier, wenn keiner da ist. Nicht wahr?«

Ihre Stimme klang mit einem Mal dünn und zittrig. Sie sah sich hilflos um und stellte dann ihre Tasche auf einem durchgewetzten Sessel ab, der einst im Wohnzimmer meiner Kindheit gestanden hatte. Die Vorhänge waren zugezogen, und im Inneren des Lofts herrschte eine angenehme Kühle. In der Ecke blinkte etwas – der Anrufbeantworter.

»Wann hast du den das letzte Mal abgehört?«

Mutter, zwischen Küche und Schlafzimmer unterwegs, sammelte ihre Gedanken. Sogar die Schranktüren hatte sie schon geöffnet. Als ob Hüthchen sich vor uns in der Speisekammer verkrochen hätte.

»Was?«

»Den Anrufbeantworter. Wann hast du ihn abgehört.«

»Das weiß ich nicht.« Sie kam zu mir zurück und schaute den kleinen schwarzen Kasten an, als hätte sie ihn noch nie gesehen. »Ich habe doch ein Handy. Die Einzige, die ab und zu das Telefon benutzt, ist Ingeborg.«

Der Festnetzapparat stand direkt daneben. Ich hatte auch einen im Büro, aber privat nutzte ich einzig das Mobiltelefon. Es hatte Wochen gedauert, meine Mutter in die Geheimnisse des Smartphones einzuweihen. Sie nutzte weder das Internet noch soziale Medien, verschickte keine SMS und keine E-Mails. Für sie war es nichts anderes als ein tragbares Telefon, das man bei sich hatte.

»Da sind vier Anrufe. Soll ich sie abhören?«

»Bitte, ja«, antwortete Mutter mit einem leicht nervösen Unterton.

Die ersten drei Nachrichten waren alle an Frau Huth gerichtet und kamen von einer Arztpraxis und einem Physiotherapeuten. Alle überdeutlich und mit der mühsam errungenen Geduld, die man störrischen Patienten entgegenbringt, die Termine unentschuldigt sausen lassen.

Der vierte kam von Sanja. Samstag, 14:33 Uhr.

»Hi, Tante Inge.« Ich zuckte zusammen. Beim Klang ihrer Stimme, auch wenn sie das Telefon etwas verzerrte, hatte ich sofort wieder diese einsame Amazone vor Augen, die ihren letzten Krieg verloren hatte. »Ich weiß, dass du was mit Kurt am Laufen hast und dass ihr euch heute Abend trefft. Du bist die Einzige, die Einfluss auf ihn hat. Sag ihm, er soll endlich aufhören, Steinhoff in den Arsch zu kriechen! Wir wollen unser Dorf zurück! Montag ist die Bürgerversammlung. Du weißt, was du zu tun hast. Es ist auch *dein* Dorf, und es ist traurig, dass ich dich überhaupt daran erinnern muss. Wir sehen uns.«

Aufgelegt.

Mutter atmete scharf ein.

»Kann ich das noch mal hören?«

Ich legte meinen Finger auf den Knopf »Delete« und drückte ihn.

»Entschuldige. Ich glaube, ich habe die Nachricht gelöscht.«

Sie stand wie versteinert neben mir. Wahrscheinlich wiederholte sie im Geiste Wort für Wort, was sie gerade gehört hatte.

Kriminalkommissar Fichtner war mir nicht wie ein übereifriger Bulle vorgekommen, der hinter jeder Ecke eine Verschwörung witterte. Aber dieser Anruf konnte, wenn er von den falschen Ohren abgehört wurde, ein weiterer Mühlstein um Hüthchens Hals sein. Sanja wusste von dem Techtelmechtel zwischen Inge und *Kurti*. Auf der Suche nach einem Mordmotiv war das vielleicht nicht das Naheliegendste, aber es könnte durchaus in Betracht gezogen werden. Ein beherzter Schlag mit dem Bolzenschneider, damit Sanja den Mund hielt und das heimliche Techtelmechtel nicht an Hüthchens Lebensgefährtin verpetzte. Für fantasiebegabte Staatsanwälte wäre es ein Leichtes, sogar noch eine versuchte Erpressung hineinzuinterpretieren: Stell dich auf unsere Seite, sonst oute ich dich.

Mutter ging mit steifen Knien auf den Sessel zu, zog die Reisetasche herunter und ließ sie kraftlos auf den Boden fallen. Dann setzte sie sich.

»Hast du … hast du das gewusst?«

»Dass es um die Zukunft Düsterwaldes geht?«

Vielleicht hatte sie ja doch nicht so genau zugehört.

»Nein. Das mit … Kurt.«

Ich löschte die restlichen Nachrichten, eine nach der anderen. Ausgefallene Physiotherapietermine waren jetzt unser geringstes Problem.

»Ja«, sagte ich, als ich fertig war. »Deshalb kam sie ja in Schwierigkeiten. Sie hat die Polizei angelogen. Sie war einen Tag früher in Düsterwalde und nachts allein unterwegs gewesen, als Steinhoff starb. Keine Zeugen. Genau wie bei Sanja. Sie steht unter Verdacht. Und statt ihn aus der Welt zu schaffen, verschwindet sie.«

Mutter presste die Lippen aufeinander und hatte diesen Gesichtsausdruck, den ich schon lange nicht mehr bei ihr gesehen hatte. Eine bodenlose Resignation vor dem, was das Leben ihr zumutete. Früher war es mein Vater gewesen, jetzt Frau Huth.

Ich ging vor ihr in die Hocke und fasste ihre Hände.

»Das heißt rein gar nichts. Ich bin felsenfest von ihrer Unschuld überzeugt. Es gibt keinen einzigen hieb- und stichfesten Beweis, deshalb haben sie sie ja in Templin wieder gehen lassen.«

»Wer ist dieser Kurt?«

»Kurt Wössner, der ehrenamtliche Bürgermeister von Düsterwalde.«

»Was heißt das, etwas am Laufen zu haben?«

Ich drückte ihre Hände. Sie waren eiskalt. »Ich vermute, dass Sanja wohl der Auffassung war, dass Kurt Wössner und Ingeborg mehr als eine Freundschaft verbindet.«

»Mehr?«

Ich war auf Wut gefasst. Auf Abwehrverhalten, auf das Leugnen des Offensichtlichen. Aber nicht auf diese Kraftlosigkeit. Ich wollte sie nicht leiden sehen, aber ich wusste, dass man machtlos war gegen den Jammer, wenn ein vertrauter Mensch sich als Fremder erweist.

»Mehr«, sagte ich leise. »Ich glaube, sie wollte es dir sagen. Aber dazu kam es nicht mehr.«

Mutters Augen waren an die Wand gegenüber geheftet, aber ich hätte mit den Fingern vor ihrer Nase schnippen können, und sie hätte es nicht bemerkt.

»Du hast es gewusst«, sagte sie schließlich.

»Erst seit heute Morgen.«

»Und du hast mir nichts gesagt. Die ganze Autofahrt nicht, bis eben.«

»Das war nicht meine Aufgabe.«

Sie zog ihre Hände weg und tastete in der Ritze des Sitzpolsters nach einem versteckten Taschentuch, mit dem sie sich die Augen und die Nase abtupfte.

Ich stand auf. Es war schwer zu ertragen, wenn dem Menschen, der mir am nächsten stand, Schmerzen zugefügt wurden. Dennoch war ich davon überzeugt, dass Hüthchen mir im Auto die Wahrheit gesagt hatte, als sie versprach, mit Mutter zu reden. Sie wollte reinen Tisch machen. Entweder, indem sie die Affäre mit Kurt beendete, oder … die mit meiner Mutter, die viel mehr als das gewesen war. Eine Lebenspartnerschaft im buchstäblichen Sinne. Einer trage des anderen Last, in guten wie in schlechten Tagen. Etwas sagte mir, dass Mutter diese Frau nicht verstoßen, sondern ihren Fehltritt einfach nur zu der Vielzahl der Unzulänglichkeiten hinzurechnen würde, die Hüthchen ihrem Umfeld zumutete.

»Ich bin mir sicher, dass sie mit dir reden wollte. Vielleicht ist alles auch nur ein einziges großes Missverständnis.«

»Nein. Ich bin froh …« Sie brach ab und suchte nach Worten. Ich war nicht der Vertraute Nummer eins in dieser Beziehung. Wir alle mussten uns erst einmal neu sortieren. »Ich bin froh, dass es nichts Ernstes ist.«

»Nichts Ernstes?«, fragte ich verblüfft.

»Ich habe gemerkt, dass sie mir etwas verschweigt und sich zurückgezogen hat. Ich dachte, vielleicht hat sie eine Diagnose bekommen. Krebs. Oder Alzheimer. Das ist es doch, wovor wir alle Angst haben in diesem Alter. Dass der Arzt uns sagt, noch ein halbes Jahr oder drei Monate, oder dass die Vergesslichkeit schlimmer werden wird, bis wir nicht mehr wissen, wer wir sind und wer wir waren. In der letzten Lebensphase sind die Todesurteile an der Tagesordnung. Anders als bei dir. Du bist ja noch jung.«

So jung nun auch wieder nicht. Aber es stimmte, was sie sagte. Ich dachte viel zu selten darüber nach, dass wir alle diesen Weg gehen würden. In meinem Umkreis war der Tod ein unangemeldeter Überraschungsgast. In ihrem saß er jeden Tag mit am Kaffeetisch.

»Also stirbt sie erst einmal nicht«, setzte Mutter mit dem ihr eigenen Pragmatismus hinzu. »Wenigstens nicht auf natürlichem Weg. Aber jetzt weiß ich, ihr ist etwas passiert. Ich fühle es.«

»Neunzig Prozent aller Vermissten tauchen spätestens drei Tage nach ihrem Verschwinden wieder auf.«

»Und die anderen zehn?«

»Die wollen untertauchen. Nur ein verschwindend geringer Prozentsatz wird Opfer eines Gewaltverbrechens. Ingeborg wurde nicht entführt, sonst wären schon längst ein Erpresserbrief oder ein Anruf eingegangen.«

Ganz abgesehen davon, dass kein Verbrecher, der auch nur einigermaßen bei Trost war, ernsthaft Lösegeld für Hüthchen verlangen würde.

»Es ist etwas passiert«, beharrte Mutter. »Und glaube mir, wir hatten schon ganz andere Probleme miteinander. Deshalb verschwindet sie nicht.«

»Ach ja?«, fragte ich und hoffte, sie würde nicht ins Detail gehen, was sie mit den *ganz anderen Problemen* meinte.

»Und sie ist keine Mörderin. Es gibt einfach keinen Grund für sie unterzutauchen.«

Ich fragte mich, ob ich Hüthchen vielleicht falsch eingeschätzt hatte. Sie war mir bisher nicht wie ein tiefes Wasser erschienen. Boshaft, aber harmlos. Ihr heimliches Doppelleben warf ein anderes Licht auf sie, ließ sie aber nicht unbedingt vielschichtiger erscheinen. Sie hatte sich im Mai auf einen Flirt eingelassen, daraus war eine Bettgeschichte geworden. Und nichts wies bei Kurt darauf hin, dass es mehr gewesen war.

Aber wie war das bei ihr? Vielleicht hatte sie ihr Herz verloren?

Sie war verletzend geworden. Sie hatte meine Mutter angelogen. Mich wahrscheinlich auch, wenn sie behauptet hatte, in jener Nacht auf dem Nachhauseweg direkt aus Wössners warmem Bett zu Sanjas Haus niemandem begegnet zu sein. Oder dass sie beim Auffinden von Sanjas Leiche allein gewesen sein wollte, obwohl es am Morgen durchaus Anzeichen von Leben in diesem Dorf gegeben hatte.

Wir klären das untereinander.

Leute wie Mutter und ich blieben außen vor. Jemand hatte eine Sache mit Sanja auf grausame Weise geklärt. Jemand hatte Steinhoff umgebracht. War Hüthchen auf der Flucht vor dieser Person? Oder etwa schon in ihrer Gewalt?

Die Unruhe in mir stieg, aber ich wollte mir vor Mutter nichts anmerken lassen. Es war nicht gut, sie in dieser Situation allein zu lassen. Dennoch sagte ich: »Bevor wir nicht mehr wissen, sollten wir uns gar nicht erst auf Spekulationen einlassen.«

»Ich weiß es.«

Ein Drei-Wort-Satz.

»Okay. Ich fahre jetzt zu Marie-Luise. Willst du solange …«

»Nein!«

Ein Ein-Wort-Satz.

Ich nahm ihre Reisetasche, die ungeöffnet auf dem Boden stand. Sie stemmte sich auf den Lehnen des Sessels hoch und steckte sich das Taschentuch in den Ärmel.

»Und dann fahren wir gemeinsam zurück an den Düstersee und suchen sie.«

Ich nickte. »Das machen wir.«

27

Ich will, wenn das Tagwerk erledigt ist, die Tür hinter mir schließen, das Haus verlassen und den Lebensraum wechseln. Punkt.

Marie-Luise liebt es, um zwei Uhr morgens aus dem Schlaf hochzuschrecken, hinüber ins Büro zu tapsen, um dort noch einmal den Computer hochzufahren und nachzusehen, ob eine bestimmte Formulierung oder ein Paragraf ihr Plädoyer auch wirklich auf den Punkt bringen. Ich weiß das, weil ich zum kleinen Kreis der Unglücklichen gehöre, die sie um diese Uhrzeit anruft, um ein Detail zu besprechen und sich dann hastig, aber nicht unbedingt ehrlichen Herzens für die späte Störung zu entschuldigen.

Ich hatte keine Ahnung, wann Juristinnen sich zu ihren Stammtischen treffen. Aber es dürfte nicht vor sechs Uhr abends sein. Ich konnte also sicher sein, sie und die Akte zu Hause vorzufinden. Und so waren die größten Herausforderungen auf dem Weg zu ihr das traurige Schweigen meiner Mutter, die erneute Suche nach einem Parkplatz und die fünf Stockwerke, die wir erklimmen mussten.

Früher einmal wohnten nur Studenten so hoch. Im Laufe eines hoffentlich erfolgreichen Berufslebens rutschte man Etage um Etage tiefer, gerne bis zum zweiten Stock, mit Kindern ins Hochparterre. Dachgeschosswohnungen kamen nur noch mit Aufzug infrage. Leider nicht für Marie-Luise.

Im dritten Stock legten wir eine kleine Pause ein. Ein junger Mann verließ gerade seine Wohnung und bot uns mit einem verstehenden Lachen kalte Umschläge und ein Glas Wasser an. Wir lehnten dankend ab und machten uns an den Rest des Aufstiegs.

Ich hatte geklingelt und uns über die Gegensprechanlage angekündigt. Marie-Luise kam uns auf halber Treppe entgegen und begrüßte meine Mutter mit einem herzlichen »Hildegard!«. Beide Damen lagen sich in den Armen.

»Kommt rein.«

Leichtfüßig wie ein Reh hüpfte sie zurück in ihre Wohnung. Wir schleppten uns die restlichen Stufen hoch und nahmen nun das Angebot, Wasser und Sitzplatz, dankend an. Sie führte uns in ihr Büro, vorbei an der nur halb geschlossenen Wohnzimmertür.

Karsten Vaasenburg saß drinnen auf dem Sofa und sah Fußball im Fernsehen. Er nickte mir kurz zu und griff nach seiner Bierflasche.

»Kann ich auch eins haben?«, fragte ich. »Ein Bier.«

»Du musst doch noch fahren!«, protestierte Mutter, die sich bereits im Büro auf der Le Corbusier-Sitzgruppe niedergelassen hatte. Marie-Luise ging es gut, solche zeitlosen Designerstücke zeugten von Geschmack und geregeltem Einkommen. Bei meinem letzten Besuch hatte ich sie noch nicht gesehen. Auch den Eileen-Gray-Beistelltisch nicht. Vielleicht hatten sie auch etwas mit dem Mann im Wohnzimmer zu tun und der Selbstverständlichkeit, mit der er sich diesen Lebensraum einverleibte.

»Wo wollt ihr denn noch hin?«, fragte sie und zog eine Schublade an ihrem mit Papieren und Gesetzestexten überladenen Schreibtisch auf.

»Zurück nach Düsterwalde.«

Ein Blick in unsere ernsten Gesichter beantwortete ihre nächste Frage, aber sie stellte sie trotzdem.

»Ingeborg ist noch nicht wiederaufgetaucht?«

»Nein.«

Sie reichte mir eine Aktenkopie. Ich hatte nicht die Zeit, sie mir komplett durchzulesen, und schlug sie nur kurz auf. Unglücklicherweise landete ich bei den zehn Jahre alten Tatortfotos und dem, was von Chris nach diesem verheerenden Brand übrig geblieben war. Ich klappte sie sofort wieder zu, damit meine Mutter nicht aus Versehen auch noch einen Blick hineinwerfen konnte, und verzog mich damit in eine andere Ecke des Raums.

Während Marie-Luise uns vor dem Verdursten rettete, las ich als Erstes die Zeugenaussage von Bianca Leibwitz durch.

Zumindest hieß sie damals so. Die Akte war nach Abschluss der Ermittlungen nicht weiter gepflegt worden. Einundzwanzig, damals Ladenhilfe in einem Discounter in Sonnewalde. Zusammengefasst bestätigte sie, was Hüthchen mir schon erzählt hatte. Die alte Villa wurde als Treffpunkt für Liebespaare genutzt und als Mutprobe für all diejenigen, die für diesen Zeitvertreib noch zu jung waren. Sie hatte sich mit Chris verabredet, Chris Helmholtz, arbeitsloser Dachdecker, siebenundzwanzig Jahre alt. Offenbar der Casanova von Düsterwalde, denn Bianca ließ keinen Zweifel daran, dass es sich um ein einmaliges Vergnügen handeln sollte und es darüber hinaus keine weitere Beziehung zu ihm gab. Sie hatten sich den Eingang über die Terrasse ausgesucht und dort die Bretter entfernt, die die Tür verrammelten. Ein leichtes Unterfangen – zwei, drei Handgriffe, Chris war geübt. Sie hatten das Haus betreten und waren ein Stockwerk höher gegangen, wo der Junge wohl des Öfteren empfing, denn auf dem Boden lag eine alte Matratze. Sie habe sich geekelt und Ausflüchte gesucht, um den Vollzug hinauszuzögern. Deshalb hatte Chris ihr auch zunächst keinen Glauben geschenkt, als ihr ein seltsamer Geruch auffiel. Sie war hinuntergelaufen und hatte das Erdgeschoss lichterloh brennend vorgefunden. Gemeinsam wollten sie sich durch das Zimmer zum Garten retten, durch das sie auch eingestiegen waren. Aber zu ihrem Entsetzen hatte jemand die Tür wieder von außen verriegelt.

Durch einen Spalt sah ich jemand am Waldrand stehen. Ich schrie um Hilfe. Chris ließ mich allein und rannte hoch, um sich vielleicht über das Dach zu retten. Ich weiß nicht, was dann geschah, aber ich fand mich verletzt und hustend auf der Gartenterrasse wieder. Andreas von Boden hatte mich gerettet und dabei sein eigenes Leben riskiert, denn er ist sogar noch einmal zurück ins Haus, aber er konnte nicht mehr über die Treppe rauf. Alles brannte. Er war schwer verletzt, als er zu mir zurückkehrte. Gemeinsam rannten wir um die Villa herum, um zur Straße zu kommen. Am Haupteingang stolperte ich über einen leeren Benzinkanister. Andi nahm ihn hoch und machte vor, wie er das Benzin im Haus verschüttet hatte. Dann tat er so, als hätte er ein Benzin- oder Sturmfeuerzeug und würde es anmachen. Mir war klar: Er zeigte mir, wie er das Haus angezündet hatte.

Oder – was er bei jemand anderem beobachtet hatte.

Ich habe ihn gefragt, ob er das Feuer gelegt hat. Er brach zusammen – er war ja auch schwer verletzt. Aber er nickte, und da war mir klar, dass er es gewesen war.

Ich trat mit der Akte ans Fenster und sah hinunter in die enge Häuserschlucht. Die Sonne stand tief im Westen und warf tiefe Schatten in die Straße.

Andis Fingerabdrücke auf dem Kanister. Benzin auf T-Shirt

und Hose. Vor allem aber: seine stete Wiederholung der Geste, Benzin zu verschütten und anzuzünden. Die von der Verteidigung beauftragte Sachverständige, eine Frau Prof. Dr. Marianne Bachmann-Duncker, bestätigte Andi eine schwere geistige Retardierung, aber durchaus die Fähigkeit, den Brand gelegt zu haben. Nur ohne jede Reflexion, was seine Tat anrichten könnte.

Mir kamen Reinickes Worte in den Sinn, die sich sehr von der Expertise der Gutachterin unterschieden. Zwei Koryphäen mussten nicht immer einer Meinung sein. Aber nachdem ich Andi kennengelernt hatte – und ich war definitiv kein Experte, stand ich eher auf Reinickes Seite als auf der von Frau Professor Doktor.

Marie-Luise und Mutter hatten ihre Konversation erschöpft und sahen abwartend zu mir hinüber. Ich holte mein Handy heraus und googelte die Dame. Lehrstuhl für Rechtspsychologie in Regensburg, Verfasserin von viel beachteten Aufsätzen in medizinischen Fachzeitschriften. Ein Foto: Anfang sechzig vielleicht. Nobel ergraute, lockige Haare, kurz geschnitten. Wachsame dunkle Augen, das Gesicht einer Wissenschaftlerin, geprägt von Skepsis und Wissensdurst. Ich rief die Uni Regensburg auf und die Lebensläufe der Professoren.

Studium in Berlin an der Humboldt-Universität 1979–1984. Sieh an. Dort mussten sie sich getroffen haben. Der junge Steinhoff und die ehrgeizige Psychologiestudentin. Beide hatten beachtliche Karrieren gemacht und sich offenbar nie ganz aus den Augen verloren.

Weder Steinhoff noch Bachmann-Duncker hatten für Gottes Lohn gearbeitet. Schon gar nicht für eine ständig von der Pleite bedrohte Galeristin. Wenn es nicht bereits vorher auf der Hand gelegen hätte, war spätestens jetzt klar: Die beiden und Felicitas hatten unter einer Decke gesteckt, zum Wohle aller, wie sie sich wohl eingeredet hatten. Und auch dem von Andi, der den Rest seiner Tage wegen Schuldunfähigkeit in einer teuren Privatklinik verbringen durfte.

Womit es nach Steinhoffs Tod unweigerlich vorbei sein würde. Felicitas' Rolle war mir noch nicht ganz klar. Man beißt doch nicht die Hand, die einen füttert. Steinhoffs Tod hatte ihr einen dicken Strich durch Andis Zukunft gemacht. Vielleicht ... ich ließ die Akte sinken und beobachtete ein junges Paar, das gegenüber auf der Terrasse eines ausgebauten Dachgeschosses saß – mit Fahrstuhl, dafür würde ich mein letztes Hemd verwetten – und einen fancy-bunten Drink zu sich nahm.

»Hast du was gefunden?«, fragte Marie-Luise und sah auf ihre Uhr.

»Ja.« Ich steckte das Handy weg und kam zu den beiden. »Sagt dir der Name Marianne Bachmann-Duncker etwas?«

Sie runzelte die Stirn. »Kommt mir irgendwie bekannt vor. In welchem Zusammenhang?«

»Gutachten über Zurechnungsfähigkeit von Straftätern.«

»Ah! Ja. Sie ist ein Crack, sagt man. Ich selbst hatte noch nichts mit ihr zu tun. Sie holen sie für große Prozesse. Serienkiller, Terrorismus, Pädophilie. Meistens, wenn die Täter eine gewisse Prominenz erlangt haben, sei es durch ihre Taten oder ihr Leben davor.«

»Kannst du dir vorstellen, dass sie ein Gutachten für einen jungen Mann aus Düsterwalde erstellt?«

»Reich?«

»Nein.«

»Prominent?«

»Auch nicht.«

»Schwer zu sagen. Großes öffentliches Interesse?«

»Nein.«

Brandstiftung mit Todesfolge. Für alle, die damit zu tun gehabt hatten, eine Tragödie. Aber keine überregionale Schlagzeile wert.

»Vielleicht eine Gefälligkeit?«

»Das trifft es am ehesten«, sagte ich. »Hast du etwas über Bianca Leibwitz herausgefunden?«

»Sorry, aber ich fürchte …«

»Auch eins?«, kam es von der Tür.

Karsten Vaasenburg stand dort und hielt mir eine volle Bierflasche entgegen. Seine war schon halb geleert. Ich wusste nicht, warum er seine T-Shirts immer einen Millimeter zu eng kaufte. Entweder fehlte es ihm an Selbsteinschätzung, oder er wollte, dass jeder seinen sportgestählten Oberkörper durch den dünnen Stoff erkennen konnte.

»Ihr kennt euch?«

Marie-Luises Frage war an meine Mutter gerichtet.

»Karsten Vaasenburg, Hildegard Vernau«, stellte sie die beiden einander vor. Ich nahm ihm die Flasche ab, und er reichte meiner Mutter freundlich die Hand.

»Kriminalhauptkommissar«, ergänzte ich.

Mutter zog die Hand zurück, als hätte sie sich verbrannt.

»Nicht im Dienst.« Er fläzte sich in den Sessel. Ich nahm neben meiner Mutter auf dem rutschigen Sofa Platz.

»Ich habe gehört, es gibt Probleme?«

Mutter schüttelte den Kopf und malträtierte nervös den Henkel ihrer Handtasche. »Nein. Nicht im Geringsten.«

Sie log besser als mancher Kleinkriminelle.

»Er ist nicht im Dienst«, wiederholte ich. Vaasenburg in dieser Runde zu haben war nicht der Traum meiner schlaflosen

Nächte. Aber seine Einschätzung der Sachlage konnte in diesem Fall wichtig sein. »Also lasst uns offen reden.«

Er quittierte diese Bemerkung mit einem minimalen Hochziehen der Augenbrauen.

»Frau Huth, die Lebensgefährtin meiner Mutter, steht im weitesten Sinne unter Mordverdacht und ist seit heute früh, kurz nach der Freilassung unter Auflagen durch den Haftrichter, verschwunden.«

Vaasenburg trank einen Schluck und sagte dann: »Was heißt im weitesten Sinne?«

Ich fasste die Ereignisse vom Düstersee so gut und neutral es ging zusammen, ohne detaillierter auf die Beziehung meiner Mutter mit Hüthchen einzugehen, und schloss mit den Worten:

»Sie wurde auch nicht in der gemeinsamen Wohnung in Berlin angetroffen. Alles sieht so aus, dass sie sie seit Samstag, dem Tag ihrer Abreise nach Düsterwalde, auch nicht mehr betreten hat. Ich vermute, dass Frau Huth wissentlich oder unwissentlich in ein Wespennest gestochen hat und sich nun in einer Lage befindet, aus der sie sich nicht mit eigener Kraft befreien kann.«

»Du meinst, jemand hält sie gefangen?«, fragte Mutter entsetzt.

Vaasenburg ergriff das Wort. »Nach allem, was ich bis jetzt gehört habe, besteht keinerlei Grund zu der Annahme, dass sie gekidnappt wurde. Wenn man sich die Sachlage genau betrachtet, könnte sie die Flucht ergriffen haben. Das heißt nicht …«, er hob beschwichtigend die Hände, weil meine Mutter zu Protest ansetzte, »dass sie sich irgendetwas zuschulden kommen ließ. Wer noch nie mit der Polizei zu tun hatte, kann irrationale Ängste aufbauen und reagiert dann quasi unter Schock.«

»Ich denke nicht, dass Frau Huth zu irrationalen Ängsten neigt«, widersprach ich. »Sie machte auch vor dem Haftrichter keinen geschockten Eindruck. Meines Erachtens war sie sich ihres Handelns und der daraus resultierenden Folgen durchaus bewusst.«

»Hm.« Vaasenburg setzte die Flasche an und trank. Dann wischte er sich mit dem Handrücken den Mund ab. »Okay. Es war auch nur eine Vermutung. Die zweite wäre: Sie hat noch einen anderen Lover, bei dem sie untergekommen ist.«

Ich wusste nicht, was er über unsere Familienkonstellation dachte. Polizisten sind in der Regel konservativ. In jeder Hinsicht. Vaasenburg allerdings hatte mich schon mehrmals überrascht. Er war ein guter Cop. Gründlich, unvoreingenommen. Leiter vieler Mordkommissionen, weshalb ihm nichts Menschliches fremd sein dürfte. Einer, der den Rahmen seiner Möglichkeiten ab und zu um eine Winzigkeit ausdehnte. Der einzige Grund, ihn unsympathisch zu finden, war seine immer häufigere Präsenz in Marie-Luises Leben. Er war verheiratet. Verdammt noch mal. Galt das denn alles nichts mehr?

Außerdem glaubte ich, dass er leicht einen sitzen hatte.

Marie-Luise musste Ähnliches befürchten, denn sie nahm ihm die Flasche aus der Hand und stellte sie auf dem Beistelltisch ab.

»Vermisstenanzeige?«, fragte sie.

»Auf jeden Fall. Vernau, halten Sie sich raus. Lassen Sie die Polizei ihren Job tun. Wer bearbeitet das in Templin?«

»Ein Kommissar Fichtner. Horst Fichtner.«

Vaasenburg legte seine Stirn in Falten. »Sagt mir leider nichts.«

»War das denn rechtens?«, fragte meine Mutter. »Sie einfach zu verhaften und unter so einen Verdacht zu stellen?«

Der Kriminalhauptkommissar außer Dienst kratzte sich über den kurz geschorenen Schädel. »Nach allem, was ich von dem Fall weiß, würde ich sie mir erst einmal genau vornehmen. Wir sehen das nicht so gerne, wenn wir angelogen werden. Aus welchen Gründen auch immer.«

Mutter schlug die Augen nieder. Ich konnte nur ahnen, wie peinlich ihr das alles war.

»Aber die KTU braucht ebenso ein paar Tage, bis alle Spuren ausgewertet sind. Bei dem Bolzenschneider-Mord muss es ein heftiger Schlag gewesen sein, der hinterlässt Spuren. An der Kleidung, an den Schuhen, an den Händen. Ich habe noch nie von einem Täter gehört, der sein Opfer erst grausam erschlägt, dann nach Hause eilt, sich umzieht und duscht, an den Tatort zurückkehrt und sich dort mit der Tatwaffe in den Händen ertappen lässt.«

Er sah mich an.

»Nein, ich auch nicht«, sagte ich schnell. »Also wäre es nur eine Frage der Zeit, bis der Verdacht gegen sie fallen gelassen wird?«

»Wenn sie nicht die Täterin war, ja.«

Vaasenburg griff wieder nach der Bierflasche. Ich entdeckte eine winzige Falte zwischen Marie-Luises Augenbrauen.

»Der Anruf von … Sanja? War das der Name des Opfers?«

Alle nickten.

»Der Anruf auf dem Anrufbeantworter ist in meinen Augen harmlos. Man könnte Frau Huth einen Strick draus drehen, mit viel gutem Willen, aber das hat keinen Bestand. Viel interessanter ist doch, warum sie wirklich über die Nacht von Steinhoffs Tod geschwiegen hat. Sorry, Frau Vernau«, er wandte sich erneut an meine Mutter, »wie eng ist Ihr Verhältnis zu Frau Huth?«

Schweigen.

»Eng«, sagte ich schließlich.

Mutter sah immer noch zu Boden. Sie schämte sich. Eine heiße Welle schwappte in mein Herz. Niemand sollte sich dafür schämen, wen er liebte. Hier saß eine erwachsene Frau, die sich vor keinem zu rechtfertigen hatte. Vor allem nicht vor Karsten Vaasenburg, der nun endlich begriff, dass wir es hier nicht mit einer grotesken Verirrung zu tun hatten, die er beim nächsten Bullenstammtisch grölend zum Besten geben konnte, sondern um das, was zwei Menschen, die ihr Leben miteinander teilen, eben ausmacht. Gefährten. Partner. Liebende.

Ich tat ihm unrecht, und ich wusste das. Es ging mich einfach nichts an, was er und Marie-Luise hier miteinander trieben. Und im Fall meiner Mutter und Hüthchen war es auch an der Zeit, mal einen Gang zurückzuschalten. Ich hoffte, es würde mir nicht nur jetzt, unter dem Eindruck der Ereignisse, gelingen, sondern auf Dauer sein.

»Okay.« Er trank noch einen Schluck, einen tiefen, dann war sein Bier alle. »Und Sie, Frau Vernau, wussten nichts von Frau Huths Verhältnis zu einem Mann?«

»Nein«, antwortete ich eisig an ihrer statt.

Vaasenburg schüttelte sein Haupt. »Das tut mir leid. Vor allem, dass Sie es auf diese Weise erfahren.«

Es klang aufrichtig. Mutter hob den Kopf.

»Sie hat niemanden umgebracht.«

Er musterte sie lange, und sie hielt diesem Blick stand. Schließlich nickte er und stand auf.

»Noch ein Bier?«

Ich hatte meines kaum angerührt.

»Bianca Leibwitz«, sagte ich schnell, ohne auf Marie-Luises wütendes Schnauben zu achten. »Sie war die einzige Zeugin bei der Brandstiftung vor zehn Jahren. Vielleicht kann sie uns weiterhelfen.«

Vaasenburg war schon an der Tür, bevor er begriff. Normalerweise dauerte das nicht so lange bei ihm. Er war ein Cop, der schneller die richtigen Schlüsse zog, als andere einen Satz beenden konnten.

»Ja?«, fragte er betont ahnungslos.

Ich sah pro forma auf meine Armbanduhr. »Die Meldestelle hat schon zu.«

»Bin ich die Meldestelle?«

»Joe, ich hab dir doch gesagt, ich will das nicht!« Marie-Luise funkelte mich wütend an.

»Das habe ich verstanden. Aber vielleicht will er es ja?«

»Was?«, fragte Vaasenburg. »Was will *er*?«

»Herausfinden, wo sich Bianca Leibwitz mittlerweile aufhält.«

»Warum fragst du nicht einfach ihre Eltern?«, fauchte Marie-Luise. »Oder jemand anderen aus Düsterwalde?«

»Das habe ich. Aber alle tun so, als ob sie das nicht wüssten. Und das macht mich wieder stutzig. Hier«, ich klopfte mit dem Zeigefinger auf die Akte vor mir, »haben wir eine Zeugenaussage, die einen geistig behinderten Jungen der Brandstiftung beschuldigt und ihn sein Leben lang wegsperrt. Ich will mit dieser Zeugin reden.«

»Dann such sie! Aber bring Karsten nicht ständig in die Gefahr, eine Dienstaufsichtsbeschwerde zu riskieren, nur weil du eine Abkürzung nehmen willst!«

»Ich bringe *Karsten* in gar keine Gefahr. Er ist ein großer Junge und kann gut alleine auf sich aufpassen.«

»Hör doch auf!« Marie-Luise stand auf und lief zwischen Couch und Schreibtisch auf und ab. »Du machst es immer so. Du fragst mich, statt dir direkt bei ihm eine Abfuhr zu holen.«

»Okay. Dann kriege ich eine. Aber ich habe es wenigstens versucht.«

Sie wollte sich an Vaasenburg wenden. »Jetzt sag doch auch mal was!«

Aber er war schon aus der Tür.

»Aufhören!«

Meine Mutter hatte die Stimme erhoben und nahm uns ins Visier. »Ingeborg ist verschwunden, und ich habe Angst um sie. Ich will, dass alle Hebel in Bewegung gesetzt werden, um sie zu finden. Und nicht, dass ihr euch anschreit wegen irgendwelcher Dinge, die nicht wichtig sind. Sie ist weder geflüchtet, noch hat sie sich irgendwo versteckt. Sie ist in Gefahr, und ich will, dass ihr endlich, endlich etwas tut!«

Stille.

Ich sah betreten zu Boden. Marie-Luise stieß einen abgrundtiefen Seufzer aus und ließ sich wieder in ihren Ledersessel fallen, an dem man bei diesen Temperaturen mit allem kleben blieb, was nicht mit Stoff bedeckt war.

»Es tut mir leid«, sagte sie schließlich. »Aber das macht er ständig so.«

»Ich habe Angst um sie. Könnt ihr das nicht verstehen?«

»Doch«, sagte ich. »Aber Marie-Luise hat recht. Wir müssen die korrekten Wege einhalten. Bevor wir nach Düsterwalde zurückkehren, werden wir in Templin eine Vermisstenanzeige erstatten. Mehr können wir nicht tun.«

Es war erschütternd wenig. Mir wurde bewusst, was Menschen durchmachten, wenn jemand, den sie kannten und liebten, spurlos verschwunden war. Natürlich tauchten die meisten wieder auf. Natürlich gab es dann auch eine harmlose

Erklärung. Liebeskummer. Jobverlust. Zweite heimliche Familie. Überdruss. Zigaretten holen.

Aber einige kehrten nicht zurück. Bei ihnen stimmte, wenn Eltern, Partner, Söhne oder Töchter sagten: Das würde er oder sie niemals tun. Dann wird jede Minute, die verstreicht, zur Höllenqual.

Ich rief abermals Hüthchens Handy an – vergebens.

»Wollen wir?«

Ich nickte Mutter aufmunternd zu. Sie griff nach ihrer Handtasche und war im Begriff aufzustehen, als Vaasenburg wieder in der Tür erschien, seinen geöffneten Laptop in der Hand.

»Bianca Leibwitz, geboren in Templin, bis vor acht Jahren wohnhaft in Düsterwalde?«

»Ja?«, fragte ich vorsichtig.

Es war etwas im Busch. Vaasenburg wirkte mit einem Mal stocknüchtern.

»Heißt jetzt Wenzel. Ist Polizeimeisterin bei der Kripo Templin.«

»Bianca Leibwitz ist …« Ich begriff nicht gleich. »Sie ist dieselbe Person, die an den Ermittlungen der Mordfälle vom Düstersee beteiligt ist?«

Ich erhob mich und ging zu ihm. Es war spürbar, dass es ihm nicht gefiel, mich über seine Schulter sehen zu lassen. Aber ich wollte sichergehen.

Das Foto zeigte eindeutig die jüngere Version der Polizistin, die in Düsterwalde aufgetaucht war und mich zu nachtschlafender Zeit aus dem Bett geholt hatte. Deshalb war sie mir auch bei ihren Eltern im Wohnzimmer bekannt vorgekommen.

»Wann hat sie geheiratet?«

Vaasenburg klappte den Laptop zu. »Nach dem Familienstand habe ich jetzt nicht gesucht.«

»Und sie ist erst später Polizistin geworden?«

Mutter war inzwischen aufgestanden. »Was hat das zu bedeuten?«

»Ich weiß es nicht«, sagte ich. »Aber ich werde es herausfinden.«

Vaasenburg klemmte den Laptop unter den Arm.

»Sie hat weder Vorstrafen, noch wird eine Zeugenaussage nachträglich in die Polizeiakte aufgenommen. Schon gar nicht, wenn sie vor so langer Zeit geschah.«

Bianca Wenzel, geborene Leibwitz. Es gab Fragen. Viele Fragen. Die Unruhe, die sich die ganze Zeit etwas schläfrig in irgendeiner Ecke meines Ichs zusammengerollt hatte, erwachte wieder und war hungriger als zuvor.

»Wir müssen los.«

Marie-Luise reagierte wieder einmal am pragmatischsten. »Wollt ihr noch eine Flasche Wasser mitnehmen?«

Mutter bejahte und beabsichtigte auch noch, wie sie diskret verlauten ließ, die Waschräume aufzusuchen.

Vaasenburg verzog sich mit seinem Laptop ins Wohnzimmer. Ich folgte ihm. Im dritten Programm lief immer noch die Übertragung eines Fußball-Lokalderbys, Fortuna Pankow gegen Grünauer BC. 4:4.

»Sie hat damals eine Falschaussage gemacht.«

Vaasenburg setzte sich und legte den Laptop so vorsichtig auf dem Couchtisch ab, als wäre er aus Glas. Dann richtete er die Längsseite exakt parallel zur Tischkante aus. Als er damit fertig war, strich er noch einmal über den geschlossenen Deckel. Schließlich sah er hoch.

»Das ist eine harte Anschuldigung.«

Ich ließ mich ihm gegenüber nieder.

In Marie-Luises Wohnzimmer sah es etwas mehr nach ihr

aus. Bilder, Pflanzen, Wollteppiche. Klamotten in der Ecke, Zeitungsstapel neben dem Sessel am Fenster. Helle Farben, Naturtöne. Nichts mit Bauhaus und Le Corbusier.

»Sie war einundzwanzig«, sagte ich. »Ein junges Mädchen. Wollte nicht ewig an der Supermarktkasse versauern. Hat sich für den mittleren Polizeidienst beworben. Wurde angenommen. Wollte was tun für die Gesellschaft. Vielleicht auch was wiedergutmachen.«

»Spekulationen.«

»Ja, ich weiß. Aber Andreas von Boden hat den Brand nicht gelegt, das war Steinhoff. Oder jemand, der das für ihn erledigt hat. Ihre Aussage hat damals den Verdacht auf Andi gelenkt.«

»Beweise?«

Ich lehnte mich zurück. Die weichen Polster bei dieser Hitze waren kaum zu ertragen. Dachgeschoss bedeutete fast immer, dass nie richtig isoliert worden war.

»Der Junge konnte das gar nicht. Allein die Handlung – in ein Haus einbrechen. Benzin verschütten. Anzünden. Abhauen. Die Tür wieder verriegeln. Das hätte er nie geschafft.«

»Gab es ein Gutachten?«

Ich nickte widerwillig.

»Und?«

»Frau Professor Dr. Bachmann-Duncker hat es erstellt.«

Er verzog anerkennend das Gesicht. Die Dame hatte einen Ruf.

»Und wie kommen Sie darauf, das Gutachten einer sachverständigen Psychologin, die das über Jahre studiert und sich spezialisiert hat, die zu einer der Koryphäen auf diesem Gebiet gehört, infrage zu stellen?«

»Weil ich ihn gesehen habe. Andi.« Das Gesicht des Jungen, seine Unfähigkeit, sich zu artikulieren. »Und ich habe mit ihm gesprochen. Er ist in der Lage, eine Gabel zum Mund zu führen. Aber ein Haus in Brand zu stecken? Eine ganze Villa? Das Benzin strategisch so zu verteilen, dass zuerst das hölzerne Treppenhaus wie Zunder brennt? Und, was genauso wichtig ist: sich selbst nicht den Rückweg abzuschneiden? Die Barren wieder vor die Tür zu legen, genau so, dass es aussieht, als wäre nie jemand drin gewesen? Dazu gehört überlegtes Handeln. Das kann er nicht, so leid es mir tut.«

Er rieb sich mit der Hand übers Kinn. »Sie unterstellen also nicht nur einer späteren Polizistin, sondern auch einer anerkannten Gutachterin, bewusst gelogen zu haben?«

»Ja«, antwortete ich. »Ich unterstelle es sogar einem ganzen Dorf, oder wenigstens der Hälfte, zum Tod eines jungen Mannes geschwiegen und das geschluckt zu haben, was der große Mäzen ihnen vorgesetzt hat. Wissen Sie, was ich glaube?«

»Nein«, antwortete Vaasenburg wahrheitsgemäß.

»Andi, also Andreas von Boden, hat sich erinnert. Sanja Huth, die in seiner Klinik gearbeitet hat, bekam das mit. Sie wollte, dass er den Schuldigen überführt und hat ihn kurz vor ihrem Tod heimlich aus der Klinik geholt. Welchen anderen Grund sollte sie dafür gehabt haben, außer dem, Steinhoff mithilfe des Jungen als den eigentlichen Brandstifter zu identifizieren? Ihn als den wahren Schuldigen hinzustellen, der sich nie für den Tod von Chris verantworten musste? Sie hat Andi heimlich abgeholt und mit zu Steinhoffs Gartenparty genommen. Vermutlich haben sie sich irgendwo im Unterholz versteckt, und er konnte Steinhoff identifizieren. Ich war ebenfalls Gast dieser Feier«, setzte ich hinzu.

Vaasenburg sah aus, als könnte er noch ein Bier vertragen.

»In dem Bootshaus der Villa, in dem ich übernachtet habe, ist mir Andi am Fenster begegnet. Er muss abgehauen sein, stand vielleicht unter Schock, als er Steinhoff so unvorbereitet wiedersah. Ich glaube sogar …«, ich brach ab. War Andi auch Zeuge des Mords an Steinhoff geworden? War er die leere Stelle in Sophies Bild? Und bedeutete das, dass er nach Hüthchen der Nächste war, der verschwinden würde?

Vaasenburg lehnte sich zurück und legte den linken Arm auf die Lehne.

»Erzählen Sie das dem Kollegen Fichtner.«

»Das ist mir zu wenig!«

»Fichtner.«

Ich stand auf. »Danke. Die Gespräche mit Ihnen sind immer eine Freude.«

»Ganz meinerseits.«

Ich holte Mutter aus Marie-Luises Büro, und gemeinsam fuhren wir los.

28

Die ganze Fahrt über versuchten wir noch, Hüthchen zu erreichen. Erfolglos. Die Abendsonne versank hinter den Wäldern, und das Land atmete nach diesem heißen Tag auf. In Sonnenwalde war die Hauptstraße kaum passierbar. Ausflügler, Familien, Gruppen von jungen Leuten flanierten an den Cafés und Geschäften vorbei. Alle Tische der Restaurants, die draußen standen, waren besetzt. Vom Strandbad klang laute Musik, und die Luft zitterte über dem Asphalt.

Damit war es schlagartig vorbei, als wir nach Düsterwalde kamen. Obwohl es hier und da nach Grillfeuer roch, war kaum jemand unterwegs. Allerdings stand Moni vor ihrem Haus und rauchte. Ich hielt am Straßenrand an und stieg aus. Als ihr bewusst wurde, dass ich geradewegs auf sie zusteuerte, ließ sie die Kippe fallen, trat sie aus und wollte im Inneren verschwinden.

»Frau Helmholtz?«

Sie trug ihren Pullover verkehrt herum, Nähte und Schild nach außen, als hätte sie ihn sich morgens in großer Hast übergezogen. Ich wäre an so einem Tag darin erstickt. Aber vielleicht war es kalt im Haus.

»Eine Frage: Wissen Sie, wo Frau Huth sich aufhält?«

Sie schluckte. Wahrscheinlich dachte sie zuerst an Sanja.

»Ingeborg Huth.«

»Nein.«

Ihre Hand griff schon nach der Tür, um sie mir vor der Nase zuzuwerfen.

»Haben Sie sie heute irgendwo gesehen?«

»Nein.«

»Gar nicht?« Das Haus der Huths war in Sichtweite und stand nach den jüngsten Ereignissen bestimmt unter erhöhter nachbarschaftlicher Aufmerksamkeit. Für Hüthchen hatte es am Morgen zwei Möglichkeiten zum Verschwinden gegeben. Entweder war sie über die Wilhelm-Pieck Richtung Sonnenwalde gelaufen, dann hätte sie ganz Düsterwalde durchqueren müssen – und irgendjemand hatte sie gesehen. Oder sie hatte die andere Richtung eingeschlagen.

»Wo geht es eigentlich dorthin?« Ich wies auf das Ortsausgangsschild, einen Steinwurf von Sanjas Haus entfernt.

»Nach Temmen«, antwortete Moni. Sie wollte das Thema wechseln. »Aber das sind acht Kilometer, und der Bus fährt schon lange nicht mehr. Nur Äcker. Wenn Sie im Herbst kommen, können Sie Kürbisse holen, so viel Sie wollen. Umsonst. Also kostet nüscht.«

Ich trat ein paar Schritte zurück, um einen besseren Blick auf den Verlauf der Straße zu haben. Moni wollte die Gelegenheit nutzen und sich ins Haus verziehen.

»Frau Helmholtz?«

Unwillig blieb sie hinter der Tür stehen, bereit, sie jeden Moment zu schließen.

»Sie und Ingeborg, Sie kennen sich doch schon sehr lange.« Sie nickte.

»Hat sie Freunde hier? Jemanden, zu dem sie gegangen sein könnte?«

»Freunde?«, fragte Moni. Es klang, als hätte sie von dieser Spezies noch nie gehört.

»Bekannte. Jemand, mit dem sie gut kann.«

»Gut kann?« Sie dachte nach. »Nein.«

Ich kam wieder näher. Etwas stimmte nicht mit ihr. Sie war nervös, wie auf dem Sprung.

»Eine Frage noch. Bianca Leibwitz. Jetzt heißt sie Wenzel.«

»Wer?«

Ich stand unmittelbar vor der Tür und legte meine Hand aufs Blatt, damit sie sie nicht ganz so einfach schließen konnte.

»Bianca Wenzel. Haben Sie noch Kontakt zu ihr?«

»Lassen Sie mich in Ruhe!«

Eine Autotür schlug zu. Mutter hatte den Wagen verlassen und näherte sich mit einem so flehenden Gesichtsausdruck, dass Moni nicht anders konnte, als sich einen Ruck zu geben.

»Entschuldigen Sie bitte, ich bin Hildegard Vernau. Das da ist mein Sohn. Er ist Anwalt.«

Moni trat einen Schritt zurück und verschränkte die Arme. Bis hierher und nicht weiter, sollte das heißen. Ihr Rock war fleckig, und ihre Füße steckten in ausgetretenen Pantoffeln. Ich konnte mir vorstellen, was die Pflege eines schwerstkranken Mannes ihr abverlangte. In ihren Zügen lag nichts außer Bitterkeit und Verzicht.

»Und ich bin eine sehr enge Freundin von Frau Huth aus Berlin. Dürfen wir vielleicht reinkommen?«

»Ich hab zu tun.«

»Wir stören auch nicht lange.«

Normalerweise war meine Mutter nicht so hartnäckig. Und ich glaube, Moni hätte mich, wenn ich allein gewesen wäre, ohne Rücksicht von der Schwelle ihres Hauses gefegt. Aber die Bitte war so verzweifelt an sie herangetragen worden, dass nur jemand mit einem Herzen aus Stein sie abwehren konnte.

»Aber nich lange. Ich hab wirklich zu tun.«

Sie trat zur Seite und ließ uns eintreten.

Das Haus war innen erstaunlich geräumig. Vielleicht lag es daran, dass alle nicht nötigen Möbel entfernt worden waren, um Platz für Herfrieds Rollstuhl zu machen. Er stand vor dem Fernseher, in dem gerade Werbung lief. Herfried versuchte, bei unserem Eintreten den Kopf zu uns zu wenden. Vor ihm stand eine halb geleerte Schüssel mit einem dünnflüssigen Brei, sein Abendessen.

»Guten Tag, Herr Helmholtz«, sagte ich. »Entschuldigen Sie die Störung.«

Eine Couch war übrig geblieben. Moni sagte: »Bitte«, aber es klang wie: »Nicht für lange.«

Wir setzten uns. In der Luft lag ein Hauch von Biskuit und etwas anderem, das ich aus Kliniken kannte.

»Ich backe gerade«, erklärte Moni. »Wir haben morgen unseren dreißigsten Hochzeitstag. Nicht, Dicka? Da gibt's mal wieder was Feines.«

Sie trat zu ihm und berührte sanft seine Schulter. Herfried bemühte sich, zu ihr hinaufzusehen und etwas zu sagen, aber da drehte sich Moni auch schon wieder zu uns um.

»Das Blech muss aus dem Ofen.«

Sie verschwand im Flur. Mutter, die noch gar nicht richtig Platz genommen hatte, stand auf und folgte ihr. »Ich helfe Ihnen!«

»Nein!«, kam es zurück, aber der Ruf wurde ignoriert.

Herfried musste einmal ein großer, kräftiger Mann gewesen sein. Seine Hände sprachen von harter Arbeit, aber der Rest seines Körpers schien jeden Halt verloren zu haben. Neben seinem Rollstuhl stand ein portables Sauerstoffgerät. Offenbar hatten wir einen guten Moment erwischt, da er es nicht benutzte.

»Herr Helmholtz.« Ich beugte mich ein wenig vor, um ihm näher zu sein und nicht so laut sprechen zu müssen. »Haben Sie vielleicht eine Ahnung, wo Ingeborg Huth sein könnte?«

Es war bitter anzusehen, wie er sein Möglichstes tat, Vokale und Silben zu formulieren. Er wollte etwas sagen, aber ich verstand ihn nicht.

»Okay. Moment. Wir machen es einfach so: Ich frage Sie, und Sie nicken oder schütteln den Kopf. Wissen Sie, wo Inge sein könnte?«

Die Bewegung seines Kopfs wies weder auf das eine noch das andere hin. Aber er gab sich Mühe, große Mühe, und sie strengte ihn an. Er versuchte, ein Wort zu formulieren, aber es kamen nur unverständliche Laute aus ihm heraus. Die linke Hand lag auf der Armlehne des Rollstuhls, zu einer schwachen Faust geschlossen, nur der Zeigefinger ragte heraus und deutete auf seine Hose.

»Hiii…«, keuchte er. »Hiiiefe.«

»Hilfe?«, fragte ich nach. »Sie brauchen Hilfe? Soll ich Ihre Frau holen?«

Mit weit aufgerissenen Augen starrte er mich an. Er hatte Angst. Panische Angst.

»Was ist los? Wie kann ich Ihnen helfen?«

Die Hand zitterte, der Finger deutete auf die Hose. Ich ahnte, was gerade vor sich ging.

»Frau Helmholtz?«

Ich erhob mich und ging in die Küche. Moni befreite gerade einen Biskuitboden von einem Tortenring.

»Ich glaube, Ihr Mann braucht Hilfe.«

Der Tortenring fiel zu Boden und rollte auf Mutter zu, die ihn behände aufhob und an Moni zurückreichte. In der Küche sah es aus, als hätte eine Bombe eingeschlagen. Diese Frau war eindeutig mit der Situation überfordert.

»Hilfe?«, fragte sie und pfefferte den Ring in ein übervolles Spülbecken. Dies war keine Vernachlässigung wie bei Sanja. Dies war Chaos pur. Ein Wunder, dass noch so etwas wie ein erkennbarer Tortenboden dabei herausgekommen war. »Wie, Hilfe? Hat er was gesagt?«

»Ich vermute, er muss auf Toilette.«

»Das muss er nicht mehr. Er trägt eine Windel. Ich kümmere mich um ihn, sobald ich hier fertig bin.«

Sie riss die Tür zu einer Speisekammer auf, in der es wesentlich ordentlicher aussah, und suchte die Regale ab.

»Können wir etwas für Sie tun?«, fragte meine Mutter.

»Die Windel wechseln? Das mag er nicht, wenn Fremde das machen.«

Sie kam mit zwei Päckchen haltbarer Sahne zurück.

»Was wird das denn für eine Torte?«

Mutter, die die besten, leckersten, fantastischsten Kuchen der Welt backte, musste sich in dieser Küche wie auf einem anderen Planeten fühlen.

»Blaubeertorte. Die mag er am liebsten.«

»Mit oder ohne Sahnesteif?«

»Ohne natürlich«, gab Moni zurück. »Ich nehm Gelatine.«

»Das geht natürlich auch. Aber ich finde, es ist ein Unterschied. Manche sagen ja, sie schmecken das Sahnesteif heraus. Ich finde eher, dass die Gelatine das Problem ist. Man kann durchaus ...«

Bevor Mutter darlegen konnte, warum sie welcher Zutat den Vorrang gab, unterbrach ich die beiden bei ihrer Fachsimpelei.

»Wo könnte sie sein?«, fragte ich.

Moni wusste genau, wen ich meinte. Sie suchte nach einem Messer, und als sie es gefunden hatte, öffnete sie die beiden Sahnepackungen und verschüttete dabei einiges.

»Gibt es einen Ort, der etwas Besonderes für sie war? Wohin sie gehen würde, wenn sie für sich sein will?«

Moni kramte in einem Regal nach einer Schüssel.

»Weiß ich nicht.«

»Generell: Gibt es Verstecke in Düsterwalde und am See? Alte Bunker. Verlassene Jagdhütten. Eine Ruine.«

»Nein.«

Sie schüttete die flüssige Sahne in die Schüssel und verharrte dann, den Blick auf das Chaos gerichtet.

»Und Sie haben sie wirklich seit heute früh nicht mehr gesehen?«, fragte Mutter.

»Nein.«

Entschlossen öffnete Moni einen Hochschrank und entnahm ihm einen Handmixer. Mir war klar, dass wir bei ihr nicht weiterkamen.

»Was haben Sie damals eigentlich von Biancas Aussage gehalten? Glauben Sie, dass Andi allein Ihren Sohn auf dem Gewissen hat?«

Mutters entsetztem Gesicht war anzusehen, dass ich in diesem Moment nicht zu den sensibelsten Fragestellern gehörte.

Moni entwirrte das Kabel. »Allein?«

»Haben Sie Bianca geglaubt? Oder war es eine Aussage, bei der es nur um die Einstellung des Verfahrens gehen sollte? Weil Sie den Rest untereinander regeln?«

Sie ließ den Mixer sinken. »Ich glaub, es ist besser, wenn Sie jetzt gehen.«

»Ich frage mich nur: Wo ist Ihr Anteil?«

»Welcher Anteil?«

»An dem Sternenstaub, den Steinhoff über Düsterwaldes Dächer rieseln ließ.«

Mit einem Kopfschütteln schob sie den Stecker des Mixers in eine Steckdose. »Sehen Sie sich um. Haben Sie das Gefühl, hier ist jemals was von ihm angekommen? Da stand er, der feine Herr Professor.« Sie deutete in den engen Flur, wo die Kellertür als Garderobe herhalten musste. »Sagte, ich soll es doch gut sein lassen. Es würde ihm die Geschäfte kaputtmachen, wenn die Polizei nicht aufhört. Es gäbe doch eindeutige Beweise. Wir sollen aufhören zu stänkern.«

»Zu – stänkern?«

»Das waren seine Worte. Herfried hat ihn rausgeworfen.«

Die Erinnerung an diese Szene machte ihre Züge weicher. Herfried war ihr Held, auch wenn er seine letzte Schlacht verlieren würde.

»Ja, er hat uns Geld geboten. Soll ich Ihnen was sagen? Wär's 'ne Million gewesen, hätt ich abgenickt. Aber der feine Herr hat geglaubt, unser toter Sohn wäre nur ein paar tausend wert.«

»Er wollte Sie bestechen?«

Sie probierte den Mixer im Leerlauf und schaltete ihn wieder aus.

»Hat Steinhoff den Brand gelegt?«, fragte ich.

»Keiner weiß es. Man hat es ja nicht richtig untersucht. Sie haben die Ermittlungen eingestellt, als sie Andi hatten. Andi. Der hätte auch genickt, wenn man ihn gefragt hätte, ob er Fort Knox geknackt hat. Wir haben es versucht …«

Sie ließ den Mixer sinken. Der Blick fiel auf die überladene Arbeitsfläche. Die aufgerissene Packung Haferflocken. Die dreckigen Tassen und Teller. Den Biskuitboden, der erstaunlich gut gelungen war. Aber sie sah das nicht, weil sie mit den Gedanken ganz woanders war.

»Wir haben uns immer wieder beschwert. Aber das hat die anderen hier gestört. Die, die zufrieden waren. Die auf einmal Geld für neue Fenster oder eine Melkmaschine hatten. Er nannte das *investieren*. Für mich war es Bestechung. Er hat sie alle übers Ohr gehauen. Hier gehört kaum einem mehr das eigene Haus unterm Arsch.«

Sie zog die Sahneschüssel zu sich heran.

»Mit der Villa fing es an. Nachdem er sie sich unter den Nagel gerissen hat, war das Dorf an der Reihe. Wenn Sie einen Mörder suchen, klopfen Sie an andere Türen. Jeder hätte einen Grund gehabt.«

Sie schaltete das Gerät ein. Der winzige Spalt, durch den sie mich in ihr Innerstes hatte sehen lassen, schloss sich wieder.

»Aber gestänkert, wie Herr Steinhoff sagte, haben Sie weiter. Zusammen mit Sanja.«

»Und?« Sie funkelte mich böse an. »Soll ich jetzt schuld sein an allem? Wir haben genug gezahlt, mehr als genug. Wenigstens den Mund lass ich mir nicht verbieten.«

Ich wollte sie warnen, dass sie vorsichtig sein sollte. Wenigstens so lange, bis Sanjas Mörder gefasst war.

Stattdessen sagte ich: »Heute ist sein Todestag.«

Sie presste nur die dünnen Lippen aufeinander und mixte weiter.

»Ich habe Ihre Rosen auf seinem Grab gesehen. Wollen Sie nicht wenigstens für ihn …«

»Das sind nicht meine Rosen.«

»Ich weiß. Sie haben sie von den Nachbarn …«

»Das sind nicht meine Rosen! Liegen schon wieder welche da? Ja? Ich steck sie ihr irgendwann eigenhändig sonst wohin!«

Aus dem Wohnzimmer kam ein Schlag, als wäre die Anrichte umgestürzt. Mutter krallte sich vor Schreck in meinen Unterarm. Moni schien das Geräusch zu kennen.

»Oh verdammt, nein!«

Sie schaltete den Mixer aus und legte ihn auf dem Rand der Schüssel ab. Die kippte um, und die halbsteife Sahne lief über die Kante der Arbeitsplatte auf den Fußboden. Aber da war sie schon drüben im Wohnzimmer.

Mutter suchte nach einem Lappen, um die Bescherung zu beseitigen. Ich folgte Moni. Herfrieds Rollstuhl war umgefallen. Er lag hilflos auf dem Boden.

Es war ein schweres Unterfangen, den Mann zurück in seinen Sitz zu bringen. Ich bewunderte Moni mehr und mehr. Das musste sie mindestens zweimal jeden Tag ganz alleine schaffen.

Als Herfried wieder saß, atmete er schwer und wimmerte. Moni holte das Sauerstoffgerät, und nach wenigen Handgriffen hatte sie ihm den Schlauch unter die Nase geklemmt.

Unsere Zeit hier war um.

»Auf Wiedersehen, Herr Helmholtz.«

Er wollte etwas sagen, aber es war zu strapaziös für ihn. Ich holte Mutter aus der Küche, und erst als wir wieder auf der Straße standen und die Tür hinter uns zugeworfen wurde, hatte ich das Gefühl, von etwas Schwerem, Dunklem befreit zu sein.

»Ich bring dich zu Sanjas Haus«, sagte ich im Auto.

»Nein«, widersprach sie. Ihr Blick glitt die Straße entlang, über die Fassaden der Düsterwalder Häuser. Viele hatten schon die Rollläden heruntergelassen. »Wir müssen zur Polizei. Jetzt erst recht.«

29

Wir trafen um kurz vor acht Uhr abends an der Polizeiwache in Templin ein. Schwalben und Stare zogen ihre Kreise am Himmel, der schon begann, sein tiefes, dunkel strahlendes, unendliches Sonnenuntergangsblau anzunehmen. Ihre Schreie echoten über der Straße und lockten hinaus auf die Wiesen, an den See, an ein Ufer, wo man sich niederließ und das Ende dieses heißen Tages genießen konnte.

»Hast du keinen Hunger?«, fragte ich meine Mutter, nachdem ich den Wagen vorschriftsmäßig ein paar hundert Meter weiter geparkt hatte. Wir kamen an einem italienischen Restaurant vorbei, aus dem es verheißungsvoll nach Gegrilltem und Knoblauch duftete.

»Ich will das erst hinter mir haben«, war ihre ernüchternde Antwort. Uns beiden hing noch die Begegnung mit Moni und Herfried nach. Welch ein Glück, essen zu können. Zu sprechen, selbstständig aufs Klo zu gehen. Was für eine gottverfluchte Krankheit, die einem so die Würde raubte. Ich wusste, wie sie enden würde. Dreißig Jahre waren die beiden verheiratet. Egal was man über Moni denken konnte, sie hielt zu ihm. Auch in den schlechten Tagen. Wochen. Monaten. Jahren.

Auf der Wache musste ich mich an einem Tresen melden und mein Begehr vortragen. Ein junger Mann in Uniform schien von dem, was ich ihm sagte, im ersten Moment etwas überfordert. Ich wiederholte es ihm noch einmal.

»Wir möchten eine Vermisstenanzeige für Frau Ingeborg Huth aufgeben, die heute Morgen unter Auflagen auf freien Fuß gesetzt worden ist. Wir befürchten …«

Ich sah mich nach Mutter um. Sie stand weit genug entfernt und betrachtete mit Interesse die Fahndungsfotos an der Wand.

»… dass sie Opfer eines schweren Delikts geworden ist. Entführung, Freiheitsberaubung, vielleicht noch Schlimmeres.«

Er blickte mich mit großen Augen an und schluckte.

»Und wir wollen Frau Wenzel sprechen. Polizeimeisterin Wenzel.«

»Moment. Ich bin gleich wieder da.«

Er ging zu einem Schreibtisch und griff zum Telefon. Ich wandte mich ab und begab mich zu Mutter. Sie war in das Bildnis eines dreifachen Raubmörders vertieft, der eine verblüffende Ähnlichkeit mit ihrem polnischen Postboten aufwies, wie sie mir zuflüsterte. Der Raubmörder hieß allerdings Hans-Peter. Ein Vorname, der in Polen eher selten verwendet wird.

»Herr Vernau?«

Ich kehrte zurück an den Tresen. Der Beamte reichte mir den Hörer des Telefons. Am anderen Ende war Fichtner.

»Was höre ich denn da?«, fragte er. »Frau Huth ist verschwunden?«

»Ja. Und bevor Sie sie bezichtigen – ich befürchte, ihr ist etwas zugestoßen.«

»Ich bin gleich bei Ihnen.«

»Und ich möchte …«

Er hatte schon aufgelegt. Ich reichte dem Beamten den Hörer. Er nahm ihn zurück, offensichtlich erleichtert, dass er sich nicht um diese beiden seltsamen Gestalten und ihre Anliegen kümmern musste.

Ich rechnete damit, mindestens eine halbe Stunde zu warten, bis Fichtner seine Feierabendpantoffeln gegen die Straßenschuhe getauscht hatte und auf dem Revier auftauchen würde. Aber kaum dass wir auf den Schalensitzen im Eingangsbereich Platz genommen hatten, öffnete sich auch schon eine unscheinbare Tür zu meiner Linken, und der Kommissar trat heraus.

Er begrüßte mich knapp, wie einen alten Bekannten, den man auf der Straße trifft und der einen immer in viel zu lange Gespräche verwickelt, und wandte sich dann freundlich meiner Mutter zu.

»Um was geht es denn?«

Mutter schoss einen Blick auf den ihrer Meinung nach untätigen Kollegen hinter dem Tresen ab. »Das haben wir doch schon gesagt. Ingeborg Huth wird seit heute Morgen vermisst. Seit sie von einem Dutzend Polizisten verschleppt wurde!«

Fichtner sah fragend zu mir.

»Ich habe Frau Huth nach unserem Termin vor dem Haftrichter zurück nach Düsterwalde gefahren und vor ihrer Haustür abgesetzt. Seitdem fehlt jede Spur. Und bevor Sie anderes vermuten – wir wären nicht hier, wenn wir die Sache nicht verdammt ernst nehmen würden.«

Fichtner nickte. »Kommen Sie mal mit.«

Er führte uns durch einen hallenden Flur in ein anderes Büro, das nicht so kahl war wie das, das ich bei meinem ersten Besuch kennengelernt hatte. Zwei Schreibtische, Regale, ein Kalender der Stadtwerke an der Wand. Auf dem Monitor klebte ein Igel aus Plüsch.

Wir durften uns setzen. Fichtner machte sich dieses Mal gar nicht erst die Mühe, den Computer hochzufahren. Er holte einfach Papier und Kugelschreiber aus einer Schublade.

»Also, jetzt mal der Reihe nach. Sie sind?«

Er sah meine Mutter auffordernd an.

»Eine Freundin«, antwortete sie. »Eine sehr enge Freundin. Hildegard Vernau ist mein Name. Wir wohnen zusammen, in Berlin. Wir haben eine Wohngemeinschaft mit einem Herrn. Er ist Komponist von moderner Musik, aber im Moment ist er im Ausland. Und das ist mein Sohn. Er ist Anwalt.«

Fichtner nickte und notierte ein paar Worte. Er wandte sich an mich.

»Um wie viel Uhr haben Sie Frau Huth in Düsterwalde abgesetzt?«

»Gegen halb elf. Direkt in der Einfahrt …«

»Aber sie ist nicht ins Haus gegangen«, fiel mir Mutter ins Wort. Eine fiebrige Ungeduld hatte sie ergriffen, weil ihr das alles nicht schnell genug ging. »Sie ist verschwunden. Wie vom Erdboden verschluckt.«

»Wo haben Sie denn gesucht?«

Sie sah mich ratlos an.

»Bei Herrn Wössner«, antwortete ich. »Bei Frau Helmholtz. In Berlin. Sobald wir zurück in Düsterwalde sind, werde ich an jeder einzelnen Tür klingeln. Aber glauben Sie im Ernst, jemand hat sie im Keller versteckt?«

»Was vermuten Sie denn?«

Das konnte ich nicht sagen, solange meine Mutter im Raum war.

»Frau Huth ist eine Frau über siebzig. Sie wird zu Fuß nicht weit gekommen sein. Vielleicht hatte sie tatsächlich einen Unfall im Wald, dann müssen wir sie finden.«

Fichtner seufzte, sah auf seine Armbanduhr und kritzelte etwas aufs Papier.

»Hier ist ihre Handynummer.«

Ich nahm ihm das Papier weg und schrieb sie ihm auf.

»Orten Sie wenigstens das Gerät. Und bis das passiert, muss ich mit Frau Polizeimeisterin Wenzel sprechen.«

»In welcher Angelegenheit?«

»Sie war damals die einzige Zeugin bei dem Brand am Düstersee.«

Fichtner legte den Bleistift ab und sah mich zum ersten Mal richtig an.

»Ja?«, fragte er.

In Wahrheit hieß das: Pass gut auf, was du jetzt sagst, Freundchen.

»Ich will wissen, warum sie den Verdacht bewusst auf Andreas von Boden gelenkt hat.«

»Bewusst?«

»Andreas von Boden war nie in der Lage, eine ganze Villa abzufackeln. Ich habe die Akte gelesen. Was Bianca Wenzel, geborene Leibwitz, in ihrer Aussage beschreibt, ist eine Selbstbezichtigung von Bodens. Die ist falsch.«

»Ja?«

»Es war die Bezichtigung einer anderen Person, die er gesehen hat. Andreas von Boden ist kein Täter. Er ist ein Zeuge. Frau Wenzel, geborene Leibwitz, hat das gewusst.«

Fichtner verzog unmerklich das Gesicht. Ich konnte die Zahnräder in seinem Kopf fast arbeiten hören.

»Was haben Sie vor?«

»Ich werde den Fall von Andreas von Boden noch einmal aufrollen. Ich werde diesem Jungen endlich zu seinem Recht verhelfen. Denn das steht in direktem Zusammenhang mit den Morden an Christian Steinhoff und Susanne aka Sanja Huth.«

Ich erhob mich. »Und mit dem Verschwinden von Ingeborg Huth. Finden Sie sie. Und sagen Sie Frau Wenzel, dass Sie sich mit mir in Verbindung setzen soll. Sonst hat sie eine Vorladung wegen falscher uneidlicher Aussage am Hals, sobald ich wieder an meinem Schreibtisch bin.«

Ich hielt meiner Mutter die Tür auf. Dann machten wir, dass wir rauskamen.

»So kenne ich dich gar nicht«, war ihr einziger Kommentar. Er klang bewundernd und befremdet zugleich.

»Irgendwann müssen wir ja einmal Fortschritte machen.«

Sie nickte. »Ich bin froh, dass du so auf den Putz gehauen hast. Was werden sie tun?«

Nichts, war die richtige Antwort. Keiner würde sich an diesem ausglühenden Abend mit Suchhunden auf die Spur von Ingeborg Huth begeben. Keine Hundertschaft würde den Wald durchkämmen und keine Polizeitaucher in den See waten. Wahrscheinlich würde Fichtner einen Haftbefehl erlassen, aber noch nicht einmal der würde vollstreckt werden. Das konnte ich ihr nicht sagen. Ingeborg Huth würde frühestens in drei Tagen von einer Kuriosität zu einem Fall werden.

»Eine ganze Menge«, log ich frech. »Als Erstes werden sie versuchen, ihr Handy zu orten.«

Das war das Einfachste und versprach den größten Erfolg.

»Dann werden sie natürlich in Berlin nachforschen und in Düsterwalde.«

»Und danach?«

»Werden sie sie finden.«

Aber ich war mir langsam nicht mehr so sicher. Je länger Hüthchen verschwunden war und je mehr die Düsterwalder mauerten, desto überzeugter war ich, dass sie in ernster Gefahr schwebte.

Meine Mutter hatte das von Anfang an gewusst. Aber ich durfte sie auf keinen Fall noch in diesem Gefühl bestärken.

»Jetzt essen wir erstmal.«

»Ich kann jetzt nichts essen«, erwiderte sie.

»Dann bringe ich dich in ihr Haus und dann ...«

»Ich will da nicht mehr hin.«

»Warum nicht?«

»Ich bin dort nicht willkommen. Ich spüre das. Außerdem ... Sanja, sie geht mir nicht aus dem Kopf. Ich hab sie nicht gekannt, aber ich glaube, sie war jemand, den ich gemocht hätte.«

»Ganz sicher hättest du das. Ich mochte sie auch.«

»Ja? Erzähl mir von ihr.«

Und so verbrachten wir die Fahrt zurück mit einem Gespräch über Sanja und das, was sie am See zu finden gehofft hatte. Als Wössners Hof sich aus der Dämmerung herausschälte, war es schon fast neun Uhr. Mauersegler umflogen seine Scheune, und fast hätte ich eine schwarze Katze überfahren.

»Achtung!«, schrie Mutter, aber die Katze hatte glücklicherweise das Weite gesucht. Nicht ohne dabei unseren Weg zu kreuzen. Ich fuhr besonders langsam über die Wilhelm-Pieck, weil ich wusste, dass Mutter im Moment besonders anfällig für schlechte Omen war.

In Felicitas' Galerie brannte Licht.

30

Menschen, die nicht hierhergehörten, hatten sich auf dem Bürgersteig versammelt, ein Glas Wein in der Hand und in Gespräche vertieft. Drinnen war es voll. Ich stellte den Wagen auf der Grünfläche vor dem Friedhof ab.

»Was ist?«, fragte Mutter.

»Ich bin gleich wieder da.«

»Nein!«

Sofort stieg sie aus. Sie würde mir, bis wir wieder in Berlin waren, nicht mehr von der Seite weichen.

Die Blicke, die uns auf unserer Suche nach Felicitas folgten, sprachen Bände. Ich war verschwitzt und mein Anzug völlig zerknittert. Wahrscheinlich roch ich auch ziemlich streng, was mir selbst nicht mehr auffiel. Mutter mit ihrer Handtasche, der praktischen Jerseybluse und dem knielangen Rock sah auch nicht aus wie eine Kunstsammlerin undercover. Der Wein war okay und halbwegs kühl. Ich reichte ihr ein Glas Wasser, und sie folgte mir wie ein Welpe.

Landscapes Uckermark. Kompositionen von Luft und unendlicher Weite. Der Katalog und die Plakate waren noch für die Ausstellung in Berlin gedruckt worden. Seen, Dörfer, Kühe auf Weiden, Sonnenuntergänge. Dekorativ und gut verkäuflich.

Felicitas stand im angeregten Gespräch mit ein paar Leuten, von denen mindestens zwei als Urheber dieser Gemälde infrage kamen. Schulterlange Haare und knielange, weite Shorts der eine, eine ätherische Gestalt mit dunklen Haaren und schwarzem, bodenlangem Kleid die andere. In die Zange genommen hatten sie die Bergers. Die beiden dachten wohl darüber nach, ihre Bäckerei mit regionaler Kunst auszustatten. Als Felicitas mich kommen sah, runzelte sie die Stirn, entschuldigte sich kurz und ging auf mich zu.

»Herr Vernau?«

Ich sah mich um. »Offenbar konnten Sie sich mit Frau Steinhoff arrangieren. Meine Mutter, Hildegard Vernau.«

Die Damen reichten sich die Hand.

»Ja«, sagte Felicitas gedehnt. »So kann man es sagen. Wir haben noch einmal miteinander gesprochen und eine Einigung erzielt. Ich habe Sophie die Redoute überlassen. Im Hinterhof. Damit mir niemand nachsagen kann, ich sei wortbrüchig geworden. Verzeihen Sie, aber ich bin mitten in einem Verkaufsgespräch.«

»Ich wollte Ihnen nur sagen, dass ich eine Wiederaufnahme des Verfahrens im Fall der Brandstiftung vor zehn Jahren anstrebe.«

»Sie wollen ... was?«

»Ich habe guten Grund zu der Annahme, dass eine Zeugin zuungunsten des Verdächtigen, in diesem Fall Ihres Sohns Andreas, vorsätzlich gelogen hat.«

Felicitas sah sich um, ob jemand diese Worte gehört hatte. Aber alle waren mit den Bildern, dem kostenlosen Wein und ihren Gesprächspartnern beschäftigt. Ihr Gesicht wurde noch angespannter. Die Konturen traten schärfer hervor, und dort, wo andere Muskeln haben, spannten sich bei ihr Drahtseile.

»Folgen Sie mir.«

Sie ging voran in den Raum, der früher die Küche gewesen

war. Bilder standen an den Wänden, auf einem Tisch waren weitere Tabletts mit Weingläsern und Knabberzeug angerichtet.

»Warte hier«, sagte ich zu Mutter. Etwas in meiner Stimme riet ihr, meiner Bitte nachzukommen. Sie vertiefte sich in »Trauerweiden am Fluss« neben der Tür.

Eine junge Frau, gepierct, tätowiert und offenbar aus Berlin Friedrichshain hierher verschleppt, öffnete gerade eine weitere Flasche.

»Können wir den Raum haben?«, fragte Felicitas.

Das Mädchen starrte sie fragend an.

»Lass uns einen Moment allein.«

»Sag das doch gleich.«

Die junge Frau verschwand. Felicitas schloss die Tür. Mit schmalen Lippen fragte sie: »Was ist mit Andi? Können Sie das bitte präzisieren?«

»Gerne.« Ich trat zum Fenster und sah in den Hinterhof. Auch dort standen Leute zusammen. Die Doppeltür des Schuppens war weit geöffnet. Sophie lümmelte in einem farbbekleksten Overall auf einer Bank und rauchte etwas, das nach einem Joint aussah. Jasmin unterhielt sich mit einem älteren Mann, der ihr jedes Wort von den Lippen ablas. Ihr Lachen klang überspannt.

Ein einzelner Scheinwerfer strahlte im Inneren des Schuppens das Bild an, das wohl das Herzstück der Ausstellung war und das man sogar vom Küchenfenster aus gut erkennen konnte: der tote Steinhoff am See. Zerknittert und grob zusammengeklebt, als hätte man das Bild aus dem Müll gefischt. Sophie hatte den weißen Fleck noch nicht ausgefüllt. Sie sah hoch, und unsere Blicke kreuzten sich.

Ich wandte mich ab.

»Bei Anwendung von Paragraf 359 der Strafprozessordnung wird für eine Wiederaufnahme die Beibringung von neuen Tatsachen oder Beweisen benötigt. Die habe ich. Bianca hat gelogen, als sie Andi der Brandstiftung bezichtigte.«

»Und das können Sie zweifelsfrei nachweisen.«

»Unter anderem«, ich griff mir eine Handvoll Salzbrezeln, weil ich sonst verhungert wäre, »indem ich die Vereinbarungen, die zur Weiterführung dieser Galerie getroffen wurden, genau unter die Lupe nehme.«

»Was erlauben Sie sich? Das geht niemanden etwas an!«

»Und die Vereinbarungen, mit denen Sie an den An- und Verkäufen der Häuser hier im Dorf beteiligt wurden. Den Rest erledigt die Schwerpunktstaatsanwaltschaft für Steuerhinterziehung.«

Ich zermalmte die Salzbrezeln und beobachtete dabei, wie sie ihre Züge nicht mehr ganz unter Kontrolle hatte. Seit Steinhoffs Tod war sie nicht mehr aus dem Bangen und Hoffen herausgekommen und musste, um das alles doch noch auf die Beine zu stellen, Himmel und Hölle in Bewegung gesetzt haben. Und jetzt kreuzte ich auf und drohte, wieder alles aufs Spiel zu setzen. Hätte sie nicht eine Seele aus sandgestrahltem Eisen, wäre ich vielleicht anders mit ihr umgegangen.

»Sie haben Ihren Sohn gerade ein zweites Mal verkauft. Dieses Mal an Regina Steinhoff. Sie wissen ganz genau, dass Andi den Brand nicht gelegt hat. Warum tun Sie ihm das an?«

Ihre Hand tastete nach einem Glas Wein, von dem sie beim Hochheben die Hälfte verschüttete. Sie stellte es wieder ab und griff nach einer Serviette, um sich die Hände abzutrocknen. Ihre Bewegungen waren fahrig, nicht mehr richtig koordiniert, weil in ihrem Kopf die Gedanken wie Chinaböller explodierten und sie sich nach außen hin beherrschen musste.

»Sie wissen doch gar nicht …«

Ihre hellen Augen zwinkerten. Sie tupfte sie mit der Serviette ab, um das Make-up nicht zu zerstören.

»Sie wissen doch gar nicht, was das heißt. Ein behindertes Kind zu haben. Sich all die Jahre krummzulegen, damit es die bestmögliche Behandlung bekommt. Soll ich ihn herholen und ihn wieder zum Gespött der Leute machen?«

»Es gibt andere Möglichkeiten.«

»Ach ja? Ein staatliches Heim? Haben Sie sich da mal umgesehen? Keiner nimmt Schaden mit unserer Lösung. Im Gegenteil.«

»Moni und Herfried.«

»Was ist mit denen?«

»Das sind auch Eltern. Sie hätten erfahren müssen, was in dieser Nacht vor zehn Jahren genau passiert ist. Das wäre man ihnen schuldig gewesen.«

Sie legte die Serviette zurück auf den Tisch. »Haben Sie Kinder?«

»Das tut nichts zur Sache.«

»Also nicht. Sonst wüssten Sie, dass sie an allererster Stelle stehen, und dann kommt lange Zeit nichts. Gar nichts. Was wollen Sie eigentlich von mir?«

»Eine Aussage über den Deal, den Sie mit Steinhoff hatten.«

»Und dann? Wird Chris davon wieder lebendig? Sanja? Steinhoff? Niemandem ist geholfen, wenn das alles wieder hochkocht.«

Sie sah an mir vorbei zum geöffneten Fenster. Im Hinterhof waren laute Stimmen zu hören, Rufe. Darunter einer, der gellend und hilflos war.

»Joachim!«

Mutter, in höchster Not und Verzweiflung. Ich warf die restlichen Salzbrezeln zurück in die Schale, riss die Tür auf und boxte mich durch die Gäste der Vernissage in den Hinterhof durch. Mein Puls jagte, als ich sie noch einmal rufen hörte.

»Lassen Sie mich durch!«

Mutter taumelte aus dem Schuppen. Sie war leichenblass, als hätte sie gerade den Leibhaftigen gesehen. Ihr suchender Blick irrte herum, bis ich ihn eingefangen hatte.

»Joachim, um Himmels willen! Inge!«

Sie deutete in den Schuppen. Sophie warf ihren halb gerauchten Joint ins Gebüsch und stand mit einem zufriedenen Lächeln von der Bank auf. Die Hände in den Overalltaschen kam sie auf mich zu und wurde von mir rücksichtslos zur Seite geschoben.

»Was ist mit ihr?«

Mutter zog mich durch das Schuppentor hinein in einen Raum, nicht gerade groß, mit roh verputzten und geweißten Wänden. An ihnen hingen Sophies Werke, im Zentrum Steinhoffs einsames, zerknittertes Sterben.

»Hier.« Sie zerrte mich nach links.

Auf der Wand stand in riesigen roten Lettern gepinselt: »Die Toten vom Düstersee«.

Kreidezeichnungen. Hastig hingeworfen auf Papier. Die verkohlten Umrisse einer Leiche – Chris. Eine Frau im Straßengraben, besprizt mit roter Farbe – Sanja. Ein Ferrari, aus dem nach einem Crash eine Leiche hing, die eine frappierende Ähnlichkeit mit Regina hatte. Und in einer Scheune, die der von Wössner ähnelte, eine korpulente Gestalt mit Turban und Kaftan, erhängt mit einem Strick.

»Joachim!«

Sie schlug die Hände vors Gesicht und zitterte am ganzen Körper. Die wenigen Besucher der Ausstellung verdrückten sich an die gegenüberliegende Wand. Ich nahm Mutter in den Arm und sah über ihren Kopf hinweg Sophie, die im Eingang zum Schuppen stehen geblieben war. Die Freude, welches Entsetzen ihre Bilder auslösten, war ihr ins Gesicht geschrieben. Ich ließ Mutter los und ging auf sie zu.

»Was fällt Ihnen ein!«

Ich packte sie an den Schultern und schüttelte sie, aber ihr hinterhältiges Lächeln blieb in ihrem Gesicht wie festgeklebt. »Wie können Sie es wagen, so etwas zu malen?«

Hinter ihr tauchten Jasmin und ihr Verehrer auf. Jemand versuchte, mich von Sophie wegzuziehen.

»Wann haben Sie das gesehen? Wo ist das?«

Ich holte aus, und wäre mir Mutter nicht in den Arm gefallen, hätte ich diese Wahnsinnige vor aller Augen geschlagen.

Sophie, aus meinem Griff befreit und mehr als zufrieden über die Aufmerksamkeit, grinste immer noch.

»Wo haben Sie das gesehen?«, brüllte ich sie an.

Jasmins Verehrer stellte sich schützend vor Sophie. »Das ist Kunstfreiheit! Was fällt Ihnen ein?«

Ich wandte mich ab und lief zurück zu der Wand. Ich riss ein Bild nach dem anderen herunter und zerfetzte es. Die Menschen, die noch draußen im Hof gestanden hatten, drängten nun auch hinein.

»Das ist widerwärtig!«, schrie ich Sophie an. Die hängte sich bei Jasmin ein, beide Mädchen waren fassungslos vor Glück, was mein Ausbruch auslöste. »Meine Mutter stirbt fast vor Angst, und Sie machen sich einen Spaß, Frau Huths Tod zu malen?«

Sophie kicherte. Einzig Mutter, die sich mir erneut in den Weg stellte, hielt mich davon ab, mich auf diese Kreatur zu stürzen. Ich hielt das Bild in den Händen, das die tote Regina zeigte. Der Ferrari. Das Pferd auf der Motorhaube. Schwarz und aufsteigend.

Der Raum wich zurück. Die Geräusche drangen nur noch gedämpft an meine Ohren. Ich starrte auf das schwarze Pferd. Kein Therapiereiten. Keine Ausflüge aufs Land mit grasenden Herden. Andi hatte wieder und immer wieder dieses Pferd gemalt, weil es sich ihm in der Nacht des Brandes eingeprägt hatte. Es war Steinhoffs Marke. Sein Kennzeichen. Das Pferd war Andis Zeugenaussage. Ich hielt den Beweis in Händen, dass Bianca gelogen hatte.

Wenn man mir glauben würde.

Jemand riss mir den Fetzen aus den Händen. Es war Regina. Sie hatte für diese Vernissage noch einmal eine Schippe draufgelegt und ihr Schwarz mit einem Pillbox-Hut gekrönt. Ein schmaler Schleier war quer über ihr Gesicht drapiert, was allein schon für einen dramatischen Blick gereicht hätte. Jetzt aber schien sie mich mit ihm erdolchen zu wollen.

»Was ist hier los? Haben Sie das angerichtet?«

Sie hielt mir den zerstörten Rest meines Beweises unter die Nase, ohne zu wissen, was es damit auf sich hatte.

»Sind Sie wahnsinnig? Was soll das?«

Ich atmete tief durch und fuhr mir mit den Händen durch die Haare, um Sophie nicht zu erwürgen.

»Hier wurden Persönlichkeitsrechte missbraucht«, brachte ich schließlich hervor.

Regina bückte sich und sammelte die Überreste der zerstörten Bilder ein.

»Das sind achttausend Euro!«

Ein Aufseufzen ging durch die Menge. Sophies Ansehen als Künstlerin stieg in diesem Moment ziemlich hoch, und ich Trottel war schuld daran.

»Und eine Strafanzeige«, erwiderte ich. »Gegen Sie beide.«

Ich nahm Mutter am Arm. Die Menge teilte sich vor uns wie das Rote Meer vor Moses. Hinter meinem Rücken hörte ich Jasmins Verehrer sagen: »Ich kaufe es. In diesem Zustand. Sofort!«

Wir überquerten den Hinterhof und dann die Galerie. Erst als ich mit meiner Mutter im Auto saß und die Wilhelm-Pieck hinunterholperte, beruhigte ich mich etwas.

Mutter weinte. Sie tat das stumm, ohne einen Laut. Wäre Sophie im Scheinwerferlicht aufgetaucht, ich hätte für nichts garantieren können. Und sie hörte auch nicht auf, als wir Sanjas Haus erreichten und die Tür hinter uns schlossen. Ich erklärte ihr, dass ich bei ihr bleiben würde und sie nicht allein sein müsste, brachte sie nach oben und machte ihr noch einen Tee. Sie versprach mir hoch und heilig, nur eine halbe Schlaftablette zu nehmen. Als ich hinausgehen wollte, fragte sie:

»Glaubst du, das Bild war echt?«

»Du meinst, ob sie Inge wirklich gesehen hat?«

Mutter nickte tapfer.

»Nein. Sie war auch bei Sanja nicht dabei.« Und wahrscheinlich ebenso nicht bei ihrem Vater. Sie hatte Fantasie, das war alles. In meinen Augen machte sie das nicht zu einer Künstlerin, sondern zu einem der rücksichtslosesten Menschen, die ich jemals kennengelernt hatte. »Sie hat sich das alles ausgedacht.«

»Warum macht ein Mensch so was?«

Ich ging zurück zum Bett, setzte mich neben sie und fing ihre unruhige Hand ein.

»Sie will der Welt etwas damit zeigen.«

Ich dachte an das Kakerlaken-Experiment, von dem Jasmin mir erzählt hatte. Es gibt Eltern, die ihre Kinder damit anspornen wollen, indem sie ihnen immer wieder sagen, dass sie Loser sind und dass aus ihnen sowieso nichts wird. Mein Vater war so ein Mensch gewesen. Er glaubte daran. Indem er mich kleinmachte, wollte er, dass ich ihm trotzte und über mich hinauswuchs.

Diese Erziehungsmethoden setzen allerdings voraus, dass der Plan aufgeht. Sie ignorieren die Schmerzen und die verheerenden Verwüstungen, die sie hinterlassen.

»Sophie will aller Welt damit zeigen, dass sie die Tochter ihres Vaters ist. Rücksichtslos. Eiskalt. Dass Gefühle Schwäche sind und die größtmögliche Freiheit die ist, sich alles herausnehmen zu können, ohne sich zu entschuldigen. Es gibt Menschen, die glauben, so lebt es sich besser. Die geradezu euphorisiert sind, wenn sie radikal egoistisch leben. Für sie ist das Entsetzen, das ihre Amoralität auslöst, ein Lebenselixier.«

»Wie armselig.«

»Ja«, sagte ich. »Wie armselig.«

Mutter entzog mir die Hand. Ich reichte ihr das Wasserglas und die halbe Schlaftablette. Einst hatte sie damit ein Problem gehabt und war auf einem guten Weg direkt in die Abhängigkeit gewesen. Das war Vergangenheit, und zwar ziemlich genau seit der Zeit, in der Hüthchen in ihr Leben getreten war.

»Schlaf gut.«

Ich küsste sie auf die Stirn, so wie sie das früher bei mir gemacht hatte. Dann verließ ich das Dachgeschoss und versuchte, mich unten auf Sanjas Couch auszustrecken. Ich rief die Polizeiwache in Templin an und wollte Fichtner sprechen, aber der hatte Feierabend. Es war derselbe Beamte, den wir bei unserem Besuch hinter dem Tresen angetroffen hatten, der mir diese Nachricht nicht ohne Bedauern mitteilte. Als ich ihm sagte, dass Sophie Steinhoff Bilder der Toten ausstellte und, um endlich Zug in die Sache zu bringen, behauptete, dass sie deshalb Zeugin mehrerer Morde sein müsste, notierte er das mit professioneller Zurückhaltung. Genauso verfuhr er mit meinem Hinweis, dass vielleicht in irgendeiner uckermärkischen Scheune Ingeborg Huth gefangen gehalten wurde oder schlimmstenfalls stranguliert worden war.

»Ich werde es weiterleiten«, versprach er mir.

»Erhängt!«, zischte ich, damit Mutter mich oben nicht hörte.

Er wiederholte sich, und ich sagte, das würde ich in seinem Interesse hoffen, und entfernte eine weitere Stricknadel aus den Polstern.

Der Schlaf wollte nicht kommen. Und als er endlich um mich herumschlich, fuhr ich immer wieder hoch, weil Andis schreckliches Gesicht unter Wasser auftauchte. Oder ich mich in Wössners Scheune befand und im Halbdunkel das knarrende Geräusch eines Hanfseils an meine Ohren drang, an dem ein schweres Gewicht von einem Deckenbalken hing. Ich wusste, dass es Ingeborg Huth war. Obwohl sich alles in mir wehrte, ging ich näher an die erhängte Frau heran, noch näher, bis ich ihr ins Gesicht sehen konnte und sie plötzlich die toten Augen aufschlug.

31

Jemand klopfte an die Hintertür, laut und bestimmt. Ich kenne dieses Klopfen. Das war kein schüchterner Paketbote und auch keine Nachbarin, die sich Mehl leihen wollte.

Schlaftrunken und zermürbt von der Nacht auf dieser Couch schlurfte ich über den schmalen Flur Richtung Garten.

»Ja?«

»Wenzel, Polizeirevier Templin.«

Ich hatte zur Sicherheit sämtliche Riegel vorgelegt und zweimal abgeschlossen, deshalb dauerte es, bis ich die Tür aufbekam und in das beschämend wache Gesicht von Bianca starrte.

»Guten Morgen.«

Sie trug Uniform.

»Kann ich reinkommen?«

»Wie viel Uhr ist es?«, fragte ich und blinzelte an ihr vorbei in den morgenfrischen Garten.

»Halb acht. Keine Sorge, es geht nicht um Sie. – Horst?«

Sie trat einen Schritt zurück und lugte um die Hausecke. Fichtner war also mit von der Partie.

»Er ist hier!«

Ich trug T-Shirt und Unterhose. Und die Last einer Nacht voller Albträume. Ich hätte gerne geduscht und einen Kaffee getrunken, meinethalben auch einen aus den steinharten Brocken, die noch irgendwo in Sanjas Küche herumliegen mussten.

Fichtner tauchte auf, in Zivil, gefolgt von einem weiteren Beamten in Uniform.

»Morgen«, sagte er. »Wir haben ein Signal von Frau Huths Handy.«

»Wo?«, fragte ich. Schlagartig war ich so wach, als hätte man mir intravenös das Koffein von fünfzig Espresso injiziert.

»Hier.« Er schaute sich um. Im Gegensatz zu Bianca war er kein Frühaufsteher, sondern jemand, den man wohl mit einem Kran aus dem Bett hieven musste. Er sah noch schlimmer aus, als ich mich fühlte. Sein graues Gesicht war durchfurcht von Knitterfalten, die Augen rot gerändert.

»Dürfen wir?«

Ich trat zur Seite, aber Fichtner wandte sich schon wieder ab. Er meinte den Garten.

Im hinteren Teil, dorthin, wo sich schon lange kein Mensch mehr ohne ernsthafte Verletzungsabsichten gewagt hatte, befand sich ein Brunnen. Ein von Efeu überwucherter, verwitterter Betonring, knapp einen Meter hoch. Ohne Abdeckung.

Fichtner wurde per Telefon von einem Mitarbeiter in diese Richtung gelotst. Ich konnte nur aus der Entfernung einen Blick darauf werfen und gleichzeitig meine Mutter beruhigen, die ebenfalls von dem Klopfen aus dem Schlaf gerissen worden war. Offenbar bestand das gesamte Revier aus Frühaufstehern.

Niemand wusste, wer oder was in diesem Brunnen auf uns wartete. Ich zog Mutter an mich und spürte sie zittern wie ein kleiner Vogel. Es war erstaunlich kühl, und dieser Teil des Gartens lag im Schatten. Auf dem Gras rund um die Yoga-Steine perlte der Tau. Die Vögel sangen, als würden sie dafür in Naturalien bezahlt. Es lag ein unwirklicher Frieden über diesem halb verwunschenen, halb verwahrlosten Garten, der nun im hinteren Teil empfindlich gestört wurde. Ein Mann mit Kletterausrüstung kam über den Weg vom Schuppen, nickte uns zu und gesellte sich zu den Polizeibeamten.

»Es ist nur ihr Handy«, sagte ich zu meiner Mutter.

»Bis jetzt. Wer weiß, was sie noch alles finden? Niemand wirft doch sein Handy in einen alten Brunnen.«

Ich konnte ihr nicht zustimmen. Nicht jetzt, wo sich alle unsere Befürchtungen zu bewahrheiten schienen. Ingeborg Huth musste mit Gewalt von hier verschleppt worden sein. Genau in den wenigen Augenblicken, nachdem ich sie zum letzten Mal im Rückspiegel gesehen hatte.

Irgendwann konnte ich Mutter dazu bewegen, ihr Nachthemd gegen etwas Präsentableres einzutauschen.

Sie stiegen hinunter.

Bianca kam zu uns. Als Einheimische wusste sie sofort, welche Kräuter in Sanjas Küche für einen Tee geeignet waren. Bis Mutter wieder auftauchte, schwiegen wir uns an. Ab und zu warf ich einen Blick durch das kleine Fenster in den Garten, aber das Grün war zu dicht, um Genaueres zu erkennen. Als sie kurz hinausging, wollte ich ihr folgen, aber sie wies mich an, im Haus zu warten. Bei ihrer Rückkehr kochte das Teewasser, und Mutter hatte sich angezogen und die Haare gekämmt.

Sie bekam von Bianca einen dampfenden Becher in die Hand gedrückt.

»Danke. Haben Sie schon etwas gefunden?«

Die Polizistin schüttelte den Kopf. »Ich sage Ihnen sofort Bescheid. So wie es aussieht, wird dort unten nur das Handy sein. Das darf ich Ihnen schon einmal sagen, damit Sie beruhigt sind.«

Aber Mutters Anspannung war so groß, dass sie den Becher kaum halten konnte.

»Ich habe es gleich gewusst«, sagte sie. Und immer wieder: »Ich habe es gleich gewusst.«

»Wir werden Frau Huth finden«, sagte Bianca. Woher sie diese Zuversicht nahm, war mir schleierhaft. Vermutlich hatte man ihr das in ihrer Ausbildung zur Polizistin beigebracht. »Machen Sie sich jetzt bitte keine allzu großen Sorgen.«

Der Kontrast zwischen dieser Hexenküche und der Frau in Uniform mit Waffe, Funkgerät, Handschellen und Einsatzstock hätte nicht größer sein können. Sie trug ein kurzärmeliges Hemd und trotz der zu erwartenden Tageshitze ihre Weste. Die mittelblonden Haare straff zurückgekämmt, schien ihre Persönlichkeit hinter dieser Ausrüstung fast völlig zu verschwinden. Dennoch bemerkte ich einen angespannten Zug um ihren Mund.

Ich war, während sie draußen bei ihren Kollegen vorbeigeschaut hatte, in meine Anzughose gestiegen, die inzwischen unübersehbar ein Fall für die Reinigung war.

»Kann ich noch etwas für Sie tun?« Bianca hatte in der Ausbildung gut aufgepasst. Höflich, zuvorkommend, aber nicht vor Mitgefühl triefend. Die Frage war nichts anderes als eine Einleitung, um sich zu verabschieden. Fichtner musste sie informiert haben, dass ich sie sprechen wollte. Es war, als trüge sie eine gepanzerte Rüstung und einen Schild, auf dem die Worte »*Don't touch*« standen.

Ich stellte den Wasserkocher noch einmal an, um mir einen steifen Pulverkaffee zu brauen. Dann sagte ich, ganz nebenbei: »Hat man Ihnen eigentlich ausgerichtet, dass ich mit Ihnen reden will?«

Sie nickte. »Ja. Aber solange ich nicht weiß, um was es geht…«

»Um Ihre Aussage vor zehn Jahren.«

»Ich bin im Dienst. Wenden Sie sich an meinen Vorgesetzten.«

Ich konnte fast sehen, wie sie ihren imaginären Schild hob, um sich gegen meinen Angriff zu schützen. Auch ihre Stimme veränderte sich. Eben noch hilfsbereit und mitfühlend, jetzt kalt und bereit, sich gegen mich zu verteidigen. Sie hatte die ganze Nacht Zeit gehabt, sich Ausflüchte zurechtzulegen. Ich musste sie nur abrufen, eine nach der anderen. Bis keine mehr übrig war und wir zum Kern der Wahrheit vordrangen.

»Herr Fichtner dürfte im Moment genug mit der Handysuche zu tun zu haben. Ich möchte wissen, warum Sie damals eine Falschaussage gemacht haben.«

Ein spöttisches Lächeln – wir waren in Phase eins. Was will dieser Idiot von mir? Soll er doch andere mit seinen Hirngespinsten belästigen.

»Kein Kommentar. Ich muss jetzt gehen.«

Sie wollte wieder zur Tür, aber ich versperrte ihr den Fluchtweg. Das war gefährlich nahe an Nötigung, und sie wusste das. Ihre Hand legte sich aufs Holster, das war Warnung genug.

»Andreas von Boden war nicht der Brandstifter. Ich werde beweisen, dass er Ihnen damals etwas ganz anderes erzählt hat.«

»Herr von Boden kann nichts *erzählen*. Sie sind offenbar nicht über seinen Zustand informiert.«

»Er hat mich in der Nacht von Professor Steinhoffs Tod aufgesucht.« Heimgesucht wäre passender gewesen, aber ich musste Bianca in die Enge treiben. »Daraufhin war ich bei ihm in der Klinik. Selbst heute noch weist er immer wieder darauf hin, dass Professor Steinhoff den Brand selbst gelegt hat. Er kann sogar seinen Wagen beschreiben. Einen Ferrari.«

Letzteres war ziemlich weit hergeholt. Vor Gericht hätte der springende Besen keine Chance, aber das wollte ich Bianca nicht auf die Nase binden.

»Warum haben Sie Andi zum Täter gemacht?«

Bianca griff zum Funkgerät und drückte auf einen Knopf. Phase zwei – ich lasse mich nicht ins Bockshorn jagen. Alles abstreiten und daran erinnern, wer im Raum die Staatsgewalt ist.

»Was hat Steinhoff Ihnen dafür gegeben? Hat er Sie gekauft oder erpresst?«

Sie holte Luft, um in ihr Funkgerät zu sprechen und Hilfe anzufordern.

Da sagte Mutter: »Ingeborg hat es gewusst. Und deshalb ist sie verschwunden.«

Wir wandten uns erstaunt in ihre Richtung. Mutter ließ Bianca nicht aus den Augen.

»Wenn Sie damals mitverantwortlich waren, dass dieser Junge seit zehn Jahren die Schuld eines anderen trägt, dann verdienen Sie diese Uniform nicht.«

Die Beamtin ließ das Funkgerät sinken und wollte widersprechen, aber dazu kam es nicht.

»Wenn Ingeborg Huth etwas geschehen ist«, fuhr Mutter fort, »werde ich gemeinsam mit meinem Sohn dafür sorgen, dass Sie nie wieder als Polizistin arbeiten. Das schwöre ich, so wahr ich hier sitze.«

Sie schob den Teebecher von sich weg, als hätte Bianca ihn mit Schierling vergiftet.

Ich wäre nicht so schnell zu einer offenen Drohung übergegangen. Ich glaubte, Bianca bräuchte noch Zeit, um sich einzugestehen, dass ihr die Ausflüchte nichts nützen würden. Steinhoff war tot. Er konnte nicht mehr wegen schwerer Brandstiftung mit Todesfolge zu mindestens zehn Jahren Gefängnis bis zu lebenslänglich verurteilt werden. Ganz abgesehen von dem, was für ihn die Aberkennung der bürgerlichen Ehrenrechte gewesen wäre: der Ausschluss aus der Anwaltskammer. Der Verlust von Ansehen, Freunden und Reputation.

Aber damit war es nicht ausgestanden. Denn die, die ihm geholfen hatten, dass er nicht verurteilt wurde, würden bei einer Wiederaufnahme nicht ungeschoren davonkommen. Das wusste Bianca.

Was sie nicht wusste, war, wie wenig wir in der Hand hatten.

»Was«, fragte sie vorsichtig, »hat Frau Huth denn gesagt?«

»Das werden wir zu gegebener Zeit bekanntgeben«, grätschte ich dazwischen und warf Mutter einen Blick zu, der ihr riet, den Mund zu halten. »Wenn ich Ihnen einen Rat geben darf: Reden Sie mit mir. Jetzt. Bevor Dinge in Bewegung geraten, die nicht mehr aufzuhalten sind.«

Eine erfahrenere Polizistin wäre mir nicht auf den Leim gegangen. Ich war weit davon entfernt, Bianca der Spezies Provinzbullen zuzuordnen. Sie hatte einfach nicht den Weitblick, dass sie mit Schweigen und Aussitzen vielleicht besser aus der Affäre gekommen wäre.

Sie schob das Funkgerät zurück in seine Lasche.

»Ich habe die Wahrheit gesagt.« Sie war noch im Trotzmodus, in der Empörungsphase. »Andi hat mich gerettet und mir anschließend noch gezeigt, wie er den Brand gelegt hat.«

»Wer?«, fragte ich. »Wer hat ihn gelegt?«

Sie wandte sich meiner Mutter zu, aber die war in dieser Situation auch keine Hilfe. Ich kannte sie als sanftmütiges Lamm, das sämtliche Kapriolen ihrer Lebensgefährtin mit Geduld und Nachsicht ertrug. Diese Seite an ihr war mir fremd. Sie konnte sich also doch für jemanden einsetzen. Es gab mir einen Stich, aber ich ignorierte ihn.

»Andi. Wer sonst?«, sagte Bianca.

»Das konnte er nicht. Was ist wirklich geschehen? Und wer weiß alles darüber Bescheid? Ihre Familie? Ihre Kollegen, Herr Fichtner? Soll ich ihn hinzuziehen? Möchten Sie lieber in seiner Gegenwart mit mir reden? Sie werden nicht drum herumkommen, Frau Wenzel. Ich werde einen zweiten Gutachter bestellen, wenn es sein muss. Ich werde das ganze Verfahren noch einmal aufrollen, wenn Sie nicht die Wahrheit sagen und den Mörder von Steinhoff und Sanja finden.«

Die Drohung mit Fichtner zeigte Wirkung. Sie senkte den Schild und streckte die Waffen. Aber sie gab noch nicht auf.

»Er hat es mir gezeigt. So.« Sie holte aus und deutete die Bewegung an, mit der man einen Kanister Benzin ausschüttet. »Genau das habe ich auch gesagt.«

»Nein. Das haben Sie nicht. Ihre Falschaussage bringt Ihnen drei Monate bis fünf Jahre. Es lag weder ein Aussagenotstand vor noch die Abwendung dienstrechtlicher Konsequenzen, weil Sie vor zehn Jahren gar keine Polizeibeamtin waren. Es gab keine Zwangslage, und es wurde auch kein Tatvorwurf gegen Sie oder jemanden aus Ihrer Familie zur Kenntnis gebracht. Ihre Lüge hatte nur einen einzigen Grund: Steinhoff hat Sie bezahlt.«

Ihre Nasenflügel blähten sich eine Winzigkeit, und die Lider flatterten kurz.

»Nein.«

»Was war es dann? Was hat gerechtfertigt, dass Chris' Tod zehn Jahre ungesühnt blieb? Dass drei Menschen starben und ein vierter in Lebensgefahr schwebt?«

Mutter stöhnte auf, aber ich konnte keine Rücksicht nehmen.

»Wissen Sie, was auf Beihilfe steht?«

»Ich hab niemanden umgebracht!«

»Aber Sie wissen, wer!«

»Nein!«

Jetzt schrie sie fast. Hastig wandte sie den Kopf und spähte durch das Fenster in den Garten. Niemand war in der Nähe, der ihr zu Hilfe eilen konnte.

»Ich weiß gar nichts! Lassen Sie mich gehen!«

Sie wollte an mir vorbei zur Tür.

»Und Ihre Eltern?«, fragte ich. »Die stolz auf Sie sind, dass Sie die Polizeilaufbahn geschafft haben? Was werden sie dazu sagen, wenn es für Andi zu einem zweiten Verfahren kommt?«

Sie hielt inne und senkte den Kopf. Dann ging sie langsam auf den Küchentisch zu. Mutter fuhr erschrocken zurück, als sie sich setzte. Aber Bianca hatte nicht vor, ihr an die Gurgel zu gehen. Sie legte die Arme auf der Tischplatte ab und faltete die Hände. Nicht zum Gebet, sondern um sie ruhig zu halten.

»Wenn ich Ihnen sage, was ich weiß, lassen Sie mich dann in Ruhe?«

»Das kann ich nicht versprechen.«

»Ich will nicht, dass … nach allem … ich will es nicht.«

»Was?«

Bianca stöhnte auf.

»Dass ich es jetzt sein soll.«

»Die als Erste den Mund aufmacht?« Ich ging langsam zu ihr und setzte mich ihr gegenüber. »Einer muss es tun. Wenn Sie weiter schweigen, sind Sie die Einzige, die die Konsequenzen tragen muss.«

Bianca sah immer noch auf ihre Hände und schüttelte den Kopf. »Nein. Es sind auch meine Eltern. Um die ging es. Für sie habe ich es getan.«

Ich wartete, um diesen zarten Ansatz nicht mit einer Zwischenfrage zu stören.

»Er sagte, er habe nicht gewollt, was mit Chris passiert sei, und dass es ihm leidtue, aber dass niemandem mit der Wahrheit geholfen sei. Im Gegenteil. Wenn ich aussage, dass Andi den Brand gelegt hätte, würde er dafür sorgen, dass er die beste Behandlung bekäme.«

»Er«, sagte ich sanft, »war Steinhoff.«

Bianca nickte, immer noch mit gesenktem Kopf.

»Und er würde meinen Eltern einen Job besorgen. Er hat ihnen auch das Haus abgekauft und sie weiter darin wohnen lassen.«

»Warum?«

Sie zuckte mit den Schultern. »Das war seine Kapitalanlage. Warten, bis den Leuten das Wasser bis zum Hals steht. Dann kaufen, aber nichts investieren. Die Leute wohnen weiter in den Häusern, sie stehen nicht leer. Sie zahlen alles aus eigener Tasche, jede Reparatur, jede Instandhaltung. Bis der Wert hoch genug ist, dass Steinhoff seinen Reibach machen konnte und sie auf die Straße gesetzt hat.«

»Mit wie vielen in Düsterwalde hat er das so gemacht?«

»Mit vielen. Genaues weiß ich nicht. Keiner hat es offen zugegeben, dass er sich hat über den Tisch ziehen lassen.«

»Wenn das herausgekommen wäre, was hätte das konkret bedeutet?«

»Nichts. Kann ich jetzt gehen?«

Sie machte Anstalten aufzustehen.

»Nicht so schnell. Was hat er Moni und Herfried angeboten?«

Sie sah hoch. Ihr Blick war offen. Sie hatte alles gestanden und hoffte, dass ich es dabei belassen würde.

»Wir sind nicht so eng miteinander. Das kann ich nicht sagen.«

»Sie haben mit angesehen, wie der Falsche verurteilt wurde und der Richtige zehn Jahre lang ein ganzes Dorf an sich riss und in der Villa lebte wie ein Fürst – während der Tod Ihres Lovers niemals aufgeklärt wurde?«

Bianca zwinkerte. In ihren Augen sammelten sich Tränen. Sie wollte sich aber nicht die Blöße geben, sie wegzuwischen. Mir fiel das Grab wieder ein. Die blutroten Rosen, die nicht von Moni waren und auch weniger zu einer Mutter, sondern eher zu einer liebenden Frau passten.

»Haben Sie deshalb die Blumen auf seinem Grab abgelegt?«, fragte ich ins Blaue hinein.

Sie schluckte. Blinzelte wieder. »Blumen? Welche Blumen?«

»Rote Rosen aus den Nachbarsgärten. Zu seinem Todestag.«

»Nein. Nein, das war ich nicht. Wir waren kein Paar, wenn Sie das meinen.«

»Aber Sie sind mit ihm damals in die Villa gegangen. War das ein One-Night-Stand oder mehr? Wenn Sie über den Brandstifter gelogen haben, dann wahrscheinlich auch über Ihr Verhältnis zu Chris.«

»Mein Verhältnis?«

War sie begriffsstutzig geworden?

»Haben Sie Chris geliebt?«

Sie stieß einen überraschten Laut aus, der ziemlich echt wirkte. Aber es musste nicht immer Liebe sein, die Menschen zu sentimentalen Handlungen antrieb.

»Nein. Chris war keiner für Gefühle.«

»Wofür dann? Irgendjemand liebt ihn ja wohl bis heute.«

»Ich jedenfalls nicht!«

Sie wand sich innerlich, aber dann brach es aus ihr heraus.

»Alles, was er wollte, war …« Kurzer Seitenblick auf meine Mutter, die dem Verhör mit sichtlichem Unwillen folgte.

»Spaß«, vollendete sie den Satz.

»Und das hat Sie nicht gestört?«

»Mich? Nein. Ich wusste ja, was *ich* wollte. Es sollte nie mehr als diese eine Nacht sein. Als der Brand passierte, war das ein Schock. Ich war zwei Jahre in Therapie, um das zu verarbeiten. Es ist furchtbar, was Chris passiert ist. Aber ich habe nicht um ihn getrauert wie um jemanden, der einem nahesteht. Das musste ich mir erst mal verzeihen.«

»Haben Sie das?«

Ein abschätzendes Verziehen der Mundwinkel. »Ich hoffe.«

»Trotzdem hat jemand seinen Tod mit zehn Jahren Verzögerung gerächt.«

»Ich war es nicht. Der Brand war schrecklich. Dass er gestorben ist, auch. Aber … da war nichts Romantisches. Nichts, was einen umtreibt. Mich jedenfalls nicht. Das klingt jetzt vielleicht herzlos, aber Chris hatte außer …«, wieder ein Seitenblick auf meine Mutter, »außer einer überdurchschnittlichen Ausprägung eines bestimmten Körpermerkmals nicht viel zu bieten. Große Klappe, nichts dahinter. Das war bekannt. Keine von hier hätte sich ernsthaft auf ihn eingelassen.«

Obwohl Romantik in Düsterwalde nicht sehr hoch im Kurs stand, musste es aber jemanden geben, der leidenschaftlich und hingebungsvoll um ihn trauerte. Außer Moni fiel mir niemand ein, aber die hatte den Rosenstrauß genauso vehement bestritten wie Bianca. Eine von beiden log.

»Können Sie die Sache nicht ruhen lassen?«, fragte sie.

Ich schüttelte den Kopf. Wenn Bianca glaubte, mit den paar kleinen Zugeständnissen den Kopf aus der Schlinge ziehen zu können, hatte sie sich getäuscht.

»Nein. Andi hat immer wieder versucht, auf seine Weise einen Hinweis auf den Brandstifter zu geben. Er wird nicht aufhören damit, solange er nicht das Gefühl hat, dass man ihn endlich ernst nimmt.«

»Ach.« Sie lehnte sich zurück. »Sie meinen diese Bilder?«

»Ja«, sagte ich vorsichtig, um mir nicht anmerken zu lassen, wie sehr mich ihre Aussage überraschte.

»Die Sanja aus der Klinik angeschleppt hat?« Bianca sah triumphierend zu mir, dann zu meiner Mutter und schließlich wieder in meine Richtung. »Damit ist sie doch überall hausieren gegangen. Sie wollte, dass Düsterwalde endlich mal was gegen Steinhoff unternimmt. Aber keiner hat sich darauf eingelassen. Ein hingekritzeltes Pferd, das hat vor keinem Gericht der Welt Bestand. Was hätte das gebracht?«

»Die Wahrheit?«

»Okay. Und wem wäre damit geholfen?«

»Moni und Herfried vielleicht?« In mir machte sich eine kribbelnde Unruhe breit, die mich kaum noch auf meinem Stuhl hielt. »Wussten die auch davon?«

»Bestimmt. Sanja war oft bei ihnen, um Herfried irgendwelche heiligen Steine vorbeizubringen. Ich bin mir sicher, dass sie zuerst bei ihnen …«

Sie brach ab. Bestürzung machte sich auf ihrem Gesicht breit.

»Sie glauben doch nicht, dass Moni … dazu in der Lage wäre? Dass sie bei Steinhoff mit dieser Zeichnung aufgetaucht ist? Und dass sie dann Sanja als Mitwisserin erschlagen hat?«

Ich glaubte nicht, ich wusste, dass Menschen zu allem fähig waren, wenn man nur die richtigen Trigger fand.

Herfrieds verzweifelte Bitte um Hilfe. Der Keller in ihrem Haus. Er hatte nicht auf seine Hose gedeutet, sondern auf das, was sich unter dem Fußboden befand. Wie hatte ich das nur so missverstehen können? Der Blaubeerkuchen. Dieser verzweifelte Wunsch, ein letztes Mal gemeinsam den Hochzeitstag zu feiern. Ein letztes Mal …

Ich sprang auf und ging zur Tür. »Wir müssen ihr Haus durchsuchen. Jetzt.«

»Warum?«, fragte Mutter. Es lag etwas in der Luft, das ihr Angst machte. »Hast du einen Verdacht?«

»Ja«, sagte ich. »Frau Wenzel, sind Sie bereit, endlich die Wahrheit zu sagen und uns bei der Suche nach Frau Huth zu unterstützen?«

Sie nahm die Mütze ab und strich sich die Haare zurück. Es wirkte ratlos, wie ein Spiel auf Zeit. Man brauchte sie, um etwas Unvorstellbares zu erfassen.

»Frau Wenzel?«

Sie setzte die Mütze wieder auf. »Ja.«

32

Es war so still, dass man glaubte, das Brausen der fernen Autobahn zu hören. Vielleicht war es auch nur der Wind über den Wäldern. Sie lauschte dem Zwitschern der Vögel und war sich sicher, in ihnen eine Melodie zu erkennen. Kommt doch her, twiet twiet, hier ist's schön, twiet twiet …

Insekten schwirrten umher, über den zerbrochenen Beton krochen Ameisen. Sie saß auf einem Stapel Europaletten, die jemand einst mit anderem Sperrmüll an der alten Tankstelle entsorgt hatte, und rauchte. Es hatte sowieso alles keinen Sinn mehr. Der Husten würde nicht mehr aufhören in der wenigen Zeit, die ihnen blieb, und es war der einzige Luxus, den sie sich noch gönnte.

Herfrieds Rollstuhl stand ein paar Meter weiter. Sie brauchte die fünf Minuten, in denen sie sein Schnaufen nicht hörte, dieses Ringen um jedes bisschen Atemluft. Die Sauerstoffflasche stand griffbereit neben ihm, die Tortenbox lag auf seinem Schoß.

Vor dreißig Jahren waren sie sich hier zum ersten Mal begegnet. Sommer '92. Die Luft hatte vibriert, von einem Aufbruch ins Neue und der Angst davor. Sie war zweiundzwanzig gewesen, und sie wusste noch, dass sie in Gedanken an ihre Eltern und Großeltern sich gesagt hatte: »Ein Glück, ich bin noch jung genug, um mir einen Platz in dieser neuen Welt zu erobern.«

Die Trabis waren damals billig zu haben. Alle wollten Westautos und ließen sich den letzten Schrott andrehen. Aber sie hatte sich für die Rennpappe entschieden, was auch eine Frage des Geldes gewesen war. Himmelblau, zerkratzt und voller Schrammen, hustend und röhrend, aber für nur zweihundert Mark. West. Vielleicht hatte ihre Entscheidung auch etwas mit einem Film zu tun gehabt, der alle in die Kinos getrieben hatte: *Go Trabi Go*. Und dem Gefühl, dass ein trotziger Stolz auf die untergegangene Heimat im Kofferraum mittransportiert worden war, der bis heute spürbar blieb.

Hier hatten sie sich zum ersten Mal getroffen. *Wirklich* getroffen. Bis dahin hatte er sie noch nicht einmal wahrgenommen, obwohl sie dieselbe POS besucht hatten. Aber nun fuhr sie einen Trabi. Ein eigenes Auto – auch wenn es, wie er lachend erklärte, in seinen Augen allenfalls ein fahrbarer Rasenmäher war. An der Minol-Tankstelle hielten da schon ganz andere Wagen. Golf. Mercedes. Toyota. Opel. Mazda. Renault. BMW.

Ihren ersten Kuss von ihm bekam sie in einem Volvo. Das erste Mal geschah auf den durchgesessenen Liegesitzen eines Audi. Damals besaß die Tankstelle noch eine Werkstatt. Dort, wo später die Waschanlage eingebaut wurde. Von der standen noch vier Betonsäulen, die das schiefe, halb herunterhängende Blechdach hielten.

Eine vergessene Ruine, genau wie ihr Leben. Bröckelnd, einsturzgefährdet, erodiert bis aufs Skelett. Es war ein schleichender Prozess gewesen, der den Beton genauso unaufhaltsam fraß wie diese Krankheit.

Die Abschmiergrube, in die die Mechaniker gestiegen waren, wenn etwas am Unterboden zu reparieren war, gab es weiterhin. Die Platten darüber waren leicht anzuheben, aber keiner der Vandalen hatte sich bisher die Mühe gemacht, seinen Müll dort zu entsorgen. Eins fünfzig tief, drei Meter lang, einen Meter breit. Platz genug für Werkzeug, Ölfässer, Lampen, zwei Treppen an beiden Schmalseiten. Sie hatte neulich nachgesehen. Die Grube sah immer noch so aus, wie sie verlassen worden war, ausgekehrt und sauber.

Sie ließ den Zigarettenstummel fallen und trat die Glut aus. Dann stand sie auf und ging langsam zu Herfried, den sie mit Blick auf die Maisfelder positioniert hatte. Er hörte sie kommen und versuchte, den Kopf zu heben. Der tropfende Speichel hatte sein Hemd auf der Brust durchnässt. Sie holte das zerknüllte Taschentuch aus ihrer Rocktasche und tupfte ihm zärtlich die Mundwinkel ab.

»Na, Dicka? Haste Hunger?«

Er konnte kaum noch schlucken. Als sie erfahren hatten, wie es enden würde, war etwas mit ihm geschehen. Bis zu diesem Punkt hatten sie noch miteinander reden können, aber danach war es, als ob er in einen anderen Raum gegangen wäre, die Tür abgeschlossen und den Schlüssel weggeworfen hätte. Das Einzige, was ihn noch interessierte, war das Essen. Morgens sechs Stullen, dick belegt mit Leberwurst und Hack. Mittags Bratwürste, mindestens vier Stück. Nachmittags Kuchen. Abends wieder Stullen. Schokolade. Chips. Eis. Alles, was ihm in die Finger kam. Er hatte noch neun Kilo zugelegt. Nun war er so dünn, dass ihn ein Lufthauch hätte mitnehmen und davontragen können.

»Blaubeertorte. Mit extra viel Buttercreme. Die magst du doch so gerne.«

Sie löste die Bremse und drehte den Rollstuhl um. Langsam schob sie ihn über die zerklüftete Zufahrt. Scherben und Kies knirschten unter ihren Sohlen und den Reifen des Gefährts.

Die Tür zum einstigen Verkaufsraum der Tankstelle war längst verschwunden. Wie eine klaffende Wunde gähnte die Öffnung in der Fassade. Drinnen sah es noch schlimmer aus. Der Putz blätterte ab, es roch nach Pisse und kaltem Rauch. Schwarze, kalte Feuerstellen waren von Partys oder anderen Zusammenkünften zurückgeblieben, Graffiti, Müll. An die Einrichtung erinnerten nur noch Dübellöcher in den Wänden.

»Dit ham wa uns ooch anders vorjestellt, wa?«

Er mochte es nicht, wenn sie so redete. Aber es gab ihr nach außen hin eine hemdsärmelige Sicherheit, die sie innerlich nicht verspürte. Sie war nervös. Sie hatte Angst. Sie würde zittern, und er durfte das nicht bemerken. Nicht heute. Nicht jetzt. Nicht an diesem letzten Tag.

Sie drehte ihn so, dass er im Türrahmen stand und hinaussehen konnte. Dann holte sie aus der Tasche, die an den rückwärtigen Griffen des Rollstuhls eingehängt war, ein grob gewebtes Tischtuch hervor. Suchend sah sie sich um. Hinten an der Wand lagen angekokelte Bierkästen. Das müsste gehen.

»Aber wir machen es uns hier jetzt so richtig gemütlich.« Sie holte eine Plastikkiste, stellte sie ihm vor die Füße und breitete die Decke darüber aus. »Gib mal her.«

Sie nahm die Tortendose von seinem Schoß und stellte sie auf den improvisierten Tisch. Der Deckel war an beiden Seiten am Boden befestigt. Zunächst kamen noch zwei Teller, zwei Becher, Kuchengabeln und Servietten dazu. Und ein Teelicht, das sie mit ihrem Feuerzeug entzündete. Das stellte sie auf den Boden, weil es keinen anderen Platz mehr gab, aber es flackerte anheimelnd im Halbschatten neben der Türöffnung. Danach öffnete sie die Verriegelung und nahm den Deckel ab.

Die Torte war ein Prachtstück. Drei Böden. Quietschlila. Verziert mit Cremetupfen, eine violette Hochzeitstorte. War sie in gewisser Weise auch. In guten wie in schlechten Tagen. Bis dass der Tod uns scheidet.

»Die Hentschel hätte das nicht besser hinkriegen können. Seit gestern hab ich dafür in der Küche gestanden. Reine Butter. Und Blaubeeren, die vom letzten Jahr. Erinnerst du dich noch? Hab ich Marmelade draus gekocht und Kompott. Das war das letzte Glas, das dafür draufgegangen ist. Macht aber nüscht. Das war's wert.«

Sie holte die Zigarettenpackung aus der anderen Rocktasche. Seit Herfried nicht mehr sprechen konnte, hatte er auch nichts mehr dagegen, dass sie so viel rauchte. Hatte er ja selber lange genug getan, bis er die Kippe nicht mehr halten konnte.

»Hier. Nimm mal 'nen Zug.«

Sie klemmte ihm die Zigarette zwischen die Lippen und wartete, bis die Glut schwach geglimmt hatte. Das Ergebnis war ein Hustenanfall, der sich anhörte, als würde er ersticken. Sie kannte das. Es würde vorübergehen. Sie klopfte ihm auf den Rücken, und als das Röcheln schwächer wurde, ging sie noch einmal hinaus auf die große Betonplatte, auf der vor langer Zeit die Zapfsäulen gestanden hatten.

Das war also das Ende.

Ihr letzter Tag.

Noch ein Stück Kuchen.

Eine Zigarette.

Wie die Zeit auf einmal verrann, Sekunde um Sekunde.

Sie musste sich zwingen, die Hand ruhig zu halten. Der Kirchturm von Düsterwalde lugte über die Wipfel des Waldes. Irgendwo in der Ferne fuhr jemand mit dem Traktor übers Feld und produzierte eine Staubwolke, die aussah wie gelber, giftiger Rauch. Stare und Wildgänse zogen über den Himmel. Sie atmete tief durch und versuchte, das alles in sich aufzunehmen. Den stahlblauen Frieden, diesen leichten, warmen Lufthauch, der sich im Gesicht anfühlte wie eine zarte Berührung. Den Geruch von Wald und Staub.

Sie hatte nicht gewusst, dass sie Düsterwalde liebte. Ihr Lebensweg hatte so gut zu Pflicht und Versagen gepasst, dass sie nie auf die Idee gekommen wäre, nach den schönen Seiten zu suchen. In diesem Augenblick spürte sie, dass noch etwas anderes sie festgehalten hatte, das stärker war als die Enttäuschung, es nie geschafft zu haben. Die Liebe zu diesem Flecken Erde. Und zu diesem Mann.

Sie hatte nie ernsthaft weggewollt. Welch eine Ironie, dass sie das jetzt erst merkte.

Der Rauch kräuselte sich über der Zigarette und wurde von einer sanften Brise davongetragen. Das war ein Tag, um schwimmen zu gehen. Sich lachend und nackt mit den anderen ins Wasser zu stürzen und anschließend mit tropfenden Haaren die Schüssel mit dem Nudelsalat herauszuholen. Das Bier. Vielleicht eine Flasche Rotwein aus Ungarn, süß und dunkel wie Blut. Später dann am Lagerfeuer zu sitzen und dem Aufzug der Nacht zuzusehen, die alles in ihre schützende Dunkelheit hüllte. Ein Kuss. Ein leises Lachen. Die Hand, die sie mit sich zog, hinein in den Wald. Geflüsterte Worte, die beim ersten Tageslicht schon zerstoben und vergessen waren.

Jugend. Sommernacht am Düstersee.

Wo waren sie alle geblieben? Fortgegangen. Etwas Besseres gesucht. Es vielleicht gefunden. Und diese Sommernächte am See nie vergessen.

Sie nahm einen letzten, tiefen Zug. Dann trat sie die Zigarette aus.

Als sie zu Herfried zurückkam, war ihm die Serviette vom Schoß gerutscht. Sie legte sie wieder zurecht und arrangierte seine Hände so, dass sie nicht herunterfallen konnte.

»Ich hab auch Kaffee dabei. In der Thermoskanne. Muss ja sein, zu so einer Torte.«

Sie holte einen zweiten Bierkasten und stellte ihn neben dem Rollstuhl ab. Er war so dreckig, dass sie mit einem leisen Seufzer ihre Serviette opferte und sie darauflegte, bevor sie sich mit einem Ächzen auf ihn setzte. Dann kramte sie in der Tasche, bis sie den Becher und die Kanne gefunden hatte.

»Mit süßer Dosenmilch, so wie du es magst.«

Wo waren denn die Löffel? Sie wühlte in der Tasche herum und brachte schließlich einen ans Tageslicht. Der andere blieb verschwunden. Vorsichtig goss sie Kaffee in den Becher und nahm dann etwas mit dem Löffel ab. Die Hälfte ging bei Herfried daneben, aber das kannte sie schon und tupfte es mit der Serviette ab. Kein Lätzchen heute. Nicht an diesem Tag.

»Gut, nich?«

Sie trank auch einen Schluck. Weit davon entfernt, irgendeine Nostalgie für Ostprodukte zu empfinden, war diese Angewohnheit geblieben. Dicke, süße Milch aus der Dose oder der Tube, das war eine der Erinnerungen, die sie nicht missen wollte. Die Hände um den Becher gelegt, stützte sie sich mit den Ellenbogen auf den Knien ab und sah hinaus.

»Immer noch schön hier, nich? Irjendwann kracht hier alles zusammen. Aber heute nich. Heute feiern wir. Dreißig Jahre, wat, Dicka?«

Sie lächelte ihn an. Dieses Mal ohne darauf zu achten, ob jemand die Zahnlücken sah oder nicht. Herfried blinzelte. Er wollte etwas sagen, aber er brachte nur einen seltsam verdrehten Laut heraus. Seine Hand zuckte. Sie saß rechts von ihm, deshalb legte sie die Linke auf seine.

»Dreißig Jahre. Hat uns keener zujetraut. War nich allet schlecht, nich? Wir hatten schöne Zeiten. Als Chris auf die Welt kam, weeste, ick glaube, ick war der glücklichste Mensch auf der Welt.«

Dieses Schweigen, diese Lücken zwischen den Sätzen, die nicht mehr durch Zustimmung, Ergänzung oder Wiederspruch gefüllt wurden. Er hätte jetzt genickt, ihr das Knie getätschelt oder den Arm um ihre Schultern gelegt und gesagt: »Allet jut, meine Kleene. Allet jut.« Das musste sie sich jetzt dazudenken.

Sie schluckte und spürte, dass ihre Augen feucht wurden.

»Was haben wir alles mitgemacht. Und hier sitzen wir nu, du und icke. Zusammen mit unserer Blaubeertorte. Die gab's auch zur Hochzeit. Weißt du noch?«

Sie drückte seine Hand, die jetzt nicht mehr zuckte und ruhig liegen blieb.

»Da war ich schon schwanger, und keiner durfte es wissen. Aber deine Mutter hat natürlich geahnt, dit wat im Busche war. Die hat sich was Besseres für dich gewünscht. Aber letztlich haben wir uns dann doch ganz gut verstanden. Hab sie ja auch gepflegt, bis zum Ende.«

Sie zog die Hand weg und griff nach dem Tortenmesser. Während sie das Prachtexemplar in Stücke teilte, redete sie weiter. Sie sprach über die Lebensereignisse, die zu so einem Tag passten. Chris' Einschulung. Die erste Reise nach Westdeutschland, an den Rhein war es gegangen. Die Jugendweihe. Der Einzug ins Haus nach dem Tod von Herfrieds Eltern, der letzte Umbau. Die Heizung war jetzt auch schon zwanzig Jahre alt. Sie plauderte, und gleichzeitig wusste sie, dass nichts mehr hinzukommen würde nach diesem Tag, auf den sie hingelebt hatte in den letzten Monaten.

Das Tortenstück fiel natürlich auf dem Pappteller um. Sie stellte ihn auf dem Bierkasten ab. Es war so weit. Sie holte tief Luft.

»Ich liebe dich.«

Ihr Blick war in die Ferne gerichtet, nicht auf den Mann neben sich.

»Ich hab's viel zu selten gesagt. Du übrigens auch. Aber wir haben es gewusst, all die Jahre über. Ich wollte es dir noch mal sagen, und das ist genau der richtige Ort dafür.«

Sie nahm mit dem Löffel einen der Buttercremetupfen ab, der mit Blaubeermarmelade gefüllt war. Kein Biskuit, nur die Creme. Die würde er noch hinunterbekommen.

»Du warst ein guter Mann. Ich hätte mir keinen besseren wünschen können. Ich will jetzt nicht alles schönreden, denn wir hatten auch harte Zeiten. Aber alles in allem warst du da. Und du hast mich geliebt. Dafür wollte ich dir danke sagen. Ich hab's vielleicht nicht immer schätzen können, und du auch nicht, aber es hat nie aufgehört.«

Jetzt kam das Weinen doch. Sie legte den Löffel ab und wischte sich über die Augen.

»Ich weiß. Ich hab versprochen, nicht zu heulen. Tust du ja auch nicht.«

Sie wandte den Kopf und sah ihn an. Eine Träne rollte über seine Wange. Sie wischte sie zärtlich weg und hauchte einen Kuss auf die Stelle. Der Blick, mit dem er sie betrachtete, war klar und ruhig. Er wusste, was ihn erwartete. Und sie liebte und bewunderte ihn noch viel mehr dafür.

Sie drückte seine Hand, und es kam eine ganz schwache Reaktion zurück.

»Und jetzt sitzen wir hier, ohne Hochzeitsgesellschaft, ohne alles, nur wir beide. Und Chris schaut uns zu, egal wo er gerade ist.«

Sie löste sich von ihm und nahm den Löffel wieder auf. Als sie ihn an seine Lippen führte, sagte sie: »Herzlichen Glückwunsch zum dreißigsten Hochzeitstag.«

33

Das Haus von Moni und Herfried lag so still und verlassen da, dass ich sofort wusste: Es war niemand zu Hause.

Bianca Wenzel lief die Stufen hoch und rüttelte an der Eingangstür.

»Abgeschlossen.«

Sie drehte sich zu Fichtner um, der gemeinsam mit mir im Laufschritt die Dorfstraße hinter sich gebracht hatte und sich nun schnaufend an dem eisernen Torpfosten festhielt.

»Aufbrechen«, brachte er hervor.

Ich drängte mich an ihm vorbei und schob Bianca zur Seite. Gefahr im Verzug. Endlich hatten sie es erkannt. Ich fürchtete mich davor, wen oder was wir im Keller finden würden, und gleichzeitig wollte ich es endlich hinter mir haben.

Ich nahm Anlauf, warf mich gegen das Holz, und mit einem lauten Krachen splitterte das Schloss aus der Zarge. Ich stolperte hinein in den düsteren Flur und gleich über einen faltigen Läufer, fing mich aber in letzter Sekunde. Bevor ich mich auf die Kellertür stürzen wollte, schrie Bianca auch schon:

»Halt! Keinen Schritt weiter!«

Ein hastiger Blick durch die geöffnete Wohnzimmertür. Kein Rollstuhl, keine Sauerstoffflasche. Die Vögel waren ausgeflogen. Bevor Bianca mich rauswerfen konnte, ging ich mit beschwichtigend erhobenen Händen die paar Schritte zu der geöffneten Küchentür. Es sah nicht viel anders aus als am Tag zuvor: ein Durcheinander, planlos unaufgeräumt, Moni war nicht mehr Herrin der Lage. Die Tür zur Vorratskammer war nur angelehnt.

»Hallo?«, rief Bianca und warf ebenfalls einen kurzen Blick in die Küche, bevor sie zurück in den Flur ging. »Ist jemand zu Hause? – Ich checke das Obergeschoss.«

Ohne eine Antwort abzuwarten, lief sie die Treppe hinauf. Die Balken nahmen ihr Gewicht auf und knarrten bei jedem ihrer Schritte. Kurz darauf erschien sie wieder.

»Niemand da.«

Fichtner hatte sich unterdessen an der Kellertür zu schaffen gemacht.

»Abgeschlossen. Geht nach außen auf. Die Streife ist schon unterwegs. Die sollen das aufbrechen.«

»Das ist zu spät!«, rief ich und sah mich in der Küche um. »Wir müssen sie da rausholen!«

Ich griff ein Fleischermesser und kam zurück in den Flur, wo ich fast mit Bianca zusammenstieß. Als sie das Messer sah, huschte ihre Hand reflexartig an die Waffe in ihrem Holster.

»Was wird das?«

»Ich will die verdammte Tür aufbrechen. – Frau Huth?« Ich hämmerte gegen das Holz. »Sind Sie da unten? Antworten Sie!«

Für ein paar Sekunden lauschten wir mit angehaltenem Atem. Da war nichts. Nur Stille. Totenstille. Ich wollte nicht darüber nachdenken, was das zu bedeuten hatte, und setzte das Messer zwischen Türblattkante und Zarge an. Es war aussichtslos. Sie war sorgfältig abgeschlossen und verriegelt.

»Eine Axt!«, schrie ich. »Gibt es hier irgendwo eine Axt?«

Bianca sprach bereits in ihr Funkgerät. Ein Streifenwagen war unterwegs.

»Wie wär's damit?«

Fichtner hatte, während ich mich an dem Schloss abmühte, die Haustür geschlossen. Daneben befand sich ein Schlüsselbrett. Umständlich holte er seine Lesebrille aus der Jackentasche und beugte sich vor wie Lehrer Lämpel, um die Anhänger zu studieren.

»Hier. Keller.«

Bianca ließ das Funkgerät sinken.

»Ich mache das«, sagte ich und streckte die Hand aus. »Frau Huth kennt mich. Das wird ihr helfen.«

Unsicher sah sie zu Fichtner. Der schüttelte den Kopf.

»Sie machen jetzt mal, dass Sie aus der Schusslinie kommen.«

Er reichte ihr den Schlüssel. Er passte. Wieder ein Blick zu ihrem Boss.

Sie hatte ihm die ganze Geschichte gestanden. In ein paar dürren Sätzen, die mehr eine Aufforderung zum Handeln waren denn ein Geständnis. Ich wusste nicht, was er von der Sache hielt. Biancas Falschaussage konnte weitreichende Folgen haben, für sie und das halbe Dorf. Im Moment sah es so aus, als ob Fichtner ihr noch den Rücken stärkte, aber das würde mit dem Ende dieses Einsatzes vorbei sein.

Sie öffnete die Tür und schaltete das Treppenlicht an.

»Frau Huth? Können Sie mich hören?«

Als keine Antwort kam, stieg sie vorsichtig die ersten Stufen hinunter.

»Sie bleiben hier«, herrschte Fichtner mich an.

Ich wandte mich ab und ging zurück in die Küche. Von unten hörte ich Rufe und einen Fluch, als etwas scheppernd umfiel. Ich versuchte, die Anspannung unter Kontrolle zu halten, und schickte ein Stoßgebet zum Himmel, dass Mutter sich an meine harsche Anweisung gehalten hatte, Sanjas Haus nicht zu verlassen.

Die Küche erinnerte mich an die schlimmsten Zeiten in ihrer Berliner Wohnung am Mierendorffplatz, als sie kurz davor gewesen war, die Kontrolle über ihr Leben zu verlieren, und ich das nicht mitgekriegt hatte. Es war bis heute ein dunkler Fleck der Schande auf meiner Seele. Seitdem hatte ich mir geschworen, es nie wieder so weit kommen zu lassen. Dass es bei Moni genauso aussah wie damals bei meiner Mutter, erschütterte mich. War sie denn so allein? Half ihr niemand?

Das Fenster ließ sich nur mit Mühe öffnen. Der Garten hatte auch schon bessere Tage gesehen. Auf einer Betonterrasse verrostete ein Grill, Bäume und Sträucher wucherten in alle Himmelsrichtungen. Kein Rollstuhl, kein Herfried, keine Moni. Die Geräusche aus dem Keller waren verstummt. Ich wusste nicht, ob ich den beiden folgen sollte, entschloss mich dann aber, sie erst einmal alleine zu lassen.

Auf der Arbeitsfläche war nur noch eine freie Stelle. Groß genug, um eine Torte damit zu verzieren. Ein Spritzbeutel lag in der Spüle, auf einem Turm aus dreckigem Geschirr. Er war für etwas verwendet worden, das eine ungesunde lila Farbe hatte. Ich schnupperte vorsichtig daran – es roch fruchtig, nach Butter, Alkohol und irgendetwas Chemischem, das ich nicht identifizieren konnte, aber alle Alarmlampen in meinem Kopf zum Leuchten brachte.

Die Tür zur Vorratskammer stand immer noch halb offen. Eine Packung Mehl war auf den Boden gefallen und aufgeplatzt, als jemand hastig etwas in dem Regal gesucht haben musste. Ich trat näher. Reis, Nudeln, Tomatenmark. Spülmittel, Putzmittel, Müllbeutel, alles durcheinander. Und eine uralte lavendelfarbene Packung Wofatox-Staub, geöffnet.

Wofatox. Ein Schädlingsbekämpfungsmittel aus dem VEB Chemiekombinat Bitterfeld. Phosphorsäureester. Bis zu seinem Verbot hatte das Insektizid auch eine traurige Berühmtheit bei Giftmorden erlangt.

Schritte kamen nach oben.

»Nichts«, schnaufte Fichtner. »Falscher Alarm.«

Er trat in die Küche. »Ich schicke trotzdem die Spurensicherung noch mal her. Da sind wir Ihnen ganz schön auf den Leim gegangen.«

»Nein. Wir müssen Moni und Herfried finden«, sagte ich und wies auf die Vorratskammer. »Es ist ein erweiterter Suizid.«

Bianca, die hinter ihm aufgetaucht war, riss die Augen auf. »Was?«

»Hier drin steht eine Packung Wofatox. Und zwar so, als wäre sie vor Kurzem benutzt worden.«

Sie hatte das Mehl davorgestellt. Es war heruntergefallen, als sie die Packung herausgeholt hatte.

»Ich vermute, Moni hat die Torte für den Hochzeitstag mit diesem Gift versetzt. Sie hat auf nichts anderes mehr hingelebt als auf diesen einen Tag. Sie will sich und Herfried umbringen.«

Ich trat zur Seite. Fichtner näherte sich und begutachtete die Vorratskammer.

»Niemand durfte ihr mehr in die Quere kommen. Dieser Tag war etwas ganz Besonderes für sie.«

»Und?« Bianca blieb im Türrahmen stehen, während Fichtner sich stirnrunzelnd der Wofatox-Packung widmete. »Wie passt das alles zusammen? Der Mord an Sanja? Frau Huths Verschwinden?«

Ich unterdrückte einen ärgerlichen Seufzer. Das ging mir alles zu langsam. Ich war in Gedanken meilenweit voraus, während die beiden immer noch nicht kapierten, was hier vor sich ging. Wir mussten sie finden. Moni war eine tickende Zeitbombe.

»Ich vermute, dass Moni nur mit Steinhoff reden wollte. Sie hat von Sanja erfahren, dass er für den Tod ihres Sohns verantwortlich war, und in der Nacht, als in der Villa gefeiert wurde, hatte sie ihn zur Rede gestellt. Sie selbst haben doch gesagt, dass Sanja mit Andis Bildern überall aufgetaucht ist.«

»Ja, aber ...«

»Das Gespräch eskalierte. Endlich konnte Moni den wahren Schuldigen am Tod von Chris stellen. Steinhoff wird sie provoziert und sämtliche Schuld von sich gewiesen haben. Aber sie droht ihm, alles publik zu machen. Es ist ihr ernst damit. Steinhoff hat einen Asthmaanfall. Er verliert das Spray, oder sie nimmt es ihm weg, und sie hindert ihn mit Gewalt, es sich zu holen.«

Bianca wechselte einen kurzen Blick mit Fichtner. Der verzog keine Miene.

»Es war Rache, pure, reine Rache. Steinhoff sollte seine gerechte Strafe bekommen. Sein Tod war unterlassene Hilfeleistung, so könnte sie es darstellen. Wenn es keine Zeugen gegeben hätte.«

»Sanja?«, fragte Bianca.

»Ja. Sanja war in jener Nacht auch dort, mit Andreas von Boden und Monika Helmholtz. Sie waren zu dritt, und Andi hat Steinhoff wiedererkannt. Der Schock treibt ihn in den Wald. Sanja sucht ihn, Moni bleibt allein zurück mit dieser Fassungslosigkeit, den Täter gerade überführt zu haben. Als sie Steinhoff sieht, wie er allein am Ufer des Sees zurück zur Villa geht, passt sie ihn ab und konfrontiert ihn mit seiner Tat. Und dann läuft die Sache aus dem Ruder.«

Zeitlich musste es sich genau so abgespielt haben.

»Moni hat Steinhoff getötet. Damit wäre sie noch davongekommen, wenn Sanja nicht beobachtet hätte, wie sie Steinhoff so lange mit Gewalt auf die Bank gedrückt hat, bis er tot war. Das war Mord! Sanja muss ihr damit gedroht haben, sie an die Polizei zu verraten. Moni rastet aus. Sie befürchtet, dass ihr eine U-Haft droht. Das kann sie Herfried nicht antun. Sie spielt auf Zeit. Sie will diesen letzten Tag mit ihrem Mann. Sie tötet Sanja – und weiß nicht, dass es noch eine zweite Zeugin gibt: Frau Huth.«

Ich konnte Fichtner und Sanja ansehen, was sie von dieser Theorie hielten. Immerhin ließen sie mich ausreden.

»Ich glaube, nach dem Mord an Sanja war ihr alles egal. Jeder, der sich zwischen sie und den dreißigsten Hochzeitstag stellt, wird aus dem Weg geräumt. Und deshalb …«

»Hallo?« Die kräftige Stimme eines Mannes von draußen, vermutlich einer der Streifenpolizisten aus Templin.

Erleichtert wandte sich Bianca zum Flur. »Wir sind hier!«

»Deshalb wird sie auch Frau Huth töten, wenn das nicht schon längst passiert ist. Dann Herfried, und dann sich selbst«, zischte ich.

Fichtner kehrte aus der Vorratskammer zurück. Die Küche war definitiv zu eng für uns drei.

»Eine steile These …«, begann er, wurde aber sofort von mir abgewürgt.

»Untersuchen Sie die Reste, die im Spülbecken liegen. Sie werden Wofatox finden. Mir sind aus meiner Studienzeit mehrere Fälle bekannt, in denen dieses Pflanzenschutzmittel für tödliche Vergiftungen verwendet wurde. Die Blaubeeren sind nur dazu da, um die Farbe des Gifts zu übertünchen. Finden Sie sie! Jetzt!«

Ich schob mich wütend an Bianca vorbei, ging aber nicht nach draußen, wo die Silhouette eines Uniformierten im Eingang den halben Flur verdunkelte.

»Haben Sie Herrn und Frau Helmholtz gesehen? Mitte, Ende fünfzig, er im Rollstuhl?«

Es war derselbe Mann, den ich schon im Revier in Verwirrung gestürzt hatte.

»Was machen Sie denn hier?«, fragte er perplex.

Fichtner kam mir zu Hilfe. »Platkow, ruf die Spurensicherung. Und sucht das ganze Dorf nach den beiden ab. Wenn ihr sie findet, sofortiger Zugriff. Es kann sein, dass die Frau einen erweiterten Suizid plant.«

Ich hätte Fichtner umarmen und küssen können. Er befürchtete wohl so etwas Ähnliches, denn er schob sich hastig an mir vorbei Richtung Ausgang.

»Okay.« Der Mann, der offenbar Platkow hieß, nickte knapp und verschwand.

Das reichte fürs Erste.

Wo, verdammt noch mal, konnten eine Frau und ein Mann im Rollstuhl verschwinden? Bianca, die noch immer nicht ganz begriffen hatte, in welche Richtung sich das Blatt gerade wendete, sah mich ratlos an.

»Sie glauben wirklich, diese Frau mordet, um in Ruhe sich und ihren Mann zu vergiften?«

»Ja«, sagte ich. »Genau diese Ruhe will sie haben.«

Ich ging ins Wohnzimmer und hörte, wie Bianca den anderen folgte. Dann war ich allein.

Moni und Herfried hielten nichts von Sentimentalitäten. Keine Plüschtiere, keine kitschigen Vasen, keine Fotos. Der Rollstuhl brauchte Platz, und wenn Herfried es noch auf das durchgesessene Sofa schaffte, dann nicht, indem er gleichzeitig den Couchtisch dabei abräumte. Dennoch war es ein starker Kontrast zur Küche, in die Moni sich zurückgezogen haben musste und langsam in den Wahnsinn abgedriftet war.

Im Vitrinenschrank standen Likörgläser und eine Karaffe. Hier hatten sie sich noch etwas Nostalgie erlaubt. Räuchermännchen aus dem Erzgebirge, eine Bowlegarnitur mit fünf bauchigen Gläsern. Und mehrere Fotorahmen, fast verborgen vom Halbdunkel des Schranks. Ich musste die Tür öffnen, um etwas darauf zu erkennen.

Das Hochzeitsfoto. Herfried ein stolz dreinblickender Hüne, zu dem Moni aufblickte. Der Mode der Zeit entsprechend trugen beide eine Art Dauerwelle und breite Schulterpolster, er Karottenhosen und eine kurze dunkle Jacke, sie ein weißes Ensemble aus Kleid und Stola. Ein junges Paar wie Millionen andere. Nur standen sie nicht vor einem Rathaus oder einer Kirche, sondern – vor einer Minol-Tankstelle.

Chris. Einmal als Baby, einmal als Teenager. Ein gut aussehender Junge mit einem fast unverschämten Grinsen. Kein Wunder, dass ihm die weibliche Dorfjugend zu Füßen gelegen haben musste.

Noch ein Foto. Herfried betankte einen Mercedes, offenbar der erste eigene. Moni stand in der geöffneten Beifahrertür, der Stolz stand beiden ins Gesicht geschrieben.

Es lagen noch einige ungerahmte Aufnahmen in der hinteren Ecke der Vitrine. Sie zeigten Familienfeste, dann Moni mit dem kleinen Chris an der Hand oder Herfried, der seinen Sohn in einem abgewrackten VW spielen ließ. Ich betrachtete sie genauer, vor allem die Hintergründe. Sie waren alle in oder vor der Tankstelle aufgenommen. Sogar die Feiern, die in der zur Party-Location umdekorierten Werkstatt stattgefunden hatten.

Und ich wusste, wo diese Tankstelle zu finden war. Dieses Sinnbild einer vergangenen Zeit, die im Rückblick mehr und mehr an Bedeutung gewonnen hatte.

In weniger als drei Sekunden war ich wieder draußen.

»Herr Fichtner!«

Der Kriminalkommissar stand am Streifenwagen und gab den uniformierten Kollegen gerade letzte Anweisungen. Fast schon widerwillig drehte er sich zu mir um.

»Ich weiß, wo sie sind.«

»Ach ja?«

Ich lief auf ihn zu. »Bei der alten Tankstelle.«

34

Ich durfte hinten einsteigen, neben Bianca, die schon in dem Wagen Platz genommen hatte. Während wir über die Dorfstraße zum Ortsausgang zuckelten, fasste ich zusammen, was ich herausgefunden hatte, und endete mit:

»Er hatte die Tankstelle gepachtet, nicht wahr?«

»Ja«, antwortete Bianca. »Nach der Wende, als die Franzosen Minol übernommen haben.«

»Und sie war sein Leben. Alles drehte sich nur darum. Sogar ihre Hochzeitsfeier haben sie dort veranstaltet. Chris ist quasi mit Benzin im Blut aufgewachsen.«

Bianca sah aus dem Fenster. Fichtner, der vorne neben Platkow saß, hatte den Kopf halb zu mir gewandt.

»Chris …« Sie atmete tief durch. »Chris war Monis Ein und Alles. Ein verzogenes Muttersöhnchen. Sie hat mir damals die Schuld an seinem Tod gegeben.«

Sie machte eine Pause, als ob sie darauf warten würde, dass Fichtner ihr auf die Sprünge helfen könnte. Der junge Polizist am Steuer tat so, als hätte er die Ohren auf Durchzug geschaltet.

Ich wusste, warum sie mit ihm gegangen war. Biancas Wesen und ihre Art ließen wenig romantische Verstiegenheit zu. Sie hatte vermutlich ausprobieren wollen, ob die Legenden über Chris' Fähigkeiten auf diesem einen Gebiet der Wahrheit entsprachen. Aber hundertprozentig sicher konnte man sich nie sein. Vielleicht war sie heimlich in ihn verliebt gewesen, denn wo einer begehrt wird, gibt es viele Neider.

»Ich war elend durcheinander, als es passiert ist.« Biancas Stimme zitterte. »Ich hätte deutlicher machen müssen, was Andi damals gemeint hat. Es tut mir leid.«

Fichtner schwieg. Er war in keiner beneidenswerten Situation. Bianca würde zu ihrem Fehler stehen müssen, und das hatte Auswirkungen auf ihre Laufbahn bei der Polizei. Wenn es denn noch eine geben würde.

Wir passierten Sanjas Haus.

»Wenn ich gewusst hätte, was das bei Moni auslöst ... Ich konnte doch nicht ahnen, dass sie durchdreht!«

Fichtner geruhte, sich jetzt doch einzumischen. »Alles, was geschehen ist, ist Schuld des Täters. Lass dir nichts anderes einreden. Bis jetzt wissen wir auch nicht, ob Herr und Frau Helmholtz überhaupt mit den Todesfällen in Verbindung stehen.«

»Das ist doch offensichtlich.« Ich hätte dem Fahrer am liebsten in den Hintern getreten, wenn er nicht gesessen hätte. Das ging mir alles zu langsam. »Wer sonst hätte ein Motiv?«

»Das herauszufinden ist unsere Aufgabe, Herr Vernau.« Fichtner konnte auch anders. Seine Stimme hatte einen eindeutigen Tonfall angenommen: Hier sind wir am Zug. Du bist allenfalls Zaungast.

Bianca nickte, nicht sehr überzeugt. In der Ferne tauchte die Tankstellenruine auf. Wir würden zu spät kommen. Moni hatte alle Zeit der Welt gehabt, ihren Vorsprung auszunutzen.

»Da!«, rief Platkow. »Da sind sie!«

Ich versuchte, einen Blick an Fichtner vorbei hinauszuwerfen. Zwei Gestalten saßen vor der Tankstelle, Herfried im

Rollstuhl, Moni auf einer Kiste, den Kopf in den Schoß ihres Mannes gelegt. Er hatte seinen nach hinten fallen lassen. Als wir näher kamen, sah ich, dass sein Mund offen stand.

»Fahr da rauf«, sagte Fichtner und deutete auf den verwahrlosten Vorplatz. Kaum hielt das Auto, sprangen wir heraus.

Bianca war als Erste bei den beiden. Vor ihnen, auf einer weiteren Kiste, befand sich eine angeschnittene Torte. Ein Pappteller war heruntergefallen, Bruchstücke des Tortenstücks hatten sich auf dem Boden verteilt.

Wir waren zu spät gekommen.

»Moni? Herfried?«

Sie berührte die Frau an der Schulter – keine Reaktion.

Es war, als ob ich in einem Aufzug von null auf hundert gestoppt wurde. Ein unglaublicher Sog nach unten, eine Negativkraft, die mir in die Knie fuhr, ein Faustschlag ins Gehirn: zu spät.

Herfried gab einen fürchterlichen Laut von sich, der nach einer Mischung aus Röcheln und Schnarchen klang. Er öffnete die Augen und blinzelte uns an. Wir standen im Gegenlicht.

»Moni!« Bianca schlug der Frau auf die Wangen. »Wach auf!«

»Wassnnnn?«, kam es schlaftrunken zurück.

Es war, wie nach einem langen, viel zu langen Tauchgang durch die Wasseroberfläche zu stoßen: zurück ans Licht, zur Luft, zum Leben. Erleichterung durchflutete mich und spülte die Wärme zurück in meine Adern.

»Was hast du in die Torte getan?«

Bianca richtete Moni auf, die sich die Augen rieb und nicht ganz zu begreifen schien, was passierte.

»In die Torte?«, fragte sie begriffsstutzig.

»Hast du Herfried vergiften wollen? Und dich mit dazu?«

Ich kam näher, obwohl Fichtner mir mit einer Armbewegung zu verstehen gab, dass ich hier nichts zu suchen hätte.

»Wo ist Frau Huth?«, blaffte ich sie an.

Das Hochzeitspaar sah nicht so aus, als würde es einen Notarzt brauchen. Sie waren einfach in der Mittagshitze eingeschlafen. Die Tortencreme auf dem Pappteller schmolz langsam zu einem violetten See.

»Wer?«

Moni fuhr sich durch die Haare und erkannte dann die Bescherung auf dem Betonboden. »Meine Herrn, was ist denn das für ein Aufstand?«

»Ingeborg!«, schrie ich sie an und schob Fichtner zur Seite. »Wo haben Sie sie versteckt? Das Spiel ist aus. Ihr hattet euren Spaß. Jetzt will ich wissen, wohin ihr sie gebracht habt.«

Moni starrte mich verständnislos an. Sie machte das gut, wirklich gut. Diese Ratlosigkeit, gepaart mit verfolgter Unschuld.

»Ingeborg? Was soll ich denn mit der? Ich weiß nicht, was Sie meinen.«

Sie stand auf und schob den Pappteller auf dem Boden mit dem Fuß ein Stück zur Seite.

Ich sah zu Fichtner, der sich offenbar aus allem raushielt, was nach Ermittlung in zwei Morden und der Suche nach einer Vermissten aussah. In seiner verschlossenen Miene war nicht das geringste Anzeichen zu entdecken, was er von der Sache hielt.

»Wollen Sie nicht die Spurensicherung rufen?«, fragte ich. »Und Frau Helmholtz festnehmen?«

»Warum?«, keifte Moni zurück. »Ich wollte einen Nachmittag, *einen* Nachmittag nur für uns. Wir haben gefeiert und

Torte gegessen und uns an die schönen Zeiten erinnert. Und jetzt taucht die da auf.« Sie wies in Biancas Richtung. Wenigstens ihr war die Enttäuschung über den Verlauf dieses Treffens anzusehen. »Was wollt ihr eigentlich?«

In Herfrieds Mundwinkel schimmerte es violett. Er hatte von der Torte gegessen, und sie war nicht vergiftet gewesen. Ich würde noch eine ganze Weile brauchen, um mir einzugestehen, dass ich mich geirrt hatte. In diesem Moment war ich noch nicht bereit dazu.

»Wofür war das Wofatox?«

»Das was?«

»Das Insektizid in Ihrer Vorratskammer!«

»Gegen Gartenläuse. Mein Gott. Ihr habt doch nicht geglaubt, dass ich Herfried was antun würde?«

Sie beugte sich zu ihm herab und hauchte ihm einen Kuss auf die eingefallene Wange. Seine Hände verkrampften sich. Er hatte keine Angst vor ihr, es waren Symptome der Krankheit. Ich hatte sie einfach missgedeutet.

»Hast du das gehört? Die spinnen.« Sie kam wieder hoch und funkelte mich wütend an. »War es das jetzt? Können wir unsere Ruhe haben?«

»Natürlich«, sagte Fichtner. »Bitte entschuldigen Sie die Störung.«

Ein Wink in Richtung Bianca, und beide kehrten zum Streifenwagen zurück. Aber ich war nicht bereit, so schnell aufzugeben.

»War Sanja bei Ihnen? Mit einer Zeichnung von Andi?«

Sie holte ein vielfach benutztes, zerknülltes Taschentuch aus einer der Falten ihres Rocks hervor und tupfte Herfried den Mundwinkel ab.

»Ich weiß nicht, was es Sie angeht, aber ja, sie war da.«

»Hat er ein Pferd gezeichnet?«

»Mit viel gutem Willen, ja. Sanja hat gesagt, das wäre der Beweis dafür, dass Steinhoff meinen Sohn umgebracht hat. Es hätte was mit seinem Auto zu tun, einem Ferrari. Ich hab gleich erkannt, dass man damit nichts ausrichten kann. Gegen solche Leute sind Sie machtlos.«

Sie hielt einen Moment inne und ließ die Hand sinken.

»Der hätte dieses Bild mit einem Lachen zerrissen und uns vom Hof gejagt.«

»Sie wollte, dass Steinhoff damit konfrontiert wird?«

»Ja. Ich sollte mit ihr und Andi zu dem Fest gehen und die Versammlung sprengen. Steinhoff quasi vor allen Gästen die Maske von der Visage ziehen, wie in einem schlechten Agatha-Christie-Roman. Wir wären ja noch nicht mal bis ins Haus gekommen. Leibwitz und Wössner waren auch da, die hätten uns an den Haaren vom Grundstück geschleift. Diese Arschlöcher.«

Sie tupfte noch einmal pro forma an Herfrieds Mundwinkel herum und verstaute das Taschentuch wieder.

»Sie waren an dem Abend also nicht am Düstersee?«

Ich hörte hinter meinem Rücken, dass der Wagen gestartet wurde.

»Da war ich seit zehn Jahren nicht mehr. Das kleine Stück, das Steinhoff uns am Ufer gelassen hat, konnte er sich sonst wohin stecken. Nee. Ich war da nicht. Ich hab abends andere Dinge zu tun, als spazieren zu gehen. Aber ich sag Ihnen eines: Wer auch immer dafür gesorgt hat, dass dieser Mann über den Jordan gegangen ist, meinen Segen hat er.«

Sie ging in die Knie und hob den Pappteller auf.

»Wollen Sie ein Stück?«

»Nein. Danke.«

Der Wagen wendete und fuhr davon.

Ich ballte die Fäuste in den Hosentaschen. Fichtner hatte recht. Die beiden waren unschuldig. Ich hatte mich davon blenden lassen, dass der Tod des einzigen Kindes auch das einzige Motiv für die Morde sein könnte. Geradezu kopflos war ich gewesen, und selbst in diesem Augenblick konnte ich noch nicht ganz von meinem Verdacht abrücken. Aber es musste ein Motiv geben. Irgendjemand im Dorf wurde geschützt. Rote Rosen. *Wir klären das untereinander.*

»Warum?«, fragte ich und folgte ihr hinein in die Ruine. Ein dumpfer Geruch schlug mir entgegen.

»Das wäre doch Ihre Chance auf Rache gewesen. Zu einem Eklat hätte es gereicht.«

Sie wühlte in einer Tasche herum und zog eine Mülltüte heraus.

»Meinen Sie nich, ich hab genug an der Backe? Und mir dann noch was wegen Hausfriedensbruch einfangen? Kapieren Sie eigentlich gar nichts mehr?«

Ihre Stimme schlug um. Sie wurde leiser, erfüllt von einer eisigen Wut.

»Morgen holen sie ihn ab. Er müsste schon längst in einer Klinik sein, wo sie ihn zum Sterben an Maschinen anschließen. Ich hab hier um jeden Tag geschunden, jede Stunde, die er noch zu Hause sein kann. Ich hab für nichts mehr Kraft. Das bisschen, was ich noch habe, geb ich ihm. Und da soll ich mich einem Rachefeldzug anschließen? Bringt uns das Chris zurück? Hat es irgendeinen anderen Sinn, als den Deppen im Dorf zu helfen, die viel zu spät kapiert haben, mit wem sie sich eingelassen haben?« Sie sah hinaus zu der eingesunkenen Gestalt im Rollstuhl. »Morgen war's das dann. Dreißig Jahre gemeinsam, aber zum Sterben werden wir getrennt. Ich kann gar nicht so viel fressen, wie ich kotzen will. Und da soll ich mich noch um Waldfrieden und See-Magie und Unser Dorf soll schöner werden kümmern?«

»Wie hat Sanja auf Ihre Abfuhr reagiert?«

»Enttäuscht.« Sie versuchte, die hauchdünne Mülltüte mit einem kräftigen Wedeln zu entfalten. »Sie hat mir Vorwürfe gemacht. Ich würde Chris verraten und meine Heimat und das Dorf. Ich hab sie gefragt, ob sie Herfried in der Zeit die Windeln wechseln würde, die ich außer Haus bin, aber sie ist nicht darauf eingegangen. Wissen Sie …«

Sie ließ die Arme sinken.

»So viele kommen und fragen, ob sie was für einen tun können. Dabei machen sie das nur für sich selbst, damit sie sich als besserer Mensch fühlen können. Die wissen gar nicht, was es heißt, am Ende zu sein. Aber stehen zu Hause vorm Spiegel und sagen sich, wie mitfühlend sie heute doch wieder waren, weil sie am Straßenrand Zeit für zwei Worte Mitleid hatten. Die sollen sich alle ins Knie ficken.«

Noch ein Schlag mit der Mülltüte, dann ging sie hinaus und begann, die Reste des Picknicks aufzulesen.

»Wer hat Steinhoff umgebracht?«, rief ich ihr hinterher. Als keine Reaktion kam, folgte ich ihr zurück ins Helle. »Wer hat Sanja erschlagen?«

»Das weiß ich nicht. Ich war nicht dabei. Das hätte auch Chris nicht gewollt.«

Ich hatte Moni für eine Rasende gehalten, die auf nichts anderes erpicht war, als den Tod ihres Sohns zu rächen. In Wirklichkeit war die Zurückweisung von Sanjas Ansinnen eine Mischung aus Resignation und unendlicher Erschöpfung gewesen. Ich glaubte ihr. Sie war eine Rasende, aber sie hatte diese Energien für nichts anderes mehr eingesetzt als dafür, ihren Mann bis zu diesem Ende zu Hause zu behalten und jeden Moment, den sie noch gemeinsam hatten, zu nutzen.

Von dem Polizeiwagen war nur noch eine Staubwolke in der Mittagshitze zu sehen. Ich war genauso weit wie am Morgen und hatte nichts in der Hand, mit dem ich zu Mutter zurückkehren könnte.

In der Gewissheit, wieder nur eine ausweichende Antwort zu bekommen, fragte ich: »Wenn Sanja nicht mit Ihnen und Andi zu Steinhoff gegangen ist, wissen Sie, wen sie stattdessen mitgenommen hat? Wer auch noch dort gewesen ist?«

Moni setzte den Deckel auf die Tortenplatte und ließ die Verschlüsse zuschnappen. Dann legte sie sorgfältig die Pappteller aufeinander. Sie brauchte Zeit, um einen Entschluss zu fassen. Schließlich trat sie hinter den Rollstuhl und löste die Bremsen.

»Ja«, sagte sie. »Das wissen doch alle.«

35

Beim Zuschließen klirrte der Schlüsselbund. Zweimal. Sie wendete das Schild von »Offen« auf »Geschlossen« und spähte durch das Schaufenster hinaus auf die Dorfstraße.

Mittagspause.

Zeit nachzusehen, ob sie schon tot war.

Ihr Herz zuckte bei diesem Gedanken. Es war wie das elektrische Entladen von Tausenden kleinen Blitzen in ihrem Brustkorb. Nie hätte sie geglaubt, noch einmal so zu fühlen. Es war wie damals, als sein Blick im Freibad an ihr hängen geblieben war und erst Schrecken, dann Unglauben und schließlich eine fast heilige Freude in ihr explodierten und sie zum Leuchten brachten. Ein Tanz der Flammen, Flammen, die sie umschlossen und für immer vereint hatten.

Das Feuer war nicht erloschen, auch wenn die Zeit es mit seiner Asche fast erstickt hatte. Etwas war geblieben und hatte sich durch die Jahre geglüht. Ein Windhauch hatte genügt. Ein Flüstern. Ein Lachen. Ein hingeworfener Satz vor dem Tresen zur Nachbarin, und die Flammen züngelten wieder auf, bereit, zu einem lodernden Brand zu werden.

Chris.

Meine einzige, ewige Liebe Chris. Ich tue alles für dich.

Sie ging hinter den Tresen. Die Holzbohlen knarrten unter ihren Tritten, und sie wusste, dass das Weib dort unten sie hören konnte. Es war ein gutes Gefühl. Ich hier oben, du da unten. Ihr das Maul zu stopfen, dieses Schandmaul, das Lügen über ihn verbreitet hatte wie alle anderen hier. Er wäre ein Versager gewesen. Ein Tagedieb. Ein Verlierer. Und, die schlimmste Lüge von allen: ein verantwortungsloser Verführer, dem es egal gewesen war, ob er ein Astloch oder eine Frau vögelte. Hauptsache, er kam zum Schuss.

»Für so einen Menschen hast du dein Leben verpfuscht!«

Da hatte sie gestanden, auf der anderen Seite der Verkaufstheke. Der erste Ansturm am Morgen war vorüber gewesen. Sie hatte sich gerade in der Backstube einen Kaffee eingeschenkt, als die Ladenklingel sich noch einmal bemerkbar gemacht hatte.

Inge Huth. Die Vogelscheuche. Wäre Sanja alt geworden, hätte sie eines Tages genauso ausgesehen: aus den Fugen geraten, in jeder Hinsicht. Diese wallenden Gewänder, verpillt und ausgewaschen, dazu lächerliche Kopfbedeckungen und eine kaum gezügelte Lust, über andere den Stab zu brechen.

Inge Huth. Auch dieses Mal hereinspaziert in der Überzeugung, alle müssten sich nach ihr richten, weil sie die Weisheit nicht mit Löffeln, sondern mit Schaufeln gefressen hatte.

Sie hielt sich auch nicht lange mit Höflichkeitsfloskeln auf.

»Du warst am Düstersee, als Steinhoff starb. Und dann, zwei Tage später, hast du vor Sanjas Leiche gestanden, den Bolzenschneider in der Hand.«

Eis schoss in ihre Adern. Sogar ihr Gehirn verwandelte sich augenblicklich in einen kalten Klumpen, der nicht mehr denken konnte. Es gelang ihr gerade noch, den Kaffeebecher abzustellen, ohne die Hälfte zu verschütten.

»Wie kommst du denn darauf?«

Zeit gewinnen. Nicht antworten, bevor ich nicht weiß, was sie von mir will.

»Ich hab dich gesehen.«

Das musste erst mal ankommen. Das Ticken der Uhr neben dem Kühlregal schien auf einmal alles andere zu übertönen.

»Mich gesehen?«

Inge stützte sich auf die Taschenablage vor dem breiten gläsernen Schaufenster im Tresen, hinter dem Butterstreuselkuchen, Plinsen, Donauwellen und Hefestückchen auslagen. Da war was mit ihrer Hüfte. Irgendwann, zwischen Eierschecke und Quarkbällchen, hatte sie davon erzählt.

»Ich komme gerade von der Polizei in Templin.«

Sie konnte die Eiskristalle in ihren Adern knirschen hören.

»In Templin?«, fragte sie nach. Ihre Stimme klang, als käme sie aus einem Schrank. Die Uhr tickte. Der Kühlschrank brummte. Eine dicke Fliege versuchte, mit einem Frontalangriff die Fensterscheibe zu durchbrechen. »Warum?«

»Ich bin verhaftet worden. Für etwas, das ich nicht getan habe.«

»Was?«

Inges Schnaufen klang ärgerlich, konnte aber auch daher rühren, dass es im Verkaufsraum keine Sitzgelegenheit gab.

»Sag du es mir. Sag mir, warum du Steinhoff und Sanja umgebracht hast. Und dann hör auf mit dem Töten, weil es ihn dir nicht zurückbringt.«

»Wen?«

»Ach, hör doch auf, du dumme Gans! Du weißt genau, wen ich meine. Hast du dein letztes Fünkchen Hirn verloren?«

Dumme Gans. Flittchen. Was die sich einbildet. Könnte seine Mutter sein. Jedes böse Flüstern hinter ihrem Rücken war ein weiterer Windhauch, der die Glut zum Flackern brachte.

Sie nahm den Becher hoch und trank einen Schluck. Dabei schätzte sie ab, ob es ihr gelingen würde, vor ihr an der Tür zu sein.

Lass sie doch.

Nein! Sie bringt mich ins Gefängnis, und dann kann ich nicht mehr bei dir sein.

»Das ist doch Wahnsinn«, fuhr diese unverschämte Frau fort. »Für so einen Menschen hast du dein ganzes Leben verpfuscht! Du musst dich stellen und mit jemandem darüber reden, der Ahnung von solchen Sachen hat.«

Ein Schulterzucken verbarg, dass die verschiedenen Möglichkeiten zum Handeln in ihrem Kopf herumflogen wie Würfel in einem Becher. Lügen – würde sie sofort durchschauen. Rauswerfen – dann wüsste es in den nächsten Minuten das ganze Dorf. Also weitermachen wie bisher. Sie würde bekommen, was sie verdiente. Genau wie Steinhoff für sein dreckiges Lachen und Sanja, weil sie eine falsche Schlange gewesen war.

Mach sie fertig, hatte Chris gesagt. So, wie sie dich fertiggemacht haben.

»Komm mit.« Gabi nahm den Becher und ging zwei Schritte in Richtung Backstube, wo Rollwagen, Backbleche, Teigrundwirker, Handkessel und die beiden Öfen standen. Große Öfen, leider kalt. Man hätte es nach einem Unfall aussehen lassen können. »Aber schließ ab.«

Inge, die alte Sumpfkrähe, zögerte. »Jetzt?«

»Ich will nicht, dass jemand auftaucht, bevor du alles weißt. Es hat nämlich gar nichts mit Wahnsinn zu tun. Im Gegenteil. Es ist etwas anderes. Das versteht nur keiner von denen. Du hast als Einzige kapiert, was es ist. Deshalb will ich es dir erzählen. Und dann kannst du machen, was du willst.«

»Gabi …«

Sie ging weiter, lauschte aber angespannt, was sich hinter ihrem Rücken im Verkaufsraum tat. Schlurfende Schritte entfernten sich zur Tür. Dann hörte sie das wohlbekannte Klirren des Schlüsselbunds. Als sie den Becher in einem der Regale abstellen wollte, sah sie, wie ihre Hand zitterte. Gut. Sehr gut. Jetzt ging es um Wirkung. Alles, was Inge wollte, war die reuige Sünderin. Die sollte sie haben.

Zwei Hocker standen unter dem Stahltisch. Sie zog beide hervor und setzte sich. Wenig später tauchte Inge auf, blieb aber abwartend in der Tür stehen.

»Nur rein in die gute Stube. Ich fress dich nicht.«

»Ich gehe mit dir zur Polizei, wenn du das willst.«

»Bist du nur deshalb gekommen, um mich denen auszuliefern?«

Vorsichtig wie ein Fuchs, der einmal zu oft in die Falle getappt war, machte Inge zwei Schritte auf den Hocker zu.

»Nein.« Mit einem Stöhnen ließ sie ihr Gewicht auf der im Vergleich winzigen Sitzfläche nieder. »Ich bin hier, damit du dich stellst. Und damit es für dich nicht so schlimm wird, wenn sie dich holen. Denn das werden sie, früher oder später.«

Eben nicht. Keiner außer dir und mir weiß, was passiert ist. Ich war klug und vorsichtig.

Nicht wahr, Chris?

Ja, mein Engel. Das warst du.

»Das kann dir doch egal sein.«

Inges faltiges Gesicht verzog sich zu einem mitleidigen Lächeln. »Könnte es, ja. Aber ich weiß, wie es ist, wenn etwas wehtut. Wenn man jemanden so hasst, dass man ihm den Tod wünscht.«

»Du?«, entfuhr es ihr verblüfft.

»Wir haben alle was mit uns rumzuschleppen. Was war es bei dir? Was hat dich dazu gebracht, Steinhoff so sehr zu hassen? Und Sanja? Und … Bianca?«

»Bianca?«

»Du hast den Brand damals gelegt. Die ganze Zeit dachte ich, nee, das ist zu einfach mit Steinhoff. Andi hat jemand anderen gesehen. Jemanden mit einem schwarzen Pferd. Ich hab mir den Kopf zerbrochen, was das bedeuten könnte. Und dann, auf einmal, wusste ich es.«

Sie nestelte einen durchgeschwitzten Brustbeutel aus ihrem Dekolleté und holte ein mehrfach zusammengefaltetes Blatt Papier hervor.

»Da.«

Der Ausdruck eines Zeitungsartikels mit einem Foto vom Tag nach dem Brand.

»Woher hast du das?«

»Ich hab's gefunden. Das muss reichen.«

Schaulustige hinter der Absperrung, die einen Blick auf den Tatort werfen wollten. Halb verdeckt hinter Leibwitz, der damals noch ein paar Kilo weniger auf den Rippen gehabt hatte, stand Gabi.

»Schau dir dein T-Shirt an. Man erkennt es nur auf den zweiten Blick. Du warst ein großer Fan von *Black Beauty*.«

Das aufsteigende schwarze Pferd. Die wehende Mähne, die zum Sprung erhobenen Hufe. Das T-Shirt hatte sie in die hinterste Ecke ihres Schrankes verbannt und seitdem nie wieder hervorgeholt.

»Andi hat *dich* damals gesehen, nicht Steinhoff. Du hast den Brand gelegt. Du wolltest beide töten, nicht wahr? Chris und Bianca.«

»Nein. Nein!«

»Nur Bianca? Weil sie dir Chris wegnehmen wollte?«

»Nein! So war das nicht!«

Sie überlegte, ob es sich lohnen würde, die ganze Geschichte zu erzählen. Unter der Arbeitsplatte lag ein Rollholz aus Buche.

Es lag gut in der Hand und war mit seinem halben Meter Länge ideal. Sie könnte zugreifen und der Posse sofort ein Ende machen. Aber … es war auch verlockend, darüber zu reden. Die ganze Geschichte zu erzählen, sie auszubreiten wie eine Picknickdecke, auf der man die Erinnerungen wie Tupperware arrangieren konnte. Einmal das ganze Tableau sehen. Die Zusammenhänge. Das Prinzip Ursache und Wirkung.

»Dann wolltest du Chris umbringen? Weil er nie zu dir gestanden hat, weil er immer wieder etwas mit anderen Frauen anfing?«

»Nein. Ich wollte nur nicht …«

Gabi brach ab. Es würde glaubwürdiger klingen, wenn sie ein wenig stocken würde. So, als ob es Überwindung brauchte, alles noch einmal zu durchleben. Dabei fühlte sie nichts als Freude. Pure, reine Freude. So pur und rein wie auch ihre Liebe gewesen war.

»Chris hat mich geliebt. Schau nicht so. Er hat mich geliebt.«

Die alte Kröte nickte zögernd.

»Ich weiß, der Altersunterschied. Aber da zeigen sich erst die wahren Gefühle, wenn man über so was steht. Wir wollten abhauen, wir beide.«

»Hat er dir das gesagt?«

»Gesagt?« Die Zwischenfrage verwirrte sie. »Ja, natürlich hat er das. Wir waren füreinander bestimmt. Seelenverwandte. Da benötigt es nicht viele Worte. Das war auch ohne schön.«

Ihre Hand tastete unter den Tisch. Inge schien das nicht zu bemerken. Sie war viel zu sehr damit beschäftigt, Verständnis zu zeigen. Aber dann sagte sie:

»Und was hat er dann mit Bianca in der Villa gewollt?«

Sie umklammerte das Holz so fest, dass es wehtat.

»Das war Fake. Das war nur, damit uns keiner auf die Schliche kam. Deshalb hat er mit anderen rumgemacht, aber das war nichts Ernstes. Ich war seine große Liebe. Mit mir wollte er fortgehen.«

»Und das hat er ...«

»Ja!« Gabi holte tief Luft, um die Kontrolle nicht zu verlieren. Inge war nicht besser als Steinhoff, der vor Lachen kaum noch Luft gekriegt hatte. »Das wollte er. Aber immer wieder haben sich Frauen an ihn drangehängt. Das konnte ich nicht ertragen.«

»Du hast ihn lieber umgebracht, als ihn zu teilen.«

»Was? Spinnst du? Ich habe um Chris getrauert. Vielleicht als Einzige im ganzen Dorf!«

»Und Moni und Herfried, seine Eltern?«

»Die? Denen geht's doch gut. Die können bleiben. Die müssen ja nicht ihre Sachen packen und weg von hier.«

Ihre Finger waren schon ganz verkrampft, aber erst musste Inge das Ende hören.

»Weg?«

»Steinhoff hat das Haus gekauft! Hier, dieses Haus! Um es mit Gewinn weiterzuverscherbeln. Die Besitzer haben sich drauf eingelassen und mir gekündigt. Aber ich will hier nicht weg! Ich will bei ihm bleiben!«

Düstersee und Chris verlassen zu müssen brachte sie fast um den Verstand.

»Bist du deshalb zu Steinhoff in dieser Nacht?«

Gabi stieß einen verächtlichen Laut aus.

»Sanja wedelte mit dem Bild vor meiner Nase rum und sagte, sie würde Andi holen, damit er ihn als den Brandstifter überführt. Sie hat wirklich geglaubt, sie hätte ihn. Mit diesem Gekritzel ... Da hab ich gesagt, ich komme mit. Ich wollte ihn nicht umbringen. Das war ein Unfall! Ein ... ein Versehen. Er saß allein auf der Bank. Andi war abgehauen, und Sanja suchte ihn. Da hab ich gewusst, das ist meine Chance. Ich hab ihm gesagt, dass er mir jetzt nicht nur mein Zuhause nimmt, sondern auch Chris. Hier fortzumüssen ist, als würde ich ihn ein zweites Mal verlieren ...«

Inge hob die Hand und wollte sie berühren, aber Gabi machte eine unwillige Bewegung, die das verhinderte.

»Und er hat ...«

»Gelacht. Gelacht! Ich wäre verrückt, hat er gesagt. Ich solle das als Chance sehen, ein neues Leben anzufangen. Aber ich wollte das nicht. Dann hat er sich verschluckt und musste husten. Er hat seine Jacke abgeklopft und dieses Spray rausgeholt. Ich war so wütend, ich hab's ihm aus der Hand geschlagen. Es fiel auf den Boden. Er wollte sich draufstürzen, aber ich hab ihn so festgehalten, dass er sitzen bleiben musste und nicht rankam. Und dann war es vorbei. Er war tot, und als Toter kann er ja das Haus nicht mehr weiterverkaufen. Alles war gut, hab ich gedacht. Alles war gut ...«

Reicht das jetzt, Chris? Kann ich das jetzt endlich zu Ende bringen?

Warte noch. Du musst runterkommen. Sie ist zu misstrauisch, gerade jetzt. Erzähl was von dir. Wie schlimm das war. Wie oft du daran denken musst. So was will sie hören.

»Aber es war furchtbar.« Sie fuhr sich mit der Hand über die Augen. »Wie er dasaß und tot war. Und dann hab ich was gehört. Irgendwas war da, im Gebüsch.«

»Sanja.«

»Ja. Ich bin ihr hinterher, aber ich hab sie nicht mehr erwischt. Am nächsten Morgen wollte ich mit ihr reden. Ich bin zu ihr, bevor ich den Laden aufgemacht habe, und hab sie in der Früh auf der Straße getroffen. Wenn sie mich verpfiffen hätte, hätten die mich in den Knast gesteckt. Wer hätte sich dann um Chris gekümmert?«

Inges Augen weiteten sich für einen Sekundenbruchteil.

»Ich meine, um das Grab«, verbesserte sie sich sofort. »Sie hat nichts gemerkt. Bevor sie begriffen hat, warum ich ihr den Bolzenschneider abgenommen habe, war sie tot.«

Es ist Zeit. Sie hat verstanden, glaube ich.

»Niemand wird mich hier vertreiben.«

»Nein«, sagt die Vogelscheuche leise. »Niemand. Ich werde dir helfen, aber ich muss jetzt gehen.«

Sie steht auf und wendet ihr den Rücken zu. Gabi packt das Holz, holt aus und schlägt zu. Ein dumpfer Schlag und ein Schrei – der dicke Turban hat einen Teil der Wucht abgefangen. Die Frau krümmt sich vor Schreck und Schmerz zusammen und reißt die Arme hoch, um sich zu schützen. Noch ein Schlag, begleitet von einem Knacken und einem weiteren, noch lauteren Schrei. Sie hat ihr den Arm gebrochen und nun freie Bahn, um ein drittes Mal auszuholen.

Sie erwischt sie voll im Gesicht. Mit einem Stöhnen fällt die Frau erst auf die Knie und dann auf den Boden. Der Turban kullert einen halben Meter weit und bleibt schließlich liegen. Gabi beugt sich über sie und fühlt ihr den Puls. Verdammt. Sie lebt noch.

Nimm ein Messer!

Nein, Chris, das kann ich nicht. Das kann ich nicht!

Jemanden zu erschlagen ist eine Sache. Aber mit einem Messer so lange zuzustechen, bis es vorbei ist, das ist zu viel.

Dann schaff sie weg! Irgendwohin, wo sie keiner findet!

Gabi schnappt sich ein Küchenhandtuch. In fliegender Hast schneidet sie es längs durch. Sie dreht einen Knoten hinein und stopft ihn als Knebel der Bewusstlosen in den Mund. Danach schleift sie den Körper durch die Backstube in den Verkaufsraum.

Früher einmal war im Haus eine Kneipe gewesen. Zum Lindenbaum oder so ähnlich. Die Falltür zum Bierkeller existiert noch, aber keiner benutzt sie. Es ist zu feucht unten, um Mehl oder Maschinen zu lagern. Der Steckschlüssel, mit dem der eingelassene Vierkant zum Öffnen bewegt wird, liegt seit ewigen Zeiten unter der Kasse. Sie lässt den Körper liegen, holt den Schlüssel und macht sich keuchend an der Verriegelung zu schaffen. Endlich kann sie die schwere Tür hochhieven. Inge stöhnt.

Sie fährt herum.

Ihr Opfer versucht, auf die Tür zuzukriechen. Sie hechtet hinterher und erwischt Inge an den Knöcheln. Die Frau strampelt, aber sie ist zu schwer verletzt, um wirklich Gegenwehr zu leisten. Sie hätte sie fesseln sollen, das bereut sie jetzt. Überall ist Blut, und Gabi muss den verzweifelten, kraftlosen Tritten ausweichen und sie trotzdem hin zu dem dunklen Loch schleifen. Die Frau versucht, sich irgendwo festzukrallen, um nicht hinabgestoßen zu werden. In letzter Verzweiflung klammert sie sich an eines der kurzen Holzbeine, die den Tresen tragen.

Gabi hat jetzt genug. Schnaufend richtet sie sich auf und tritt Inge auf die Hand. Ihr ganzes Gewicht verlagert sie darauf, dreht die Sohle, als ob sie eine Zigarette löschen würde, bis die Knochen knacken. Inge jault auf, so weit das mit dem Knebel geht. Sie ist laut, viel zu laut, und das dauert auch alles zu lange.

Sie greift in die dünnen schlohweißen Haare und reißt Inges Kopf zurück. Dann schnappt sie sich den gebrochenen Arm, was ein weiteres Jaulen wie von einem angeschossenen Tier zur Folge hat. Draußen fährt das Müllauto vorbei. Hat sie die Tonnen rausgestellt? Nein. Es fährt weiter.

Sie schleift den Körper bis zu der Kelleröffnung. Inge versucht immer noch, sich zu wehren. Das macht Gabi wütend. Schweiß rinnt ihr über die Stirn. Das sollte etwas Sauberes, Anständiges werden. Und jetzt ist es eine einzige Sauerei.

Sie hievt Inges Oberkörper über das Loch und lässt ihn fallen. Dann schiebt sie den Rest hinterher, bis die Schwerkraft ihr Übriges tut. Inge fällt. Sie hört mehrere Schläge, als ihr Opfer auf den steilen Steinstufen aufschlägt, dann ist es still.

Sie richtet sich auf. Ihr ist schwarz vor Augen. Taumelnd schleppt sie sich zum Kühlschrank, öffnet die gläserne Tür, hinter der die Getränke stehen, und holt sich eine Cola heraus.

Beim ersten Schluck muss sie husten, aber dann spürt sie, wie die Kälte in ihrem Magen ankommt. Keuchend setzt sie ab und kehrt zu der Luke zurück. Nach einem Fußtritt fällt die Tür in den Boden. Sie schiebt den Riegel vor, kniet sich auf den Boden und lauscht.

Es ist still. Nur die Uhr tickt, und das Kühlaggregat der Theke surrt leise. Sie muss sich duschen und umziehen. Den Boden wischen. All das Blut verschwinden lassen.

Chris, ich habe uns gerettet.

Jemand klopft an die Ladentür. Erschrocken sieht sie an sich herab und registriert, dass sie andere Sachen trägt, und zwar die, die sie heute Morgen angezogen hat. Sie kniet vor der Luke, den Steckschlüssel in der Hand, aber die Cola ist verschwunden und auch das Blut an ihren Händen und auf dem Boden.

»Frau Hentschel? Bitte öffnen Sie die Tür!«

Sie kennt die Stimme. Na klar, das ist Bianca. Die kleine Schlampe. Das Dreckstück, das an allem schuld ist.

Gabis Herz rast, ihr Atem stößt keuchend aus dem Mund. Sie ist immer noch gefangen in dem Kampf mit Inge. Sie kann nicht mehr unterscheiden, ob es gerade eben oder vor Tagen geschehen ist. Sie weiß nur: Bianca hat schon einmal ihr Leben zerstört.

Chris?

Warum antwortet er nicht?

Chris!

Das Klopfen wird lauter. »Bitte machen Sie auf. Polizei.«

Chris! Wo bist du?

Sie kommt auf die Beine und sieht Biancas Gestalt hinter der Tür. Eine dunkle Silhouette, bedrohlich und unerbittlich. Was zum Teufel will sie hier?

Chris! Hilf mir!

»Frau Hentschel, wir wissen, dass Sie da drin sind. Wenn Sie nicht öffnen, müssen wir die Tür aufbrechen!«

Hektisch sieht sie sich um, rennt dann in die Backstube, reißt die Schubladen auf und holt einen rasiermesserscharfen Cutter hervor, mit dem die Brotlaibe geritzt werden.

Noch ein Klopfen. Dann ein Knall. Glas splittert.

»Frau Hentschel?«

Chris! Wo bist du? Um Himmels willen! Wo bist du!

Bianca entert den Verkaufsraum, gefolgt von zwei Männern, davon einer in Uniform. Und wie ein Schlussstein in die letzte Mauerlücke sinkt, so fügt sich ihr letzter Gedanke zu einer Erkenntnis, die ihr Innerstes zum Bersten bringt.

Chris …

36

Bianca presst die Hände auf Gabi Hentschels klaffende Halswunde, aus der das Blut in pulsierenden Strömen fließt. Die Beine der Frau zucken, ihr Röcheln jagt mir einen Schauder über den Rücken.

»Ruft den Notarzt!«, brüllt sie. »Schnell!«

Fichtner schnappt sich Handtücher und hilft, sie zu rollen und damit die Blutung irgendwie zum Stillstand zu bringen. Platkow hat schon über Funk eine weitere Streife angefordert und kümmert sich jetzt um den Krankenwagen.

Wir sind zu spät gekommen. Sekunden zu spät. Obwohl ich sofort angerufen und ins Telefon gebrüllt habe, was Moni mir erzählt hatte. Bevor sie mit dem Wagen kehrtgemacht und mich fast im Laufen eingesammelt haben, um dann hierherzurasen. Zu spät. Der Schock zwingt mich fast in die Knie.

»Kaum noch Vitalfunktion! Wie lange brauchen sie?«

Platkow kommt, das Handy am Ohr, zurück in den Raum. Es ist zu eng für uns. Ich überlasse die Backstube den Lebensrettern und versuche, irgendwo Halt zu finden. Die Handflächen auf die Glasscheibe des Getränkekühlschranks gepresst, schließe ich die Augen und lehne die Stirn an die kühle Scheibe.

Gabi Hentschel.

Ich frage mich, ob dieses Dorf wirklich so ahnungslos gewesen ist, oder ob es Anzeichen gegeben hatte, die absichtlich oder unabsichtlich ignoriert worden waren. Ein Auto fährt noch eine ganze Weile, auch wenn die Ölanzeige längst dauerblinkt. Wenn man als Verkäuferin in dieser Bäckerei plötzlich zur Mörderin wird, geht das nicht spurlos vorbei. Es sei denn, es hat alles schon viel früher angefangen, und man hatte zehn Jahre Zeit, das Dauerblinken zu kaschieren.

Durch das geborstene Glas der Ladentür dringen Stimmen in den Raum. Der Polizeiwagen steht halb auf dem Bürgersteig geparkt. Erste Anwohner sind aufmerksam geworden und haben sich auf der Straße versammelt. Neugier, Entsetzen. Hab ich doch schon immer gewusst, dass mit der was nicht stimmt.

Bianca kommt aus der Backstube, blutverschmiert von oben bis unten, kreidebleich. Sie zuckt müde mit den Schultern.

»Nichts mehr zu machen.«

Ihre Stimme klingt dünn und spröde.

»Hat sie noch etwas gesagt?«, frage ich.

»Ich weiß nicht. Ich konnte es kaum verstehen. Chris.«

»Chris? Und Frau Huth?«

Sie schüttelt resigniert den Kopf. Fichtner kommt nun ebenfalls zu uns, noch ein Handtuch in der Hand. Vorsichtig legt er es neben der Kasse ab.

»Das haben wir neben ihr gefunden.« Er schlägt die Ecken des Handtuchs zurück. In ihm liegt ein alter Vierkantschlüssel. »Vielleicht passt er zu einem Fenster oder einer Tür? In der Backstube sieht alles relativ modern aus.«

Bianca nickt. Wir mussten uns jetzt darauf konzentrieren, Ingeborg zu finden.

»Wann kommt Verstärkung?«, frage ich.

»Müsste gleich hier sein. Von der Backstube gibt es einen zweiten Ausgang in den Hof. Vielleicht passt der Schlüssel zu einem Schuppen oder einer Lagerhalle. Ich seh mal nach.«

Fichtner geht zur Tür, das zerbrochene Glas knirscht unter seinen Sohlen. Die Ladenklingel fährt mir durch Mark und Bein. Draußen weist er die Neugierigen in barschem Ton an, nach Hause zu gehen.

Bianca schleppt sich in die Ecke neben dem Getränkekühlschrank und rutscht die Wand entlang in die Hocke.

»Geht es?«, frage ich.

Sie nickt.

»Das erste Mal?«

Wieder ein Nicken. Dann legt sie den Kopf auf die Knie und verbirgt ihr Gesicht. Die Schultern zucken, aber sie gibt keinen Laut von sich. Die erste Welle der Trauer schlägt über ihr zusammen. Die Tote nebenan würde sie eines Tages verwinden. Aber die Frage, wie viel hätte verhindert werden können, wenn es ihre Aussage nicht gegeben hätte, würde sie noch eine ganze Weile unter die Wasserlinie drücken.

Ich gehe zum Tresen und betrachte den Schlüssel. Wofür zum Teufel hat Gabi Hentschel ihn benutzt? Die Fenster haben Griffe, die Türen Klinken und Schlösser. Eine schwere Truhe vielleicht. Eine Dachluke. Sie würden das ganze Haus absuchen, aber es konnte überall sein. Ein Schuppen auf den Weiden. Ein Schäferwagen. Die Krypta der Kirche. Ein schwerer Spind. Es gibt so viele Möglichkeiten, Menschen verschwinden zu lassen, dass es Tage dauern würde, auch nur die offensichtlichsten Verstecke zu durchsuchen.

Aber es war hier, ganz in der Nähe. Gabi Hentschel hatte dieses Ding in der Hand gehabt. Sie wollte es benutzen.

Bianca und Fichtner hatten die Bäckerei gestürmt. Mit einem Tritt war die Tür gesprengt worden. Glas splitterte, Holz krachte, und ich hatte nur einen Schatten hinter dem Tresen hochkommen und nach hinten flüchten gesehen. Das war überraschend und völlig aus dem Blauen gekommen. Warum hatte Gabi Hentschel also hinter dem Tresen Schutz gesucht? Oder war es etwas ganz anderes gewesen?

Zum Beispiel diese Klapptür im Boden?

Ich griff nach dem Vierkantschlüssel, und noch bevor Platkow reagieren konnte, hatte ich ihn auch schon in die Öffnung gesteckt und herumgedreht.

»Finger weg!«, brüllte er und wollte mich an der Schulter packen, aber da war die Luke bereits eine Handbreit geöffnet.

»Helfen Sie mir!«, herrschte ich ihn an. »Frau Huth? Sind Sie da unten?«

Er nahm mir die Falltür aus der Hand und ließ sie nach hinten fallen, wo sie schräg und vom Schwung nachfedernd stehen blieb.

»Frau Huth?«

Noch bevor ich mein Handy herausgeholt und das Spotlight angeschaltet hatte, leuchtete Platkow bereits mit seiner Taschenlampe in das dunkle Loch. Steinstufen führten hinunter in einen großen Raum, der die Ausmaße des Ladens haben musste. Mit der freien linken Hand hielt er mich zurück, aber ich hatte schon die dunklen Spuren auf den Steinspuren gesehen – Blut.

»Weg, verdammt noch mal!« Er griff nach seinem Handsprechfunkgerät. »Dosse 22-08, Horst, wir haben einen Kellereinstieg gefunden, zu dem der Schlüssel passt. Soll ich runter?«

»Ja!«, schrie ich ihn an.

Es war, als ob aus meinen Nervenenden Funken sprühten. Eine jähe Wut stieg hoch, es fühlte sich an, als ob ich jeden Moment in die Luft gehen würde. Er regte sich nicht. Hinter seiner glatten, jungen Stirn wägte er wohl gerade ab, ob ich gefährlich für ihn wurde.

Ich atmete scharf ein. »Bitte.«

Ein knappes Nicken. »Also ... ich geh dann mal. Over.«

Er packte das Gerät zurück an den Gürtel und machte sich an den Abstieg.

»Sie halten die Stellung«, warf er mir noch drohend zu, bevor er, begleitet von einem schwankenden Lichtstrahl, nach unten in die Dunkelheit stieg.

Keine Minute später stürmten Fichtner und Bianca in die Bäckerei. Draußen hielt mit rotierendem Blaulicht ein weiterer Streifenwagen.

»Horst!«, brüllte es von unten.

Fichtners Schultern strafften sich.

»Lass mich gehen.« Bianca warf ihm einen flehenden Blick zu.

Er überlegte kurz, dann nickte er. Danach wandte er sich an mich.

»Es ist besser, wenn Sie draußen warten.«

»Nein.«

»Bitte, verlassen Sie den Raum.«

»Nein!«

Ich baute mich vor ihm auf. »Ich will dabei sein, wenn Sie sie finden. Ich will Ihr Zeuge sein, wenn Sie erkennen, dass Sie wieder zu spät gekommen sind.«

»Raus.«

Er wollte zur Tür, um Verstärkung zu holen. Da schrie Bianca von unten: »Wir haben sie gefunden! Sie lebt!«

Die Hand schon an der Klinke, ließ er sie sinken und blieb einen Moment mit dem Rücken zu mir stehen. Dann drehte er sich entschlossen um.

»Los. Helfen Sie mit.«

Gemeinsam knieten wir uns vor der Luke hin. Platkow erschien als Erster. Im Rettungsgriff hievte er Hüthchen die ersten Stufen hoch. Sie hing in seinen Armen wie ein nasser Sack. Bianca griff nach den Beinen der Ohnmächtigen und schob von unten nach. Unter Keuchen, Rufen und Flüchen schaffte Platkow es bis zum Ausstieg. Dann konnten wir zugreifen und helfen.

Hüthchens Kopf und das Gesicht waren blutverkrustet. Die Schwellungen deuteten auf Nasen- und Jochbeinbrüche und schwere Schädelverletzungen hin. Als ich sie am Arm packen wollte, kam ein Stöhnen aus ihrem Mund. Fichtner und ich zogen gemeinsam und schafften es schließlich, unterstützt von den beiden Polizisten, sie aus dem Loch zu wuchten. Wir legten sie, so sanft es ging, auf dem Boden ab. Ich riss mir die Jacke herunter, knäulte sie zusammen und wollte sie ihr unter den Kopf schieben.

»Nicht«, sagte Bianca. »Wir wissen nicht, was alles gebrochen ist.«

»Der Arm«, flüsterte Hüthchen. Ihre Lippen waren aufgeplatzt und ihr ganzes Gesicht voller Hämatome. »Wasser.«

Ich sprang auf und hastete zu dem Kühlschrank. Mit einer Flasche kehrte ich zurück und ließ ein paar Tropfen auf ihren Mund fallen, die sie gierig ableckte.

»Frau Huth«, begann Fichter, wurde aber durch ihr unwilliges Knurren unterbrochen. In der Ferne jaulte ein Martinshorn.

Untermalt von einem schauerlichen Stöhnen hob Hüthchen leicht den Kopf und blinzelte mich durch ihre zugeschwollenen lilafarbenen Augenlider an.

»Gabi hat Chris umgebracht.«

Ihre Stimme klang zersprungen und rau. Kaum zu verstehen, deshalb fragte ich nur: »Wer?«

»Gabi. Sie hat das Haus angezündet. Sie ist verrückt. Ihr müsst sie finden, bevor noch was Schlimmes passiert!«

Bianca, die neben ihr auf dem Boden hockte, sagte: »Sie ist tot.«

»Tot …«

Hüthchen ließ den Kopf wieder sinken. Bianca zog ihre Beine noch enger an sich, um so wenig Platz wie möglich wegzunehmen.

»Sie hat sich umgebracht. Wir konnten nichts mehr tun.«

Der Krankenwagen kam näher.

»Schonen Sie sich, Frau Huth«, sagte ich, hatte aber unterschätzt, mit welchem zähen Charakter wir es zu tun hatten.

»Sie hat geglaubt, sie und Chris wären Romeo und Julia vom Düstersee. Aber für ihn war es nichts Ernstes. Da hat sie ihren ersten Mord begangen. Sie hat die Villa angezündet. Nicht Steinhoff. Der hat nur profitiert. Sie wollte Chris und Bianca umbringen, um das Mädchen zu bestrafen und Chris für immer an sich zu binden.«

Ich sah kurz zu der Polizistin. Im Halbdunkel hinter dem Tresen schimmerte ihr Gesicht bleich wie der Tod.

»Danach konnte sie so lange an seinem Grab sitzen, wie sie wollte, und er würde sie nie wieder mit einer anderen Frau betrügen. Er gehörte ihr, für immer. Doch dann kaufte Steinhoff das Dorf, ein Haus nach dem anderen. Auch die Bäckerei, die er an ein Berliner Ehepaar weiterverkaufen wollte. Letzte Woche hat sie die Kündigung erhalten, für die Wohnung und die Arbeit. Da sind ihr die Sicherungen durchgebrannt. Wasser.«

Dieses Mal traute ich mich, ihren Kopf leicht anzuheben und ihr ein paar Schlucke einzuflößen.

»Und die Bilder, die Andi gemalt hat?«, fragte ich. »Er hat Steinhoffs Ferrari gesehen. Eindeutig!«

»Nein. Das war der große Irrtum, dem auch Sanja aufgesessen ist. Er hat jemand anderen gesehen. Es war Gabi.«

»Gabi mit einem schwarzen Pferd?«

Es gelang mir einfach nicht, sie mir als reitende Amazone vorzustellen. Steinhoff war nach wie vor mein Brandstifter Nummer eins. So schnell konnte ich mich von der Vorstellung nicht verabschieden.

»Gabi hatte damals ein T-Shirt an. Mit *Black Beauty* vorne drauf. Sie war ein Fan.«

Ich wechselte einen kurzen Blick mit Fichtner. Er war genauso ahnungslos wie ich.

»Ihr habt es nicht bemerkt, was?« Mit dem gesunden rechten Arm tastete Hüthchen über ihre Lippe, ließ es aber sofort mit einem Schmerzenslaut sein. »Die Fotos von der abgebrannten Villa mit den Schaulustigen, aus der Zeitung. Da ist sie drauf zu sehen.«

»Die Kopien aus der Akte?«, fragte ich.

»Ich hab eine geklaut. Sie haben es nicht bemerkt.«

Fichtner atmete scharf durch die Nase ein. »Warum sind Sie damit nicht zu uns gekommen?«

Hüthchen tastete nach Biancas Hand und wollte sich mit ihrer Hilfe hochziehen.

»Ganz ruhig, Inge. Übernimm dich nicht.«

Der Krankenwagen hielt vor dem Haus. Hüthchen stöhnte und ließ sich wieder zurücksinken.

»Ich wollte mit ihr reden, dass sie sich stellt. Ihr die Chance geben, sich von Chris zu verabschieden. Sie hat wirklich geglaubt, sie kommt damit durch, indem sie jeden, der von ihren Taten wusste, umbringt. Es hat ja, dank eurer Hilfe«, bitterböser Blick aus zugeschwollenen Augen in Richtung Fichtner, »fast geklappt. Die Nächste wärst du gewesen.«

»Ich?«, fragte Bianca entsetzt.

»Es fällt ihnen doch von Mal zu Mal leichter, wenn sie erst einmal damit angefangen haben.«

»Sie sollten nicht so viele Revolverblätter lesen«, sagte ich in erzieherischem Ton. Polternde Schritte näherten sich, und die Rettungssanitäter tauchten auf. Hüthchen winkte mich zu sich heran.

»Ich bin hart im Nehmen. Aber Hildegard, wenn sie erfährt, was passiert ist … Bring es ihr schonend bei, mein Junge.«

Ich nickte.

»Das werde ich. Versprochen.«

Dann machten wir den wirklich wichtigen Menschen Platz und verließen das Haus. Ich hatte noch gar nicht begriffen, welche Wendung die Ereignisse in Düsterwalde genommen hatten, als schon ein besorgniserregender Ruf an mein Ohr drang.

»Joachim?«

Mutter. Ich keilte mich durch die mittlerweile stattliche Menge in ihre Richtung. Bevor sie an der Bäckerei ankam, hatte ich sie erreicht und in den Arm genommen.

»Es geht ihr gut. Sie muss ins Krankenhaus, aber es geht ihr gut.«

»Lass mich durch. Ich will zu ihr!«

»Jetzt nicht.«

Sie wehrte sich, aber dieses Mal blieb ich hart. Sie sollte Hüthchen nicht so sehen. Blutverkrustet, entkräftet, mit gebrochenen Knochen und dem Tod gerade noch von der Schippe gesprungen. Auch wenn sie verarztet war, würde ihr Anblick schockierend genug sein.

»Lass sie ihre Arbeit tun. Wir fahren später zu ihr. Sie wird wieder, glaube mir.«

Mit weit aufgerissenen Augen starrte sie an mir vorbei auf die Szenen, die sich vor der Bäckerei abspielten. Ein Wagen hielt mit einer Vollbremsung neben uns – die Bergers. Er ließ die Scheibe herunterfahren.

»Was ist denn da passiert?«

Ich holte tief Luft. »Jemand ist durchgedreht, weil man ihm ohne Vorwarnung den Stuhl vor die Tür gesetzt hat.«

Er nickte, aber er begriff nicht.

»Und deshalb kommt so viel Polizei?«

Mutter war stabil genug, um sie einen Augenblick loszulassen. Ich ging zu seinem Wagen.

»Sie hat sich in der Backstube umgebracht, nachdem sie vorher drei Menschen ermordet hat. Das wird nicht leicht.«

»Was?«, fragte er verständnislos.

»Da etwas Neues hochzuziehen. Ich fürchte, es wird für lange Zeit das Mörderhaus bleiben. Wer möchte denn da noch einen Fuß reinsetzen?«

»Das … Mörderhaus?« Er drehte sich entsetzt zu seiner Frau um. »Und wir haben gerade den Kaufvertrag unterschrieben!«

Die Scheibe glitt hoch, der Wagen fuhr davon. Der erste erfreuliche Moment des Tages.

»Komm«, sagte ich zu Mutter. »Wir gehen nach Hause.«

»Hat sie was gesagt? Konnte sie sprechen?«

»Ja. Natürlich.« Ich nahm sie in den Arm und führte sie sanft in die andere Richtung, weg vom Ort des Geschehens, weg von einer Tragödie, in der Liebe so viel Hass verursacht hatte.

»Sie hat mich geduzt. Und sie hat mich ›mein Junge‹ genannt.«

»Oh.« Mutter blieb stehen und sah zu mir hoch. Ein kleines Lächeln breitete sich aus. »Wirklich? Das war nicht unter Schock?«

»Ich glaube, Frau Huth kennt das Wort ›Schock‹ nicht.«
Wir gingen ein paar Schritte. Dann sagte ich:
»Ingeborg. Ich meinte, Ingeborg.«

Ich warf keinen Blick mehr zurück. Ich freute mich, zurück nach Berlin zu kommen, Marie-Luise um Asyl zu zwingen, solange die Australier noch in meiner Wohnung hausten, und mein langweiliges, ereignisloses Leben wiederaufzunehmen. Und ich freute mich, dass es zwei Frauen in meinem Leben gab, für die ich ihr Junge war. Auch wenn keiner wusste, wie lange es bei der einen so bliebe.

Danke!

Liebe Leserinnen und Leser, mit diesem siebten Vernau möchte ich mich als Erstes direkt an Sie wenden. Ob Sie meinem etwas unkonventionellen Anwalt seit dem *Kindermädchen* die Treue halten oder dieses Buch Ihre erste Begegnung mit ihm ist, Sie sind die Menschen, für die ich schreibe und die mir immer wieder die Freude machen, Vernau ins nächste Unglück zu stürzen. Sie kaufen dieses Buch, widmen ihm Ihre Zeit, wir begegnen uns bei Lesungen, auf Facebook oder Instagram, Sie korrigieren, kritisieren, loben und tragen mich, und das über all die Jahre hinweg. Deshalb stehen Sie an allererster Stelle, denn ohne Sie gäbe es weder dieses Buch noch die Schriftstellerin Elisabeth Herrmann. Es berührt mich sehr, mit welcher Anteilnahme Sie mich begleiten. Allen neuen, vorübergehenden und treuen Lesern und Leserinnen unter Ihnen – aus tiefstem Herzen Danke.

Das Buch entstand zu Corona-Zeiten. Ich wollte Vernau schon lange einmal in die Uckermark schicken, und so bot es sich während und zwischen den Lockdowns an, diese Gegend im Wandel zu durchstreifen. Zugute kam mir dabei, dass ich auf Einladung der wunderbaren Gabi Lange schon mehrmals in Joachimsthal lesen und anschließend mit ihrer Mädels-Gang die tiefschwarze Brandenburger Nacht unsicher machen durfte. Gabi ist übrigens die Erfinderin der Klappstuhl-Lesungen, die während dieser Zeit ein kleiner Lichtblick für alle waren, die Kultur machen wollten und die sich nach ihr sehnten.

Der Kaiserbahnhof und die traumschöne Landschaft waren mir also nicht unbekannt. Auch der Wandel, den der Zuzug von vielen Neubürgern mit sich brachte, war immer wieder ein Thema. Als die Idee mit *Düstersee* langsam Formen annahm, haben mir Gabi Lange, Mirjam Kracht-Barthel und Ulrike Schneider viel über Land und alte und neue Leute erzählt, wertvolle Tipps gegeben und mit Witz und liebevoller Nachsicht die Herausforderungen beschrieben, vor denen beide Seiten stehen.

Wenn es Sie nach Joachimsthal verschlägt, das einen Besuch mehr als wert ist, kehren Sie ein zu Antje und Jens in die Bewirtung 1880. Ich habe dort großartige Abende verbracht, und mit etwas Glück treffen Sie die Damen vom Heimatverein Joachimsthal e.V., die dort ebenso herzlich wie emsig ganz erstaunliche Kulturveranstaltungen auf die Beine stellen. Ermattet von fantastischem Essen, gutem Wein und herrlicher Luft betten Sie Ihr Haupt dort, wo auch ich immer nach den Lesungen schlafe: in der Fahrradpension bei Angelika Brummer. Ich freue mich jedes Mal, dort zu sein, und das Frühstück am nächsten Morgen und der bezaubernde Garten sind einfach eine Freude. Mein Dank geht an euch alle, ihr unglaublich tollen Frauen von Joachimsthal, an eure Herzlichkeit, euren Witz, eure Gastfreundschaft und eure Hilfe bei diesem Buch. Ich freue mich auf viele weitere Begegnungen!

Und die können wir jetzt endlich wieder haben. An niemandem ist diese Zeit spurlos vorübergegangen. Wenn es heißt, das Beständigste im Leben ist die Unbeständigkeit, so haben sich auch bei mir einige Koordinaten verschoben. Umso dankbarer bin ich, dass ich meine Verlagsleiterin Claudia

Negele an meiner Seite habe und dass auch dieses Mal Regina Carstensen das Lektorat übernommen hat. Es war wieder eine große Freude, mit euch zu arbeiten!

Danke an alle, die in dieser Zeit da waren, blieben, rücksichts- und liebevoll mit mir umgingen, mich nicht allein ließen. Allen voran meine wunderbare Tochter Shirin, meine Schwester Doris und die Menschen, mit denen ich in den letzten zwei Jahren über 150 Mal gekocht, gegessen, getrunken, gelacht, geheult und das Leben geliebt habe: Marlis und Jürgen Kaminski-Alter, Conny und Helmut Müller-Enbergs, Heidi Kühn, Christine Otto, Barbara, Christian und Victoria Zernikow. Und alle anderen an unserer Tafel und in unseren Herzen. Nähe ist keine Frage der Entfernung.

Elisabeth Herrmann
Berlin und Heideblick, Niederlausitz, im April 2022

Autorin

ELISABETH HERRMANN wurde 1959 in Marburg/Lahn geboren. Nach ihrem Studium als Fernsehjournalistin arbeitete sie beim RBB, bevor sie mit ihrem Roman »Das Kindermädchen« ihren Durchbruch erlebte. Fast alle ihre Bücher wurden oder werden derzeit verfilmt: Die Reihe um den Berliner Anwalt Joachim Vernau sehr erfolgreich mit Jan Josef Liefers vom ZDF. Elisabeth Herrmann erhielt den Radio-Bremen-Krimipreis und den Deutschen Krimipreis. Sie lebt mit ihrer Tochter in Berlin und im Spreewald.

Mehr zur Autorin unter
http://www.facebook.com/elisabethherrmannundihrebuecher

Von Elisabeth Herrmann außerdem lieferbar:

Das Kindermädchen. Kriminalroman
Versunkene Gräber. Kriminalroman
Die siebte Stunde. Kriminalroman
Die letzte Instanz. Kriminalroman
Totengebet. Kriminalroman
Requiem für einen Freund. Kriminalroman
Das Dorf der Mörder. Kriminalroman
Der Schneegänger. Kriminalroman
Zeugin der Toten. Thriller
Stimme der Toten. Thriller
Schatten der Toten. Thriller
Der Teepalast. Roman

(Alle Romane sind auch als E-Book erhältlich.)